HEYNE<

Emily Houghton

Bevor ich dich sah

Roman

Aus dem Englischen
von Stefan Lux

WILHELM HEYNE VERLAG
MÜNCHEN

Die Originalausgabe BEFORE I SAW YOU
erschien erstmals 2021 bei Bantam Press, Transworld,
a division of Penguin Random House UK, London.

Sollte diese Publikation Links auf Webseiten Dritter enthalten,
so übernehmen wir für deren Inhalte keine Haftung, da wir uns diese
nicht zu eigen machen, sondern lediglich auf deren Stand
zum Zeitpunkt der Erstveröffentlichung verweisen.

Penguin Random House Verlagsgruppe FSC® N001967

Deutsche Erstausgabe 08/2021
Copyright © 2021 by Emily Houghton
Copyright © 2021 der deutschsprachigen Ausgabe
by Wilhelm Heyne Verlag, München,
in der Penguin Random House Verlagsgruppe GmbH,
Neumarkter Straße 28, 81673 München
Dieses Werk wurde vermittelt durch die Literarische Agentur
Thomas Schlück GmbH, 30161 Hannover
Redaktion: Kerstin Kubitz
Printed in Germany
Umschlaggestaltung: FAVORITBUERO unter Verwendung von
Moremar / Shutterstock.com
Satz: GGP Media GmbH, Pößneck
Druck und Bindung: GGP Media GmbH, Pößneck
ISBN: 978-3-453-42543-9

www.heyne.de

*Für Rebecca,
die an mich und diese Geschichte glaubte,
als ich selbst das noch nicht konnte.
Ich trage deine Worte und deine Unterstützung
Tag für Tag in meinem Herzen.*

1
Alice

Jedes Mal, wenn Alice vorübergehend aus der Ohnmacht erwachte, registrierte sie die grellen weißen Lichter, den beißenden Brandgeruch und die sengende Hitze in jeder Faser ihres Körpers.

Eine unbekannte Stimme sagte: »Mein Gott, sie kann von Glück sagen, dass sie noch am Leben ist.«

Sie musste unbedingt herausfinden, wo sie war. Wessen Stimmen sie da hörte und vor allem, über wen diese Menschen sprachen. Aber die Schmerzen waren zu stark zum Nachdenken. Und die Lichter blendeten sie.

»Glück? Glaubst du, sie empfindet es als Glück, wenn sie zum ersten Mal in den Spiegel schaut? Das arme Mädchen hat schreckliche Verbrennungen.«

Sie versuchte mit aller Macht, ihr Hirn in Gang zu setzen, gegen den Sog des Schlafs anzukämpfen. Gerade als sie kapitulieren und sich der kühlen Sicherheit des Dunkels überlassen wollte, fügte sich alles zusammen.

Das »arme Mädchen«.

Der Gestank.

Die *Verbrennungen*.

Sie war diejenige, die von Glück sagen konnte, noch am Leben zu sein.

Sie war es, die gebrannt hatte.

2
Alfie

»Da ist er ja! Alfie Mack, der größte verdammte Glückspilz, den ich kenne!«

Er musste den Vorhang nicht beiseiteziehen, um zu wissen, wer zu Besuch gekommen war. Diese Stimme würde er nie vergessen, selbst wenn er wollte.

»Nicht gerade der *allergrößte* Glückspilz, schließlich haben sie mir das Bein abgehackt. Aber so ist es halt: Mal gewinnt man, mal verliert man.«

»Da kann ich nicht widersprechen.« Matty zuckte die Achseln. »Wie geht's dir, Kumpel? Ich kann heute übrigens nicht lange bleiben. Ich muss meine bessere Hälfte abholen und mit den Schwiegereltern essen gehen.«

Es war üblich, dass seine Besucher ihre Entschuldigung vorbrachten, noch ehe sie sich überhaupt hingesetzt hatten. Alfie war dankbar, dass Matty wenigstens fragte, wie es ihm ging.

»Ah, kein Problem, ich hab auch einen ziemlich ausgefüllten Tag vor mir.«

»Tatsächlich?«

Alfie merkte, dass sein Besucher nur mit halbem Ohr zuhörte.

»Ja, hier ist jede Menge los. Und die größte Herausforderung besteht darin zu erraten, wie oft Mr Peterson heute

Morgen zur Toilette gehen wird. Normalerweise kommen wir im Schnitt auf siebenmal. Aber da er einen Schluck von diesem Apfelsaft getrunken hat, könnte er es auch auf zehnmal bringen.«

Eine aufgebrachte Stimme meldete sich zu Wort. »Wenn Sie zweiundneunzig sind und Ihre Blase so steif ist wie der Arsch einer toten Ente, werden Sie auch ständig pissen.«

»Schon gut, Mr P, niemand macht Ihnen einen Vorwurf. Könnte es übrigens sein, dass Sie in einem früheren Leben Schriftsteller waren? Ihre Wortwahl ist geradezu poetisch.«

Der alte Mann gegenüber in Bett vierzehn setzte ein Lächeln auf, ehe er sich entschloss, Alfie den Mittelfinger zu zeigen und sich wieder seiner Zeitung zu widmen.

»Aber ernsthaft, Kumpel, wie geht's dir? Wie läuft's in der Physiotherapie? Hast du schon eine Ahnung, wann du hier rauskommst?« Matty schaute ihn mit großen Augen hoffnungsvoll an.

Alle waren gleichermaßen mitfühlend und stellten die gleichen Fragen. Es war merkwürdig: Einerseits wusste er, dass sie alle sich wünschten, er würde endlich entlassen und könnte nach Hause. Doch gleichzeitig spürte er ihre leichte Besorgnis. Vermutlich war es, solange er sich in den fähigen Händen des Pflegepersonals von St Francis befand, schlicht ein Punkt weniger, über den sie sich Gedanken machen mussten.

»Keine Ahnung, um ehrlich zu sein. Die Infektion ist offenbar unter Kontrolle. In der Physio geht es voran, und bald werde ich für eine maßgefertigte Prothese vermessen. Nur an meiner Muskelkraft muss ich noch arbeiten. Es geht langsam, aber wie die Schwestern sagen: Jeder Schritt nach vorn ist ein Schritt mehr in Richtung Ende!«

»Das ist der *übelste* Motivationsspruch, den ich je gehört hab. Es klingt, als wärst du auf dem Weg in den Tod, verdammt.«

»Na ja, sind wir das nicht alle, Matthew, mein Freund?« Alfie beugte sich vor und tätschelte ihm den Arm.

»Ach, hör bloß auf. Sogar als Einbeiniger hast du denselben schwarzen Humor wie immer!« Freundschaftlich schlug Matty seine Hand weg.

Das war jetzt ungefähr der Zeitpunkt, an dem die meisten Besucher sich wieder verabschiedeten – sie hatten nach ihm geschaut, ein paar Witze gerissen und die Fragen gestellt, die angebracht waren. Die meisten Leute hielten es nur eine gewisse Zeit in der Gegenwart von Kranken und Verletzten aus.

»Also dann, Kumpel, ich muss los. Mel und die Kinder lassen dich grüßen. Gib mir Bescheid, wenn du irgendetwas brauchst, ansonsten sehen wir uns nächste Woche zur selben Zeit am selben Ort?«

»Keine Sorge, ich laufe nicht weg! Pass auf dich auf und gib den Kleinen ein Küsschen von mir.«

»Klar, mach ich. Ich hab dich lieb, Mann.«

»Ja, ich dich auch, Matty.«

An diese expliziten Zuneigungsbekundungen hatte Alfie sich immer noch nicht ganz gewöhnt. Es hatte erst angefangen, als Matty glaubte, seinen besten Freund für immer verloren zu haben. Beim ersten Mal hätte Alfie geschworen, sich verhört zu haben.

»Was hast du gesagt?«

»Nichts.« Matty hatte unbehaglich mit den Füßen gescharrt und zu Boden geschaut. »Ich hab bloß …« Er blickte Alfie kurz in die Augen. »Ich hab einfach nur gesagt, ich hab dich lieb.«

Alfie hatte laut aufgelacht. »Oh, komm schon, Kumpel! Mach dich nicht lächerlich. Du musst solche Sachen nicht sagen.« Aber Matthew lachte nicht mit. Tatsächlich schien er sich noch unbehaglicher zu fühlen. Er senkte den Kopf noch weiter und hatte die Fäuste geballt.

»Das ist nicht lächerlich, klar?« Er stieß die Worte mühsam hervor. »Als ich geglaubt hab, ich hätte dich für immer verloren, ist mir klar geworden, dass ich es kein einziges Mal ausgesprochen hab, in den kompletten fünfzehn Jahren unserer Freundschaft. Da hab ich mir geschworen, es dir zu sagen, falls du überlebst. Und zum Glück ist es so gekommen. Also gewöhn dich besser dran, klar?«

Nur mit Mühe konnte Alfie die Tränen zurückhalten. »Ich hab dich auch lieb, Mann.«

Seitdem war es der Satz, mit dem sie jede Begegnung ausklingen ließen. Natürlich sprachen sie ihn auf sehr lässige, männlich-kumpelhafte Art und Weise aus. Trotzdem bedeuteten die Worte ihnen beiden inzwischen sehr viel.

Alfie war seit knapp sechs Wochen als Patient im St-Francis-Krankenhaus. Seit seinem Umzug nach Hackney vor drei Jahren hatte er regelmäßig das Vergnügen gehabt, das Krankenhaus von außen zu sehen. Seine düstere Rauputzfassade ragte hoch über den trendigen gentrifizierten Straßenzügen auf und erinnerte an eine schäbige Vergangenheit, die sich nicht verdrängen ließ.

»Mein Gott, Mum, wenn ich jemals in diesem Ding lande, dann versprich mir, dass ich woandershin verlegt werde«, hatte er jedes Mal im Scherz gesagt, wenn sie bei einem ihrer Besuche an dem Gebäude vorbeigekommen waren.

»Jetzt red nicht so ein düsteres Zeug. Außerdem hab ich viel Gutes über das Krankenhaus gehört.«

»Ernsthaft? Du willst mir erzählen, du hättest Gutes über ein Krankenhaus gehört, das eher nach einem mehrstöckigen Parkhaus aussieht?«

»Hör auf! Glaub mir, wenn es um Leben und Tod ginge, würdest du betteln, dass sie dich da aufnehmen.« Sie bedachte ihn mit ihrem typischen selbstgerechten Lächeln, das ihn jedes Mal auf die Palme brachte. »Außerdem, was hab ich dir immer beigebracht? Urteile nie nach dem Äußeren.«

Doch das hatte er weiterhin getan. Bis zu dem Moment, als das unansehnliche Gebäude beziehungsweise die Menschen, die darin arbeiteten, ihm das Leben gerettet hatten. Nach seiner Einweisung war dem medizinischen Personal sofort klar gewesen, dass es schlecht um ihn stand. Ein kurzer Blick auf das Wrack hätte gereicht, um zu diesem Schluss zu kommen. Aber dass er über einen Monat im Krankenhaus verbringen würde, hätte niemand vorhersagen können.

3
Alice

»Hallo, Schätzchen ... Können Sie mich hören?« Die Stimme klang leise, hoffnungsvoll, behutsam.

Der Geruch war das Erste, das sich ihr aufdrängte.

Bleichmittel. Blut. Menschlicher Verfall.

»Sie müssen gar nichts sagen, Alice, meine Liebe. Vielleicht können Sie einfach blinzeln oder mit den Fingern wackeln, wir wollen bloß wissen, ob Sie wach sind.«

Im Bemühen, dieses menschliche Wesen mit seiner widerlichen Freundlichkeit loszuwerden, zwang Alice ihre Finger, sich zu bewegen. Schon dieser Versuch fühlte sich sonderbar an. Konnte es sein, dass sie vergessen hatte, wie sie ihren eigenen Körper benutzte? Wann hatte sie ihr Hirn zuletzt in Gang gesetzt?

»Na sehen Sie, Alice, mein Mädchen. Gut. Sie machen das ausgezeichnet!«

Sie hatte nicht das Gefühl, etwas ausgezeichnet zu machen. Vielmehr fühlte es sich an, als hätte jemand an ihrer Haut gezerrt und gezogen, um sie in einen neuen Körper einzupassen, der die falsche Größe hatte. Und als wäre dann auch noch das Material ausgegangen. Sie fühlte sich unfertig und hatte schreckliche Schmerzen.

»Sie waren in ein Unglück verwickelt, Alice. Aber jetzt sind Sie auf dem Weg der Besserung. Ich rufe den Arzt, damit er kommt und Ihnen erklärt, was passiert ist, okay? Rühren Sie sich nicht, ich komme sofort zurück.«

Alice spürte, wie ihr Herz hämmerte. Zusammenhanglose Erinnerungsfetzen schwirrten ihr durch den Kopf und machten das Nachdenken unmöglich. Kurz öffnete sie die Augen und sah, wie zwei Personen an ihr Bett traten.

Bitte sagen Sie mir einfach, wo zum Teufel ich überhaupt bin.

»Hi, Miss Gunnersley«, sagte eine männliche Stimme. »Darf ich Sie Alice nennen?«

Der Arzt kam noch einen Schritt näher. Er hatte ein Gesicht, das früher vermutlich voller Hoffnung und Enthusiasmus für seine Arbeit gewesen war. Doch jetzt wirkte es leicht erschöpft und eine Spur misstrauisch. Vor ihr stand ein Mann, den die regelmäßige Begegnung mit dem Tod gründlich abgehärtet hatte.

Ganz leicht nickte sie mit dem Kopf. Es war das einzige Zugeständnis, zu dem sie bereit war.

»Fantastisch. Nun, Alice, wie die Schwester Ihnen wahrscheinlich schon erklärt hat, sind Sie ins St-Francis-Krankenhaus eingeliefert worden. Sie waren in ein schweres Unglück verwickelt ... In Ihrem Bürogebäude ist ein Feuer ausgebrochen, von dem Sie unglücklicherweise überrascht wurden. Sie haben einige schwere Verletzungen erlitten – wir schätzen, dass bei rund vierzig Prozent Ihrer Körperoberfläche Verbrennungen unterschiedlicher Schweregrade vorliegen. Wir haben bereits eine Operation durchgeführt, um die Schädigung zu begrenzen, aber es liegt noch einiges vor Ihnen. Einstweilen möchte ich Ihnen versichern, dass Sie die bestmögliche Versorgung bekommen und dass wir einen Behandlungsplan ausgearbeitet haben, um Ihnen zu helfen.« Für einen Moment zeigte sich ein unbeholfenes Lächeln auf seinem Gesicht. »Haben Sie im Augenblick irgendwelche Fragen? Ich weiß, dass Sie jetzt viel zu verarbeiten haben.«

Die Worte rauschten an ihr vorbei und hinterließen ein tiefes Gefühl der Angst. Das alles hier konnte doch nicht wahr sein, oder? Erlaubte sich jemand einen grausamen Scherz auf ihre Kosten? Verzweifelt suchte ihr Hirn nach einer anderen Erklärung als der, die sie gerade erhalten hatte. Aber die Schmerzen waren echt, so viel war sicher. Sie betrachtete ihren Arm. Die Verletzungen waren auf unleugbare Art und Weise real.

Sofort schloss Alice die Augen.

Schau nicht hin. Untersteh dich, noch einmal hinzuschauen.

Sie hörte, wie der Arzt vor ihrem Bett von einem Fuß auf den anderen trat. »In der nächsten Zeit wird es sich etwas unangenehm anfühlen, aber dafür geben wir Ihnen Schmerzmittel. Ich lasse Sie jetzt ein bisschen ausruhen, Alice, und morgen früh schaue ich wieder herein, okay?«

Sie nickte und fiel in einen tiefen, bewusstlosen Schlaf.

*

In den folgenden Tagen kehrte ihre Kraft ein Stück weit zurück, sodass Alice länger als nur für ein paar Augenblicke wach bleiben konnte. Allmählich war sie bereit, ihre Umgebung genauer in Augenschein zu nehmen.

Trostlos.

Das war der erste Begriff, der ihr in den Sinn kam. »Seelenlos« folgte kurz darauf. Für einen Ort, der die ganze Zeit von Geräuschen erfüllt war, fühlte es sich hier ziemlich leer an. Ständig waren Leute damit beschäftigt, irgendetwas zu tun. Dies zu prüfen, das zu lesen. Ununterbrochen wurde geredet. Alice begriff, dass sie nur dank der Maschinen, an die sie angeschlossen war, noch lebte. Sie war mit so vielen Kabeln verbunden, dass sie manchmal vergaß, wo ihr Körper endete und die Technik begann. Ständig stieß und stocherte jemand an ihr herum, ständig wurde über sie diskutiert, während sie sich anstrengte, ihre Gedanken und vor allem ihren Blick auf etwas anderes zu richten. Jedes Mal, wenn sie an sich hinabschaute, hatte sie den Beweis für ihren Zustand vor Augen. Es schien, als wäre das Feuer so erzürnt darüber gewesen, dass sie mit dem Leben davongekommen war, dass es aus Rache auf alle Zeiten seine Spuren an ihr hatte hinterlassen wollen. Jedenfalls hatte es ganze Arbeit geleistet. Ihre komplette linke Körperseite war verschmort. Von den Flammen verzehrt und wieder ausgespuckt. Im Versuch, ihren körperlichen Zustand auszublenden, brachte sie die meiste Zeit damit zu, an die Decke oder auf die Innenseiten ihrer Lider zu starren. Im Schlaf war sie am einzigen Ort, an dem sie sich aufgehoben fühlte. Dem einzigen Ort, an dem sie keine Schmerzen spürte und an den sie fliehen konnte.

Schlaf bedeutete auch, dass sie sich dem Einfluss der Menschen entzog, die mit der Präzision eines Uhrwerks ständig nach ihr sahen. Im Laufe ihres Lebens hatte sie sich häufig gefragt, wie es sich anfühlen mochte, umsorgt zu werden. Was es wohl für ein Gefühl war, verhätschelt zu werden, ohne Fragen gestellt zu bekommen oder Bedingungen erfüllen zu müssen. Jetzt war dieser Zustand da, und sie wollte nur noch schreien, bis ihre Lunge vom Schreien wund war.

Sie wusste, dass all diese Leute lediglich ihre Arbeit machten. Ihr war klar, dass die Schwestern und Ärzte *verpflichtet* waren, für sie zu sorgen. Aber sicher schloss diese Verpflichtung nicht die Tränen ein, die ihnen jedes Mal in die Augen traten, wenn sie Alice anschauten. Oder die Überstunden und die Versuche, mit ihr zu sprechen, weil sie tagelang keinen Besuch bekommen hatte. Ein Gefühl von Verbitterung machte sich in ihr breit, durchströmte ihren Körper wie Gift und richtete sich auf die Menschen in ihrer Umgebung. Sie wich vor ihren Berührungen zurück, verschmähte ihr Mitleid. Niemand hatte das Recht, sie zu bemitleiden.

Hin und wieder, wenn der Schlaf sie nicht von hier forttrug, schloss sie während der Kontrollgänge die Augen. Sie hielt es nicht aus, immer in Gesichter von Menschen zu schauen, die ihren Schock zu verbergen versuchten. Die sich mühten, sie zum Sprechen zu bringen. In dieser ersten Zeit war das Reden im wahrsten Sinne des Wortes zu schmerzhaft. Sie hatte während des Brandes so viel Rauch eingeatmet, dass sie die Lunge eines Kettenrauchers davongetragen hatte. Egal wie viele Liter Sauerstoff sie täglich einatmen musste, jeder Zentimeter ihres Rachens schmerzte gnadenlos. Sie war auch innerlich verbrannt – wie ein gut durchgebratenes Stück Fleisch.

4
Alfie

Nach seiner Einlieferung ins Krankenhaus hatte er sich erst einmal vollkommen fremd gefühlt. Nichts schien zu passen. Alles – vom Chlorgeruch in der Luft über das kratzige Gefühl der gestärkten Laken bis zu hin zu den Geräuschen der Menschen ringsum – wirkte verkehrt. Nirgends hatte er einen Platz für sich allein. Ständig traten Ärzte oder Krankenschwestern ins Zimmer, störten ihn, weckten ihn auf. Mit jeder Stunde nahm seine Frustration zu, und die Unvertrautheit des Ganzen war überwältigend. Nacht für Nacht betete er, nach Hause zurückkehren zu dürfen. In seine kleine Zweizimmerwohnung in Hackney, in die Sicherheit seines eigenen Lebens. Inzwischen wusste er nicht mehr, ob es ihm überhaupt noch möglich war, nach Hause zurückzukehren. Wie sollte er ohne das meditative Piepen des Herzfrequenzmonitors noch einschlafen können? Wie sollte er allein in seinem Schlafzimmer aufwachen können? Wo wären die anderen Patienten, wenn er Gesellschaft brauchte?

Einer der wenigen Vorzüge, die ein längerer Krankenhausaufenthalt mit sich brachte, war, dass man genau wusste, wo es langging. Sechs Wochen reichten aus, um zu lernen, welche Gerichte auf dem täglichen Speisezettel genießbar waren und auf welche man lieber verzichten sollte; um sich darauf einzustellen, welcher Pförtner Sinn für Humor besaß und welcher kaum ein Blinzeln, geschweige denn ein freundliches Lächeln zustande brachte. Sie reichten auch aus, um zu wissen, welche Schwester einem zum Abendessen einen Extra-Pudding herüberschieben würde und bei welcher man sich tadellos zu benehmen hatte. Zum Glück arbeiteten auf der Moira-Gladstone-Station mehr von der ersten Sorte als von der anderen. Aber keine war freundlicher, fürsorglicher und in jeder Hinsicht einmaliger als Schwester Martha Angles, auch Mother Angel genannt. Alles an ihr war groß. Sie war eine Frau, deren Busen und deren Sinn für Humor das Zimmer ausfüllten. Sie leitete die Reha-Station mit scharfem Auge und großem Herzen.

»Guten Morgen, Mother Angel, wie geht es Ihnen heute?«

Zum ersten Mal seit langer Zeit genoss Alfie das frühe Aufwachen. Man konnte gar nicht anders, als jeden Augenblick mit Schwester Angles in sich aufnehmen zu wollen. Sie gehörte zu jenen strahlenden Menschen, denen man nur einmal im Leben begegnet.

»Guten Morgen, mein Lieber. Alles wie immer bei mir. Hank hat mich gestern Abend ins Kino ausgeführt – und anscheinend bin ich nach zwanzig Minuten eingedöst! Keine Ahnung, worum es in dem Film ging, aber ich hab wunderbar geschlafen, das kann ich Ihnen sagen.«

Hank war die große Liebe in Schwester Angles' Leben. Ihr Jugendschwarm, den sie mit achtzehn geheiratet hatte. Sie hatten vier wunderbare Kinder, und Schwester Angles liebte ihn mit jeder Faser ihres Körpers, was sich auch darin äußerte, dass sie sich ständig über ihn beklagte.

»Wenn er es erträgt, dass Sie bei einem Date schnarchen, muss er Sie wirklich lieben! Wann machen Sie uns endlich miteinander bekannt? Er muss mir unbedingt erklären, wie man eine Frau wie Sie findet.«

Sie gab ihm einen freundschaftlichen Klaps aufs Handgelenk. »Glauben Sie mir, Schätzchen, sie zu finden ist die leichteste Übung. Die wahre Herausforderung liegt darin, sie zu halten!«

»Amen, Schwester!«, ertönte es aus Sharons Bett. Sharon war seit kurzer Zeit geschieden und seit noch kürzerer Zeit Feministin.

Schwester Angles stieß ein lautes, tiefes Lachen aus. »Wie auch immer, schauen wir mal, wie es uns heute geht.« Sie betrachtete seinen bandagierten Stumpf.

»Ernsthaft? Schon wieder?« Alfie war klar, dass er gereizt klang, aber offen gestanden war er heute nicht in der Stimmung, jemanden an seine Wunde heranzulassen.

»Oh, dann wollen Sie wohl, dass die Schwellung zurückkommt, stimmt's? Sie wollen, dass die Narbe aufplatzt und das Ding sich wieder entzündet? Bringen Sie mich nicht dazu, in der Orthopädie anzurufen und Sie wieder zurückverlegen zu lassen. Sie glauben vielleicht, das würde ich nicht tun, aber da kennen Sie mich schlecht!«

Alfie mochte nicht in der Stimmung für die Inspektion seiner Wunde sein, aber Schwester Angles war eindeutig ebenso wenig nach Diskutieren zumute. Er war auf die Moira-Gladstone-Reha-Station verlegt worden, nachdem er zuvor auf der Intensivstation und der Orthopädie gelegen hatte. Mit anderen Worten: Alfie war schon ein wenig herumgekommen und wusste, dass er sich keinen besseren Ort als diesen hier wünschen konnte.

»Tut mir leid. Nur zu. Ich schaue nur nicht gern hin, das ist alles.«

»Ich weiß, Baby, ich beeile mich auch.« Vorsichtig machte sie sich daran, seinen Verband zu lösen. Sofort meldeten sich starke Sinnesempfindungen in seiner Haut. Man konnte nicht eigentlich von Schmerzen reden, obwohl er sich manchmal fragte, ob die qualvollen Schmerzen in den Tagen nach dem Unfall einfach dafür gesorgt hatten, dass seine Toleranzschwelle inzwischen höher lag. Jedenfalls war es ein bizarres Gefühl, als würden glühend heiße Nadeln seinen Körper hinauf- und hinunterjagen. Er zuckte leicht zusammen, und Schwester Angles berührte seine Hand. »Ich weiß, dass es kein Vergnügen ist, aber allemal besser als das Risiko, Sie zu verlieren. Das wird nicht passieren, solange ich hier die Verantwortung trage.«

Er wusste, dass sie recht hatte, also lehnte er sich zurück und schloss die Augen. Egal wie viel Zeit vergangen war, der Anblick der Wunde schickte immer noch Schockwellen durch seinen ganzen Körper. Sämtliche Schmerzen waren leichter zu ertragen als der Anblick der Narben. Diese dicken weißen Linien, die für alles standen, was er verloren hatte und niemals zurückbekommen würde.

»So, schon erledigt. Und, sind Sie bereit, heute Nachmittag bei der Physiotherapie das Laufband zu stürmen?« Schwester Angles hatte die Wunde so schnell und schmerzlos überprüft wie versprochen.

»Darauf können Sie wetten, Big Mama. Heute ist der Tag, an dem ich es packe.«

Sie gab ihm einen weiteren freundlichen Klaps und fuhr mit ihrer täglichen Routine fort. Vitalfunktionen prüfen, Messwerte notieren und – das Allerwichtigste – das Kissen aufschütteln.

»Und jetzt, Alfie, muss ich Sie um einen Gefallen bitten.«

Ihr Ton hatte sich leicht verändert.

»Klar doch, worum geht's?«

Sie hockte sich mit dem größten Teil ihres Körpers auf die Bettkante. »Hier neben Ihnen wird bald jemand Neues einziehen.«

Alfies Herz machte einen Satz.

»Bevor Sie jetzt allzu begeistert reagieren, muss ich Sie warnen – die Patientin ist schwer traumatisiert und hat seit ihrer Einlieferung ins Krankenhaus kein Wort gesprochen.«

Alfie wurde schwer ums Herz.

»Wie lange ist sie denn schon hier?« Er konnte sich nicht einmal vorstellen, einen Nachmittag lang zu schweigen.

»Ein paar Wochen inzwischen.« Schwester Angles rückte noch ein Stück näher heran. »Schauen Sie, Alfie. Mir ist klar, dass Sie versuchen werden, mit ihr zu sprechen und sich mit ihr anzufreunden. Ich möchte Sie bitten, damit einfach ein Weilchen zu warten. Lassen Sie sie ein wenig in Ruhe, bis sie von sich aus zum Sprechen bereit ist. Okay, Schätzchen?«

Alfie irritierte immer noch, dass jemand so lange schweigen konnte. Er hätte allzu gern gewusst, wie es zu so etwas kommen konnte.

»Alfie?«

»Sorry, natürlich. Ich sage kein Wort.«

»Braver Junge.« Sie klopfte an der Stelle aufs Bett, wo sein linkes Bein gewesen war, eine unabsichtliche Erinnerung an das, was ihm im wahrsten Sinne des Wortes fehlte. Dann erhob sie sich und verließ seine abgetrennte Kabine.

Alfie dachte weiter darüber nach, wie um alles in der Welt jemand es so lange ohne zu reden ausgehalten hatte. Sicherlich hatte Schwester Angles übertrieben. Niemand, der seinen Verstand beisammenhatte, konnte freiwillig über Wochen hinweg schweigen. Im Laufe seines Lebens war es häufiger vorgekommen, dass Menschen mit ihm gewettet hatten, er würde es nicht schaffen, längere Zeit den Mund zu halten. Einmal, auf der Highschool, war es ihm gelungen, 3000 Pfund an Spendengeldern im Gegenzug für ein achtundvierzigstündiges Schweigen aufzutreiben. Letztlich hatte er es kaum geschafft, den ersten Vormittag durchzuhalten. Allerdings waren die Spender schon von seinem Versuch derart angetan gewesen, dass sie dennoch gespendet hatten. Alfie lebte für das Gespräch. Er blühte auf, wenn er mit anderen zu tun hatte. Zu den wenigen Dingen, die ihm durch seine Tage im Krankenhaus halfen, gehörte es, Mr Peterson auf die Nerven zu gehen und mit Sharon den neuesten Klatsch auszutauschen. Unterhaltungen waren der Stoff, der sein Leben auf der Station zusammenhielt, und Alfie mochte sich kaum vorstellen, wie einsam er sich ansonsten hier fühlen würde.

Das hält sie nicht lange durch.

Wie sollte sie auch? Schwester Angles hatte sich unmissverständlich geäußert, keine Frage. Trotzdem hegte Alfie insgeheim den Verdacht, dass die mysteriöse Patientin, sobald sie ins Leben hier integriert war, auch daran teilnehmen würde. Das war das Schöne an der Moira-Gladstone-Station. Es lief eben nicht wie auf der Intensivstation oder in der Notaufnahme. Es gab kein ständiges Kommen und Gehen. Hier blieben die Patienten länger. Erholten sich gründlich. Wurden eine Familie. Es war nur eine Frage der Zeit, bis seine neue Nachbarin sich anschließen würde.

5
Alice

Während ihrer Zeit auf der Intensivstation hatte Alice zumindest eines geschafft: sich eine ungefähre Vorstellung davon zusammenzubasteln, was mit ihr geschehen war. Es hatte eine Weile gedauert, den Nebel zu durchdringen und sich an den von Hitze, Rauch und Schreien geprägten Bildern vorbei bis zu dem vorzuarbeiten, was sie am fraglichen Tag getan hatte.

Am Abend vor dem Brand hatte sie lange gearbeitet und es nicht zu ihrem Pilates-Kurs geschafft. Sie erinnerte sich an ihren Ärger darüber. Eine einzige Stunde zu verpassen konnte bereits in eine Abwärtsspirale der Nachlässigkeit führen. Nach zwei doppelten Espressos und einer schnellen Dusche war sie kurz vor 6 Uhr morgens zur Tür hinaus und auf dem Weg ins Büro gewesen.

Alice hatte so lange und so hart gearbeitet, dass sie inzwischen ein sehr komfortables Gehalt bezog und eine höhere Position in einer Finanzberatungsfirma innehatte. Das wiederum hatte sie in die glückliche Lage versetzt, beim Kauf ihrer Wohnung die freie Wahl zu haben. Zunächst hatte sie sich gezwungen, in den Vororten zu suchen, sich die wunderschönen Häuser anzuschauen, die von ihren Bewohnern mit viel Kreativität und Liebe instand gehalten wurden. Sie ließ sich von den Maklern Häuser mit gepflegten Gärten zeigen, die von Sonnenlicht durchflutet waren und einen grünen Zufluchtsort im Betondschungel Londons boten. Sie beharrte auf zusätzlichen Zimmern für zukünftige Gäste und ihren potenziellen Nachwuchs. Irgendwann erwischte sie sich dabei, von »Nachwuchs« statt von »Kindern« zu sprechen. Daraufhin beschloss sie, ehrlich mit sich zu sein. Alice war stolz darauf, eine sehr alleinstehende, sehr zynische und sehr kompetente Person zu sein. Sie hatte nie an Dinge geglaubt, die sie nicht mit eigenen Augen sehen, mit einem Lineal vermessen oder zumindest in einem Lehrbuch nachschlagen konnte. Alice war kein Mensch, der gern tiefgründige, intellektuelle Gespräche führte. Offen gesagt, waren Träume und Hoffnungen nicht ihr Ding, und ganz sicher vermied sie es nach Möglichkeit, sich auf andere Menschen zu verlassen. Bequemlichkeit und Ruhe waren alles, was Alice Gunnersley brauchte. Also kaufte sie eine Penthousewohnung in Greenwich. Sie hatte keine Nachbarn auf ihrer Etage, stattdessen einen Blick auf den Fluss und einen Teil des Parks, sodass sie sich einreden konnte, mitten in der Natur zu leben. Vor allem aber konnte sie von der Wohnung aus ihr Büro sehen, was ihr jedes Mal auf perverse Weise ein Gefühl der Ruhe vermittelte.

Am Tag des Unglücks war es auf der Arbeit besonders stressig gewesen. Bis zum Wochenende musste Alice einen umfangreichen Bericht fertigstellen, der im Erfolgsfall dazu führen würde, ihre Eignung als mögliche zukünftige Partnerin in den Köpfen des Vorstands zu verankern. Dem Abschluss dieses extrem wichtigen Berichts standen unglücklicherweise endlose Sitzungen, Projektprüfungen und Finanzplanungen im Wege, dazu das regelmäßige Informationsgespräch mit ihrem Chef, das eine ganze Stunde in

Anspruch nahm. Alice hatte sich schon oft gefragt, warum Henry auf diesen monatlichen Gesprächen bestand, wo sie doch jedes Mal nach demselben Drehbuch abliefen.

»Alice, Sie sind ohne Zweifel ein großer Gewinn für diese Firma. Ich kenne niemanden mit Ihrem Arbeitsethos und Ihrer Fähigkeit zu liefern. Aber Sie wissen, dass wir in dieser Firma auch auf andere Punkte Wert legen. Wenn Sie es bis ganz nach oben schaffen wollen, müssen Sie damit anfangen, die Menschen mitzunehmen.«

Die Menschen mitnehmen.

Wieder so eine dämliche Floskel aus dem Wörterbuch der Personalabteilung, dachte sie. *Können Sie mir überhaupt sagen, was das bedeuten soll, Henry?* Sie verkniff sich den Kommentar, atmete stattdessen tief durch und setzte ein Lächeln auf.

»Ich nehme die Menschen mit, Henry. Schauen Sie sich die Statistiken an. Fünf Mitglieder meines Teams sind allein in diesem Jahr befördert worden, und ich habe die geringste Mitarbeiter-Fluktuation auf der gesamten Etage.«

»Ich weiß.« Verzweifelt schüttelte er den Kopf.

Alice wusste, dass sie nicht unbedingt leicht im Umgang war, doch sie wusste auch, dass Fakten sich nicht wegdiskutieren ließen. Also lieferte sie ihm Fakten.

»Aber das ist nicht der Punkt.«

»Nun, Henry, ich möchte nicht unhöflich sein, aber ich habe heute jede Menge zu tun. Deshalb wäre ich dankbar, wenn Sie möglichst schnell auf den Punkt kommen …«

Alice war klar, dass ihre bissigen Kommentare ihn nicht überraschten. Schließlich arbeiteten sie inzwischen seit über zehn Jahren zusammen. In all der Zeit hatte sich an Alice' rücksichtsloser Hingabe an ihren Job wenig geändert.

»Der *Punkt* ist, dass das Leben nicht nur aus diesem Büro besteht. Manchmal mache ich mir einfach Sorgen, dass Sie das nicht verstehen. Sie sind Tag und Nacht hier, und ich bezweifle, dass das wirklich gesund ist. Außerdem nehmen Sie hier kaum an sozialen Aktivitäten teil, und wenn ich Sie mit jemandem sprechen sehe, geht es praktisch ständig um Abgabetermine.«

Alice runzelte die Stirn. Würde er jetzt vor ihren Augen einen Nervenzusammenbruch bekommen? Sie fing an zu lachen.

»Jetzt verstehe ich. Es geht um eine neue Strategie, mit der die Personalabteilung Gesundheit und Wohlbefinden der Mitarbeiter fördern will, stimmt's? Schauen Sie, um mich müssen Sie sich keine Sorgen machen. Ich schlafe, esse und habe sogar Freunde, die ich hin und wieder treffe. Außerdem stimmt es nicht, dass ich hier mit keinem reden würde.«

Er zog die Augenbrauen hoch. »Ach, tatsächlich?«

»Ich rede mit Lyla.«

»Sie ist Ihre Assistentin. Da lässt es sich wohl nicht vermeiden.«

»Na schön. Ich rede mit Arnold.«

Ha, damit hatte sie ihn auf dem falschen Fuß erwischt.

»Arnold? Wer zum Teufel ist Arnold?« Seine Augen verengten sich zu einem schmalen Schlitz. Das taten sie immer, wenn er nachdachte. Eine Angewohnheit, die Alice nicht ausstehen konnte.

Plötzlich fiel der Groschen. »O mein Gott, Alice. Doch nicht der alte Mann am Empfang?«

»Genau der.« Sie lächelte süffisant.

Henry verdrehte die Augen. Sie merkte, dass seine Verzweiflung ungeahnte Dimensionen erreichte. »Na gut. Wenn

Sie also sagen wollen, dass Sie mit Arnold tiefe, bedeutungsvolle Gespräche führen, kann ich mir darüber kein Urteil erlauben.«

»Genau.« Alice stand auf. »Sind wir fertig?«

Henry zuckte die Schultern. Er hatte so gut wie kapituliert. »Offensichtlich schon.«

»Danke, Henry.« Beim Verlassen des Zimmers würdigte sie ihn keines Blickes.

Wie seltsam, dachte sie. Warum um alles in der Welt war er plötzlich so besorgt darüber, was sie mit ihrem Leben außerhalb der Arbeit anfing? Sicher ging es nur darum, in Anbetracht ihres Gehalts so viel Profit wie möglich aus ihr herauszuholen. Was machte es da aus, dass sie Arnold nicht unbedingt als *Freund* bezeichnet hätte? Je bedeutender ihre Rolle in der Firma wurde, desto mehr lief es eben darauf hinaus, dass er in ihrem Leben der Mensch war, dem sie am häufigsten begegnete. Fünfmal pro Woche saß Arnold Frank Bertram während der Nachtschicht am Empfang des Gebäudes. In der Regel war Alice die einzige Angestellte, die sich nach 21 Uhr noch im Büro aufhielt. Das bedeutete, dass der komplette vierzigstöckige Büroturm um diese Zeit bis auf Arnold und sie verwaist war. Wenn sie abends die Disziplin aufbrachte, sich loszureißen und sich auf den Heimweg zu machen, war er also immer da. Stets saß er geduldig unten am Empfang, den Blick auf die Tür zur Straße gerichtet. Sobald er Alice erblickte, tauchte auf seinem Gesicht ein breites Lächeln auf.

»Wieder spät geworden, Miss? Wenn man es schon macht, dann auch gründlich, hab ich recht?«

Lange Zeit hatte Alice es dabei belassen, dem Mann ein Lächeln zu schenken. Ein echtes und dankbares Lächeln, mehr aber auch nicht. Sie spürte, dass er ein redseliger Typ war, auf eine wunderbar großväterliche Art und Weise, ein Mensch voller Geschichten. Aber um 21 Uhr an einem Mittwochabend, wenn sie am nächsten Tag um sieben wieder anfangen musste, verspürte Alice nicht die geringste Lust zum Plaudern. Ein Lächeln musste reichen.

Doch im Laufe der Zeit dauerte ihr Arbeitstag immer häufiger bis in die frühen Morgenstunden, und Alice fand es zunehmend schwieriger, den alten Mann und seine regelmäßigen Kontaktversuche zu ignorieren. Eines Tages, während einer besonders höllischen Woche, hatte Alice sich um 2 Uhr entschlossen, ein bisschen frische Luft zu schnappen. Als sie ins Gebäude zurückkehrte, erwartete Arnold sie mit einer Tasse heißem Kakao.

»Sie müssen den Zuckerspiegel hochhalten, Miss.« Lächelnd nickte er ihr zu.

»Danke.« Sie brachte nicht die Energie zum Protestieren auf und nahm das Geschenk einfach an. In diesem Moment wurde ihr klar, dass sie seit Mittag nichts mehr gegessen hatte. »Was schulde ich Ihnen?«

»Nichts.« Er hob abwehrend die Hände. »Morgen können Sie wieder eine haben.« Er zwinkerte ihr zu und kehrte dann pflichtbewusst hinter den Empfangstisch zurück.

Und so nahm ein seltsames nächtliches Ritual seinen Anfang. Inzwischen waren heißer Kakao und kurze Plaudereien mit Arnold zu einem festen Bestandteil von Alice' Arbeitstagen geworden.

In der Nacht des Brandes war es nicht anders gewesen. Obwohl der Zuckerschub sie aus irgendeinem Grund nicht sonderlich belebt hatte. Seit 10 Uhr morgens hatte sie an ihrem Bericht gearbeitet, aber irgendwie stimmte der Ton noch nicht. Sie erinnerte sich gut, wie sie die Augen geschlossen hatte in der Hoffnung, nach einem kurzen Powerschlaf wieder klarer denken zu können. Sie trank den Rest ihres Kakaos und legte den Kopf auf den Schreibtisch.

Von den Behörden hatte sie erfahren, dass während ihres Schlafs, zwischen 2 und 3 Uhr morgens, ein Block der Klimaanlage auf der darüberliegenden Etage in Brand geraten war und den oberen Teil des Gebäudes völlig zerstört hatte.

»Sie haben Glück gehabt, Miss«, sagte der Polizist, nachdem er vergeblich versucht hatte, ihr irgendwelche Informationen für seinen Bericht zu entlocken. Obwohl ihre körperlichen Kräfte allmählich zurückkehrten, beruhten ihre Erinnerungen an das Unglück immer noch auf dem, was andere ihr darüber erzählt hatten. Eine Patchworkdecke aus Geschichten, die sie sich notgedrungen zu eigen gemacht hatte.

Wenn sie mit dem jetzigen Zustand Glück gehabt hatte, wollte sie sich die Alternative lieber nicht ausmalen.

»An Ihrer Rezeption sitzt ein äußerst gewissenhafter Mann. Er hätte Sie wahrscheinlich ganz allein aus der Gefahrenzone gezerrt, wenn die Feuerwehr nicht gerade noch rechtzeitig eingetroffen wäre. Der arme Kerl war völlig verstört.«

Arnold.

»Er hat Ihnen das Leben gerettet, Miss Gunnersley.« Der zweite Polizist betrachtete sie forschend. Ganz offensichtlich wartete er auf irgendeine Gefühlsregung oder Antwort ihrerseits. Doch sie nickte bloß.

»Na gut, dann schicken wir Ihnen den Bericht, sobald er fertig ist. Sollten Sie irgendwelche Fragen haben, können Sie uns gern anrufen.«

Offenbar hatte Arnold sich tatsächlich wie ein Freund verhalten. Er war buchstäblich über Nacht zu einem der wichtigsten Menschen in Alice' Leben geworden. Er hatte sie gerettet.

Inzwischen fragte sie sich, ob es vielleicht besser gewesen wäre, er hätte sie dem Feuer überlassen.

6
Alfie

»Mr P, Sie wissen doch, wie spät es ist!« Alfie stemmte sich im Bett hoch und griff nach seinen Krücken.

Der alte Mann runzelte die Stirn. »Meine Güte, mit den ganzen Aktivitäten, die Sie ständig planen, ist es ja schlimmer als in einem Feriencamp. Ich bin keiner Ihrer verdammten Schüler, verstehen Sie?«

In seinem alten Leben, vor dem Unfall, war Alfie Pädagoge für Sporttherapie und körperliche Aktivitäten an einer Highschool im Londoner Süden gewesen. Was nichts anderes bedeutete, als dass er ein stinknormaler Sportlehrer war, aber für diese Bezeichnung musste man sich anscheinend heutzutage schämen. Die Politik hatte das Bildungssystem gründlich infiziert, und mit den Titeln wurden Selbstwertgefühl und Ego aufpoliert. Alfie scherte sich nicht darum. Ihm ging es nicht um Prestige oder Ruhm, er liebte einfach jede Sekunde in seinem Beruf. Seine Schüler um sich zu haben, war das, was er hier auf der Station beinahe am meisten vermisste. Natürlich verfluchte er sie ständig, sobald er mit ihnen zusammen war, doch er hätte sie für nichts in der Welt hergegeben.

»Ihre Jammerei wird Sie noch mal umbringen. Jetzt beeilen Sie sich, sonst sind die Schokoladenbrownies ausverkauft.«

Alfie registrierte, dass Mr Peterson trotz aller Proteste bereits seine Pantoffeln anhatte und bereit für ihren Spaziergang war.

»›Beeilen Sie sich!‹ Das müssen Sie gerade sagen. Vergessen Sie nicht, dass Sie derjenige sind, dem ein Bein fehlt, mein Junge. Verglichen mit Ihnen bewege ich mich mit Lichtgeschwindigkeit.«

»Sind Sie beide eigentlich jemals nett zueinander?«, übertönte Sharons Stimme ihr Gekabbel.

»Jetzt halten Sie aber mal die Luft an, Sharon«, gab Mr Peterson zurück. »Sonst können Sie den heißen Kakao vergessen, mit dem Sie mich jetzt eine Stunde lang genervt haben.«

Das Hickhack nahm nie ein Ende. Manchmal fragte Alfie sich, ob sie ohne dieses Geplänkel alle mit der Nase darauf stoßen würden, dass sie sich im Krankenhaus befanden und sich ohne die tröstende Gegenwart ihrer Familien mit ihrem Schmerz herumschlagen mussten.

»Ihr seid schlimmer als meine Ruby, und die ist gerade zwölf geworden! Ihr solltet euch schämen«, rief Jackie vom anderen Ende des Zimmers. Nach ihrem Schlaganfall nuschelte sie immer noch ein wenig. Jackie war die einzige Patientin hier, die Kinder hatte, und Alfie liebte es zu sehen, wie die bloße Erwähnung ihrer Tochter ihr Leiden für einen Augenblick erträglicher zu machen schien. »Aber wenn Sie schon dort sind, Alfie ... Für ein Zimtbrötchen würde ich alles geben.«

»Mein Gott, wir sind doch kein Lieferservice«, brummte Mr P.

»Sie wissen schon: Wenn man sie nicht mit Zucker versorgt, sind sie noch schlimmer!«, entgegnete Alfie und lächelte seinem Freund zu, der sich bei ihm eingehängt hatte.

Er war ein sturer, dickköpfiger Mann, doch mit seinen zweiundneunzig Jahren verständlicherweise ein wenig gebrechlich.

Ihr Gang zum Costa zweimal pro Woche war ein guter Vorwand, von der Station wegzukommen und dem Lagerkoller zu entgehen, der hin und wieder drohte. Alfie wusste, dass er das Gehen trainieren musste, und Mr Peterson schmachtete nach seinem Kakao, sodass sie beide etwas davon hatten.

»Heute Morgen hatte ich ein interessantes Gespräch mit Mother A.« Alfie bemühte sich um einen lockeren Ton. Er wusste, dass sein Freund bei der bloßen Aussicht auf neuen Klatsch sofort anbeißen würde.

»Tatsächlich?« Die Augen des alten Mannes leuchteten.

»Wie es aussieht, bekomme ich eine neue Nachbarin. Eine schweigsame.«

»Sie bekommen was?«

»Das Nachbarbett wird mit einer neuen Patientin belegt. Offenbar hat sie seit Wochen keinen Ton gesprochen. Sie weigert sich einfach, und das schon seit ihrer Einlieferung. Schwester Angles sagt, sie wäre ziemlich traumatisiert.« Alfie zuckte die Schultern. Der Gedanke an das entschlossene Schweigen dieser Patientin verwirrte ihn nach wie vor.

»Ich schätze, sie muss ziemlich schwer verletzt sein.«

»Ja, hört sich so an.« Eine schwere Stille lastete plötzlich auf ihnen. Beide konzentrierten sich auf ihre langsamen, unsicheren Schritte. »Na, warten wir mal eine Woche ab. Solche Dinge gehen immer vorbei. Und wenn nicht, kann sie Ihnen vielleicht beibringen, wie man hin und wieder den Mund hält. Davon hätten wir alle was.« Der alte Mann lachte über seinen eigenen Witz.

»Wahrscheinlicher ist wohl, dass ich sie dazu bringe nachzugeben. Und dann nerven wir *beide* Sie in Nullkommanichts.« Alfie versetzte seinem Freund einen Stoß in die Rippen. Er war dankbar, dass das Gespräch seinen leichten Ton wiedergefunden hatte.

Mr Peterson verdrehte die Augen. »Gütiger Gott, dann bete ich lieber, dass die Dame nie wieder ein Wort spricht!«

7
Alice

Als Alice erfahren hatte, dass sie auf eine andere Station verlegt werden sollte, war sie ein Stück weit erleichtert gewesen. Es bedeutete, dass sie Fortschritte machte. Die Ärzte stuften ihren Zustand nicht mehr als kritisch ein, und sie war endlich auf dem Weg zurück in ihr altes Leben. Obwohl ihre Hauttransplantate und das verbrannte Fleisch darunter zu heilen begonnen hatten, hatte sie noch kein einziges Wort gesprochen. Was sollte sie auch sagen? Alles, was man von ihr hören wollte, war, dass es ihr »ganz gut« ging. Dass sie sich »viel besser« fühlte, »danke«. Dabei reichte ein einziger Blick, um zu sehen, dass das eine Lüge war. Nicht dass *sie selbst* nach dem Unglück einen einzigen Blick in den Spiegel geworfen hätte. Als die Ärzte sie ermuntert hatten, ihr Spiegelbild zu betrachten, hatte sie sich einfach geweigert, die Augen zu öffnen. Sie brauchte sich nur die narbig verdickte Haut auf ihren Armen anzuschauen, um eine Vorstellung davon zu bekommen, wie ihr Gesicht aussehen mochte. Auch ohne Spiegel wusste sie, dass sie nur noch als Ausschussware durchging.

Und trotzdem konnten die übertrieben freundlichen, überaus mitfühlenden und ständig positiven Schwestern nicht aufhören mit ihrem blödsinnigen: »Sie haben Glück gehabt.«

»Sie haben Glück dass es nur eine Seite erwischt hat, Alice.«

»Ein Glück, dass Sie rechtzeitig gerettet wurden, sonst wäre auch noch die rechte Seite in Mitleidenschaft gezogen worden.«

Oh, wunderbar, in diesem Fall wäre sie also ein komplettes Wrack gewesen. Was für ein Glück, dass nur eine Seite ihres Körpers entstellt war.

Scheißglückliche Alice!

»Guten Morgen, Alice. Wie geht es Ihnen?«, sagte der Arzt ausdruckslos. Es verblüffte sie, dass die Leute nicht damit aufhörten, ihr Fragen zu stellen. Die ganze Zeit über hatte ihre einzige Antwort in Schweigen bestanden, und trotzdem versuchten sie es immer wieder.

»Ich habe mir Ihre Unterlagen angeschaut und bin zufrieden mit Ihren Fortschritten. Die Transplantate verheilen gut, und sämtliche Vitalparameter sind stabil.« Der Arzt hob den Blick von seinem Klemmbrett und lächelte ihr zu. Sein Bemühen um eine positive Sicht wirkte eher unbeholfen als ermutigend. »Das Nächste, was wir tun müssen, ist, Ihre Kraft und Beweglichkeit zu stärken. Sie liegen jetzt schon eine ganze Weile im Bett, und wir müssen verhindern, dass sich noch mehr Muskulatur abbaut. Deshalb wollen wir Sie auf die Moira-Gladstone-Station verlegen. Das ist eine Reha-Einrichtung, die gleich hier ins Krankenhaus integriert ist. Sie zählt zu den besten im Land. Man wird einen Physiotherapie-Plan für Sie ausarbeiten und den Heilungsprozess Ihrer Wunden weiter überwachen. Wenn wir Klarheit über das Ausmaß der Narben haben, können wir über weitere Optionen sprechen.«

Nichts, was Sie tun, kann mir das zurückgeben, was ich hatte.

»Das Einzige, worum wir uns Sorgen machen, ist ...«

Der Umstand, dass ich seit Wochen weder gesprochen noch einen Blick auf mein Gesicht geworfen habe?

Alice genoss es, dem Mann dabei zuzusehen, wie er um eine angemessene Formulierung rang.

»... dass wir nicht das Gefühl haben, dass Sie Fortschritte darin gemacht haben, das Geschehene zu akzeptieren. Sie müssen anfangen zu kommunizieren, Alice. Wir müssen das Gefühl haben, dass Sie, wenn wir Sie hier entlassen, das Geschehene akzeptiert haben und positive Schritte nach vorn unternehmen können.«

Positive Schritte? Warum tauschen wir nicht, Doktor, und schauen, wie viele positive Schritte Sie unternehmen?

Sie zog einen Mundwinkel hoch. Ein widerwilliges Signal, dass sie seine Worte verstanden hatte.

»Alice.« Er atmete tief durch und trat einen Schritt näher. »Es gibt *tatsächlich* weitere Optionen, die für Sie infrage kommen, aber erst müssen wir Ihrer Haut noch Zeit zum Heilen geben. Es ist nicht das Ende der Welt ... Mir ist klar, dass es sich im Moment für Sie danach anfühlen muss, aber es ist nicht so.« Kurz streckte der Arzt einen Arm aus, ließ ihn dann aber schlaff herabhängen. »Damit es für Sie möglichst wenig unangenehm wird, verlegen wir Sie morgen Nacht. Falls Sie Fragen haben, sind wir jederzeit da für Sie.«

*

Unglücklicherweise war es nicht möglich gewesen, die Vorhänge zusammen mit ihrem Bett zu transportieren. Doch auf dem Weg durch die Gänge des Krankenhauses verbarg die Dunkelheit immerhin weitestgehend ihr Gesicht. Kaum hatte sie die Moira-Gladstone-Station erreicht, spürte sie die veränderte Atmosphäre. Hier war es ruhiger. Kein Gehetze. Keine unmittelbar drohenden Gefahren. Das Personal wurde nicht vierundzwanzig Stunden am Tag von Adrenalin und Koffein auf Trab gehalten. Als sie an Reihen von Betten vorbeigerollt wurde, konnte Alice schemenhaft Bilderrahmen, farbenfrohe Bettüberwürfe und persönliche Gegenstände ausmachen. Es schien, als wären die Menschen auf dieser Station weniger Patienten als Bewohner. Ein deutlicher Kontrast zur Atmosphäre auf der Intensivstation. All diesen Menschen hier hatte man das Gefühl für Zeit wieder zurückgegeben. Ihr Aufenthalt hier war längerfristig angelegt.

Am nächsten Morgen wurde Alice von einer Krankenschwester geweckt. Einer großen, massigen Frau mit unverblümter Ausdrucksweise, die den Eindruck erweckte, als schrecke sie vor keiner Konfrontation zurück.

»Morgen, Baby.«

Alice wich zurück. Ganz sicher war sie nicht das Baby dieser Fremden. Genau genommen war Alice Gunnersley niemandes Baby.

»Ich bin Schwester Angles, und ich überwache Ihre Behandlung, solange Sie hier sind. Ich weiß, dass Sie nicht gern sprechen. Wenn ich Sie etwas frage, reicht also ein einfaches Nicken oder Kopfschütteln als Antwort – meinen Sie, wir bekommen das hin? Ansonsten wird es schwer, dafür zu sorgen, dass Sie sich wohlfühlen.«

Vielleicht sollte Alice über das unangebrachte Kosewort hinweghören, wenn diese Schwester sie nicht zum Sprechen zwingen wollte.

Sie nickte.

»Wunderbar. Dann willkommen auf der Moira-Gladstone-Station. Lassen Sie mich kurz Ihre Verbände wechseln, dann können wir über den Behandlungsplan sprechen.«

Alice starrte Schwester Angles zornig an und hielt ihren Arm demonstrativ dicht am Körper.

»Ich weiß, dass es unangenehm ist, aber ich muss den Verband wechseln.«

Unangenehm? Schon das bloße Daliegen war beinahe unerträglich. Das Jucken der Haut, die zu heilen und mit den fremden Fleischfetzen zu verwachsen versuchte, die man ihr aufgenäht hatte. Jede Bewegung, selbst das Atmen, zog und zerrte an der Haut, ließ sie vor Schmerz zusammenzucken. Manchmal war der Schmerz stechend, als ob hundert Messer sie aufschlitzten, manchmal war er stumpf und schien bis in ihre Knochen zu dringen, sie wie ein schweres Gewicht hinabzuziehen.

»Ich muss dafür sorgen, dass Ihre Verbände sauber sind, Alice.« Zögernd streckte die Schwester eine Hand nach ihrem Arm aus. »Bitte.«

Widerstrebend ließ Alice zu, dass die Frau sie berührte und versorgte. Sie hasste diese Prozedur. Nicht nur, weil sie das Gefühl hatte, die Haut würde ihr vom rohen Fleisch abgezogen, sondern auch, weil sie die Zerstörung in all ihrer Pracht sehen würde. Kein Verstecken. Kein Zudecken. Ein Flickenteppich aus Hautstücken, um Heilung kämpfend, die noch auf sich warten ließ. Trotzdem löste die Frustration in der Stimme der Schwester etwas aus. Alice wollte keine Unannehmlichkeiten machen, aber inzwischen hatte sie so lange geschwiegen, dass es ihr jetzt schwerfiel, den Mund aufzumachen.

»Also gut, ich hab Ihre Krankenakte bekommen. Wir haben eine Menge zu tun, um Sie fit und gesund zu kriegen, damit Sie hier rauskönnen.« Schwester Angles überflog die Aufzeichnungen auf ihrem Klemmbrett. »Sie brauchen keinen Sauerstoff mehr, was toll ist. An der Versorgung der Verletzungen wird sich nicht viel ändern, die Schmerzmittel können langsam reduziert werden, und wir müssen mit der Physiotherapie anfangen.« Sie quetschte sich in den Sessel neben Alice' Bett. »Und das, Schätzchen, bedeutet, dass Sie sich aufrappeln und aus dem Bett kommen müssen.«

Die Angst überflutete sie wie ein Schwall eiskalten Wassers. Das konnte sie nicht. Sie würde nicht aufstehen. Heftig schüttelte Alice den Kopf. Adrenalin wühlte ihren Magen auf, und sie ballte die Fäuste. Schwester Angles legte eine Hand aufs Bett.

»Schon gut, Alice. Es tut mir leid, ich wollte Sie nicht in Panik versetzen.« Alice spürte, dass ihr Atem sich ein wenig beruhigte. Schwester Angles' Hand dicht neben ihrem Körper zu spüren fühlte sich beruhigend an. »Mir ist klar, dass ich viel von Ihnen verlange, aber wir müssen Sie in Bewegung bringen. Sie liegen jetzt schon so lange, dass es wichtig ist, Ihre Muskulatur möglichst schnell wieder aufzubauen. Lassen Sie mich mit dem Physiotherapeuten sprechen und sehen, was wir tun können, gut?«

Alice schloss die Augen und atmete tief ein.

Es ist gut. Es wird gut.

»Ich lasse Sie jetzt ein bisschen ausruhen, meine Liebe. Wie gesagt, überlassen Sie es mir, wir finden eine Lösung.«

Sorgen Sie einfach dafür, dass Schluss mit dieser Hölle ist. Bitte.

8
Alfie

Kaum hatte er die Augen geöffnet, war ihm klar, dass seine neue Nachbarin eingetroffen war. Die Vorhänge um das Bett herum waren komplett zugezogen. Dahinter hörte er die Stimme von Schwester Angles, die ihre übliche Begrüßungsrede hielt. Es kam selten vor, dass Patienten über Nacht verlegt wurden, und so war jedem auf der Station klar, dass in diesem Fall sozusagen der rote Teppich ausgerollt worden war. Alfie sah die vertrauten Gesichter der anderen Patienten, die neugierig den Hals reckten, als Schwester Angles sich mit geschickten Bewegungen durch den Vorhang schob, ohne dabei auch nur einen Zentimeter Einblick zu gewähren.

»Haben Sie sie gesehen?«, fragte Mr Peterson stumm und winkte von der anderen Seite des Zimmers.

Alfie schüttelte den Kopf. Es war zu früh, und nach einer ziemlich unruhigen Nacht fühlte er sich nicht zu einer angemessenen Reaktion in der Lage. Er versuchte, sich wieder zurückzulegen und noch ein paar Stunden Schlaf zu finden, um gut durch den Tag zu kommen. Doch kaum hatte er die Augen geschlossen, da hörte er es.

Ein Husten. Ein raues, schweres, schmerzhaftes Husten, das durch den fest geschlossenen Vorhang drang.

Er biss sich auf die Zunge und widerstand dem Impuls zu fragen, ob alles in Ordnung sei. Schon der Klang des Hustens war Antwort genug. Auch den Rest des Morgens ging es so weiter: Schweigen, immer und immer wieder durchbrochen von diesem quälenden Husten. Es verlangte Alfie einiges an Selbstkontrolle ab, den Mund zu halten. Sich zu kümmern lag ihm im Blut. Ständig ging es ihm darum, anderen zu helfen. Dieses Bedürfnis, Gutes zu tun, war – zusammen mit seinem geradezu unheimlichen Talent, mit anderen in Kontakt zu kommen – der Hauptgrund, warum Alfie so erfolgreich in seinem Beruf war. »Wer sonst nichts kann, wird Lehrer«, lautete ein gängiger Spruch. So ein Scheiß, hatte er immer gesagt. Wer das Leben anderer Menschen verändern kann, wird Lehrer. Aber er hatte Schwester Angles versprochen, sich zurückzuhalten, deshalb musste er vorsichtig sein.

Den restlichen Tag über gab Alfie sein Bestes, um sich abzulenken. Es gelang ihm, eine oder zwei Stunden mit seinen Rätselheften herumzubringen. Dann wurde es immer schwieriger, sich der leisen Aufregung zu entziehen, die von der Station Besitz ergriffen hatte. Die Schwestern kamen und gingen, sprachen die Frau hinter dem Vorhang an, die jedoch weiterhin kein Wort von sich gab. Die anderen Patienten wurden immer neugieriger darauf, wer der geheimnisvolle neue Gast sein mochte, und warfen mit wilden Vermutungen um sich wie mit Konfetti.

»Glaubt ihr, da ist überhaupt jemand drin?«, fragte Jackie.

»Die Schwestern werden wohl kaum so viel Aufwand betreiben, um uns auf den Arm zu nehmen!« Mr Peterson lachte herablassend. »Natürlich ist sie da drin.«

»Ich werde die Schwestern fragen. Den jüngeren rutscht immer mal etwas raus, das sie eigentlich für sich behalten sollten.« Sharon klang ziemlich aufgeregt.

Alfie lag im Bett und lauschte mit einem Ohr dem Gemurmel seiner Freunde. Gleichzeitig fürchtete er, dass die Frau nebenan sie hören konnte. Vielleicht schlief sie ja? Das könnte eine Erklärung für ihr Schweigen sein.

»Stehen Sie doch nicht so da rum wie bestellt und nicht abgeholt«, sagte eine Schwester, nachdem sie ins Zimmer getreten war. »Sie haben doch sicher etwas Besseres zu tun, oder?«

Seine Freunde traten unbehaglich von einem Bein aufs andere.

»Es gibt noch einen Punkt, den wir besprechen müssen«, ergriff eine jüngere, enthusiastischere Schwester das Wort. »Was schauen wir uns heute beim Filmabend an?«

»*Pretty Woman*!«

»Oh, hören Sie auf, Sharon. Sie wissen doch, dass Sie die Einzige sind, die diesen schrecklichen Film mag. Außerdem ist er nicht besonders feministisch, oder?«, protestierte Mr Peterson.

»Jetzt seien Sie nicht so ein miesepetriger alter Sack. Schlagen Sie lieber selbst etwas vor, statt sich über den Geschmack anderer Leute zu beschweren.«

»Ja, Mr P, suchen Sie für heute etwas aus«, stimmte Alfie ihr zu und setzte sich ein Stück im Bett auf.

»Ach, nein. Diese ganze Entscheiderei ist mir zu viel. Kommt Ruby heute Abend, Jackie?«

»Ja, Mum und Dad bringen sie nach der Schule vorbei. Sie sollte eigentlich bald hier sein.« Nervös schaute Jackie zur Uhr.

»Na, dann ist die Sache ja entschieden, oder?«, sagte Mr Peterson und suchte in den Gesichtern der anderen Patienten nach Zustimmung.

»Also *Findet Dorie*!« Die jüngere Schwester lachte.

»Wenn ich hier rauskomme, werde ich den Film Wort für Wort auswendig können«, brummte der alte Mann und ging langsam zurück zu seinem Bett.

»Ach, jetzt kommen Sie schon«, rief Alfie aus. »Alle wissen doch, dass Sie den Film lieben. Und sei es nur, weil Sie Rubys Gesicht sehen wollen, wenn Sie es ihr erzählen.«

Die Geschichte von Jackie und Ruby war eine der tragischsten, die Alfie während seiner Zeit im Krankenhaus mitbekommen hatte. Obwohl sie hier nur Besucherin war, schien jeder auf der Station seinen Teil dazutun zu wollen, dass Ruby sich im Krankenhaus wie zu Hause fühlte. Selbst den Schwestern schien es nichts auszumachen, wenn sie deswegen mehr Arbeit hatten. Hauptsache, Rubys Lächeln strahlte eine Spur heller. Man musste schon seltsam gestrickt sein, um einem zwölfjährigen Mädchen etwas abzuschlagen, dessen Vater vor einem Jahr an Krebs gestorben und dessen Mutter nach einem Schlaganfall in der Reha war.

»Hey, alter Mann, wo Sie sowieso auf den Beinen sind, hätten Sie vielleicht Lust auf einen kleinen Spaziergang?«

»Alter Mann! Verdammte Frechheit!«, brummte Mr Peterson. »Aber gut, ich könnte einen Muffin vertragen. Ich bin kurz vorm Verhungern.«

»Ich weiß nicht, ob Agnes damit einverstanden wäre. Wollten Sie nicht auf eine gesunde Ernährung achten?«

Mr Peterson ließ sich nicht mal zu einer Antwort herab. Sein mörderischer Blick sagte alles. Agnes war die Liebe seines Lebens, aber offenbar konnte der Mann auch nach vierundsechzig Jahre Ehe nicht von seinem Kuchen lassen.

»Alles klar. Also keine gesunde Ernährung.« Alfie lachte leise und tauschte seine Krücken gegen die Prothese ein. Er hatte geglaubt, sich mit der Zeit daran gewöhnen zu können, aber schon der Anblick des Plastikbeins machte ihn wütend. Anfangs war es sehr schmerzhaft gewesen. So schlimm, dass er bei jedem Schritt aufgeschrien hatte. Stunden um Stunden gnadenloser Physiotherapie hatten geholfen, doch sein Gangbild wurde immer noch durch Beschwerden beeinträchtigt. Er bewegte sich langsam und ungleichmäßig und musste viele Pausen einlegen. Inzwischen war er wieder kräftiger, aber noch weit von seiner Normalform entfernt. Davon abgesehen musste sein Körper sich ständig anpassen und das Gewicht verlagern, um mit dem neuen Anhängsel zurechtzukommen. Er versuchte, nicht mehr darüber nachzudenken, welchen Anblick er beim Gehen bot, und sich stattdessen darauf zu konzentrieren, dass er riesiges Glück gehabt hatte, überhaupt noch einen Schritt machen zu können.

Als die beiden Gefährten mit Blaubeer-Muffins und dampfenden Tassen voll viel zu süßem Kakao auf die Station zurückkamen, erwartete Sharon sie schon am Eingang.

»Sie *glauben* nicht, was ich gerade gehört hab!« Ihre grünen Augen waren vor Aufregung weit aufgerissen. Unglaublich, wie viel Freude diese Frau am neuesten Klatsch hatte.

Mr Peterson verdrehte die Augen. Doch Alfie wusste, dass er – sosehr er es auch zu verbergen suchte – Sharons Informationshäppchen in Wahrheit genoss. Er wollte nur nicht, dass sie es merkte. »Was ist denn diesmal?«

Sharon grinste süffisant. »Es geht um die Dame in Bett dreizehn. Die Stumme.«

»Sie ist nicht stumm, Sharon, sie ist traumatisiert.« Alfie seufzte.

»Okay, Sie wissen jedenfalls, was ich meine. Ich hab gehört, dass wir jedes Mal, wenn sie aufsteht, hinter geschlossenen Vorhängen in unserem Bett bleiben müssen. Ist das nicht unglaublich? Wie eine Mini-Ausgangssperre!«

»Wo um alles in der Welt haben Sie das denn gehört?« Alfie mochte Sharon, musste aber gestehen, dass er ihren Worten nicht immer traute.

»Ich hab die Schwestern gerade darüber reden hören. Es geht also nicht nur darum, dass sie sich weigert zu sprechen. Sie weigert sich *auch*, sich von irgendwem anschauen zu lassen. Die Schwestern klangen nicht besonders begeistert. Aber ich bin gar nicht überrascht – für wen hält diese Frau sich eigentlich!« Sharon schnappte plötzlich so laut nach Luft, dass Alfie sich erschreckt umwandte. »Vielleicht gehört sie zu den *Royals*.« Sharons Gesicht schien nur noch aus weit aufgerissenen Augen zu bestehen.

»Ganz langsam. Auf welchem Planeten leben Sie eigentlich?« Ihre wilden Spekulationen schienen Mr Peterson auf dem falschen Fuß erwischt zu haben. »Ein Mitglied der königlichen Familie würde wohl kaum ausgerechnet hier landen.«

»Das können Sie gar nicht wissen.« Sharon verschränkte spürbar verärgert die Arme vor der Brust.

»Nein, aber ich würde meine verbleibenden Jahre auf diesem Planeten darauf verwetten, dass sie nicht zu den Royals gehört.« Der alte Mann wandte sich an Alfie. »Finden Sie raus, was zum Teufel hier vor sich geht, ja? Das ganze Theater wird mir zu viel. Und jetzt kommen Sie, gehen wir wieder rein. Mein Kakao wird schon kalt.«

Alfie war nicht besonders zuversichtlich, mehr in Erfahrung bringen zu können, aber ein Versuch konnte nicht schaden.

»Na gut, aber versprechen kann ich nichts. Anscheinend macht das Krankenhaus ja ein großes Geheimnis um diese Patientin.«

Zu dritt kehrten sie in ihr Zimmer zurück.

»Agnes kommt nachher vorbei, und ich will den Kakao ausgetrunken haben, ehe sie mir wieder einen Vortrag über meinen Blutzuckerspiegel hält.« Mr Peterson nahm einen herzhaften Schluck aus der Tasse. »In der Zwischenzeit, mein Junge, machen Sie sich besser an die Arbeit und lösen dieses Rätsel. Wenn einer es schafft, Schwester Angles ein paar Informationen zu entlocken, dann Sie.«

»Genau, und ich rate Ihnen, mir Bescheid zu sagen, sobald Sie etwas rausfinden!« Süßlich lächelnd stieß Sharon ihm einen Finger in die Brust. Dann ging sie zu ihrem Bett.

»Warten wir mindestens noch einen Tag ab, dann stelle ich meine Fragen.«

Alfies Vorschlag fand kaum Anklang, doch er wusste, dass Abwarten angesagt war. Eine Geduldsprobe erwartete ihn. Nicht unbedingt die leichteste Übung, aber eine, die er unbedingt hinkriegen musste.

»Jeder Schritt nach vorn ist ein Schritt mehr ...«, murmelte er leise vor sich hin.

9
Alice

»Wer liegt in dem Bett da, Mum?«

Träge erwachte Alice aus dem Schlaf und sah den Schatten einer kleinen Gestalt vor ihrem Vorhang.

»Was, meine Süße?«, fragte eine Stimme am anderen Ende des Raumes.

»Neben Alfie. Die Vorhänge sind zu. Ist da jemand drin?«

Dann hob das Mädchen langsam die Hand. Alice sah die Umrisse der kleinen Fingerspitzen, die nach dem Stoff griffen, der sie vor sämtlichen Blicken verbarg. Alles passierte in Zeitlupe. Wie um alles in der Welt sollte sie das kleine Mädchen dort verscheuchen? Sollte sie schreien? Sie war nicht sicher, ob ihre Stimme das mitmachen würde, aber irgendetwas *musste* sie unternehmen.

»Ruby! Nein!«, fuhr eine der Schwestern das Mädchen an, das den Vorhang auf der Stelle losließ. »Tut mir leid, Schätzchen, ich wollte dich nicht anschreien. Aber hinter dem Vorhang liegt jemand, der heute keinen Besuch haben möchte.«

Alice sah, wie eine zweite Silhouette das Mädchen wegführte. Auf ihrer Stirn hatten sich Schweißperlen gebildet, und ihr Herz hämmerte wild.

»Aber wer möchte denn keinen Besuch?« Beim überraschten Ton in Rubys Stimme wurde Alice schwer ums Herz. »Jeder will doch Freunde haben, oder?«

»Ja, natürlich. Bloß im Moment nicht. Komm hier rüber, und zeig deiner Mum, wie gut du beim Leiterspiel bist, okay?«

Alice sah zu, wie der Umriss sich entfernte. Doch die Frage des kleinen Mädchens hallte lautstark in ihrem Kopf nach.

Es war ihr dritter Tag auf der Station, und Alice war klar, dass ihr bisheriger Plan – sich zurückzulehnen und die Tage an sich vorbeiziehen zu lassen – sich nicht so leicht in die Tat umsetzen lassen würde wie gedacht. Schon seit dem allerersten Morgen hatte sie immer wieder die Silhouetten der anderen Patienten vorbeigehen oder unauffällig in der Nähe verharren sehen, wo sie hofften, einen Blick auf sie werfen zu können. Als das nicht funktioniert hatte, war das Flüstern immer lauter geworden, und mehrfach hatte sie die Frage gehört: »Haben Sie sie schon gesehen?« Dies hier war eindeutig keine Station, auf der man für sich allein bleiben konnte. Meistens gelang es ihr, die Umgebung zu ignorieren und sich darauf zu verlassen, dass ihr alter Freund, der Schlaf, sie von hier forttrug. Doch manchmal, wenn der Schatten einer Person ein wenig zu lange vor dem Vorhang verharrte, beschleunigte sich ihr Puls, und sie spürte die Angst im ganzen Körper. So knapp wie jetzt war es allerdings bisher noch nie gewesen, und ihr Atem hatte sich kaum beruhigt, als sie hörte, wie sich erneut jemand näherte.

»Alice, meine Liebe, wenn es in Ordnung ist, komme ich jetzt rein.« Schwester Angles schob ihr Gesicht durch den Vorhang, noch ehe sie zu Ende gesprochen hatte. Aus der Art, wie die Schwester – in völligem Kontrast zu ihrem sonstigen energischen Auftreten – zögerlich am Fuß ihres Bettes stehen blieb, schloss Alice, dass sie keine guten Nachrichten für sie hatte.

»Wir haben neulich darüber gesprochen, wie wichtig die Physiotherapie für Sie ist, und ich weiß, dass Ihnen die Vorstellung, aufzustehen und sich den anderen Patienten zu zeigen, große Angst macht. Also haben wir einen Kompromiss gefunden. Ich möchte ausdrücklich betonen, dass er nur vorübergehend gilt, bis Sie ein wenig mehr Vertrauen gewonnen haben. Wir können das nicht ewig so durchziehen, okay?«

Alice war noch nicht ganz klar, wozu sie hier ihre Zustimmung geben sollte, daher rührte sie sich nicht und zeigte keinerlei Reaktion.

»Wenn Ihre Einheiten anstehen, bitten wir sämtliche anderen Patienten auf der Station, bei geschlossenen Vorhängen in ihren Betten zu bleiben, während wir Sie in den Frauen-Aufenthaltsraum bringen, den wir für eine Stunde reserviert haben. Dort haben dann nur Sie, der Physiotherapeut und ein paar Schwestern Zutritt, okay?«

Erleichterung und Angst wechselten sich in ihr ab.

»Wir müssen sehen, dass Sie in Bewegung kommen, Alice. Bei diesem Punkt gibt es keinen Spielraum für Verhandlungen«, verkündete die Schwester mit ernster Miene. »Und wir fangen jetzt gleich damit an.«

Alice' Augen füllten sich mit Tränen, und sie schüttelte resigniert den Kopf. Warum taten sie ihr das an? Hatte sie nicht schon genug durchgemacht?

Schwester Angles legte vorsichtig eine Hand auf ihre Füße. »Ich weiß, dass es schwer für Sie ist, Schätzchen, aber ich kann Sie nicht hier im Bett vergammeln lassen. Je eher wir anfangen, desto schneller haben Sie es hinter sich.«

Alice blickte nicht einmal auf. Sie hörte die Schwestern vor dem Vorhang, die darauf warteten, dass Schwester

Angles ihnen grünes Licht gab. Sie würde von hier weggebracht werden, ob es ihr passte oder nicht.

An jedem anderen Tag hätte Alice beim Anblick eines Rollstuhls, den man ihr anbot, rebelliert. Im Augenblick allerdings hatte sie wichtigere Sorgen. Auch das frustrierte Aufstöhnen der Mitpatienten drang kaum zu ihr durch. Die Schwestern, die sich nun in Scharen ihrem Bett näherten, ließen sie kalt. Das Einzige, worauf Alice sich konzentrieren konnte, war die Hand von Schwester Angles, die den Vorhang jeden Moment zurückziehen würde.

»Alle sind in den Betten, und die Vorhänge sind zu«, meldete die junge Schwester pflichtbewusst. Wäre sie nicht Teil des Geschehens, hätte Alice sich wahrscheinlich über die Absurdität der Situation amüsiert. Eine geradezu militärisch anmutende Operation, bei der sich alles allein um sie drehte. Bloß weil sie so verdammt stur war und solche Angst hatte, ihr Gesicht offen zu zeigen.

»Gut, Alice, können Sie jetzt bitte die Beine über die Bettkante schwingen, damit wir Ihnen in den Stuhl helfen können?«

Und wenn sie nun Nein sagte? Wenn sie sich weigerte, sich zu rühren? Was würde passieren? Würde man sie wirklich mit Gewalt aus dem Bett holen? Nach einem kurzen Blick in Schwester Angles' Gesicht entschied sie sich, auf die Antwort lieber zu verzichten.

Alice rutschte ein kleines Stück hoch, um aufrechter sitzen zu können. Langsam schob sie ihr rechtes Bein zur Bettkante und weiter darüber hinaus. Sie wusste nicht, was das ganze Theater sollte. Natürlich fühlte es sich ein bisschen steif an, aber sonst war alles bestens. Dann kam das linke Bein. Der erste Versuch, es zu bewegen, schien ihre Nerven in Brand zu setzen. Die minimalen Bewegungen der Verbände auf ihrer Haut jagten ihr einen Schauder nach dem anderen über den Rücken. Wie war es möglich, dass sie so schwach geworden war?

»Versuchen Sie, die Arme einzusetzen, Schätzchen.« Schwester Angles' Blick war so intensiv, dass Alice kaum hinsehen konnte.

Sie stützte sich, die Hände neben den Hüften, ab. Ihr Gesicht war vor Konzentration derart angespannt, dass sie buchstäblich die tiefen Runzeln auf ihrer Stirn spürte.

Komm schon, setz dich einfach auf.

Alice stemmte sich so fest wie möglich auf beide Arme, doch sie gaben nach.

Irgendwie kam es ihr vor, als hätte der ganze Raum die Luft angehalten.

»Haben Sie etwas dagegen, wenn ich Ihnen helfe?« Vorsichtig trat Schwester Angles einen Schritt vor. Was blieb ihr auch sonst übrig? Sollte sie am Bett warten und zuschauen, wie Alice irgendwann auf dem Fußboden landen würde? Ein Gefühl der Erniedrigung brannte in ihrer Brust. Was war aus ihr geworden? Dieses Unglück hatte sie mehr gekostet als ihr Aussehen. Es hatte ihr sämtlichen Stolz und sämtliche Kraft geraubt. Das Schamgefühl war unerträglich. Widerstrebend nickte sie mit dem Kopf.

»Gut, meine Liebe. Ich werde dieses Bein jetzt ganz vorsichtig bewegen, okay? Drücken Sie einfach meinen Arm, wenn ich Ihnen wehtue.«

Langsam und so sanft wie möglich hob Schwester Angles Alice' Bein erst hoch und dann zur Seite. Auf diese Weise berührt zu werden war ein fremdartiges Gefühl. Traurigkeit und Abscheu vermischten sich, und ihr wurde schwindlig.

Lass es vorbei sein, bitte, Gott, lass es vorbei sein.

»Wunderbar, Sie machen das wirklich toll. Als Nächstes bitte ich Sie, sich auf mich zu stützen, damit ich Sie in den Stuhl setzen kann, okay?«

Sie fühlte sich wieder wie ein Kind. Hilflos, nutzlos und völlig von jemandem abhängig. Diese Erfahrung war so erniedrigend, dass Alice am liebsten so lange geschrien hätte, bis das ganze Krankenhaus ihren Schmerz spürte. Stattdessen kapitulierte sie, ließ sich schlaff in Schwester Angles' Arme sinken und dann von der Bettkante in den Rollstuhl heben.

»Perfekt. Und jetzt fahren wir Sie auf dem schnellsten Weg zu Darren.« Ihre ruhige, kontrollierte Stimme war der einzige Rettungsanker, der Alice vor dem Durchdrehen bewahrte. »Sally, zieh bitte den Vorhang auf.«

Im nächsten Moment schob man sie hinaus in die große weite Welt der Station.

10
Alfie

Alfie hatte versucht, die Szene nebenan nicht zu belauschen, aber das war unmöglich. Die aufmunternden Worte von Schwester Angles ließen ihn vielmehr zusammenzucken. Schließlich erinnerte er sich nur zu gut daran, wie es sich anfühlte, wenn man darum kämpfte, sich aufrecht zu halten. An die unglaubliche Kraft, die es kostete, sich auch nur einen Zentimeter vorwärtszubewegen. An das demoralisierende Gefühl, wenn man getragen werden musste wie ein hilfloses Kleinkind. Alfie wusste, wie jeglicher Stolz und jegliches Selbstgefühl zerbrechen konnten, wenn das eigene Überleben von einem Moment auf den anderen in der Hand von Fremden lag.

Schuldgefühle und – so ungern er es zugab – Mitleid wallten in ihm auf. Wie unfair hatten sie doch alle reagiert. Sharon hatte sich geirrt. Seine Nachbarin hatte nichts für sich gefordert. Die Idee stammte von Schwester Angles und war ein Trick, um der Frau zu helfen. Er schwor sich, so bald wie möglich mit Sharon zu reden und alles geradezurücken.

Das Geräusch eines Rollstuhls, der zurück an Alice' Bett gefahren wurde, war das Signal, auf das sie alle gewartet hatten. Nach einer Stunde war die Einheit beendet. Es war vorbei. Aber niemand wagte es, sich auch nur im

Geringsten zu rühren, ehe Schwester Angles grünes Licht gegeben hatte.

»Gut. Jetzt dürfen Sie alle wieder aufstehen«, dröhnte ihre Stimme durch den Raum.

»Das wurde auch Zeit!«, stöhnte Mr Peterson lauf auf.

»Bis Sie uns das nächste Mal wie Kühe einpferchen!«, blaffte Sharon.

»Wie lange müssen wir das mitmachen, Schwester? Beim nächsten Mal besorge ich mir vorher ein paar Snacks.« Jackie grinste süffisant.

»Jede Woche, bis ich etwas anderes sage. Also checken Sie besser schnell Ihre Vorräte.«

Verärgertes Murmeln und unruhiges Füßescharren drangen durchs Zimmer, doch obwohl die Patienten grünes Licht bekommen hatten, rührte sich niemand. Kein Vorhang wurde aufgezogen, und alle blieben in ihrem Bett. Alfie hätte nicht sagen können, ob es der Ausdruck von Lethargie oder von stillem Protest war. Er wusste nur, dass er sich nicht mal mit seinen geliebten Rätseln ablenken konnte, sosehr er es auch versuchte. Immer wieder wanderten seine Gedanken zu ihr. Als er gehört hatte, wie ihr Rollstuhl zurück ins Zimmer geschoben worden war, hatte ihn der überwältigende Drang überfallen, einen kurzen Blick auf sie zu werfen. Dazu hätte er nur kurz durch seinen Vorhang spähen müssen. Er wollte doch bloß für einen Moment den Menschen sehen, der im Mittelpunkt dieses ganzen Aufwands stand. Wer war diese Frau? Wie schwer war sie verletzt? Schon mit dem Anblick ihres Hinterkopfs wäre er fürs Erste zufrieden gewesen. Und trotzdem hatte er sich zusammengerissen. Sämtliche Augen der Schwestern warteten doch bloß auf einen Gaffer, und Alfie hatte keine Lust, vor allen anderen als derjenige dazustehen, der sich nicht an die Regeln gehalten hatte. Davon abgesehen war Neugier keine Entschuldigung für Respektlosigkeit.

Er atmete tief durch, hievte sich ein Stück hoch und griff diesmal lieber zu den Krücken statt zur gefürchteten Prothese. Wenn er die Prothese benutzte, war sein Stumpf nachher oftmals wund und empfindlich, also gönnte er sich noch einen Moment Ruhe. Und obwohl es jetzt wieder erlaubt war, machte ihn der Gedanke, seine Kabine zu verlassen, ein wenig nervös. Das Echo einer alten, kindlichen Angst vor Zurechtweisung.

*

»Mother A, haben Sie eine Minute Zeit für mich?« Alfie trat vorsichtig an die Tür des Schwesternzimmers.

»Natürlich.« Sie wirkte nervös und irgendwie nicht ganz auf der Höhe.

»Was läuft hier ab?«

»Wie meinen Sie das? Was soll ablaufen?« Ihre Augenbrauen zogen sich zur Mitte der Stirn hin zusammen.

»Mit der Dame in Bett dreizehn.«

Schwester Angles schob ihren Papierkram beiseite und schaute ihm geradewegs ins Gesicht. »Ich hab Ihnen gesagt, sie ist traumatisiert, Alfie. Ich hab Sie gewarnt, schon bevor sie auf die Station gekommen ist.«

»Ich weiß, aber wahrscheinlich war mir nicht klar, wie schlimm es ist. Dieses ›Alle einsperren, bis sie sich irgendwann in die große weite Welt hinauswagt‹-Theater kann ja keine Dauerlösung sein.«

»Tatsächlich nicht, Alfie? Da bin ich überrascht! Ich hätte

vermutet, dass Sie der Erste sind, der Verständnis für sie hat.«

»Bin ich auch. Ich kann nur nicht nachvollziehen, warum sie diese ganze Sonderbehandlung bekommt.« Der kindliche, nörgelnde Ton seiner Stimme ging ihm selbst auf die Nerven.

»Sie müssen es auch nicht nachvollziehen können, Alfie. Aber wenn Sie es wirklich wissen wollen: Das arme Mädchen hat hier im Krankenhaus noch kein einziges Wort gesprochen. Und um die Sache noch schlimmer zu machen, hat sie kein einziges Mal Besuch gehabt. Die Person, die sie als Kontakt für Notfälle angegeben hat, lebt offenbar in Australien, und niemand konnte sie bisher erreichen. Und ansonsten gibt es niemanden, verstehen Sie, Alfie? Niemanden. Sie haben also hoffentlich nichts dagegen, dass wir beschlossen haben, ihr ein bisschen Extra-Unterstützung zu gönnen.«

Nie zuvor hatte sie auf diese Weise mit ihm gesprochen. Ihre Augen waren herausfordernd aufgerissen, und sie atmete schwer. Es wirkte, als mache sie sich für einen Kampf bereit, doch Alfie war nicht so dumm, sich darauf einzulassen. Scham wallte in ihm auf.

»Niemand hat sie besucht?« Erst jetzt drangen die Worte richtig zu ihm durch.

»Das hätte ich Ihnen nicht erzählen dürfen. Tut mir leid, ich habe mich für einen Moment vergessen.« Frustriert schüttelte sie den Kopf. »Es ist nur ... Sie braucht unsere Hilfe, und ich versuche, mein Bestes zu geben.«

Die Bitterkeit in ihrer Stimme traf ihn am härtesten. Die unverwüstliche Mother A wirkte plötzlich so hilflos und verloren.

»Glauben Sie mir, wenn irgendwer ihr helfen kann, dann sind Sie das. Sie hat richtig Glück, dass sie in Ihrer Obhut gelandet ist. Ich verspreche, dass ich so gut wie möglich meinen Beitrag leiste.« Als er sah, wie ihr Lächeln zurückkehrte, spürte er die Erleichterung im ganzen Körper.

»Danke, Alfie. Und jetzt ab mit Ihnen. Sie haben sicher Besseres zu tun, als mich auf meinem Rundgang über die Station zu begleiten.«

»Oh, klar, Sie kennen mich ja. Aktiv ohne Ende! Schließlich sind die Möglichkeiten hier ja auch *grenzenlos*.«

»Benehmen Sie sich, und jetzt los! Ich muss arbeiten.« Mit beiden Händen scheuchte sie ihn davon.

Auf dem Weg zu seiner Kabine starrte er auf die geschlossenen Vorhänge vor Bett dreizehn. Wieder spürte er Schuldgefühle in der Brust, im Magen, dick und klebrig wie Teer.

Wer bist du?«, flüsterte er.

Die einzige Antwort war Schweigen.

11
Alice

Nach einer Stunde war sie zurück in der Sicherheit ihrer Kabine. Es waren emotional und physisch erschöpfende sechzig Minuten gewesen, und Alice fühlte sich so am Boden zerstört wie an dem Tag, als sie nach dem Unglück das erste Mal die Augen aufgeschlagen hatte. Jeder einzelne Muskel schmerzte, vor allem aber ihr Herz. Wie sollte sie das auch nur ein zweites Mal aushalten, geschweige denn jede Woche, wie die Ärzte es angeordnet hatten?

»Sie haben das großartig gemacht, Alice«, beteuerte Schwester Angles mit gurrender Stimme und half ihr wieder ins Bett. »Das erste Mal ist immer das schwerste. Aber warten Sie ab, es wird leichter, das kann ich Ihnen versprechen.«

Alice schloss die Augen und ließ den Kopf schwer ins Kissen sinken.

»Sollten Sie etwas brauchen, dann wissen Sie ja, wo ich bin. Klingeln Sie einfach, okay?«

Das Einzige, was Alice brauchte, war, allein zu sein. Sie wollte versuchen, die beschämende letzte Stunde aus ihrer Erinnerung zu löschen. So zu tun, als hätte es sie nicht gegeben. Wenn sie den Weg hin zur Physiotherapie schon für demütigend gehalten hatte, dann waren die Übungen selbst noch weit schlimmer gewesen. Ohne Hilfe hatte sie nicht aufrecht stehen können. Sich weiter als fünf Zentimeter voranzubewegen, war unmöglich gewesen. Wie hatte sie sich dermaßen zurückentwickeln können? Jeder Rest Selbstwertgefühl, den sie noch besessen haben mochte, war zerstört. Jeder Rest Würde, an den sie sich geklammert hatte, war verschwunden. Sie war so schwach, so zerbrechlich geworden, dass sie sich wie eine leere Hülse vorkam, die von der kleinsten Brise davongeweht werden konnte. Bei jeder Bewegung protestierte ihre gesamte linke Körperhälfte. Die Haut zerrte an den Nähten, und Alice hatte das sichere Gefühl, sie würden jeden Augenblick reißen. Es kam ihr vor, als würde man sie mit Rasierklingen abschaben, Schicht für Schicht von ihr abtragen, bis nichts mehr übrig war.

Zum Glück verlief der Rest des Tages wie am Schnürchen. Offenbar waren die regelmäßigen Abläufe auf dieser Station nicht so verschieden von denen, die sie zuvor schon kennengelernt hatte. Als sie zur Physio gefahren worden war, hatte sie ihre Umgebung zum ersten Mal bei Tageslicht betrachten können. Es gab hier dieselben beigefarbenen Wände, dieselben Plastikmöbel, dieselben grellen Leuchtröhren. Es gab dieselben acht Betten, vier auf jeder Seite des Zimmers, abgetrennt durch dieselben blauen Stoffvorhänge, die so viel Intimsphäre garantierten wie ein Blatt Papier. Ein Zimmer sah aus wie das andere, und die Einrichtung zielte einzig und allein darauf, dass alles möglichst steril und unauffällig wirkte. Dummerweise war der Geruch, der überall hing, alles andere als unauffällig – eine wilde Mischung aus menschlichen Ausflüssen und Desinfektionsmittel, so als würde irgendwer verzweifelt versuchen, den Schweiß, das Blut und die Tränen fortzuwischen, die die Bewohner der Zimmer absonderten.

Immerhin kam der Schlaf an diesem Abend schnell, um sie zu umfangen und sie aus der Realität des Tages fortzutragen. In ihren Träumen konnte sie problemlos wieder in ihr altes Leben zurückkehren, mit funktionierenden Gliedmaßen und einer glatten, makellosen Haut. Während dieser wenigen Stunden konnte Alice endlich frei sein.

*

»Schon wieder Cornflakes zum Frühstück. Die ödesten Frühstücksflocken auf diesem Planeten.«

Langsam regte sich Alice, von einer Stimme aus dem Nachbarbett geweckt. Sie war leise und beinahe freundlich, gerade laut genug, dass Alice sie hören konnte. Der Tonfall war leicht und versprühte einen jungenhaften Übermut, der von sorglosen Tagen und Freiheit kündete. Vielleicht träumte sie noch – an einem Ort wie diesem hier konnte doch wohl niemand etwas anderes als Verzweiflung spüren.

»Gibt es einen Menschen auf der Welt, der tatsächlich gern Cornflakes isst? Schon klar, sie sind ein Frühstücksklassiker, aber ich würde wirklich gern jemanden kennenlernen, der sie freiwillig isst, wenn er die Wahl hat.«

Alice war jetzt endgültig wach und regte sich leicht. Der Mann redete doch wohl nicht mit ihr?

»Warum sollte man sich aus allen mit Zucker überzogenen Kohlehydraten, die man zum Frühstück bekommen kann, ausgerechnet Cornflakes aussuchen? Ich kapier es einfach nicht. Verstehen Sie, was ich sagen will, Nachbarin?«

O Gott, er spricht mit mir ...

»Vielleicht haben wir Glück und werden morgen mit Coco Pops überrascht. Die hab ich früher geliebt. Die Kinder in der Schule sind verrückt danach. Genau genommen sind sie verrückt nach allem, was mit Schokolade überzogen ist.«

Bitte hören Sie auf. Um unserer beider willen, hören Sie auf zu reden.
»Da haben wir's mal wieder: Ich spreche mit Ihnen, ohne mich überhaupt vorzustellen. Ich heiße Alfie.«
Hi, Alfie, wissen Sie was? Es interessiert mich nicht.
»Ich möchte Sie im Namen aller hier auf der Moira-Gladstone-Station begrüßen! Wir wünschen Ihnen einen angenehmen Aufenthalt. Ein paar kurze Hinweise zum besseren Einleben: Zu Ihrer Rechten befinden sich die Waschräume der Frauen, links die der Männer. Bitte bringen Sie das nicht durcheinander, sonst könnten Sie ein Trauma ungekannten Ausmaßes erleben. Das Unterhaltungsprogramm wird während Ihres Aufenthalts wechseln, aber zur De-luxe-Ausstattung Ihres Zimmers gehört Ihr ganz privater Fernseher. Leider müssen Sie auf Sky verzichten, aber ich finde, Channel 5 bietet nachmittags eine überraschend gute Auswahl an Dokumentarfilmen.«
Er legte eine kurze Pause ein, um Atem zu holen.
»Um es ganz offen zu sagen, wir sind ein ziemlich gemischter Haufen hier, aber letztlich versuchen wir bloß alle, wieder auf die Beine zu kommen. Aufs Bein, in meinem Fall! Ich weiß nicht, wie es Ihnen geht, aber ich finde es seltsam, wie schnell man sich ans Krankenhausleben gewöhnt. Wie lange sind Sie jetzt schon hier?«
Mein Gott, Mann, hören Sie jetzt wohl auf?
»... Wie auch immer, wahrscheinlich lange genug, um sich daran gewöhnt zu haben, dass sich ständig jemand an Ihrem Körper zu schaffen macht. Ich schätze, wenn ich hier rauskomme, werde ich es wirklich vermissen! Morgens wach zu werden, ohne von Schwester Angles durchgecheckt zu werden, wird einfach nicht dasselbe sein, verstehen Sie?«

Sie verstand es nicht. Im Gegenteil: Sie zählte die Sekunden, bis sie sich von niemandem mehr würde berühren lassen müssen.

Und im Augenblick zählte sie die Sekunden, bis er sie in Ruhe ließ.

»Ich weiß nicht, wie Sie das hinkriegen. Das mit dem Schweigen, meine ich. Mich würde es *verrückt machen*.«

Das Einzige, was mich im Moment verrückt macht, sind Sie ...

»Hey, Nachbarin, mögen Sie Rätsel?«

Er tat nicht mal so, als würde er auf ihre Antwort warten. Sie drehte sich zur Seite, schloss die Augen und betete inständiger denn je, dass der Schlaf kommen und sie aus dieser Situation retten möge.

»Ich war schon immer besessen davon. Ohne Rätselheft gehe ich nirgends hin. Nur für den Fall, dass, ich weiß nicht ... Dass ich mich plötzlich längerfristig auf einer Krankenstation wiederfinde und jeder Tag mit Nichtstun angefüllt ist. Es ist eine gute Art, das Hirn aktiv zu halten.«

Sie hoffte, sein Hirn werde in Kürze die Aktivität einstellen. Sie war sich nicht sicher, wie lange sie ihn noch ertragen würde. Ihr Schweigen schien ihn anzustacheln, als würde sie ihn herausfordern, es noch konsequenter zu versuchen. Doch trotz des Bombardements mit Worten blieb sie stoisch und stumm.

»Alfie, was zum Teufel machen Sie da?« Eine der Schwestern unterbrach seinen Monolog.

»Nichts. Ich rede nur mit mir selbst.« Es klang, als schäme er sich nicht mal ansatzweise, erwischt worden zu sein. Alice verdrehte die Augen und dankte der Schwester stumm für ihr Timing.

»Klar ... sicher ... Sie müssen jetzt zur Physio, also auf und raus aus dem Bett.«

»Okay, ich komme. Lassen Sie mir einen Moment Zeit, damit ich mein Bein anziehen kann, ja?«

»Natürlich. Darren erwartet Sie am üblichen Ort.« Alice hörte, wie die Schritte der Frau sich entfernten.

»Ich bin bald zurück, Nachbarin. Hoffentlich wird es Ihnen ohne mich nicht zu einsam.«

Endlich konnte Alice wieder in der wunderbaren Stille baden. Sie ließ ihre Gedanken kommen und gehen, wie sie wollten. Eine Gelegenheit, die sich ihr im normalen Leben selten geboten hatte. Immerzu hatte sie irgendetwas tun, irgendwo sein und irgendeine Liste abarbeiten müssen. Gott, wie sie es vermisste, beschäftigt zu sein. Die einzige Aktivität, die im Moment auf ihrer Liste stand, bestand darin, mit einem Ohr darauf zu lauschen, wann ihr Nachbar zurückkehren würde.

Nur zwei Stunden später hörte sie wieder seine Stimme.

»Gott, war das hart.« Er versuchte, optimistisch zu klingen, doch die Erschöpfung in seiner Stimme war unüberhörbar.

»Darren denkt gar nicht daran, einen zu schonen, stimmt's?«

Er ist müde. Irgendwann wird er die Klappe halten.

So weit hatte Alice recht. Als es Nacht wurde und die Station sich zum Schlafen bereit machte, wurden die Pausen zwischen seinen Gesprächsversuchen immer länger. Schließlich drangen aus seiner Richtung nur noch das tiefe Seufzen und Gähnen eines Menschen herüber, der kurz vor dem Einschlafen war.

*

»Wach auf!«

Sie riss die Augen auf. Es war stockdunkel.

»*Bitte.*«

Jetzt war Alice hellwach. Sie begriff, dass die Schreie von dem Mann im Bett nebenan kamen.

»Ross, bitte.«

Seine Selbstgespräche wurden intensiver. Soweit sie es beurteilen konnte, durchlebte er gerade die Erinnerung an etwas Schreckliches. Dass sie Zeugin seines Schmerzes wurde, ließ Alice den Atem stocken. Dieses Stöhnen und die Schreie. Gedämpft und trotzdem schrecklich, herzzerreißend, bis …

»Ross. Ross. O Gott, bitte wach auf!«

Das Murmeln wurde lauter und panischer. Alice hoffte, jemand werde kommen und ihn wach rütteln, doch er machte immer weiter. Was zum Teufel sollte sie tun? Sie konnte ihn nicht wecken. Und wenn er sich nun einen kranken Scherz auf ihre Kosten erlaubte? Wenn dies ein perverser Versuch war, sie zum Reden zu bringen?

Dann hörte sie es.

»Ciarán, nein! Nein. Nein. Nein. Bitte nicht.«

In seinem Schrei lagen pures Entsetzen und ein derartiger Schmerz, dass Alice die Tränen kamen.

Ein Scherz war das ganz sicher nicht.

12
Alfie

Er fuhr aus dem Schlaf hoch.

»Mein Gott, reiß dich zusammen«, platzte er heraus. Er hatte es satt, seine ganz persönliche Hölle immer wieder aufs Neue zu durchleben. Die Angst aus seinem Traum verwandelte sich in tiefe Frustration. Warum tat er sich das immer wieder an?

Du Schwächling, du dämlicher Idiot.

In Gedanken wiederholte er die Selbstvorwürfe ein ums andere Mal. Dabei hieb er mit der Faust auf sein noch vorhandenes Bein. Er wollte die Dummheit hinausprügeln und sich ein bisschen Verstand und Logik einbläuen.

»Tun Sie das nicht. Denken Sie daran, dass Sie nur noch das eine haben«, meldete sich eine leise Stimme direkt hinter seinem Vorhang.

»Mr P?« Er schämte sich. Gott sei Dank war sein Gesicht nicht zu sehen.

»Ja, mein Junge. Versuchen Sie, sich noch ein bisschen auszuruhen. Morgen früh brauche ich Sie für ein besonders kniffliges Kreuzworträtsel, da müssen Sie in Topform sein.«

»Okay.« Eine Träne lief Alfie über die Wange. Er schloss die Augen und schluckte den Klumpen von Traurigkeit herunter, der ihm in der Kehle saß. Wenn er Mr Peterson aufgeweckt hatte, musste seine Nachbarin erst recht wach geworden sein. Doch sie hatte auch jetzt kein Wort gesagt.

Schweißgebadet und atemlos daliegend, spürte er eine tiefe Frustration darüber, wie oft er sich in dieser Situation wiederfand. Er hatte so lange versucht, sich die Flashbacks vom Leib zu halten und die Erinnerungen an den Unfall, die er nicht ertragen konnte, in sich zu begraben. Doch jedes Mal, wenn er geglaubt hatte, es geschafft zu haben, schien sein Hirn ihn auf grausame Weise daran erinnern zu wollen, dass die Schlacht noch nicht vorüber war.

Als er nach dem Unfall das erste Mal zu sich gekommen war, hatte er sich an kaum etwas erinnern können. Durch die Kopfverletzung, die er erlitten hatte, waren die meisten Einzelheiten wie ausradiert gewesen. Was, wie er oft dachte, wenigstens ein kleiner Segen war. Dann fingen die Flashbacks an. Heftig und atemlos. Irgendwie konnte er es nicht glauben. Kaum begann er, sich etwas stabiler zu fühlen, schien sein Hirn sich entschlossen zu haben, den Schalter umzulegen und ihn wieder ganz auf null zurückzuwerfen. Regelmäßig tauchten die inneren Bilder des Wracks auf, teils auch mehrmals täglich. Dazu musste er nicht mal schlafen. Sie kamen willkürlich und ungefragt. Nie zuvor hatte er das Gefühl gehabt, derart die Kontrolle über sein Leben verloren zu haben. Und dabei ging es nicht um stinknormale Albträume. Es war real. Es war wie eine Zeitreise. Die toxische Mischung aus Benzin und verbranntem Gummi stach in seiner Nase. Seine Ohren waren von dem betäubenden Lärm erfüllt, von dem Schreien und dem Weinen. Er sah die wie Papier zerknüllten Überreste des Autos, aus dem er auf den Asphalt geschleudert worden war. Der Wagen war unter dem Lastwagen begraben, dem er in die Quere gekommen war. Und dann hatte er *sie* gesehen, und seine Welt stürzte ein weiteres Mal über ihm zusammen.

Anfangs hatte er geglaubt, die Flashbacks würden durch etwas Spezifisches ausgelöst: einen Geruch, ein Wort, eine bestimmte Tageszeit. Er machte sich verrückt im Versuch, die genauen Anlässe herauszufinden, die ihn dazu brachten, schreiend und um sich schlagend die Ereignisse jenes Abends zu durchleben. Doch sosehr er sich auch bemühte, musste Alfie schon bald akzeptieren, dass keine Analyse der Welt ihm zu einer Antwort verhelfen würde. Sein Gehirn hatte beschlossen, Sinn und Verstand über Bord zu werfen, sodass die Bilder ihn überfallen konnten, wann immer sie wollten.

Am schlimmsten war es regelmäßig am Morgen danach. Dann schmerzte jede Faser seines Körpers, und der Schlafmangel beraubte ihn jeder Energie. Doch er wusste, dass er – Erschöpfung hin oder her – einen Weg finden musste, sich seinen Optimismus zurückzuerobern, indem er sich die entsprechende Maske aufsetzte.

»Tu so als ob, und es wird wieder top«, hatte seine Mutter ihm immer eingeschärft. »Glaub mir, Junge, in den schlechten Zeiten war es das Einzige, was mich durchgebracht hat. Ich hab ein Lächeln aufgesetzt und mir sogar das eine oder andere Lachen abgerungen. Und eines Tages musste ich nicht mehr so tun als ob. Wenn du nur fest genug an etwas glaubst, wenn du es dir in jedem Augenblick des Tages einredest, dann wird es irgendwann Wirklichkeit.«

Er wusste, wenn sich jemand nicht unterkriegen ließ, so übel ihm das Leben auch mitspielte, dann war das seine Mutter. Also tat er als ob. Und zwar jeden einzelnen Tag, bis es zur Normalität wurde. Natürlich war es an manchen Tagen schwieriger als an anderen, doch ganz egal wie er sich innerlich fühlte, nach außen hin zeigte er stets ein Lächeln. Auch heute war es nicht anders.

»Guten Morgen, Mother A!«, rief er mit gezwungener Leichtigkeit und Beschwingtheit.

»Hi, Alfie.« Sie wirkte abgelenkt und fast ein wenig besorgt. Wer war die Frau in ihrer Begleitung? Alfie sah, wie die beiden an seinem Bett vorbeigingen und vor den geschlossenen Vorhängen von Bett dreizehn stehen blieben.

»Alice, stellen Sie sich vor … Sie haben Besuch!«

Alfie riss die Augen auf. O Gott, es passierte tatsächlich. Jemand war zu ihr gekommen.

»Alice, meine Liebe, hören Sie mich? Ihre Mum ist da!«

13
Alice

Zuerst hatte sie auf die Worte der Schwester kaum reagiert. Denn es war völlig ausgeschlossen, dass sie, Alice, tatsächlich gemeint war. Ihre beste Freundin Sarah war immer noch in Australien, und sonst hatte sie niemanden angegeben, der in Notfällen informiert werden sollte.

»Alice, meine Liebe, haben Sie mich gehört? Ihre Mutter ist gekommen.«

Scheiße, Scheiße, Scheiße, Scheiße, Scheiße.

Träumte sie? Sie hatte in der Nacht kaum geschlafen. Vielleicht halluzinierte sie?

»Alice, dürfen wir reinkommen?«

Auf gar keinen Fall. Nie im Leben stand ihre Mutter da draußen vor dem Vorhang. Die einzigen Menschen auf der Welt, die möglicherweise von ihrem Aufenthaltsort wussten, waren ihre Arbeitskollegen und Sarah. Und bei Sarah war Alice sicher, dass sie – selbst wenn sie auf wundersame Weise von dem Unglück erfahren hatte – zu solch einem Verrat nicht in der Lage gewesen wäre. Aber warum um alles in der Welt hätte ihre Mutter im Büro anrufen sollen? Alice bezweifelte, dass ihre Mutter überhaupt wusste, wo sie arbeitete. Fragen über Fragen schossen ihr durch den Kopf, doch jetzt war nicht der Zeitpunkt, nach Antworten zu suchen.

»Vergessen Sie nicht, Mrs Gunnersley: Alice mag eine Menge durchgemacht haben, aber da drin liegt immer noch Ihr kleines Mädchen. Vergessen Sie das nicht.«

Wahrscheinlich war das der Aspekt, der ihrer Mutter am meisten zu schaffen machte: dass unter den Narben noch immer die alte Alice verborgen war. Das kleine Mädchen, das sie seit fünfzehn Jahren nicht gesehen hatte. Die Tochter, die sie ablehnte, bloß weil sie am Leben war. Seit dem Tag, an dem sie ihn verloren hatten.

Die schlechte Nachricht für Alice bestand darin, dass auch ihre Mutter immer noch dieselbe war. Als der Vorhang beiseitegezogen wurde, schaute sie in dieselben seelenlosen Augen, in die sie schon als kleines Mädchen geblickt hatte. Nichts. Keinerlei Regung. Sosehr sie es auch hasste, dass Leute, die sie zum ersten Mal sahen, bei ihrem Anblick zusammenzuckten, schmerzte sie dieses ausdruckslose Starren überraschenderweise noch mehr.

»Also gut …« Die völlige Emotionslosigkeit der Besucherin schien sogar Schwester Angles aus dem Konzept zu bringen. »Dann lasse ich Sie beide mal allein. Alice, Schätzchen, Sie wissen, wie Sie mich rufen können, falls Sie noch irgendetwas brauchen.«

Schwester Angles nahm Alice' Hand und drückte sie leicht. Dann schaute sie ihr direkt in die Augen und flüsterte so leise, dass niemand sonst es hören konnte: »Ich bin gleich hier draußen, falls Sie mich brauchen, okay?«

Alice rang sich ein schwaches Lächeln ab und war froh, dass Schwester Angles ihre Lage anscheinend durchschaut hatte. Falls sie wollte, dass ihre Mutter verschwand, brauchte sie nur zu klingeln. Wenn nötig, würde jemand zu ihrer Rettung herbeieilen.

Als Schwester Angles sich umwandte, warf Alice einen kurzen Blick auf ihre Mutter, die offenbar unschlüssig war, ob sie lange genug bleiben wollte, dass sich das Hinsetzen lohnte, oder ob sie lieber stehen bleiben sollte. Sie entschied sich für Letzteres.

»Na, irgendwie überrascht es mich nicht, dass du mir nichts gesagt hast. Aber dich so zu sehen – meine Güte, Alice, wie konntest du nur?«

Moment mal, wie konnte sie was?

Worauf zum Teufel wollte ihre Mutter hinaus?

»Schau mich wenigstens an, um Himmels willen!«

Alice hob den Blick und starrte sie trotzig an.

»Wie konntest du beinahe *sterben* und mir kein Wort sagen? Glaubst du nicht, ich hab genug durchgemacht? Findest du es in Ordnung, wenn deine Mutter noch ein Kind verliert, ohne dass du ihr etwas davon sagst? Wann hätte ich es wohl rausgefunden? Wäre ich überhaupt zur Beerdigung eingeladen worden? Mein Gott, Alice. Keine Reaktion auf meine SMS – was sollte ich denn tun? Ich hab in deinem Büro angerufen. Wie peinlich, dass eine Mutter nicht weiß, wo ihre Tochter ist. Zum Glück fand dein Chef es dann offenbar *doch* angebracht, mir zu sagen, dass mein Kind beinahe gestorben wäre.«

Es war immer wieder verblüffend, wie viel Ablehnung in Worten mitschwingen konnte. Ihre Mutter hob niemals die Stimme und änderte nie ihren Gesichtsausdruck. Aber der Widerwille war da und schlug sich in jedem Wort aus ihrem Mund nieder.

Alice spürte, wie ein Feuer in ihr auflöderte. Es war so zerstörerisch wie das, das einen Teil ihres Körpers verzehrt hatte, doch diesmal kam es von innen heraus. Etwas in ihr wollte zurückschlagen, wollte die hasserfüllte Frau, die vor ihr stand, mit tausend gemeinen Worten treffen. Doch die einzige Rüstung, die sie besaß, war ihr Schweigen. Sie schloss die Augen und versuchte, ihre Atmung zu beruhigen.

Du bist kein kleines Mädchen mehr, Alice.

Innerlich wiederholte sie den Satz, bis sie sich einigermaßen unter Kontrolle hatte. Dann öffnete sie die Augen und lächelte.

»Ist das dein Ernst? Ich hab schon gehört, dass du mit niemandem sprichst, aber dass das jetzt auch für deine Mutter gilt? Hat das Feuer dir nicht nur das Aussehen, sondern auch die Stimme geraubt?«

Alice ballte die Fäuste. Ihre Fingernägel gruben sich so tief ins Fleisch, dass sie sich auf die Lippe beißen musste, um nicht zu schreien. Sie schauten sich immer noch in die Augen. Es war offensichtlich, dass ihre Mutter nicht klein beigeben würde. Vielleicht wäre es einfacher, etwas zu sagen, doch durch ihr Schweigen machte Alice ihre Mutter eindeutig wütender, als jede Beleidigung es vermocht hätte. Diese Genugtuung wollte sie ihr nicht gönnen.

Die Pattsituation schien sich über Stunden hinzuziehen, bis Alice schließlich den Blick abwandte und die Augen wieder schloss.

»Na, wenn du mir wirklich nichts zu sagen hast, schätze ich, dass ich jetzt gehe.«

Mit der Andeutung eines Nickens drehte ihre Mutter sich um und ging hinaus. Und zum ersten Mal, seit sie ein kleines Mädchen gewesen war, vergoss Alice Gunnersley Tränen um ihrer Mutter willen.

14
Alfie

Wäre es nicht ein solches Tabu gewesen, einer Fremden hinterherzulaufen, dann hätte Alfie sich versucht gefühlt, der kleinen irischen Dame zu folgen – bloß um zu sehen, ob sie tatsächlich echt war. Er konnte noch immer nicht glauben, was er aus dem Mund dieser Frau gehört hatte, die vor gerade mal zwanzig Minuten hier aufgetaucht war. Sie hatte so klein gewirkt, so vertrocknet, wie das aus Papier ausgeschnittene Bild einer menschlichen Gestalt. Aus dem Kragen ihrer Jacke hatte ein kleiner, runzliger Kopf hervorgeschaut, mit einem Gesicht, in dem Verzweiflung und Bitterkeit tiefe Spuren hinterlassen hatten. Alfie hatte vermutet, dass die Nachricht vom Beinahe-Tod ihrer Tochter ihr den Atem verschlagen hatte. Wie sehr hatte er sich doch geirrt! Auch als sie sich noch einmal umgedreht und seinen Blick erwidert hatte, war keinerlei Gefühlsregung zu erkennen gewesen. Sie war kalt wie Stein.

Hätte ich etwas sagen sollen?

Den restlichen Vormittag fühlte er sich rastlos. Es gelang ihm nicht, das Gespräch, dessen Zeuge er geworden war, aus dem Kopf zu bekommen. Er wusste, dass man sich in solchen Fällen am besten heraushielt – mit Familiendramen war immer schwer umzugehen, schon wenn es die eigenen waren. Er kannte die Frau ja nicht mal. Trotzdem widerstrebte es seiner ganzen Persönlichkeit, das Geschehen einfach zu ignorieren. Vielleicht würde er morgen etwas sagen. Den Staub sich legen und das Schweigen noch etwas länger andauern lassen. Dieses Schweigen, das inzwischen zum ständigen Begleiter geworden war, das zwischen ihnen zu hängen schien wie dieser verblasste blaue Vorhang.

Damit die Versuchung nicht zu groß wurde, sorgte Alfie dafür, dass er während des weiteren Vormittags beschäftigt war, indem er sich in den Kabinen anderer Patienten herumtrieb und jede Möglichkeit nutzte, Mr Peterson auf die Nerven zu gehen.

»Sie sind ja schon wieder da, mein Junge? Sehen Sie denn nicht, dass ich versuche zu lesen?«

»Agnes spielt heute Bridge, da dachte ich, Sie könnten ein bisschen Gesellschaft gebrauchen. Außerdem haben Sie in der letzten Stunde nicht ein einziges Mal umgeblättert, Mr P. Tun Sie nicht so, als fänden Sie Ihr Buch besonders spannend.«

Der alte Mann klatschte das Buch auf den Nachttisch. »Kein Wunder, dass ich mich nicht konzentrieren kann, wo Sie mir ständig in den Ohren liegen.«

»Genau, das war der Plan!« Grinsend zog Alfie ein dickes Rätselheft aus der Tasche.

»Kriegen Sie denn nie genug von diesen Dingern?«

»Nein.«

»Na schön. Aber suchen Sie heute ein leichteres raus, mir brummt jetzt schon der Schädel von Ihrem Gequatsche.«

Doch auch nach einer Stunde mit Sudokus und Kreuzworträtseln landete Alfie innerlich immer wieder bei derselben Frage.

Diese Frau soll ihre Mutter gewesen sein?

Alfie war in einer liebevollen Umgebung groß geworden und hatte naiverweise angenommen, dass es allen anderen genauso ging. Klar hatte es auch schwierige Zeiten gegeben. Momente, in denen er mit seinen beiden älteren Brüdern am liebsten nichts mehr zu tun gehabt hätte. Aber trotz allem Streit und Gezänk hatten sie sich immer geliebt. Schon bei dem Gedanken, dass sich das ändern könnte, wurde Alfie übel.

»He! Sind Sie überhaupt bei der Sache, Junge? Ich hab gesagt, vier senkrecht ist DREHTISCH.«

»Tut mir leid, tut mir leid.« Schnell kritzelte Alfie die Buchstaben in die Kästchen.

»Das will ich auch hoffen. Sie kommen hier rüber, stören mich beim Lesen, und dann konzentrieren Sie sich nicht mal!«, beschwerte sich der alte Mann.

»Zum Glück muss ich mich gar nicht konzentrieren. Mein Hirn ist noch nicht vom Alter verwirrt wie Ihres, stimmt's?« Er setzte ein schelmisches Lächeln auf.

»Sie sind vorlauter, als Ihnen guttut, Alfie. Eines Tages kriegen Sie einen Arschtritt wegen Ihrer großen Klappe, und dann schaue ich vergnügt zu!« Die Miene des alten Mannes hellte sich auf. »Jetzt sagen Sie schon, was haben Sie über Ihre Majestät, die Nachbarin, herausgefunden?«

»Nicht viel«, entgegnete Alfie unbehaglich.

»Erzählen Sie mir keine Märchen, bitte. Ich hab die Frau doch in ihre Kabine gehen sehen. Lange ist sie ja nicht geblieben, hm? Was haben sie *geredet*? Sie müssen doch was gehört haben!«

Für einen Mann von zweiundneunzig war Mr Peterson ausgesprochen scharfsichtig. Alfie wusste, dass seinen aufmerksamen Augen und Ohren nichts entging.

»Sie kriegen aber auch alles mit, stimmt's?« Er rutschte

ein Stück näher heran, weil er nicht wollte, dass die anderen, vor allem Sharon, mithörten. »Es war ihre Mutter.«

»Wie bitte?«

»Es war ihre *Mutter*. Die Besucherin.«

»Interessant ... Dann ist sie also doch nicht ganz auf sich allein gestellt.« Nachdenklich verzog er das Gesicht.

»Nach allem, was ich mitbekommen hab, irgendwie schon.«

Er wollte sie nicht bemitleiden. Die Vorstellung, dass er jemandem leidtat oder dass andere über sein Privatleben redeten, war ihm ein Graus. Trotzdem konnte er es nicht lassen. Den wollte er sehen, der ein solches Gespräch mit anhören würde, ohne Mitgefühl zu empfinden.

»Diesen Blick kenne ich, mein Sohn.« Mr Peterson stupste seinen Arm an. »Sie entwickeln eine Schwäche für die Dame, hab ich recht?«

»Nein.« Überzeugend klang das nicht gerade. »Aber sagen wir es so: Wenn ich so eine Mutter hätte, wäre ich wahrscheinlich auch nicht ganz pflegeleicht. Ich schätze, da gibt es einiges, von dem wir nichts wissen ...«

»Hmmm, ganz wie Sie meinen, Junge. Für meinen Geschmack wird hier zu viel Theater um sie gemacht. Aber was verstehe ich schon davon?« Beschwichtigend hob er die Hände.

»Von Kreuzworträtseln verstehen Sie miesepetriger alter Kerl jedenfalls nicht die Bohne, Mr P.« Alfie lachte und hielt seinem Freund das Heft vor die Nase. »Fünf waagerecht ist WITZIG und zwölf senkrecht UMNEBELT«, erklärte er in süffisantem Ton.

»Warten Sie bloß, bis ich Sie umneble ...«

*

Zum Glück für Alfie ging die Zeit bis zum Nachmittag schnell herum. Es war Sonntag, sein Lieblingstag. So war es schon seit ewigen Zeiten, denn der Sonntag bedeutete vor allem eines: Jane Macks Braten. Eine Mahlzeit, die mit absoluter Perfektion zubereitet war und in der mehr Liebe steckte als ein einzelner Mensch eigentlich aufbringen konnte. Er hatte erlebt, wie die Kartoffeln seiner Mutter alte Männer zum Weinen brachten. Er hatte gesehen, wie wütende Kinder beim ersten Löffel ihrer Soße plötzlich ganz ruhig wurden. Die Familie würde darauf schwören, dass ein einziger Bissen ihres Hühnchens jede Krankheit heilte. Alfie konnte seiner Mutter ansehen, wie sehr sie sich wünschte, ihrem Rezept eine Medizin gegen seine Invalidität untermischen zu können.

In seinem Leben vor dem Krankenhaus hatte Alfie es sich nie nehmen lassen, sonntagnachmittags um 15 Uhr in seinem Elternhaus aufzutauchen. Dann schlug ihm schon in der Auffahrt der Geruch von Knoblauch und Zwiebeln entgegen, und wenn er an die Tür klopfte, knurrte sein Magen lautstark. Seine Mutter wusste, dass sie das Essen dann exakt binnen fünfzehn Minuten auf den Tisch bringen musste, oder sie sah sich einem Ausbruch von Jammern und Murren ausgesetzt.

Als sie das erste Mal an einem Sonntag mit einem Silbertablett ihres allerbesten Bratens im Krankenhaus aufgetaucht war, hatte Alfie geweint. Er liebte seine Mutter so innig, dass es ihm manchmal den Atem raubte. In dem Wirbelsturm aus Operationen, Tests, Fachvokabular und schließlich der Amputation hatte Alfie nichts so sehr vermisst wie das tröstliche Gefühl, das ein Zuhause bot. Seine Mutter hatte sich nicht lange bitten lassen und es ihm buchstäblich auf dem Silber(folien)tablett serviert.

Zunächst war Alfie davon ausgegangen, dass es sich um ein einmaliges Vergnügen handelte. Ein Geschenk, das ihn daran erinnern sollte, dass er geliebt wurde und dass sich auch eine Krankenstation vorübergehend in ein Zuhause verwandeln ließ. Erst nach dem vierten Sonntagsbraten in Folge begriff er, dass es sich um ein festes Ritual handeln würde. Punkt 15 Uhr betrat Jane Mack die Station mit Bergen von Köstlichkeiten. Typisch Mutter, machte sie jedes Mal zu viel, sodass sie bald dazu überging, auch Teller und zusätzliches Besteck mitzubringen.

»Tu uns bitte einen Gefallen, Alfie, und frag mal, ob sonst noch jemand einen Teller möchte. Für uns drei ist das einfach zu viel.«

Alfie schaute zu seinem Vater hinüber, der bloß die Augen verdrehte und mit den Schultern zuckte. Sie duldete keinen Widerspruch, vor allem, wenn es ums Essen ging. Also stand Alfie auf und verteilte Portionen an seine Mitpatienten, wobei Mr Peterson häufiger seinen Charme spielen ließ und einen Nachschlag ergatterte. Jede Woche sorgte der Duft von Bratensoße unweigerlich dafür, dass sich die Stimmung im Raum für eine Weile hob. Ein bisschen fühlte es sich an wie Weihnachten: die Aufregung, die Vorfreude. Und das alles dank seiner Eltern. Er wusste, dass er alles Gute, das in ihm steckte, letztlich ihnen verdankte.

Auch in dieser Woche war es nicht anders. Hinter Platten mit Essen kaum zu erkennen, eilten seine Mutter und sein Vater auf die Station. Unter großem Hallo wurden alle im Zimmer mit Essen versorgt. Erst als alle in zufriedenem Schweigen ihre Mahlzeit genossen, bemerkte seine Mutter, dass die Vorhänge der Nachbarkabine geschlossen waren.

»Hast du einen neuen Nachbarn, Alf?« Sie griff schon nach einem leeren Teller, um ihn mit einem Berg Essen zu füllen.

»Ja, aber wir sollen sie in Ruhe lassen. Sie redet nicht gern.« Er versuchte, so leise wie möglich zu sprechen.

»Hmmm. Reden ist das eine, aber Essen ist etwas ganz anderes.«

Alfie wusste, dass es sinnlos war, sie aufhalten zu wollen. Er sah, wie seine Mutter an den Vorhang klopfte. Als ihr klar wurde, dass sie damit an dem Stoff nichts ausrichten würde, fasste sie sich ein Herz und sagte: »Entschuldigen Sie, meine Liebe. Ich will Sie nicht stören, aber ich hätte einen Teller Sonntagsbraten für Sie, falls Sie mögen.«

Nichts.

»Ich könnte ihn auch den Schwestern geben, damit sie ihn zu Ihnen hineinbringen.«

Schweigen.

»Nein? Sind Sie sicher, meine Liebe? Es ist mein ganz spezielles Hühnchen!«

Nicht einmal ein Atemzug war zu hören.

Entmutigt drehte seine Mutter sich wieder um. Alfie wollte schon etwas sagen, um sie zu trösten, als wie durch Zauberei …

»Nein, ich brauche nichts, aber … danke, dass Sie gefragt haben.«

15
Alice

Sie brauchte einen Moment, um zu begreifen, dass die Worte aus ihrem eigenen Mund gekommen waren. Wieder zu sprechen war eine völlig verunsichernde Erfahrung! Alles daran fühlte sich fremd an: die Vibration in der Kehle, die Bewegung des Kiefers, vor allem aber der Klang ihrer Stimme. Alles Weiche war daraus verschwunden. Sie hörte sich rau und kratzig an, als würden die Stimmbänder sich aus Protest aneinander festklammern. Alice wusste nicht, ob das schreckliche Gespräch mit ihrer Mutter oder das köstliche Bratenaroma für ihre sentimentale Stimmung verantwortlich war. Die Freundlichkeit der Frau und ihr großzügiges Angebot hatten sie jedenfalls gerührt.

Irgendwo in einem versteckten Winkel ihrer Seele existierte eine Erinnerung daran, was Familie bedeutete. Sie war derart verblasst, dass Alice manchmal vergaß, dass es sie überhaupt gab. In jenem Moment allerdings war sie in aller Pracht und Farbigkeit wieder zum Leben erwacht. Alice erinnerte sich, wie es sich anfühlte, irgendwo dazuzugehören. Den Schutz einer Sippe zu genießen. Im nächsten Moment fiel ihr die Frau wieder ein, die vor wenigen Stunden an ihrem Bett gestanden hatte. Und sofort war ihr klar, warum sie die Erinnerung so gründlich vergraben hatte. Aus den Augen, aus dem Sinn.

Nachdem *es* geschehen war, hatte sie nicht anders gekonnt, als eine Abneigung gegen Mitschüler zu entwickeln, die weiterhin »stabile«, »normale« Familien hatten. Wenn sie die Schule verließ und sah, wie die anderen Kinder in die offenen Arme ihrer Eltern rannten, spürte sie einen säuerlichen Schmerz im Magen. Diese anderen Familien wirkten wie gemalt. Wie Puzzleteile, die so nahtlos ineinanderpassten, dass sie sie auseinanderreißen und zerstören wollte, sodass sie sich nicht mehr zusammensetzen ließen. Sie wollte eins dieser Teile für sich allein haben und nie wieder hergeben. Wo passte sie noch hinein? Alle Teile waren verloren, zerstört oder vergessen.

Je älter sie wurde, umso mehr verrauchte ihr Zorn. Es kostete zu viel Energie, ihn am Leben zu halten, also ließ sie ihn langsam, aber sicher los. Solange sie nichts mit ihrer eigenen Familie zu tun haben musste, störten auch die Familien der anderen sie nicht mehr. Stattdessen wurde sie neugierig. Diese Menschen waren ein Rätsel, das sie analysieren und lösen musste. Schließlich war sie zu der festen Überzeugung gelangt, dass sie keine Familie brauchte, um glücklich zu sein. Was sollte sie mit einer Familie, wo sie doch Sarah hatte?

Im Geiste sah sie das Bild ihrer besten und einzigen Freundin vor sich.

Natürlich war es dumm gewesen, dem Krankenhaus nicht Sarahs Handynummer zu geben. Die Vorstellung, Sarah gegenüberzustehen – so, wie sie jetzt aussah –, war zu schmerzhaft gewesen. Alice hatte sich vorgenommen, in ihrer Zeit im St Francis keinerlei Besuch zu empfangen, da es ihrer Ansicht nach viel leichter sein würde, mit alldem allein fertigzuwerden. Sie hatte eine nahestehende Angehörige angeben müssen, dem Krankenhaus aber Sarahs alte Festnetznummer genannt. Dabei lebte ihre Freundin längst zusammen mit ihrem Mann Raph in Australien, am anderen Ende der Welt.

Jeden Morgen fragten die Schwestern, ob es niemanden sonst gebe, den sie anrufen konnten. Sie fragten nach Familienmitgliedern oder wenigstens Arbeitskollegen. Alice weigerte sich. Es war nicht nötig, irgendjemandem zur Last zu fallen. Obwohl sie sich, je mehr Zeit verstrich, immer häufiger die Frage stellte, ob Sarah sich vielleicht Sorgen um sie machte. Normalerweise schickten sie sich alle paar Tage Textnachrichten, an die ihre Freundin häufig Fotos von traumhaft schönen Stränden anhängte, um Alice neidisch zu machen. Wo war ihr Handy eigentlich geblieben? Vor dem Unglück hatte sie es ständig bei sich getragen. Sarah hatte sich sogar darüber lustig gemacht, dass die einzige feste Beziehung in Alice' Erwachsenenleben die zu ihrem iPhone sei.

Alice zerbrach sich den Kopf darüber, ob einer der Ärzte oder Feuerwehrleute erwähnt hatte, wo ihr Telefon geblieben war. Plötzlich fühlte sie sich verloren – und wenn nun jemand versucht hatte, sie zu erreichen?

Sei nicht albern, Alice. Man ruft Angestellte mit schweren Verbrennungen nicht im Krankenhaus an.

Ohne die Konzentration auf ein Projekt oder zweihundert ungelesene E-Mails verwandelte sich die Ruhe hier schnell in Unruhe.

Dann überfiel es sie aus heiterem Himmel: Würde sie jemals wieder arbeiten gehen können?

Im Moment schaffte sie es ohne fremde Hilfe nicht mal aus dem Bett. Würde sie ihre linke Seite je wieder richtig bewegen können? Was wäre, wenn sie die Hände nicht mehr benutzen konnte? Unwillkürlich zuckten ihre Finger, die sich danach sehnten, die Tasten einer Computertastatur klackern zu lassen. Würde sie noch das nötige Selbstvertrauen aufbringen, um einen Sitzungssaal mit dreißig desinteressierten Männern zu betreten und im Handumdrehen ihre Aufmerksamkeit zu gewinnen? Gott, was war es doch für ein gutes Gefühl, die Kontrolle und das Kommando zu haben. Sie riskierte es, an ihrem zerstörten Körper hinunterzuschauen, die Hand vors Gesicht zu heben und die Finger zu bewegen in der Hoffnung, dass ihre Haut dabei nicht qualvoll schmerzen würde. Aber das tat sie. Das tat sie jedes Mal.

16
Alfie

Was für eine Wendung! In den letzten vierundzwanzig Stunden hatte Alfie mehr über seine schweigsame Nachbarin erfahren, als er je geglaubt hätte. Natürlich war es alles andere als erfreulich gewesen, die Begegnung mit ihrer Mutter mitzubekommen, aber sie hatte gesprochen! Sie hatte mit ihm gesprochen. Nun ja, genau genommen mit seiner Mutter, aber es war trotzdem ein Fortschritt. Alfie war klar, dass er die Gelegenheit beim Schopf packen musste. Die Situation war nicht einfach, aber wenn irgendwer in der Lage war, mit ihr umzugehen, dann sicher er.

Am nächsten Morgen stand er auf, sobald er Schwester Angles mit ihren kurzen schwarzen Locken und der unverwechselbaren kräftigen Statur die Station betreten sah. Er griff nach seinen Krücken und humpelte auf sie zu. Nach einer Nacht, in der ihn besonders lebhafte Flashbacks kaum zur Ruhe hatten kommen lassen, war er schon vor dem Morgengrauen wach gewesen.

»Alfie, mein Lieber, was treibt Sie denn so früh aus dem Bett? Es ist nicht mal sechs.«

»Ich weiß. Wieder schlimme Träume, ich konnte nicht mehr schlafen.«

Sie warf ihm einen wissenden Blick zu, dem er am liebsten ausgewichen wäre.

»Sprechen Sie mit den Ärzten ausreichend über diese Träume, Alfie?«

Damit wollte er sich im Moment nicht aufhalten. Die Träume würden wiederkommen, was bedeutete, dass er noch genug Zeit hatte, darüber zu sprechen.

»Ja, natürlich. Aber ich will Ihnen etwas ganz anderes erzählen. Raten Sie mal, wer gestern mit uns gesprochen hat?« Noch bevor sie etwas sagen konnte, beantwortete er die Frage selbst: »Alice! Die Frau in Bett dreizehn!«

»Wirklich?«

Sie konnte ihre Überraschung nicht verbergen.

»*Ganz wirklich.*« Vor Stolz wäre Alfie beinahe geplatzt.

»Na, das ist eine gute Nachricht.« Sie klang nicht sonderlich enthusiastisch, eher sachlich.

»Eine gute Nachricht? Das ist eine fantastische Nachricht! Die Frau hat seit Wochen keinen Ton gesagt!«

Warum schaute sie ihn so an? Warum war sie nicht außer Rand und Band vor Begeisterung? Das komplette Pflegepersonal musste doch auf diesen Moment gewartet haben.

»Alfie, ich kenne diesen Gesichtsausdruck. Natürlich ist es toll, dass sie gesprochen hat, und mit der Zeit – nach und nach – wird sie sicher noch mehr sagen. Aber steigern Sie sich nicht zu sehr hinein, okay? Sie können nichts erzwingen. Lassen Sie ihr Zeit, mein Lieber. Bitte, wir haben das schon besprochen, nicht wahr?«

Alfie schaute zu Boden. Er ließ die Schultern sacken, als wäre sämtlicher Enthusiasmus auf einen Schlag verschwunden. Seine kindische Aufgeregtheit war ihm jetzt ein bisschen peinlich.

»Ich weiß. Ich dachte nur, es ist ein echter Fortschritt.«

Was erwartete er eigentlich, einen Orden?

»Es ist ja auch ein Fortschritt, natürlich!« Sie legte ihm eine Hand auf die Schulter und steuerte ihn sanft in Richtung Bett. »Aber wie gesagt, die Fortschritte muss sie selbst machen. Wir können nur für sie bereitstehen, wenn es so weit ist. Außerdem müssen Sie sich auf sich selbst konzentrieren. Versuchen Sie, ein bisschen mehr Schlaf zu bekommen.«

Sie hatte ihm den Wind aus den Segeln genommen, und die Erschöpfung nach seinen schlaflosen Nächten traf ihn nun mit aller Macht. Er stieg wieder ins Bett und ließ die Gedanken ziellos wandern.

*

»Pssst. Alfie.« Er hörte ein Flüstern ganz nah an seinem Ohr. Irgendwann im Laufe des Nachmittags musste er tatsächlich eingedöst sein. »Alfie, aufwachen!«, kommandierte Rubys hohe Stimme.

»Ja, Ruby? Ich hoffe, du hast einen guten Grund, mich zu wecken, junge Dame!«

»Du gehst spazieren. Mr Peterson hat mich geschickt, damit ich es dir sage«, erklärte sie entschieden.

»Na, na, Ruby, so hab ich mich nicht ausgedrückt, oder?« Mr Petersons Gebrummel wurde lauter, als er sich Alfies Bett näherte. »Du solltest ihm sagen, er soll seinen faulen Arsch in Bewegung setzen und aus dem Bett steigen.«

Ruby kicherte. »Aber Mum sagt, ich darf solche Ausdrücke nicht benutzen, Mr P!«

»Weil sich nur ungezogene Kinder und mürrische alte Männer so ausdrücken!«, rief Jackie.

»Ach, heutzutage packt ihr die Kinder viel zu sehr in Watte. Aber egal, kommen Sie mit, mein Junge?« Alfie schaute zu seinem alten Freund auf, und ihm war sofort klar, dass die Antwort nur »Ja« lauten konnte.

»Ja, gut, aber lassen Sie mir eine Sekunde Zeit. Ich mag jünger sein als Sie, aber ich bin ein bisschen eingerostet.«

Wenig später zottelten sie durch die Gänge. Sharon hatte sich ihnen wieder beiläufig angeschlossen, was nur eines bedeuten konnte: Sie war scharf auf Klatsch.

»Wie laufen denn Ihre Versuche, sich mit der Stillen anzufreunden, Alfie?« Ihm war klar, dass die anderen, vor allem Sharon, es lächerlich fanden, dass er mit seiner Nachbarin zu sprechen versuchte.

»Na ja, immerhin hat sie geredet, also ist es offenbar nicht ganz sinnlos«, erwiderte er selbstzufrieden.

»Von Reden würde ich da nicht sprechen. Sie hat … was meinen Sie? … keine zehn Worte von sich gegeben.«

»Um ehrlich zu sein, Sharon: Wenn ich die Wahl hätte, würde ich mit diesem nervigen Blödmann keine fünf Worte sprechen.« Mr Peterson stieß Alfie mit dem Ellbogen an. Alfie wusste, dass auch er Sharons ständige Fragerei ein wenig lästig fand.

»Hören Sie, ich will hier nicht die Spielverderberin sein, aber ich frage mich schon, wie lange es dauert, bis sie sich wie ein normaler Mensch benimmt und bei uns alles wieder wie früher wird.«

»Sie meinen, dass sämtliche Aufmerksamkeit wieder Ihnen gilt?« Mr Peterson zwinkerte Alfie zu. Meine Güte, der Mann war ein professioneller Provokateur.

Sharon fuhr herum und schrie: »Wie können Sie es wagen!«

»Sie wissen doch, dass ich Sie nur auf den Arm nehme.« Die beiden Männer tauschten einen wissenden Blick. »Jedenfalls gehe ich davon aus, dass Alfie spätestens in zwei Wochen mit ihr durch die Gänge tanzt.«

»Hmmm.« Unversöhnlich verschränkte Sharon die Arme. »Das will ich sehen.«

»Ich hab keine Lust auf diese Spielchen von Ihnen beiden. Sie ist ein Mensch, kein Spielzeug. Ich hab gesagt, ich unterstütze Schwester Angles dabei, sie zum Reden zu bringen, das ist alles.«

»Ooooh, sieh mal an, wer sich da plötzlich so wichtig nimmt.« Sharon stieß ein gackerndes Lachen aus. »Keine Sorge, Alf, ich verlange ja auch gar nicht, dass Sie sich auf unser Niveau herablassen. Und? Wollen Sie jetzt einen Kakao oder nicht?«

17
Alice

Der Umstand, dass ihr Bettnachbar es am nächsten Tag nicht mal mit einem »Hallo« versucht hatte, war nicht nur ungeheuer erleichternd, sondern ebenso überraschend gewesen. Alice war davon ausgegangen, dass er die Gelegenheit beim Schopf packen und versuchen würde, sie noch einmal zum Sprechen zu bringen. Aber nein. Er ließ sie den ganzen Tag über in Ruhe und verbrachte die meiste Zeit außerhalb des Bettes und in Gesellschaft der anderen Patienten. Normalerweise schenkte Alice dem Kommen und Gehen auf der Station kaum Beachtung. Heute allerdings verspürte sie eine schmerzhafte Einsamkeit. Vielleicht hatten die gestrigen Gedanken an Sarah sie sentimental werden lassen, oder die Aussicht auf die in wenigen Tagen anstehende Physiotherapie ließ sie dünnhäutiger reagieren als sonst. Woran auch immer es lag, Alice sehnte sich danach, irgendwo anders zu sein als hier, allein in ihrem deprimierenden Krankenhausbett. Falls sie morgen sterben würde, wer würde dann um sie trauern? Sarah natürlich, aber auch die hatte sie vor zwei Jahren Richtung Australien verlassen. Sie hatte ihr neues Leben mit Raph. Vielleicht auch ihre Mutter, aber dann nur, weil Alice sich in ihren Augen vorgedrängelt hätte. Arnold? Lyla? Jetzt übertrieb sie fast schon. Konnte sie die beiden wirklich als Freunde bezeichnen?

Solche niederschmetternden Gedanken hatten sie den ganzen Nachmittag über beschäftigt. Sie spürte, wie ihr immer schwerer ums Herz wurde, und wünschte, der erlösende Schlaf würde endlich kommen.

Kaum hatte sie die Augen geschlossen, als die Albträume ihres Bettnachbarn sie wieder weckten. Alice hatte sich an diese Albträume noch nicht gewöhnt. Und einen erwachsenen Mann derart stöhnen zu hören, und sei es im Schlaf, ließ sie jedes Mal erschaudern.

»Ross, du musst aufwachen. *Bitte.*«

Alice war versucht, ihn irgendwie zu wecken. Es war doch bestimmt besser für ihn, wenn diese Qualen ein Ende fanden. Davon abgesehen wusste sie nicht, wie lange sie das noch mit anhören konnte. Andererseits konnte es möglicherweise ernsthafte Folgen haben, wenn man jemanden mitten aus einem solchen Flashback herausriss. Also lag sie da und wartete ab.

»Jemand muss mir helfen. Gott, hilf mir.«

Bitte wach auf, flehte sie. Er schlug so wild um sich, dass Alice sich unwillkürlich fragte, ob er dabei aus dem Bett fallen konnte. Sie hoffte nicht, denn sie wäre auf keinen Fall in der Lage, ihm wieder aufzuhelfen.

»HILFE, GOTTVERDAMMT. BITTE!«

Sie ertrug es nicht mehr. Der letzte Schrei war so laut gewesen, dass Alice nach ihrem Kissen griff, um sich damit die Ohren zuzuhalten. Zum Glück schaffte der Schrei es, ihn selbst aufzuwecken. An seiner Stimme hörte sie, wie er langsam aus dem Traum in den Wachzustand überging: »*Verdammt, Alfie. Reiß dich zusammen.*«

Sein schwerer Atem wurde immer wieder von leisem Stöhnen begleitet.

Dann näherten sich langsame Schritte, und jemand flüsterte: »Schon gut, Schwester, ich gehe zu ihm.«

Kurz darauf war die Silhouette des alten Mannes zu sehen.

»Alfie, mein Sohn.« Die sanfte Stimme von Mr Peterson drang durch die Stille.

»Tut mir leid. Ich wollte Sie nicht wecken.«

»Reden Sie keinen Blödsinn. Meinen Sie, ich könnte schlafen, wenn Sharon im Nachbarbett schnarcht? Ich bin nur mal rübergekommen, um zu hören, ob Sie etwas brauchen – ich hole Ihnen einen Becher von diesem erbärmlichen Tee aus dem Automaten.«

»Nein, ich brauche nichts, danke. Ich versuche einfach, wieder einzuschlafen.«

»Gut so. Dann gute Nacht, mein Junge.«

Als die Schritte von Mr Peterson sich langsam entfernten, musste Alice plötzlich an Arnold denken. Noch so ein alter Kerl, dessen scheinbare Unzugänglichkeit nicht über seine Liebenswürdigkeit hinwegtäuschen konnte. Die Einsamkeit versetzte ihr einen Stich. Arnold hatte ihr das Leben gerettet, und sie hatte sich nicht mal bedankt. Vielleicht sollte sie ihn eines Tages von der Rezeption aus anrufen und hören, wie es ihm ging? Nein, sagte sie sich. Sie kam jetzt schon so lange allein zurecht und würde auch in Zukunft zurechtkommen. Daran würde auch die aufrüttelnde Erfahrung, dem Tod nur knapp entronnen zu sein, nicht das Geringste ändern.

*

Als Schwester Angles am nächsten Morgen auftauchte, bekam Alice kaum die Augen auf. Die schlaflose Nacht hatte ihren Tribut gefordert. Zum Glück erwartete sowieso keine der Schwestern irgendwelchen Small Talk von ihr, sodass sie sich einfach wieder umdrehte und versuchte, noch einmal einzuschlafen.

»Guten Morgen, Nachbarin. Wie geht es uns heute?«

Wie zum Teufel konnte jemand, der unter solchen Qualen litt, jeden Tag so optimistisch und fröhlich klingen? Alice hätte es schon anstrengend gefunden, auch nur zu lächeln, selbst wenn sie gewollt hätte. Ganz zu schweigen davon, eine Stimmungskanone zu sein.

»Es fühlt sich komisch an, Sie die ganze Zeit mit ›Nachbarin‹ anzusprechen. Sie heißen Alice, oder?«

Sie seufzte laut genug, dass er es hörte. Dann legte sie sich auf die Seite und kehrte ihm den Rücken zu.

»Dann nehme ich Ihr Schweigen als Zustimmung…« Er schien nicht mal zum Atmen Luft holen zu müssen. »Die Sache ist die: Sie glauben vielleicht, meiner Mutter gestern entronnen zu sein, aber ich empfinde es als meine Pflicht, Sie vorzuwarnen, dass diese Schlacht noch nicht geschlagen ist. Der Begriff ›Entschlossenheit‹ reicht nicht mal annähernd, um meine Mutter zu beschreiben. Nur damit Sie Bescheid wissen: Beim nächsten Mal hat sie nicht nur gebratenes Huhn dabei, sondern auch irgendeinen Trick, um Sie zum Essen zu bewegen.«

Der Gedanke an seine Mutter, die Berge von Speisen durch den Vorhang schob, amüsierte und erschreckte sie gleichermaßen.

»Na ja, ich dachte, ich sage Ihnen besser Bescheid. Auf solche Dinge will man nach Möglichkeit vorbereitet sein, nicht wahr?«

»Mein Gott, hören Sie eigentlich nie auf zu reden?«, meldete sich Mr Peterson ärgerlich zu Wort.

Alice grinste. Sie musste zugeben, dass sie an diesem täglichen Geplänkel inzwischen Spaß hatte. Vielleicht genoss sie es aber auch einfach, dass jemand diesen Alfie in die Schranken wies.

»Ich versuche nur, meiner Verantwortung als Patient dieser Station gerecht zu werden und unsere Freundin Alice wissen zu lassen, worauf sie sich eingelassen hat, als sie das Angebot meiner Mutter abgelehnt hat.«

»Am Ende habe ich dadurch eine größere Portion bekommen, also kann ich mich nicht beschweren.«

»Solange Sie gut dabei wegkommen, ist alles andere egal, nicht wahr, Mr P?«

»Verdammt richtig.« Der alte Mann kicherte.

Alice drehte sich wieder auf den Rücken. Anscheinend war er nur dann wirklich still, wenn er aufs Essen oder seine Rätsel konzentriert war. Vielleicht sollte sie anonym einen Packen der schwierigsten Rätselhefte der Welt bestellen und sie ihm schicken lassen? *Liefert Amazon auch an Krankenhausbetten?*

»Herrgott noch mal, warum sind diese Dinger nicht ein bisschen leichter?« Er seufzte und stöhnte dann frustriert auf. »Sie sind nicht zufällig gut in Rätseln?«

Ernsthaft? Es war gerade mal fünf Minuten gut gegangen.

»Ich meine, KOMM SCHON. Selbst wenn man halbwegs klar im Kopf ist, kann man so etwas nicht rauskriegen!«

Seine Worte hingen in der Luft und klopften immer lauter an die Barriere zwischen ihnen.

Vielleicht hält er eine Weile den Mund, wenn du ihm antwortest?

Untersteh dich ...

»Ich glaube, ich sehe den Wald vor lauter Bäumen nicht mehr – wenn mir doch bloß jemand helfen würde ...«

Es liegt nur am Morphium und der Langeweile, Alice. Gib ihm ein Wort, und er nimmt die ganze Hand.

ALICE ...

18
Alfie

»Wie lautet denn das Stichwort?«

Hätte er einen Moment nicht aufgepasst, wäre es ihm entgangen. Ein Husten von Mr Peterson, und nichts wäre zu hören gewesen. Doch Alfie *hatte* es gehört. Anscheinend waren seine Ohren darauf eingestellt gewesen, ihre Worte aus der Luft zu fischen.

Sie hatte gesprochen. Sie hatte *mit ihm* gesprochen!

Am liebsten hätte er es laut hinausgeschrien, damit die ganze Station wusste, was für ein bahnbrechendes Ereignis soeben stattgefunden hatte. Stattdessen lächelte er nur vor sich hin und wartete ab. Sein Kopf schwirrte vor Aufregung.

»Wie lautet denn nun das Stichwort?« Ihre Stimme, jetzt etwas lauter, klang leicht ungeduldig. Ansonsten hatte sie einen faszinierenden, singenden Tonfall, mit dem leichten Anflug eines irischen Akzents. Er klang nach weiten, offenen Landschaften, üppigem Grün und frischem Wind. Eine schöne Stimme, obwohl ihm auch die Anspannung nicht entging, der Zorn und die Bereitschaft zum Angriff.

»Tut mir leid, ich war gerade in Gedanken. Nein, diesmal ist es kein Kreuzworträtsel. Eher eine … visuelle Aufgabe.« Er konnte nicht verhindern, dass sein breites Lächeln sich auch in seinem Tonfall bemerkbar machte. Zum Glück war der Vorhang geschlossen, sonst würde wahrscheinlich im

Handumdrehen eine Bettpfanne in seine Richtung geflogen kommen.

»Wie soll ich denn helfen, wenn ich es nicht sehen kann?« Jedes einzelne Wort klang hitzig – die Temperatur im Zimmer schien rapide anzusteigen.

Plötzlich schob sich eine Hand durch den Vorhang. Eine blasse Hand mit Fingernägeln, die bis zum Nagelbett abgekaut waren. Der Handrücken war mit kleinen Grüppchen von Sommersprossen gesprenkelt. Wäre diese Hand nicht so dicht an sein Bett gekommen – er hätte zu träumen geglaubt.

Langsam streckte er den Arm aus und reichte ihr das Heft.

»Seite 136.«

Er wartete. Lauschte.

Hörte er das Kratzen eines Stifts? Oder sortierte Mr Peterson mal wieder seine Einmal-Unterwäsche?

Gerade als er eine versöhnliche Bemerkung machen wollte, hörte er etwas auf den Fußboden fallen.

Das Rätselheft lag direkt vor seinem Bett. Unter normalen Umständen hätte er einen sarkastischen Kommentar zum Thema Respekt vor Behinderten abgegeben, doch er wollte den Bogen nicht überspannen. Also zog er – einfallsreich wie immer – das Heft mit einer Krücke näher heran und hob es dann schweigend vom Boden.

Er schlug Seite 136 auf.

Dann brach er in unkontrolliertes Gelächter aus. Sie hatte seine Verbinde-die-Punkte-Aufgabe sorgsam und kunstvoll mit einer Linie ausgefüllt, die das Wort »Arschloch« ergab.

»Oh, jetzt kapiere ich. Klar, natürlich, wenn man die Lösung vor sich hat, ist auf einmal alles ganz einfach.«

»Auf Wiedersehen, Alfie.« Die Hitzigkeit in ihrer Stimme hatte sich zu einer warmen Glut abgeschwächt.

Voller Zufriedenheit schlug er das Heft zu. Er verkniff sich die Bemerkung, er wolle gar nicht fortgehen, sodass auch keine Verabschiedung nötig sei. Für heute war genug gesagt.

Jeder Schritt nach vorn ... Und so weiter.

19
Alice

Was zum Teufel war da gerade passiert?

Das Gefühl, das sie überkam, erinnerte sie an ihre Uni-Zeit, an die starke Unruhe, die sie jedes Mal überfiel, wenn sie am Abend zuvor etwas getrunken hatte. Die Furcht. Die Panik. Diese neurotische Unsicherheit, die einen nie verlässt, eine Mischung aus Angst und Verlegenheit.

Was hab ich gemacht? O Gott, was hab ich gesagt?

Und jetzt gab es nicht mal Sarah, der sie vorwerfen konnte, sie mit Gewalt zum Ausgehen gedrängt zu haben. Es gab keine drei Flaschen Fünf-Pfund-Wein von Wetherspoons, die sie verantwortlich machen konnte. Wahrscheinlich hätte sie sich noch verziehen, dass sie ihre Frage gestellt hatte und überhaupt auf ihn eingegangen war. Schließlich hatte er grauenhafte Nächte hinter sich. Und wenn ein paar Worte hier und da halfen, ihn aufzumuntern, würde ihr dabei kein Zacken aus der Krone brechen.

Aber ihre Hand auszustrecken! War sie verrückt geworden?

Natürlich war es die unverletzte Hand gewesen, und sie hatte darauf geachtet, dass sonst nichts von ihr zu sehen war. Trotzdem war Alice für einen winzigen Moment dem Impuls gefolgt, das zu tun, was sie wollte, ohne sich Beschränkungen oder Grenzen aufzuerlegen.

Als Alfie ihr das Heft in die Hand gedrückt hatte, hatte sie ein kurzes Flattern in der Brust gespürt. Warum diese Nervosität? Aus Angst, von ihm ausgetrickst zu werden, hatte sie sich eingeredet – schließlich hätte er ihre Hand packen und den Vorhang aufreißen können, um einen Blick auf sie zu werfen. Im Rückblick aber erkannte sie, dass sie in Wahrheit einfach aufgeregt gewesen war. Im Innersten hatte sie begriffen, dass sie eine Grenze überschritten hatte. Ihr Arm war, ohne dass es ihr in dem Moment bewusst gewesen wäre, ein Friedensangebot gewesen.

Sie hatte zu Seite 136 vorgeblättert und sich einen lauten Fluch verkniffen.

Verbinde die Punkte, lautete die Aufgabe.

Und schon auf den ersten Blick war eine Katze zu erkennen.

Ein »Rätsel« für Zweijährige.

Dieser kleine Scheißkerl!

Sie hätte wissen müssen, dass das ein Winkelzug sein würde. Hatte sie etwa erwartet, der Hofnarr würde ihr tatsächlich ein wirklich schwieriges Rätsel zu lösen geben? Nein. Er wollte sie provozieren und ihre Grenzen austesten. Er wollte sie knacken.

Nicht mit mir, Alfie!

Natürlich war es abstrus, ihr Gespräch mit »Auf Wiedersehen« zu beenden, doch Alice wollte ein Stoppsignal setzen, ehe ihr die Situation entglitt. Sie hatte sich einmal in seine Angelegenheiten hineinziehen lassen, und es sollte kein zweites Mal geschehen. Sie hatte eine Grenze überschritten, und ihr Instinkt mahnte sie zum sofortigen Rückzug.

Lass ihn nicht in deine Nähe, Alice.

Du brauchst keinen Freund; du musst nur endlich dafür sorgen, dass du hier rauskommst.

Ihr trotziges Beharren auf Unabhängigkeit hatte wieder die Oberhand gewonnen. *Zieh die Mauern hoch und lass niemanden rein.*

Dann meldete sich die Stimme ihrer besten Freundin zu Wort: *Krieg dich wieder ein, Alice, das war doch bloß ein Spaß.*

Der Trick mit dem Rätselheft hätte auch Sarah einfallen können, um Alice mal wieder aus ihrer schlechten Stimmung herauszureißen. So etwas war lächerlich und furchtbar kindisch – aber es schien immer zu funktionieren.

Die Sehnsucht nach ihrer Freundin ließ Alice' Herz schneller schlagen.

Einmal mit ihm zu reden bedeutet doch nicht, dass du ihn für den Rest deines Lebens am Hals hast ... An einem kurzen Gespräch ist nichts Schlimmes ...

Ihre absurden Gedanken wurden unterbrochen, als eine Schwester ins Zimmer trat.

»Hallo, Alice. Wie geht's uns heute?« Die Schwester begann mit ihren Verrichtungen, ohne Alice auch nur anzuschauen. Sie war auf Autopilot und rechnete mit demselben Schweigen wie immer.

»Ganz gut. Und Ihnen?«

Die Schwester fiel aus allen Wolken.

»Oh, wow! Ähm ... Ja, doch, mir geht's gut.« Sie schüttelte sich kurz und fuhr mit ihrer Arbeit fort. »Mir geht's gut, danke. Sehr gut sogar.«

Das Gesicht der Schwester strahlte vor Stolz, als hätte eins ihrer Kinder gerade sein erstes Wort über die Lippen gebracht.

»Bitte sagen Sie ihr, sie soll nicht ständig quasseln! Das geht jetzt schon die ganze Zeit so«, meldete Alfie sich zu Wort. »Manche hier brauchen ein bisschen Ruhe.«

Die Schwester verdrehte die Augen.

»Keine Sorge, ich werde seine Verbände heute ein bisschen energischer wechseln.« Sie zwinkerte Alice zu. »Also dann, Alfred Mack, ich hoffe, Sie sind bereit für eine starke, kalte Hand.«

»Oh, Ihr Mann muss ein echter Glückspilz sein. Ich wundere mich, dass er Sie morgens überhaupt aus dem Haus lässt.«

»Seien Sie froh, dass Schwester Angles Sie nicht so frech reden hört. Sie würde Sie im Handumdrehen hier rausschmeißen.«

Alice konnte sich ein Lächeln nicht verkneifen.

Plötzlich beugte sich die Schwester zu ihr herab und flüsterte, sodass nur Alice es hören konnte: »Worauf haben Sie sich da eingelassen, junge Dame!«

Alice musste lachen. Genau diese Frage hatte sie sich auch gestellt.

Kaum hatte die Schwester das Zimmer verlassen, ging das Unterhaltungsprogramm wieder los.

»Hey, Mr P., meinen Sie, wir sollten unserer neuen Freundin hier mal einige Ihrer schwierigeren Kreuzworträtsel vorlegen?«

»Ich meine, Sie sollten lernen, wann es genug ist und man auch mal den Mund hält.«

»Seien Sie kein Spielverderber, alter Mann! Also … Ich suche ein anderes Wort für ›lebhaft oder enthusiastisch‹. Fünfzehn Buchstaben, der erste ist ein T.«

»Totalegal.«

»Nein, Sharon, genau deswegen lassen wir Sie nicht mitmachen. Sarkasmus ist bei solch anspruchsvollen intellektuellen Aufgaben fehl am Platz. Alice? Irgendeine Idee?«

Eine ganze Menge, glauben Sie mir. Aber keine, die Sie gern hören würden ...

Sie musste sich rechtzeitig abgrenzen. Eine klare Linie ziehen und keine übermäßigen Erwartungen aufkommen lassen.

»Schauen Sie, dass ich reden *kann*, bedeutet noch nicht, dass ich es auch tue, klar?«

20
Alfie

»Das hat gesessen, stimmt's, Junge?«

Alfie zuckte lässig die Schultern und trat an Mr Petersons Bett.

»Ein Schritt ist ein Schritt und so weiter. Rom wurde auch nicht an einem Tag erbaut, mein Freund.« Er hoffte, dass ihm die Enttäuschung über ihre Abfuhr nicht anzumerken war. »Aber wie auch immer, mir stehen die Freuden der Physio bevor, Sie haben also mindestens eine Stunde Ruhe vor mir.«

»Lobet den Herrn. Er verschwindet!«

Alfie setzte seinen bösesten Blick auf. Doch egal wie grob und sarkastisch sein Freund gelegentlich sein mochte, er musste ihn einfach bewundern. Er war eins der größten Geschenke, die das Krankenhaus ihm gemacht hatte.

»Sie und Alice können ja zusammen meine Abwesenheit feiern.« Er sprach so laut, dass sie es in ihrer Kabine hören musste.

Jetzt aufzugeben kam nicht infrage.

Sie hatte doch gerade anfangen ihn ein wenig an sich heranzulassen.

Wäre einer seiner Lehrerkollegen hier gewesen, hätte er sicher spöttisch die Augen verdreht und Alice als »Mr Macks neuestes Projekt« bezeichnet. Doch was war falsch daran, es bei Kindern, die als »schwierig« und »widerspenstig« abgeschrieben waren, hartnäckiger zu versuchen, als die meisten anderen es taten? Er hatte immer wieder versucht, Distanz zu wahren, doch im Grunde seines Herzens entsprach ihm das nicht. Letztendlich gewann das Bedürfnis zu helfen die Oberhand, und er pfiff auf die Regeln und Vorschriften.

Allerdings durfte er nicht vergessen, dass es hier um einen Marathon ging, nicht um einen Sprint.

Wobei du mit deinem einen Bein in beiden Fällen keine gute Figur abgeben würdest.

*

Als er von der Physiotherapie zurückgekehrt war, hatten die Schwestern sein Bett gemacht und offenbar versehentlich ein Stück näher an den Vorhang herangerückt, der ihn von Alice trennte. Teils aus Erschöpfung, teils aus Neugier hatte er aufs Protestieren verzichtet. Trotzdem hatte er seine Nachbarin für den Rest des Tages in Ruhe gelassen, weil er es mit einer Strategie der Gelassenheit versuchen wollte. Umso überraschter war er, als er am nächsten Morgen beim Aufwachen Schwester Angles an seinem Bett stehen sah, mit verschränkten Armen und einem Blick, den er nur allzu gut kannte. Derartige Blicke hatte er die meiste Zeit seines Lebens aushalten müssen. Oftmals allerdings hatte auch eine spürbare Zuneigung darin gelegen, und so war es auch diesmal.

»Was zum Teufel haben Sie sich dabei gedacht, Alfie? Was hatte ich Ihnen gesagt?«

Alfie zuckte die Schultern und gab sich überrascht. Schwester Angles beugte sich über das Bett. Mit einer Hand stützte sie sich auf sein verbliebenes Bein, die andere streckte sie zu seinem Gesicht aus. Er rechnete mit einer kleinen Verwarnung, vielleicht begleitet von einem mahnend erhobenen Finger. Wahrscheinlich hatten die anderen Schwestern ihr von seinen fortgesetzten Versuchen berichtet, Alice zum Sprechen zu bringen, obwohl sie ihm das Gegenteil aufgetragen hatte.

»Es tut mir leid, ich kann ...«

Ehe er den Satz zu Ende bringen konnte, legte Schwester Angles ihm behutsam eine Hand auf die Wange.

»Danke, mein Lieber, das haben Sie gut gemacht«, flüsterte sie.

»Heißt das, Sie werden mich nicht rauswerfen und auf die Orthopädie zurückschicken?«

»Nein, jedenfalls *im Moment* noch nicht, Baby.« Sie lachte.

»Puh. Ich habe auch noch einiges zu erledigen, bevor ich gehe.«

»Ja, zum Beispiel so weit zu genesen, dass Sie entlassen werden können, okay?« Nun erhob sie den Finger doch noch. Dann zog sie eine Augenbraue hoch und wandte sich zum Gehen.

Von Schwester Angles' positiver Reaktion angespornt, wartete er keine zehn Minuten, ehe er nach einem Rätselheft auf seinem Nachttisch griff.

»Meine Damen und Herren, es ist wieder so weit. Ich suche ein anderes Wort für ›lästig‹. Sechs Buchstaben.«

Mr Peterson hob nicht einmal den Blick von seinem Buch.

»Versuchen Sie es mit A-L-F-R-E-D.« Er setzte ein breites Grinsen auf.

»Genau«, meldete sich die heisere irische Stimme von nebenan.

»Ah! Sie spricht wieder! Eins möchte ich bitte klarstellen: Wenn das zur Gewohnheit wird, möchte ich nicht, dass Sie es bloß als Anlass nutzen, mich zu beleidigen, okay? Ich habe auch Gefühle.«

»Es wird sicher nicht zur *Gewohnheit*«, erwiderte sie.

Sei vorsichtig, Alfie.

»Okay, Nachbarin, ist angekommen.« Er nahm seine Fernbedienung und schaltete *This Morning* ein.

»Alfie, wann kommen Ihre umwerfenden Freunde mal wieder zu Besuch?«, rief Sharon vom anderen Ende des Zimmers herüber.

Manchmal fragte er sich, ob Sharon sich mehr über seinen Besuch freute als er selbst.

»Mist. Ich glaube, heute. Sie haben Glück, Shaz.«

Er war so mit seinen Gedanken beschäftigt gewesen, dass er jedes Zeitgefühl verloren hatte.

Ein weiterer Blick auf den Fernseher, und er registrierte das Datum.

Natürlich würden sie heute kommen.

Heute war der Tag, an dem Lucy das Land verlassen würde. Der Tag, an dem die Frau, die er drei Jahre lang geliebt hatte, endgültig aus seinem Leben verschwinden würde.

21
Alice

Dass sie praktisch nie jemanden zu Gesicht bekam, hatte auch den Vorteil, dass ihr Gehörsinn sich ungeheuer geschärft hatte. Inzwischen konnte sie nicht nur jeden einzelnen Mitpatienten am Geräusch seiner Schritte erkennen, sondern auch die regelmäßigen Besucher an der Art, wie sie »Hallo« sagten.

Dass Alfie ihr Bettnachbar war, hatte ihr zugegebenermaßen reichlich Möglichkeiten zum Üben verschafft. Seine Beliebtheit auf der Station und offenbar auch draußen hatte zur Folge, dass er selten allein war. Im Zimmer herrschte ein ständiges Kommen und Gehen. Unter seinen Besuchern gab es einen Matty, der manchmal von einem Typen namens Alex begleitet wurde, außerdem einen Ben, einen Simon, einen Johnny und einen Jimmy. Es fiel Alice nicht leicht, den Überblick zu behalten, vor allem, da die Gespräche sich immer um dieselben Themen drehten: Fußball, Kneipenbesuche, Rugby, noch mal Fußball sowie Klagen über die jeweilige Familie.

Heute war es ein wenig anders.

Heute beschränkte sich das sonst übliche Geplänkel auf ein Minimum. Wenn sie aufmerksam hinhörte, kam die Atmosphäre ihr irgendwie gedämpft vor – fast ein wenig steif.

»Hey, Alf. Wie geht's dir?« Vorsicht – in Mattys Stimme schwang eindeutig eine Spur Vorsicht mit.

»Mir geht's gut, alles wie immer. Und dir? Was läuft so?«
»Oh, nichts Besonderes. Nur das Übliche, stimmt's, Alex?«
»Ja, ja. Nichts Großartiges. Bei uns ist auch alles wie immer.«

Alice konnte sich die Szene jenseits des Vorhangs lebhaft vorstellen. Sicher standen die beiden Männer unbehaglich neben dem Bett, die Hände in den Taschen. Kaum Augenkontakt, hängende Schultern, rastlose Blicke und ein leichtes Vor- und Zurückwippen. Wahrscheinlich konnten sie es nicht erwarten, möglichst schnell wieder zu verschwinden.

»Ist schon in Ordnung, Jungs. Erzählt mir ruhig, wie es gestern Abend war. Ich schätze mal, ihr seid hingegangen?«

Ein kaum wahrnehmbares Luftholen.

Alice kam es vor, als schwappten die Schuldgefühle bis in ihre Kabine.

»Ehrlich, das ist kein Problem. Schließlich warst du schon vorher mit ihr befreundet.« Alfies Stimme klang jetzt ein wenig gezwungener. »Hatte sie eine schöne Abschiedsparty?«

»Ja, war in Ordnung«, erklärte Matty. »Ich glaube, sie hat sich amüsiert.«

»Gut, das ist das Einzige, was zählt.«

»Die Sache ist die ...«, begann Alex.

»Du hast gefehlt, das haben alle gesagt«, fiel Matty ihm ins Wort.

»Matty, jetzt sei kein Idiot. Red weiter, Alex ... die Sache ist die ...?« Die Anspannung in Alfies Stimme entging Alice nicht, und sie wartete nervös auf die Fortsetzung.

»Also, die Sache ist die: Lucy hat sich nach dir erkundigt. Mehrmals sogar.« Mit jedem Wort, das ihm über die Lippen kam, schien er ein Stück mutiger zu werden. »Sie hat mich gebeten, dir etwas auszurichten. Sie hat mich gebeten, dir zu sagen« – eine winzige, zweifelnde Pause –, »dass es ihr leidtut.«

Die Art, wie er diesen letzten Satz beendete, verriet, dass ein großes Gewicht von ihm abfiel. Die Befangenheit war greifbar.

»Sie hat *was* gesagt?« Alfies Stimme wurde noch lauter. Alice zuckte zusammen, als sie sich in die Rolle seiner Freunde versetzte, die jetzt seine Wut zu spüren bekamen.

»Sie hat gesagt ... es tut ihr leid.«

»Es tut ihr leid?«

»Ja, du weißt schon, wegen allem, was gelaufen ist.«

»Na, mir tut's auch leid, Kumpel. Verdammt, und wie.«

Alice verspürte eine seltsame Mischung aus Neugier und Schuldgefühlen. Alfies Stimme verriet eine derartige Verbitterung, dass sie sich schämte, dem Gespräch zu lauschen. Trotzdem war ihre Wissbegier geweckt, und sie wollte mehr erfahren.

»Wie läuft's übrigens bei dir, Alex? Irgendwelche katastrophalen Dates in letzter Zeit?« Alfie klang weiterhin frustriert, aber alle schienen erleichtert über seinen Themenwechsel.

»Erzähl ihm von neulich, Al. Von der Verabredung, bei der du dich zum Affen gemacht hast.« Matty begann zu lachen.

»O Gott, erinner mich bloß nicht daran ...«

Alice würde wohl leider auf einen späteren Zeitpunkt warten müssen, um mehr über diese Lucy zu erfahren. Doch für den Rest des Tages musste sie immer wieder an diese Unbekannte denken. Anscheinend hatte ihre Langeweile ungekannte Höchststände erreicht. Da half es auch nichts, dass ihr Bettnachbar in ein brütendes Schweigen verfallen war, auf das selbst Alice stolz gewesen wäre. Irgendetwas musste zwischen Alfie und dieser Lucy vorgefallen sein. Solch eine heftige Reaktion hatte sie bei ihm bisher nicht erlebt. Wer war sie? Waren sie zusammen? Hatte sie ihm das Herz gebrochen? Oder umgekehrt? Immer neue Geschichten und mögliche Szenarien kamen ihr in den Sinn, bis sie kurz davor war, ihn geradeheraus zu fragen. Zum Glück hielt die vertraute Stimme der Vernunft sie zurück. Allerdings beschäftigte sie inzwischen eine noch verwirrendere Frage.

Warum interessiert mich das überhaupt?

22
Alfie

Zuerst hatte Alfie allen erzählt, es sei in Ordnung, dass seine Freundin ihn nach drei Jahren verlassen hatte. Er konnte nachempfinden, dass sie »nach dem Unfall Schwierigkeiten hatte, mit alldem klarzukommen«. Er hatte Verständnis dafür, dass ein einbeiniger Freund, der ein erhebliches Maß an Pflege brauchte, wahrscheinlich nicht auf ihrer Wunschliste gestanden hatte, wenn es um einen Partner fürs Leben ging. Allerdings hatte sie kein einziges Mal gefragt, wie es ihm damit ging oder was er brauchte. Anscheinend hatte sie völlig vergessen, dass er es war, der den Unfall erlitten hatte; dass er die stundenlange Physiotherapie und all die Übungen ertragen musste, um überhaupt nur zur Toilette gehen zu können. Von einem Moment auf den anderen waren drei Jahre Beziehung entsorgt, und er hatte mehr zu betrauern als nur den Verlust eines Beins.

Er war wütend auf sich selbst, dass er überhaupt nach der Party gefragt hatte. Inzwischen war er häufig auch wütend darüber, dass er sich von Alex mit ihr hatte bekannt machen lassen. Wütend, dass sie mit seinen Freunden befreundet gewesen und dass ihm das – damals – als perfekter Grund erschienen war, sie in sein Leben und in sein Herz zu lassen. Wütend, dass er für diese Liebe Grenzen überschritten hatte.

Wütend, dass er sich einfach so das Bein hatte amputieren lassen. Wütend, dass er nicht der Mann war, mit dem sie zusammen sein wollte. Wütend, dass er sie abstieß. Und wütend vor allem, dass er das alles mit sich allein abmachen musste.

Natürlich konnte er nicht sauer auf Alex sein, weil er die Botschaft überbracht hatte. Der verdammte Idiot hatte wahrscheinlich geglaubt, das Richtige zu tun. Vielleicht hatte er gedacht, all der Schmerz und die Bitterkeit nach der Trennung würden sich in Luft auflösen, sobald er ihre Worte hörte. Anscheinend hatte Alex eine Weile gebraucht, ehe er begriff, dass dadurch nichts besser wurde. Ihre Worte brachten nichts zur Ruhe, ganz im Gegenteil: Sämtliche Gefühle wurden zurück an die Oberfläche gezerrt.

Alfie war es zwar gelungen, das Gespräch wieder in lockere Bahnen zu lenken, doch er war zu müde, um sich über längere Zeit zu verstellen. Matty kannte ihn gut genug, um nach ein paar weiteren peinlichen Geschichten von Alex zu spüren, dass die Zeit zum Aufbruch gekommen war und sie Alfie mit seinen Gedanken besser allein ließen.

Den Rest des Nachmittags war er zu nichts anderem imstande, als mit leerem Blick auf den Fernseher zu starren. Er wollte nicht schlafen, auch wenn sein Körper förmlich darum bettelte. Er wusste, dass die Träume wiederkommen würden und dass er ihnen im Moment nichts entgegenzusetzen hatte. Reden und um der anderen willen seine Verzweiflung verbergen wollte er auch nicht. Nein. Heute würde er einfach nur hier liegen. Natürlich würde jeder im Zimmer die Veränderung spüren. Normalerweise würde ihn das stören und dazu bringen, sich irgendwie aus seiner düsteren Stimmung zu befreien. Doch diesmal wollte er ihnen den

Gefallen nicht tun. Im Geheimen genoss er es beinahe, dass ausnahmsweise nicht er derjenige war, der ihnen mit seinen Sprüchen den Tag rettete. Was das anging, durften sie sich nicht immer auf ihn verlassen. Niemand sollte sich in Zukunft mehr auf ihn verlassen. Er war von einer dunklen Wolke umhüllt, aus der er so schnell nicht wieder herauskommen würde.

Als es um ihn herum ruhiger wurde und alle sich für die Nacht bereit machten, schlug Alfies Verzweiflung immer mehr in Wut um. Sie hatte den ganzen Tag über gegärt, war immer stärker geworden, hatte in seinen Eingeweiden rumort und wollte hinaus. Er hatte seine ganze Kraft zusammengenommen, um sie unter Kontrolle zu halten, doch jetzt, wo alle anderen friedlich einschliefen, erwachte sie zum Leben. Er spürte, wie sie brennend in seiner Kehle hochstieg. Er musste sie rauslassen, bevor sie ihn zerriss.

»Aaaaaahhhh!«, schrie er in sein Kissen und vergrub den Kopf tief darin. Sein Schrei schien den Stoff zu versengen. Dann ballte er die Fäuste. Am liebsten hätte er das Kissen zerfetzt. Irgendetwas sollte sich so zerstört fühlen, wie er es tat. Von dieser Welle der Zerstörungswut erfasst, warf er das Kissen aus dem Bett, so fest er konnte.

Nun kamen die Tränen. Heiß und stark und wild vor Wut. Er hatte nichts mehr, was sein lautes Schluchzen dämpfen konnte, denn das Kissen lag platt und leblos auf dem Fußboden. Plötzlich begann er zu lachen, immer lauter, bis es unkontrolliert aus ihm herausbrach.

Jetzt hast du dein Spielzeug aus dem Kinderwagen geworfen und kannst es ohne Hilfe nicht mal wiederholen, du einbeiniger Idiot.

Es war einfach zu dämlich.

Dann hörte er etwas. Und das beendete seinen hysterischen Ausbruch auf der Stelle. Natürlich hatte er damit rechnen müssen, bei dem ganzen Lärm, den er machte, jemanden zu wecken, aber doch nicht ausgerechnet *sie*.

Gerade als er den Mund aufmachen und eine Entschuldigung vorbringen wollte, hörte er, wie etwas neben seinem Bett landete. Als er hinunterschaute, sah er, dass durch den Spalt zwischen Vorhang und Fußboden ein Kissen hindurchgeschoben wurde, das er, ohne aufzustehen, erreichen konnte.

»Nur für den Fall, dass Sie noch mehr schreien müssen.« Ihre Stimme war sanft und gerade so laut, dass nur er sie hören konnte.

»Danke. Ich hab mir sozusagen in mein einziges Knie geschossen, als ich meins weggeworfen hab, stimmt's?«

»Das kann man wohl sagen. Ich wollte es Ihnen schon holen, aber dann hab ich gemerkt, dass ich Sie dafür nicht genug mag.«

»Aber um mir Ihr einziges Kissen zu geben, mögen Sie mich genug? Und um noch mal mit mir zu sprechen?«

Ha! Er hatte sie erwischt.

»Bilden Sie sich nichts darauf ein. Ich habe drei Kissen übrig. Wahrscheinlich hatten die Schwestern Mitleid mit mir und wollten das durch zusätzliches Bettzeug zum Ausdruck bringen. Außerdem haben Sie mir leidgetan.«

»Ach du Scheiße. Und ich dachte, ich wäre hier beliebt. Ich bekomme nicht mal einen Extra-Schokoladenpudding, geschweige denn Kissen!«

»Sie sind eindeutig nicht schwer genug verletzt. Beliebtheit zählt nicht, Alfie. Es kommt darauf an, möglichst übel dran zu sein.«

Obwohl ihm klar war, dass es scherzhaft gemeint war, fiel ihm spontan keine passende Antwort ein. Natürlich wusste er, dass ihre Verletzungen schlimm waren, aber vom genauen Ausmaß hatte er keine Vorstellung. Bevor er Zeit hatte, noch weiter über eine angemessene Entgegnung nachzudenken, streckte sie ihn mit einer einzigen Frage zu Boden: »Kommen Sie zurecht mit dem, was heute Nachmittag passiert ist? Ich konnte bei Ihrer Unterhaltung einfach nicht weghören.«

Er glaubte, eine Unsicherheit bei ihr zu spüren, ob sie mit ihrer Frage zu weit gegangen war.

»Oh. Ja. Ich meine, ich hatte *gedacht*, ich hätte es gut verkraftet, aber wenn Sie das arme Kissen fragen, das ich eben massakriert habe, dürfte die Antwort wahrscheinlich anders lauten.«

Sie lachte. Es war ein scheues, vorsichtiges Lachen. Er fragte sich, ob sie sich jemals gestattete, laut hinauszuprusten? Oder klang es bei ihr immer so zurückhaltend wie jetzt?

»Wir haben das Opfer befragt, und es verzichtet auf eine Anzeige, Sir. Wollen Sie uns Ihre Seite der Geschichte erzählen?«

Natürlich war es ein Spiel, und doch verspürte er in dieser Dunkelheit, die sie beide wie schwarzer Samt umhüllte, ein seltsames Bedürfnis, sich ihr anzuvertrauen. Die Gefühle und Gedanken, die er tief in sich vergraben hatte, forderten plötzlich Gehör. Er wollte das alles mit ihr teilen. Sie in seinen Kopf schauen lassen, und sei es nur für einen Augenblick.

»Nun, Officer, ich mache es so kurz wie möglich, denn natürlich haben Sie viel zu tun: Meine Freundin, mit der ich drei Jahre lang zusammen war, hat mich eine Woche nach dem Unfall verlassen, weil sie mit alldem nicht zurechtkam. Offenbar war es zu schwierig für sie. Also ist es nicht dabei geblieben, dass man mir das Bein abgenommen hat, dass die Wunde angeschwollen und aufgeplatzt ist und sich dann entzündet hat, sodass ich beinahe an einer Sepsis gestorben wäre. Nein, mir wurde *außerdem* noch das Herz gebrochen. Wenn Sie jetzt weinen möchten, tun Sie sich keinen Zwang an!«

Ihm wurde bewusst, dass er nie zuvor mit jemandem darüber gesprochen hatte. Er war noch nicht bereit, ihr das volle Ausmaß seiner Traurigkeit zu zeigen, aber überhaupt darüber zu sprechen bedeutete schon ein Stück Erleichterung. Alle hatten solche Scheu gehabt, ihn aus der Fassung zu bringen, dass sie entweder beschlossen hatten, über die Situation hinwegzugehen oder zögerlich um den heißen Brei herumzureden und das Thema nur am Rande zu streifen. Alle waren derart auf seine körperliche Genesung konzentriert gewesen, dass er mit dem seelischen Schmerz allein zurechtkommen musste, still und im Verborgenen.

»Alfie, was ist los mit Ihnen?«

Wow, damit hatte er nicht gerechnet. Zugegebenermaßen hatte er seine Gefühle nicht allzu detailliert auf den Tisch gelegt, aber ein bisschen Mitgefühl hatte er dennoch erwartet.

»Warum erkundigen Sie sich überhaupt noch nach ihr, so wie sie sich verhalten hat? Sie sind wirklich freundlicher, als gut für Sie ist. Ich weiß, Sie haben sie geliebt, aber wenn Sie mich fragen, klingt es, als wäre sie eine selbstsüchtige Idiotin.«

Auch damit hatte er nicht gerechnet. Niemand hatte je so direkt mit ihm gesprochen.

»Nun ja, Officer, so sollte man nicht mit Verdächtigen

sprechen, egal wie abscheulich ihr Verbrechen gewesen sein mag.«

»Alfie, können Sie jemals ernst bleiben? Nur für einen Augenblick?«

Zweimal hatte sie ihn jetzt mit ihren Fragen auf dem falschen Fuß erwischt. Aus irgendeinem Grund schien sie heute Nacht einigen Mut aufzubringen, und er merkte, dass ihm das gefiel.

»Niemand kann Ernsthaftigkeit gebrauchen, Alice. Die Welt ist sowieso schon beschissen genug. Schauen Sie sich hier um, verdammt! Warum soll man es sich selbst und den anderen noch schwerer machen?«

»Und? Dann sollen wir also ständig rumlaufen und so tun, als würde uns nichts wehtun?«, entgegnete sie heftig. »So tun, als wäre alles fantastisch?«

»Nein, aber warum soll man die ganze Zeit jammern? Die Leute mögen kein Gejammer.«

»Dann wollen Sie also um der anderen willen so tun, als wären Sie glücklich? Um sich Freunde zu machen? Beliebt zu sein? Wenn Sie am Boden zerstört sind und innerlich leiden, finde ich es ehrlich gesagt egal, was die anderen von Ihnen denken.«

Sie nahm kein Blatt vor den Mund, kannte kein Erbarmen. Wahrscheinlich wusste sie nicht, dass sie ihn an seiner empfindlichsten Stelle traf. Oder versuchte sie mit Absicht, die Barrikaden einzureißen, die er über Jahre hinweg so sorgfältig errichtet hatte?

Vielleicht kam ihm sein nächster Satz nur deshalb über die Lippen, weil er so müde war. Oder weil er seine verzweifelte Wut von zuvor nun unbewusst auf sie richtete. Vielleicht wollte er sich aber auch bloß rächen.

»Jedenfalls sorgt die ganze Ernsthaftigkeit offenbar dafür, dass man null Besuch bekommt, wenn man an der Schwelle zum Tod steht.« Sofort schlug er sich die Hand vor den Mund, als hegte er die armselige Hoffnung, seine giftige Bemerkung noch zurücknehmen zu können.

Schweigen.

Er wusste nicht, was er sagen sollte, um das wiedergutzumachen. Er lag einfach da und klappte den Mund auf und zu wie ein Fisch auf dem Trockenen.

»Ich glaube, Sie haben den reizenden Besuch meiner Mutter vergessen.«

Plötzlich brach auf beiden Seiten des Vorhangs Gelächter aus. Echtes, ungehemmtes Lachen, das seinen ganzen Körper erfasste und ihm Tränen in die Augen trieb. Sie lachten so laut, dass er sehen konnte, wie Sharon sich hin und her wälzte. Doch das war ihm egal. Wenn man sich so lebendig fühlte wie er in diesem Augenblick, ließ sich das nicht verbergen.

»Stimmt, den hatte ich irgendwie nicht auf dem Schirm.«

»Gute Nacht, Alfie.«

Die Köstlichkeit des gemeinsam erlebten Augenblicks verlieh ihrer Stimme ein wenig Leichtigkeit. Er schloss die Augen, drückte sich das kratzige Nylonkissen an die Brust und genoss die Ruhe, die sich über sie beide gelegt hatte.

»Gute Nacht, Alice.«

23
Alice

Im selben Moment, in dem er es ausgesprochen hatte, wusste sie, dass er recht hatte. Es hatte keinen Sinn, Einwendungen zu machen oder darüber zu streiten. Doch obwohl sie mit Humor reagiert hatte, tat es seitdem ununterbrochen weh. Durch ihre eigenen Entscheidungen, ihre Gleichgültigkeit und Starrköpfigkeit hatte Alice alles so eingefädelt, dass niemand sie besuchen kam. Alice Gunnersley war allein, und zum ersten Mal seit langer Zeit fühlte sich das nicht gut an.

Sie wusste nicht, wann sie sich entschieden hatte, auf ihn zuzugehen, doch sicher konnte sie nicht die Langeweile dafür verantwortlich machen. Wenn man den ungeschminkten Schmerz eines anderen so hautnah mitbekam, ließ sich schlecht darüber hinweggehen. Ihn Nacht für Nacht schreien zu hören war sicher nicht besonders angenehm. Doch so stur und unabhängig Alice auch sein mochte: Sie war nicht aus Stein. Der Mann, der tagsüber das ganze Zimmer mit seiner Lebendigkeit ansteckte, verwandelte sich nachts in ein wimmerndes, verletzliches Wesen. Ihre Wunden waren schmerzhaft und scheußlich, aber immerhin nur oberflächlich.

Sie bezweifelte, dass einer von ihnen beiden in der Nacht zum Schlafen gekommen war. Doch am nächsten Morgen schlüpften sie wieder in die Rollen gut ausgeruhter Patienten.

»Hey.« Alfies Stimme wirkte leiser als sonst, keine Spur des üblichen Draufgängertums. Es war klar, dass nur sie ihn hören sollte, nicht das ganze Zimmer.

»Hey.«

»Hören Sie, wegen dem, was ich gestern gesagt hab … Es tut mir leid. Ich war nicht ganz bei mir.«

»Alles in Ordnung, Alfie.« Sie wollte keine Entschuldigungen. Genau genommen hätte sie den ganzen Vorfall am liebsten aus ihrem Gedächtnis gelöscht.

»Nein, wirklich. Mir war klar, dass Sie sagen würden, alles ist gut, und ich brauche mich nicht zu entschuldigen. Aber es war nicht in Ordnung. Es war falsch, wirklich *falsch*. Und wenn ich früher als Sie aus diesem Laden rauskomme, werde ich Sie hier besuchen, ob Sie mich nun hinter diesen verdammten Vorhang lassen oder nicht!«

Seine Ernsthaftigkeit berührte sie, und plötzlich liefen ihr Tränen über die Wangen. Gott, sie musste wirklich müde sein. Müdigkeit und ein Kater waren die beiden einzigen Entschuldigungen, die Alice gelten ließ, wenn sie Gefühle zeigte.

»Der Teufel soll mich holen, wenn ich Sie hier reinlasse, aber trotzdem vielen Dank.«

Sie verspürte den Impuls, ihre Hand auszustrecken und seine zu drücken. Stattdessen berührte sie ihre eigene Hand. Die Haut fühlte sich so anders an als früher. Manchmal vergaß sie, dass es diese brandneue, beschädigte Ausgabe von ihr gab, an die sie sich erst noch gewöhnen musste.

»Das sagen Sie jetzt, aber glauben Sie mir, ich kann ziemlich hartnäckig sein.«

»Sie? Hartnäckig? Niemals!«

»Oh, jetzt werden Sie also auch noch sarkastisch?«

»Hauen Sie ab und nerven Sie jemanden anders, okay?«
Er schnappte laut nach Luft. »Wenn Sie es sagen! Hey, Mr Peterson, Sie haben die Frau gehört. Jetzt sind Sie dran.« Alice schüttelte den Kopf.

»Hier ist jetzt niemand dran.« Mühelos übertönte Schwester Angles' Stimme ihr Gespräch. »Alle in die Betten und bitte die Vorhänge schließen!«

Alice spürte, wie ihr Herz zu rasen begann. Irgendwie hatte sie sich tatsächlich auf den Tag in diesem Zimmer gefreut. Die Aussicht auf eine weitere demütigende Physiotherapiestunde jedoch machte sämtliche Vorfreude zunichte.

»Alice, meine Liebe, wir müssen Sie wieder aus dem Bett holen. Geben Sie mir einen Augenblick, damit ich schauen kann, ob wir loslegen können, okay?«

Ehe Alice antworten konnte, hatte Schwester Angles sich bereits abgewandt.

»Vorhänge zu, und zwar alle – je eher wir es hinter uns bringen, desto schneller sind wir fertig«, blaffte sie.

»Wie lange soll diese militärische Operation denn noch dauern? Ich dachte eigentlich, ich hätte die Army schon vor vierzig Jahren verlassen.«

»Mr P, stöhnen Sie nicht rum, und machen Sie ein Schläfchen«, mischte Alfie sich ein.

Als Alice hörte, wie er ihr zu Hilfe kam, verspürte sie eine unerklärliche Erleichterung.

»Okay, wir können los.« Schwester Angles und eine ihrer Kolleginnen waren in Alice' Kabine getreten und stellten den schrecklichen Rollstuhl neben das Bett.

»Ohne Fleiß kein Preis, Nachbarin. Den Spruch kennen Sie ja.«

Sie wusste nicht, ob sie darüber lachen oder weinen sollte. Zum Glück blieb Alice weder für das eine noch für das andere Zeit. Schwester Angles schlang die Arme um sie und hob sie ganz sanft an.
Also auf ein Neues.

*

Auch diesmal hatte Schwester Angles das Leben auf der Station zum Stillstand gebracht. Sämtliche Patienten waren in ihren Betten, und der kleine Aufenthaltsraum für die Frauen auf der rechten Seite des Gangs war reserviert, sodass Alice ungestört bleiben würde. Als sie hineingeschoben wurde, wartete Darren bereits auf sie, so vergnügt und optimistisch wie beim letzten Mal.

»Alice! Wie schön, Sie zu sehen. Wie geht es Ihnen?«

»Ganz gut«, brummte sie in banger Erwartung der Übungen, die er sich für heute ausgedacht hatte.

»Schön, dann erst mal raus aus dem Stuhl. Glauben Sie mir, es dauert nicht mehr lange, dann brauchen Sie ihn nicht mehr.« Er zwinkerte ihr aufmunternd zu und half ihr beim Aufstehen.

»Gut, wir werden mit den einfachen Mobilisierungsübungen weitermachen, mit denen wir letzte Woche angefangen haben. Lassen Sie sich Zeit, und wenn Sie eine Pause brauchen, ist das kein Problem ...«

Die Physiotherapieeinheit entwickelte sich zu einer weiteren demütigenden Angelegenheit. Doch anstatt sich verkriechen oder verschwinden zu wollen, spürte Alice diesmal einen kleinen Funken Widerstandskraft. Die gnadenlos sture und unbarmherzige Kämpferin, die sie vor dem Brand gewesen war, begann sich leise zurückzumelden. Anscheinend war die alte Alice tatsächlich noch da. Während sie ihren müden, steifen Körper zu den winzigen Bewegungen zwang, die Darren vorgab, dämmerte ihr, dass dies der einzige Weg war, hier rauszukommen. Also musste sie es irgendwie hinkriegen, und zwar so schnell wie möglich.

*

Als sie später wieder im Bett lag und ihr ganzer Körper vor Anstrengung brannte, meldete sich eine leise Stimme im Hinterkopf.
Ob wohl irgendjemand versucht hat, mit dir Kontakt aufzunehmen?
Hat sich überhaupt jemand erkundigt, ob du noch lebst?
Ist die Arbeit das Einzige, wozu man dich braucht?
Ihr Handy! Sie hatte immer noch keine Ahnung, wo es abgeblieben war. In einem Anflug von Nervosität und Panik griff Alice nach der Klingel und schellte nach den Schwestern. Schon komisch – selbst mit den stärksten Schmerzen, die sie je erlebt hatte, hatte Alice nicht um Hilfe gerufen. Jetzt aber, wo sie den wichtigsten Gegenstand vermisste, den sie besaß, kam es ihr wie ein dringender Notfall vor.

Als sie die schnellen Schritte der Schwester hörte, überfiel sie ein Schuldgefühl.

»Alice, ist alles in Ordnung? Alice, was ist passiert?« Hektisch trat die junge Schwester durch den Vorhang.

»Tut mir leid, wahrscheinlich hätte ich einfach Ihren nächsten Rundgang abwarten sollen, aber mir ist gerade aufgefallen, dass ich mein Handy nicht habe. Seit ich im

Krankenhaus bin, hab ich es noch nicht gesehen. Wissen Sie vielleicht, wo es ist?«

»Oh, verstehe.« Das Gesicht der Schwester zeigte eine Mischung aus Erleichterung und Ärger. »Lassen Sie mich nachsehen ... einen Moment.«

Gut zu wissen, dass die alte Alice nicht völlig verschwunden ist. Wegen deines Handys den Notruf betätigen ... musste das sein?

Kurz darauf war die Schwester mit einem Plastikbeutel zurück, in dem sich verschiedene Gegenstände befanden: Portemonnaie, Schlüssel, Handy. Alice erkannte ihre Sachen sofort.

»Tut mir leid, dass wir es Ihnen nicht längst gegeben haben. Als Sie eingeliefert wurden, mussten wir Ihre Kleidung aufschneiden – jemand muss die Sachen dann verstaut haben. Bitte schön.«

Vor Alice' innerem Auge blitzte das Bild von jemandem auf, der eilig versuchte, die Hose von ihrer verbrannten Haut zu trennen. Bei der Erinnerung wurde ihr übel, und sie dachte unwillkürlich an die Verbände an ihrem linken Bein. Zum Glück hatte man sie von der Sauerei befreit. »Danke«, murmelte sie.

Hier war also ein weiterer Teil von ihr, der die Flammen überlebt hatte. Das kühle Metall in ihrer Hand fühlte sich fremd an. Sie atmete tief durch, schob nach kurzem Zögern den Stecker des Ladekabels in die Steckdose und schaltete das Gerät ein.

Nichts.

Großartig. Buchstäblich keine einzige ...

Eine Nachricht. Mum.

Zwei Nachrichten. Lyla.

Ach du Scheiße. Drei ... vier ... fünf Nachrichten. Der grelle Signalton schallte durchs ganze Zimmer. Alice wollte das Gerät stummschalten, doch ihre Finger waren steif und schmerzten noch von der Physiotherapie.

»Was zum Teufel ist da drüben los?«, rief Mr Peterson.

»Ruby, spielst du wieder mit meinem Handy rum?«, fragte Jackie in strengem Ton.

»Nein! Ehrlich nicht!«, jammerte das Mädchen.

»Alfie, sind Sie das?«, fragte Sharon.

»Natürlich nicht. Wenn ich so viele Freunde hätte, wüssten Sie alle längst davon, glauben Sie mir. Warten Sie mal ... Alice, sind *Sie* das?« Seine Stimme klang ehrlich überrascht. »Alles in Ordnung bei Ihnen?«

Alice war zu schockiert, um irgendetwas um sich herum wahrzunehmen. Sie überflog die eingegangenen Textnachrichten und konnte es kaum glauben.

Nachricht von Lyla, 24. April, 09:02 Uhr
Meine Güte. Arnold hat mir gerade gesagt, was passiert ist. Alles in Ordnung? Brauchst du irgendwas? DENK BLOSS NICHT EINE SEKUNDE AN DIE ARBEIT! Ich weiß, es ist sinnlos, weil du nie aufhören wirst, dir Sorgen zu machen. Aber hey, ich kann es wenigstens versuchen, oder? Ich kümmere mich um alles. Bitte lass mich wissen, ob alles okay ist. Lyla x

Nachricht von Lyla, 25. April, 15:35 Uhr
Okay, dein Zustand ist offenbar stabil. Aber wenn du zu dir kommst und ich dir kein Update zum Hunterland-Projekt geschickt hab, bekommst du sicher einen Herzinfarkt. Also: Tim hat es übernommen. Ich beobachte ihn und mache ihm Beine. Hoffe wirklich, dass alles in Ordnung ist, Alice. Lyla x

Nachricht von Mum, 27. April, 08:55 Uhr
Hoffe, es geht dir gut. M

Nachricht von Lyla, 2. Mai, 12:15 Uhr
Liebe Alice, hier ist Arnold. Ich hoffe, Sie bekommen viel heißen Kakao und die beste Pflege. Wir alle hier vermissen Sie. Ohne Sie ist mein Tag nicht mehr derselbe! Gute Besserung. Mit freundlichen Grüßen, Arnold

Alice blinzelte die Tränen weg und lachte über den Schluss der letzten Nachricht. Typisch, dass Arnold sie beendete wie einen richtigen Brief. Ihr Herz war in diesem Moment so voll, dass es zu platzen drohte. Sie bedeutete diesen Menschen, die sie so oft als selbstverständlich hingenommen und hintenangestellt hatte, tatsächlich etwas. Jedenfalls bedeutete sie ihnen genug, dass sie ihr diese Nachrichten schickten. Es haute sie um.

Es gab weitere Messages von Lyla und Arnold, in denen sie sich nach ihr erkundigten und sie auf den neuesten Stand über die Vorgänge im Büro brachten. Dann entdeckte Alice eine Nachricht, bei der ihr Herz einen Satz machte.

Nachricht von Sarah BFF, 28. Mai, 07:50 Uhr
Hey, Al. WIE GEHT ES DIR? Ich hab bei deiner Arbeitsstelle angerufen, weil du komplett abgetaucht bist und ich mir Sorgen gemacht hab. Sie haben mir von dem Unglück berichtet. Warum zum Teufel hast du nicht meine Handynummer angegeben? Verdammt, alles in Ordnung mit dir? Ich versuche, so schnell es geht, einen Flug zu bekommen. Ich hab dich so lieb, dass es schon wehtut. Sarah x

Nachricht von Sarah BFF, 28. Mai, 09:30 Uhr
Okay, Raph sagt, ich soll mich beruhigen und dass du dein Handy wahrscheinlich noch nicht benutzen darfst. Aber bitte, Al, melde dich. Ich hab im Krankenhaus angerufen, aber da sagt man mir nicht viel. Hab dich lieb x

Nachricht von Raph, 28. Mai, 13:35 Uhr
Hi Alice, Raph hier. Sarah dreht hier gerade ein bisschen durch. Ich soll dich bitten, ihr eine Nachricht zu schicken. Wir haben immer wieder im Krankenhaus angerufen und wissen, dass du noch lebst, aber du kennst sie ja. Wir denken beide an dich und beten, dass es dir bald besser geht. Wir lieben dich. R x

Nachricht von Sarah BFF, 29. Mai, 04:00 Uhr
Al, im Moment hasse ich dich, weil du nicht antwortest, aber das Krankenhaus meint, es geht dir einigermaßen. Nach ein paar deutlichen Worten haben sie mir erklärt, dass du noch nicht telefonieren kannst. Wir kommen zu dir, melde mich, sobald ich Genaueres weiß. Ich hab dich lieb x

Alice hatte Schwierigkeiten, das, was sie gelesen hatte, zu verarbeiten.

Sarah wollte um die halbe Welt fliegen, bloß um an ihrer Seite zu sein.

Sie konnte die Tränen nicht mehr zurückhalten. Die Realität traf sie mit aller Macht, und die aufkommenden Gefühle ließen sich nicht unter Kontrolle bringen.

Nein. Du kannst nicht zulassen, dass sie dich so sieht.

Alice versuchte, ganz langsam eine Antwort an ihre Freundin zu schreiben, doch jedes Tippen auf die Tastatur erforderte eine gewaltige Anstrengung. Wie hatte sie es früher geschafft, ohne Atempause Hunderte E-Mails am Tag zu verschicken? Sie durfte es nicht zulassen, dass Sarah sie besuchte. Sie war nicht die Alice Gunnersley, die Sarah kannte und liebte.

Nachricht an Sarah BFF, 1. Juni, 14:26 Uhr
Hi Sarah, es tut mir so schrecklich leid. Ich hab mein Handy gerade zurückbekommen. Besuch ist nicht nötig. Die Flüge sind irrsinnig teuer, und die Strecke ist so weit! Hier ist alles okay. Gebe dir Bescheid, wenn ich rauskomme. Hab dich lieb
x

Plötzlich bemerkte sie links von ihrem Bett eine Bewegung. Erschreckt drehte Alice den Kopf und entdeckte eine Hand, die sich durch den Vorhang schob.

Sie ließ das Handy fallen, griff nach der Hand und drückte sie fest. Sie achtete nicht einmal darauf, ihre gesunde Hand zu benutzen.

24
Alfie

Und so lagen sie da, beide hinter ihrem Vorhang, und hielten einander an der Hand. Dabei hatte Alice noch vor wenigen Tagen kein einziges Wort mit ihm gesprochen! Seltsam, wie lange her ihm das jetzt erschien, wie schnell sie sich aufeinander eingespielt hatten und wie normal – nein, nicht normal, sondern *gut* – es sich anfühlte, sie zu berühren. Er merkte sofort, dass sie die verletzte Hand herübergestreckt hatte, denn er spürte den Mullverband wie eine raue zweite Haut. Plötzlich überkam ihn Angst – hatte er ihr wehgetan? Hielt er sie zu fest? In diesem Moment drückte sie ihn kräftig, als hätte sie seine Zweifel gespürt.

»Danke«, flüsterte sie und zog die Hand zurück. »Tut mir leid, ich muss mir das Gesicht abwischen. Gott, weinen ist widerlich.«

»Zum Glück hängt dieser große Vorhang zwischen uns, sodass ich es nicht mit ansehen muss.« Alfie hielt die Hand noch einen Moment ausgestreckt, bevor er sie zurück auf seine Seite zog.

»Einer der vielen Vorteile hier«, erwiderte sie mit einem zögerlichen Lachen.

Zufrieden ließen sie einige Minuten verstreichen. Alfies Gedanken schwirrten aufgeregt durcheinander. Dort, wo er ihre Hand in seiner gehalten hatte, prickelte seine Haut.

»Für jemanden, der nicht viel Besuch hat, bekommen Sie jedenfalls eine Menge Nachrichten. Sie verstecken da drüben nicht zufällig irgendwelche heimlichen Freunde?« Er hoffte, mit seiner Bemerkung nicht zu weit gegangen zu sein.

»Nein«, erwiderte sie lachend, und er seufzte erleichtert. »Das sind nur ein paar Leute von der Arbeit. Und Sarah.«

»Wer ist Sarah?«

Sie schwieg für einen Augenblick.

»Man könnte sagen, sie ist der großartigste Mensch, den ich in meinem ganzen Leben kennengelernt habe.«

Warum wurde ihm leicht flau im Magen, als sie das sagte? Er war doch sicher nicht eifersüchtig auf die beste Freundin dieser Fremden?

»Wow! Wenn das so ist, müssen Sie mir natürlich ein bisschen mehr erzählen! Wer ist diese Frau?«

»Das ist nicht so einfach zu beschreiben. Egal was ich jetzt sage, es wird ihr nicht gerecht. Sie gehört zu den Leuten, die man von Angesicht zu Angesicht erleben muss, um sie wirklich würdigen zu können.«

»Glauben Sie, sie kommt noch zu Besuch?« Alfie vermutete, dass es sich um den mysteriösen Notfall-Kontakt handelte, den Schwester Angles erwähnt hatte. Die Frau, die im Moment nicht zu erreichen war und sich auf der anderen Seite der Welt befand.

»Sie lebt inzwischen in Australien, also nicht gerade um die Ecke. Sie schreibt, sie will sich in ein Flugzeug setzen und herkommen, aber das habe ich abgelehnt.« Ihre Stimme klang jetzt resolut.

»Das ist wirklich toll von ihr.«

»Ja, sie ist die Allerbeste.« Ihre Stimme wurde wieder heiser. »Um Himmels willen, ich schwöre, dass ich noch nie im Leben so viel geweint habe.«

»Extrakissen, aber keine Papiertaschentücher? An Ihrer Stelle würde ich mich beschweren.«

Ihr Lachen klang gedämpft. Offenbar wischte sie sich gerade die Tränen ab.

»Sie wollen sich beschweren, Alfie?«, dröhnte Schwester Angles' Stimme durchs Zimmer. »Dann komme ich und gebe Ihnen einen Grund zum Beschweren!«

»Endlich! Ziehen Sie ihm die Ohren lang!« Mr Peterson klatschte begeistert in die Hände.

»Aaalfie kriegt Ääärger. Aaalfie kriegt Ääärger«, sang Ruby und tanzte dabei durchs Zimmer. Sharon feuerte sie lautstark an.

Alfie setzte sich auf. »Moment mal, ist heute etwa der Alle-gegen-Alfie-Tag? Da hätte mich ruhig jemand vorwarnen können.«

»Alle gegen Alfie! Alle gegen Alfie!« Rubys Gesang wurde lauter, ihr Hüpfen immer lebhafter.

»Ruby, das reicht!«, unternahm Jackie einen halbherzigen Versuch, das Kind unter Kontrolle zu bringen.

»Alles klar. Ich schätze, dann halte ich für den Rest meiner Zeit hier lieber den Mund.« Trotzig verschränkte Alfie die Arme.

»Endlich ist der Groschen gefallen!« In gespielter Verzweiflung schlug Mr Peterson sich mit der flachen Hand gegen die Stirn, während Alice im Nachbarbett zu kichern begann.

»Perfekt. Ich schnappe mir meine Prothese und verschwinde auf der Stelle. Meine *Prothese*, ganz genau – denn ich habe nur ein Bein, und Sie alle beschimpfen hier einen behinderten jungen Mann. Ich hoffe nur, Sie können damit leben!«

»Sie sind doch Spinner, alle beide. Aber jetzt müssen wir Sie fertig machen, Alfie, denn der Doktor will Sie vor der Physio noch sehen.« Entschlossen schlug Schwester Angles seine Decke zurück, um ihm aus dem Bett zu helfen.

»Moment mal, was will der Arzt von mir?«

»Vielleicht werden unsere Gebete erhört, und es geht um Ihre Entlassung«, sagte Mr Peterson und lachte in sich hinein.

Aber er konnte doch sicher noch nicht nach Hause?
Noch nicht. Bitte, jetzt noch nicht.

*

»Kommen Sie, Alfie, konzentrieren Sie sich. Ich weiß, dass Sie müde sind, aber Sie haben so gute Fortschritte gemacht. Wir stehen kurz davor, Sie wieder richtig fit zu bekommen. Ich schätze, Sie brauchen nur noch ein paar Einheiten.«

Darrens vertraute motivierende Sprüche rissen Alfie aus seinen Tagträumen. Der Physiotherapeut war ein wunderbarer Mann, dem seine Patienten wirklich am Herzen lagen. Man sah es an der ganzen Art, wie er sie nach Rückschlägen aufbaute, ihnen Mut zusprach und sie antrieb, es immer aufs Neue zu versuchen. Er war das Licht im Dunkeln und der Treibstoff, wenn der Tank leer zu sein schien. Darren war ein Mann, für den man sich als Patient besonders ins Zeug legte. Man gab sich doppelt Mühe, um ihn bloß nicht zu enttäuschen. Allerdings konnte seine Freundlichkeit zum zweischneidigen Schwert werden, ihn zum Cheerleader und Sandsack in einer Person machen. Alfie schauderte noch jetzt, wenn er daran zurückdachte, wie er sich manchmal aufgeführt hatte.

Am Anfang seiner Behandlung war er – wie hätte es anders sein sollen? – davon ausgegangen, in wenigen Wochen alles hinter sich zu haben. Doch offenbar setzte es einem weit mehr zu als erwartet, wenn man bei Tempo hundert aus dem Auto geschleudert wurde, meterweit über den Asphalt rutschte und sich zu allem Überfluss ein Bein amputieren lassen musste. Dabei war die körperliche Strapaze nur ein Teil des Problems. Auf den emotionalen Preis, den er hatte zahlen müssen, war er nicht ansatzweise vorbereitet gewesen. Das beschämende Gefühl, die einfachsten Dinge neu lernen zu müssen, machte ihn völlig fertig. Mit achtundzwanzig Jahren vor dem Heben eines Gewichts kapitulieren zu müssen, über das man vorher nur müde gelächelt hatte, kam einem Anschlag auf seine Männlichkeit gleich. Anfangs hatte er die Verzweiflung noch fest in sich unter Verschluss halten können und alles Negative mit den aufmunternden Worten seiner Umgebung überdecken können. Denn schließlich hatten alle gesagt, es würde mit der Zeit leichter; zwar würde es eine Weile brauchen, dann aber zusehends besser werden.

Nur dass es nicht so war.

Es wurde schlimmer.

Manchmal schaffte er es nicht mal aus seinem Rollstuhl. Es gelang ihm nicht, das Bein anzuheben, und seine Kraft reichte nicht mal zum Weinen aus. In einem dieser Momente war er zusammengeklappt, und die mühsam zurückgehaltenen Gefühle brachen aus ihm heraus. Am Anfang richteten sich die Ausbrüche gegen ihn selbst.

Du Schwächling, du dummer Idiot.

Schau nur, was aus dir geworden ist.
Du bist ein Witz.
Streng dich mehr an, du verdammter Loser.

Wie eine giftige Schlange wand sich der Zorn in seinem Bauch und leckte mit heißer Zunge an seinen Eingeweiden, bis ihn der Schmerz zu verbrennen schien. Doch die Bestie begnügte sich nicht mit ihm und ging irgendwann auf jeden los, der ihr zu nahe kam. Es tat weh, sich an die Gelegenheiten zu erinnern, bei denen er in Darrens Armen zusammengebrochen war, nicht in der Lage, sich auch nur einen weiteren Zentimeter zu rühren. Aber noch schlimmer war die Erinnerung daran, wie er um sich geschlagen hatte, wie er vor Scham über sein erneutes Versagen laut geschrien und sich mit Schlägen traktiert hatte.

Er würde gern von sich behaupten, dass er den Schalter selbst umgelegt hatte, weil ihm klar geworden sei, dass sein Verhalten wenig zu seiner Genesung beitrug. Dass die Ausbrüche sich im Gegenteil nachteilig auf seinen Heilungsprozess auswirkten. Tatsächlich aber war es die Hellsichtigkeit seiner Mutter gewesen, die ihm den entscheidenden Anstoß gegeben hatte.

»Die Ärzte und der Physiotherapeut haben mir gesagt, dass du Theater machst. Was ist los, Alf?«

»Nichts. Ich bin einfach müde. Es ist schwer, und ich hab die Nase voll.«

»Du hast die Nase voll?« Ungläubig riss sie die Augen auf.

»Bitte sag jetzt nichts, Mum. Hast du überhaupt eine Ahnung, wie es ist, so zu leben? Wie ein verdammter Krüppel?« So hatte er nie zuvor mit ihr gesprochen, doch sein Hass war so mächtig, dass er ihn nicht unter Kontrolle halten konnte.

»Alfred Mack, in meinem ganzen Leben war ich nie enttäuscht von dir. Kein einziges Mal.« Sie beugte sich vor und schaute ihm geradewegs in die Augen. »Bis gerade eben.«

Er hatte versucht, das Gesicht abzuwenden, doch sie hatte die Hand ausgestreckt und ihn gezwungen, sie anzusehen. »Willst du mir sagen, dass du kneifst? Dass mein eigen Fleisch und Blut einer ist, der einfach aufgibt? Ich hab dich nicht zu jemandem erzogen, der ›die Nase voll hat‹, Alfie, so schwer es auch gerade sein mag. Und weißt du warum? Weil das Leben hart ist. Ich kann mir kaum vorstellen, durch welche Hölle du gerade gehst, und ich will auch nicht so tun als ob. Aber glaub mir, was Schmerz bedeutet, weiß ich. Ich weiß, wie es sich anfühlt, keine Hoffnung mehr zu haben. Glaubst du, ich hatte es leicht? Glaubst du nicht, dass es mir damals jeden einzelnen Tag das Herz gebrochen hat?«

Er zuckte zusammen und wollte etwas entgegnen, doch sie schnitt ihm das Wort ab. »Ich bin nicht auf dein Mitgefühl aus. Ich sage nur, dass es immer einen Lichtblick gibt. Selbst wenn du um dich herum nur Dunkelheit siehst. Alfie, das Leben liegt noch vor dir. Es mag nicht das Leben sein, das du dir erträumt hast, aber es ist da. Du hast eine Chance und bist gerade dabei, sie dir zu verbauen. Ich werde jede Minute jedes einzelnen Tages für dich da sein und dich auf jede erdenkliche Weise unterstützen, aber ich sehe nicht dabei zu, wie du deine Zukunft wegwirfst. Das verspreche ich dir.« Ihr Blick war grimmig. »Also, was wirst du tun?«

In diesem Augenblick hatte er aufgehört, gegen alles um sich herum anzukämpfen, und stattdessen den Kampf um sein Leben aufgenommen.

*

»Alfie, Kumpel, alles in Ordnung? Sie sind schon die ganze Zeit nicht richtig anwesend. Wollen Sie über irgendwas reden?« Darren stand vor ihm, eine Hand auf seiner Schulter.

»Tut mir leid, es ist bloß … Der Arzt sagte, wenn alles gut läuft, könnte ich in vierzehn Tagen entlassen werden.«

Alfie war klar, wie absurd es klang. Warum sollte die Aussicht, hier wegzukommen, ihn traurig machen? Er bekam das, was jeder Patient im St Francis sich wünschte: die Chance, lebendig hier rauszukommen.

»Ah.« Darren deutete auf die Sitzbank. »Ich schätze, das ist ziemlich beängstigend, stimmt's? Sie waren jetzt … wie lange … acht Wochen hier?«

Alfie nickte.

»Dann liegt eine gewaltige Umstellung vor Ihnen, Kumpel. Es überrascht mich nicht, dass Sie ein bisschen aus dem Gleichgewicht sind! Was meinen Sie, sollen wir für heute Schluss machen und einen Kaffee trinken gehen?«

Alfie lächelte. Klar, dass Darren ihn verstand. Wie viele Patienten hatte er kommen und gehen sehen, jeder mit seiner eigenen körperlichen und seelischen Verletzung?

»Darren, sind Sie eigentlich jemals etwas anderes als nett? Bitte sagen Sie mir, dass Sie nicht von morgens bis abends hundert Prozent perfekt sind. Ich meine, ab und zu werden Sie doch sicher auch mal sauer?«

»Natürlich bin ich nicht ständig nett. Jetzt zum Beispiel schicke ich Sie den Kaffee holen wegen all dem Ärger, den Sie mir am Anfang gemacht haben. Und außerdem lasse ich Sie noch zwei Stücke Kuchen mitbringen, nur so zum Spaß. Und ja, Sie müssen alles bezahlen!«

*

Obwohl er nur eine halbe Physiotherapieeinheit absolviert hatte, fühlte Alfie sich am Abend zerschlagen. Mit Darren zu sprechen war eine große Erleichterung gewesen, doch seine Ängste waren damit nicht verschwunden. Darren hatte ihm versichert, dass solche Sorgen völlig normal waren. In die reale Welt zurückzukehren war ein tiefer Einschnitt, der viele Patienten ängstigte. Alfie hatte noch keine Vorstellung davon, wie sein Leben außerhalb der Station aussehen würde. Am Ende wurden seine Gedanken so bedrückend, dass ihm die Vorstellung einer von Flashbacks geplagten Nacht fast schon einladend erschien. Er schloss die Augen und hoffte dennoch, dass seine Träume heute gnädig sein würden.

Wie sich herausstellte, hatte Alfie Pech.

»ROSS, NEIN!«

Er setzte sich senkrecht auf. Sein T-Shirt war durchgeschwitzt, und sein Herz schlug so schnell, dass er die einzelnen Schläge kaum unterscheiden konnte.

Die Station wirkte wie ausgestorben. Diesmal kam keine Schwester, um nach ihm zu sehen, und auch Mr Peterson rührte sich nicht. Sein Schnarchen übertönte das Summen der Maschinen. Vielleicht waren inzwischen alle immun gegen seine Schreie. Vielleicht war er zu einem weiteren Hintergrundgeräusch im Soundtrack der Moira-Gladstone-Station geworden. Wie konnte ringsum alles seinen gewohnten Gang gehen, wo es Alfie erschien, als wäre seine Welt restlos aus den Angeln gehoben?

Allein in der Dunkelheit, versuchte er, sich zu beruhigen; schließlich verlangsamte sich sein Herzschlag, und die Atmung wurde tiefer. Dann hörte er etwas.

»Wer sind diese Leute?«

25
Alice

»Sorry, ich hab Sie doch nicht geweckt, oder?« Er klang benommen, als würde er mit einem heftigen Kater oder nach einem Schlag ins Gesicht zu sich kommen.

Wie bei diesem Lärm überhaupt jemand schlafen konnte, war ihr ein Rätsel. Diesmal hatten die Schreie noch panischer und schriller geklungen als je zuvor.

»Nein, keine Sorge, ich hab sowieso wach gelegen«, log sie.

Was zum Teufel hatte sie sich bei ihrer Frage gedacht?

Zum Glück war er nicht darauf eingegangen. Sie wusste nicht, ob er dem Thema bewusst ausgewichen war, wollte aber nicht darauf beharren.

»Okay, gut. Das ist gut.«

Jedes einzelne Wort klang wie eine gewaltige Anstrengung. Sie schloss die Augen und versuchte, wieder einzuschlafen, aber irgendwie schien alles um sie herum zehnmal lauter geworden zu sein als vorher.

Das Geräusch ihres Atems.

Das Geräusch seines Atems.

Das unruhige Rascheln gestärkter Bettwäsche.

Das Klopfen ihres Herzens.

»Ich war mit ihnen zusammen, als ich den Autounfall hatte.« Er machte eine Pause, als sei er nicht sicher, wie er fortfahren sollte. »Ciarán und Ross. Meine beiden besten Freunde. Sie sind gestorben. Ich habe überlebt.«

Vor Verlegenheit lief sie rot an, und ihre Wangen brannten.

»Es tut mir so leid, Alfie. Ich hätte nicht fragen sollen, ich hab nur ...«

»Hey, Schluss damit. Sie haben ein Recht zu erfahren, wen ich meine, wenn ich Sie jede Nacht mit meinem Stöhnen wecke.«

»Eigentlich ... na ja, es ist nicht jede Nacht.«

Er versuchte zu lachen. Aus irgendeinem Grund wollte sie unbedingt mehr erfahren, doch sie hielt den Mund. Es stand ihr nicht zu nachzuhaken, nachdem sie schon einmal so neugierig gewesen war. Wenn er mehr erzählen wollte, würde er es tun.

»Ich wollte mir einreden, dass es mit den Albträumen besser wird. Zwischendurch waren sie weniger schlimm und weniger häufig, aber sie kommen immer wieder. Sie sind so real. Fast als würde ich die Situation noch einmal erleben, Alice.«

Die Art, wie er ihren Namen aussprach, rührte sie an, und sie spürte eine Welle der Zuneigung.

»Haben Sie mit ... jemandem darüber gesprochen?«

Ihr war klar, dass sie vorsichtig sein musste.

»Mit ›jemand‹ meinen Sie einen Psychiater, stimmt's?«

Sie schämte sich für ihr mangelndes Feingefühl.

»Für einen Menschen, der nicht viel spricht, sind Sie ziemlich taktvoll. Wenn Sie wollen.«

»Ähm, es tut mir leid.«

»Schon gut. Und um Ihre ebenso allgemeine wie unmissverständliche Frage zu beantworten: ja und nein. Ich meine, die Leute hier wissen offensichtlich Bescheid. Nach den Flashbacks fragen die Schwestern jedes Mal, ob ›alles okay‹ ist. Außerdem hat Sharon das Gehör einer Fledermaus, ihr kann man nichts vormachen. Mit den Ärzten hab ich kurz darüber gesprochen, als sie mich auf Antidepressiva gesetzt haben. Und meiner Mutter gegenüber hab ich es nebenbei erwähnt. Aber *richtig* darüber geredet hab ich nicht, nein, auch wenn mich der eine oder die andere dazu ermutigen wollte. Die Bilder sind schon schlimm genug, wenn ich schlafe. Wie muss es da erst sein, einem Fremden davon zu erzählen?«

Wieder spürte Alice Schuldgefühle. Wenn sie selbst sich an ihr Unglück erinnern könnte, wenn sie immer wieder durchleben müsste, wie sie beinahe bei lebendigem Leib verbrannt wäre, hätte sie mit Sicherheit auch keine Lust, ihre Erinnerungen vor Publikum zum Besten zu geben.

Das ist der Grund, warum du nur noch eine verdammte Freundin hast: weil du so einfühlsam wie ein Holzklotz bist.

»Tut mir leid, es geht mich nichts an. Ich hab nicht nachgedacht.«

»Nein, es ist in Ordnung. Und hören Sie endlich mit dem Entschuldigen auf. Irgendwie will ich mit Ihnen darüber sprechen, seit Sie zum ersten Mal so getan haben, als hätte ich Sie nicht geweckt. Sie mögen vieles sein, aber sicher keine gute Schauspielerin.«

»Oh, unterstehen Sie sich! Zufällig stand ich gerade am Anfang einer vielversprechenden Theaterkarriere, ehe mir die Sache mit dem geschmolzenen Gesicht dazwischengekommen ist.«

»Ich weiß nicht, ob das geschmolzene Gesicht, wie Sie es so anschaulich ausdrücken, das eigentliche Problem wäre.

Eher Ihre irrsinnige Sturheit. Wahrscheinlich müsste der Regisseur, der Ihnen Anweisungen geben kann, erst noch geboren werden.«

Sie konnte ihm nicht widersprechen. Tatsächlich neigte sie dazu, auf ihrem Standpunkt zu beharren und ihn mit allen Mitteln zu verteidigen.

»Eins zu null für Sie, aber nur deshalb, weil Sie sich bloß bestätigt fühlen würden, wenn ich jetzt widerspreche.«

»Sie sind schon etwas ganz Besonderes, Alice. Genauer kann ich es noch nicht ausdrücken, jedenfalls sind Sie ziemlich speziell. Lassen Sie mir ein bisschen Zeit, dann komme ich schon dahinter.«

Wieder spürte sie eine Welle der Zuneigung, doch diesmal fühlte sie sich irgendwie beobachtet. Plötzlich war ihr die Situation zu intim, viel zu persönlich, und sie musste das Thema irgendwie abbiegen.

»Und ... möchten Sie darüber reden? Über die Träume, meine ich?«

Sie hörte, wie er sich bewegte, und stellte sich vor, dass er sich ein Stück weiter aufrichtete.

»Eigentlich ist es immer dasselbe: Ich erlebe den Unfall noch einmal. Buchstäblich jede Einzelheit des Abends, immer und immer wieder. Manchmal gibt es kleine Abweichungen, Nuancen, aber meistens ist es eine detailgetreue Wiederholung.«

Sie hatte große Angst, etwas Falsches zu sagen oder ihn zu sehr zu bedrängen. Jedes einzelne Wort kam ihr wie ein Drahtseilakt vor.

»Darf ich fragen, was passiert ist?«

Wieder hatte sie ihrer Neugier freien Lauf gelassen.

Schweigen.

Mein Gott, das ist ja kaum auszuhalten.

Schnell füllte sie die Pause: »Sie müssen nichts sagen, wenn Sie nicht wollen.«

Kein Wunder, dass Alfie die ganze Zeit auf sie einredete. Die Stille irgendwie auszufüllen war viel leichter, als das wortlose Vakuum zu ertragen.

»Ich will ja. Wirklich. Ich glaube nur, es ist schwieriger, als ich dachte.«

Er holte tief Luft, und dann begann er mit seiner Geschichte.

26
Alfie

So lange schon hatte er sich gewünscht, jemanden zu finden, dem er sich öffnen konnte. Einen Menschen, mit dem er reden konnte, ohne sich unbehaglich oder peinlich berührt zu fühlen. Nun war da endlich jemand, der ausdrücklich fragte, und er brachte kein einziges Wort heraus. Bei den Ärzten war er immer nervös gewesen. Er war nicht dahintergekommen, ob es ihnen unangenehm war, wenn sie Zeugen seines Kummers wurden, oder ob sie nach Tausenden vergleichbarer Geschichten längst gegen den Schmerz immun geworden waren. So oder so fand er es unmöglich, mit ihnen zu reden. Bei diesen Gesprächen hatte es kaum Augenkontakt gegeben, dafür endlose Notizen und ein gelegentliches »Und wie fühlen Sie sich dabei?«.

Also hatte er, genau wie sie, einfach zugemacht. Zwar waren die regelmäßigen Therapiesitzungen weitergegangen, doch war das Ausmaß, in dem Alfie sich wirklich öffnete, zusehends geringer geworden. In der Annahme, seine Flashbacks hätten abgenommen, hatten die Ärzte kaum noch danach gefragt. Dabei hatte er sie in Wahrheit nur in immer entferntere Nischen seines Bewusstseins gedrängt.

Als er nun im Dunkeln nach einem passenden Anfang suchte, wurde ihm bewusst, wie verletzlich er sich fühlte, auch wenn Alice ihn nicht sehen konnte.

»Wir waren auf der Hochzeit eines Freundes, ein Stück außerhalb von London. Um clever zu sein und Geld zu sparen, haben wir beschlossen, abends noch nach Hause zu fahren. Schließlich waren es mit dem Auto nur zwei Stunden. Ciarán war als Fahrer vorgesehen und hat nichts getrunken.«

Wieder spürte er den Schmerz in der Kehle.

»Ich musste der Polizei *immer wieder* erklären, dass er keinen Tropfen angerührt hat. Das hätte er uns nicht angetan. Niemals.«

Die Worte kamen etwas heftiger heraus als geplant, aber er wollte ihr unbedingt begreiflich machen, was für ein Mensch Ciarán war. Er atmete tief durch, und sein Ärger klang ab.

»Ich war so müde, dass ich praktisch eingeschlafen bin, sobald ich auf der Rückbank saß. Ich weiß noch, dass ich wach wurde, weil die beiden Idioten vorn sich darüber stritten, welcher Song als Nächstes laufen sollte. Ross bestand auf der fünfzehnten Wiederholung von Ariana Grande – anscheinend, weil es der Lieblingssong seiner neuen Freundin war. Aber Ciarán wechselte ständig auf etwas anderes. ›Es ist mein Handy‹, hat er immer wieder gesagt, und Ross meinte: ›Aber ich bin mit Aussuchen dran.‹ So ging es endlos, immer hin und her. Ich wusste, dass sie die ganze Fahrt über nicht aufhören würden, und hatte keine Lust, mich weiter nerven zu lassen. Die beiden sind – waren – totale Sturköpfe.«

Vergangenheitsform, Alfie!

»Also hab ich nach vorn gegriffen und ihnen das Handy abgenommen. Beide haben sich umgedreht und wollten es zurückhaben. Es war meine Schuld: Ich hab das Handy genommen und dafür gesorgt, dass keiner auf die Straße geachtet hat. Es war nur ein Augenblick, aber er hat ihn nicht kommen sehen. Er hat ihn nicht kommen sehen, weil ich ihn abgelenkt hab.«

Seine Worte überstürzten sich, und er konnte kaum Atem holen. Die Schuldgefühle, die sich in ihm angestaut hatten, wollten unbedingt heraus.

»Irgendein betrunkenes Arschloch ein Stück vor uns ist auf die Gegenfahrbahn geraten und hat einen Lastwagen zum Ausweichen gezwungen. Er kam direkt auf uns zu, und keiner hat es gesehen, verdammt. Ich weiß nur noch, dass ich plötzlich einen furchtbaren Aufprall gespürt hab. Es hat sich angefühlt, als würde ich in Fetzen gerissen. Der Schmerz war so stark, dass ich nicht mehr wusste, wo oder wer ich war.«

Er legte eine Pause ein. Seine Hände krallten sich so fest ins Laken, dass er die weißen Knöchel im Dunkeln sehen konnte.

»Man hat mir gesagt, ich wäre fünf Meter aus dem Auto geschleudert worden. Das ist der Punkt, an dem die Träume jedes Mal anfangen. Ich wache mit dem Gesicht auf dem Boden auf, und ein Messer in meinem Bauch sagt mir, dass irgendetwas furchtbar falsch gelaufen ist. Dann schaue ich hoch und sehe es. Das Auto. Es ist zusammengeknüllt wie ein Stück Papier. Überall ist Rauch. Ich höre Schreie. Ich suche nach den anderen, und dann sehe ich Ross' Gesicht. Er ist immer noch in dem verdammten Auto. Irgendwie bin ich ganz nahe, aber immer wenn ich mich zu ihm hinschleppen will, weicht er weiter und weiter zurück. Ich schreie und bettle ihn an, aus dem Wagen zu kommen. Aber es ist, als hätte mich jemand stummgeschaltet oder sämtliche andere Geräusche so laut aufgedreht, dass meine Worte ins Nichts gehen. Und dann … Scheiße. Dann brennt es. Ich spüre die

Hitze ganz nah an meinem Gesicht, aber es ist mir egal, weil ich einfach in den Wagen will, um ihn herauszuholen. Aber irgendjemand packt mich und versucht, mich wegzuziehen. Ich spüre Hände, die mich ganz fest halten, doch je fester sie zugreifen, desto mehr schiebe ich sie weg. Ich versuche, aufzustehen und zu gehen, aber ich kann nicht. Mein Bein ist nur Ballast, nutzlos. Jedes Mal, wenn ich es schaffe, mich hochzudrücken und aufzustehen, kommt der Schmerz und wird so stark, dass ich beinahe wieder das Bewusstsein verliere. Ich komme nicht vom Fleck. Ich kann nicht weiter, kann meinen Freund nicht retten, der doch so verdammt nah ist. Ich kann weder denken noch etwas anderes fühlen als einen so heftigen Zorn, dass ich selbst zu brennen scheine. Dann sehe ich im Augenwinkel Ciarán. Ich sehe, wie er einfach dort liegt. Ich schreie und flehe ihn an, er soll aufwachen. Aber er regt sich nicht. Er muss aufwachen. Warum wacht er nicht auf? Wir müssen Ross da rausholen. Ich bin so wütend, dass er einfach nur daliegt, und habe gleichzeitig solche Angst, dass ich ihn in die Arme nehmen will. Aber wieder zerren die Leute mich weg, und ich komme nicht mehr gegen sie an. Ich will unbedingt dableiben. Ich kann die beiden nicht alleinlassen. Ich kann sie doch nicht einfach dort lassen.«

Als die Tränen kamen, flossen sie mit solcher Macht, dass er sich kaum aufrecht halten konnte.

Plötzlich sah er ihre Hand durch den Vorhang kommen. Er hatte Angst, sie zu ergreifen und zu drücken, denn dazu hätte er die Decke loslassen müssen und wäre höchstwahrscheinlich auf Nimmerwiedersehen in einem gähnend tiefen Loch verschwunden.

»Alfie, ich bin hier. Nehmen Sie meine Hand.«

Er musste sie nicht sehen, um zu spüren, dass in der Geste weder Mitleid und Befangenheit noch Widerwillen lagen. Sie wollte ihn festhalten. Sie wollte sein Anker sein. Er nahm die Hand, und sie drückte seine ganz leicht.

»Später bin ich im Krankenhaus aufgewacht und war ganz sicher, sie würden ein paar Betten weiter liegen. Als ich es erfahren hab, wollte ich es nicht glauben. Erst als ich den Gesichtsausdruck meiner Mutter gesehen hab, war mir klar, dass sie wirklich tot waren. Es hat mir nicht mal etwas ausgemacht, dass die Ärzte mir das Bein abgenommen haben. Sie hätten den Rest gleich auch amputieren können. Ich wollte nicht der einzige Überlebende sein. Ich konnte die Verbitterung nicht ertragen, die den Familien der anderen ins Gesicht geschrieben stand. Sie haben mich geliebt wie einen Sohn, und trotzdem hätten sie es lieber gehabt, ich wäre derjenige gewesen, der zu betrauern war. Wahrscheinlich konnte ich das alles am Ende nur ertragen, indem ich die Erinnerungen komplett ausradiert und mich vor dem Schmerz geschützt hab. Aber ehrlich gesagt wünsche ich mir manchmal, ich wäre es, der unter der Erde liegt.«

Sie hielten sich an den Händen, als hinge ihr Leben davon ab. Er hätte nicht sagen können, wer von beiden sich fester anklammerte. Alfie spürte, wie die Enge in seiner Brust sich langsam löste, wie die Atmung tiefer und ruhiger wurde. Er hatte den Sturm überlebt, und jemand war an seiner Seite, um ihn aus den Trümmern zu ziehen.

»Ich weiß, wie es ist, wenn andere sich wünschen, man wäre derjenige, der nicht überlebt hat.«

Kaum hatte er geglaubt, festen Boden unter den Füßen zu haben, als er schon wieder zu schwanken begann.

27
Alice

Jemanden festzuhalten war ein unglaubliches, mächtiges Gefühl. Für jemanden da zu sein, jemandem wichtig zu sein. Hatte die Intimität des Augenblicks sie dazu gebracht, ihr tiefstes Inneres zu öffnen, weil sie sich danach sehnte, selbst von jemandem festgehalten zu werden? Plötzlich schämte sie sich, und obwohl er sie nicht sehen konnte, schlug sie die Hände vors Gesicht.

Warum zum Teufel hatte sie das gesagt?

Sie wollte sich gerade dafür entschuldigen, dass sie sich selbst in den Mittelpunkt gerückt hatte, als sie seine Stimme hörte.

»Möchten Sie darüber reden?« Er hielt die Hand immer noch durch den Vorhang gestreckt.

»Ich weiß nicht mal, warum ich es gesagt hab. Schließlich waren Sie mit Reden dran. Ich wollte … ich wollte nur, dass Sie wissen, dass Sie sich nicht als Einziger so fühlen.«

»Nein, ich bin fertig. Für eine Nacht hab ich genug Erinnerungen durchlebt. Wenn Sie mir Ihre Geschichte erzählen wollen, bin ich ganz Ohr.«

»Da gibt es nicht viel zu erzählen.«

»Ach? Sie haben gesagt: ›Ich weiß, wie es ist, wenn andere sich wünschen, man wäre derjenige, der nicht überlebt hat.‹ Und jetzt wollen Sie mir vormachen, es hätte weiter nichts zu bedeuten? Kommen Sie schon!« Er lachte. Sie konnte sich ausmalen, wie er den Kopf schüttelte und die Augen verdrehte.

»Ja, ich schätze, das war ein ziemlich dramatischer Einstieg, stimmt's?«, prustete sie hinaus. Sein Lachen war wirklich ansteckend. »Ich hab nie richtig mit jemandem darüber gesprochen, sodass ich keine Ahnung hab, wo ich überhaupt anfangen soll.«

»Sie können irgendwo oder gar nicht anfangen. Es ist Ihre Entscheidung.«

Er hatte recht. Die Entscheidung lag tatsächlich bei ihr. Sie konnte so viel oder so wenig erzählen, wie sie wollte. Letztendlich ging es ja nicht um ihn. Wenn sie darüber redete, dann um ihretwillen.

Zwanzig Jahre waren eine lange Zeit, um etwas so Schwerwiegendes mit sich herumzuschleppen. Vielleicht wurde es Zeit, einen Teil des Schmerzes herauszulassen.

Sie schloss die Augen.

»Ich wurde als Zwilling geboren. Mein Bruder Euan war vier Minuten älter als ich. Er war dermaßen lebhaft, dass es mich nicht wundern würde, wenn ich bei der Geburt schon mit einem Bein aus dem Bauch meiner Mutter raus gewesen wäre, ehe er mich beiseitegeschoben und sich vorgedrängelt hat. Er war nicht zu bremsen, wenn er sich etwas in den Kopf gesetzt hatte. Schon der Versuch wäre dumm gewesen. Er hatte ein derartiges Feuer in sich, dass man die Hitze bereits spürte, wenn man ihm ins Gesicht schaute. Ein richtiger Wirbelwind, der alles durcheinanderbrachte, was ihm zufällig in den Weg kam, mit Ausnahme von mir. Diese vier Minuten haben ihm offenbar viel bedeutet. Er war mein großer Bruder und hat die Beschützerrolle übernommen, als hinge sein Leben davon ab.« Ein Kloß im Hals ließ sie kurz innehalten. Genau deshalb vermied sie jeden Gedanken an ihn.

»Es klingt, als wäre er noch sturer gewesen als Sie ... und das ist wahrhaftig ein Kunststück!«

Alfie drückte ihr ermutigend die Hand.

»Ja, das war er. Er war großartig. Der Beste von allen.« Wieder legte sie eine Pause ein. »Aber in Wahrheit war er derjenige, auf den man aufpassen musste. Er war mit einem Herzfehler auf die Welt gekommen – was bei Zwillingen nicht selten vorkommt. Wenn zwei Babys sich dieselbe Plazenta teilen, besteht immer das Risiko, dass eins von ihnen nicht so viel Sauerstoff bekommt wie das andere. Leider habe ich den Löwenanteil abbekommen und zu wenig für ihn übriggelassen.«

Die Schuldgefühle wallten auf und trieben ihr Tränen in die Augen.

Wieder drückte er ihre Hand. *Reden Sie weiter, hören Sie jetzt nicht auf*, schien seine Geste zu sagen.

»Wir hatten eine relativ normale Kindheit. Euan war überzeugt, dass sein Zustand ihm bei gar nichts im Wege sein würde. Er schien sich nicht die geringsten Sorgen zu machen. Vielleicht haben wir anderen an seiner Stelle die Angst gespürt. Meine Eltern waren ihm gegenüber streng – und zu mir sogar noch strenger. Ich sollte ständig auf ihn aufpassen. Dafür sorgen, dass ihm nichts passiert. Sobald wir das Haus verließen, trug ich die Verantwortung. Ich hätte alles für ihn getan. Ich hab ihn mit jeder Faser meines Körpers geliebt. Er war ein Teil von mir.«

Sie atmete tief durch. Natürlich hatte sie bisher um den heißen Brei herumgeredet und die eigentliche Geschichte hinausgezögert.

»Als es passierte, waren wir elf. Es war ein Samstag Ende Oktober, und das Wetter schlug um. Wir hatten unsere Eltern angebettelt, uns nachmittags draußen spielen zu lassen; unser Lieblingsplatz war gleich an den Klippen. Irgendwie war Euan an dem Tag besonders unruhig. Er hatte die ganze Zeit schon versucht, seine Grenzen auszutesten und zu probieren, wie weit er die Regeln meiner Eltern strapazieren konnte. Als wir an den Klippenrand kamen, fing er an zu laufen. Ich rief hinter ihm her, doch er war nicht aufzuhalten. Ich sehe ihn jetzt noch vor mir: wie ein wildes Tier, das im Käfig gefangen war und endlich rausdurfte. Er lachte völlig überdreht, warf vor Glück den Kopf zurück und schaute in den Himmel. Er lief die ganze Strecke bis zum Strand. Ich bin ihm gefolgt, so schnell ich konnte, aber er war zu schnell.«

Sie merkte, wie sie immer schneller redete, als könne sie es nicht erwarten, die ganze Geschichte loszuwerden und es endlich hinter sich zu haben. Sie spürte den giftigen Geschmack auf der Zunge und wollte sich davon befreien.

»Als ich ihn eingeholt hab, war er schon im Wasser. Er hatte seine Sachen ausgezogen und war ins Meer gelaufen. Ich hab so laut gebrüllt, dass meine Kehle brannte. Am Ende musste ich hinter ihm her und ihn aus dem Wasser zerren. Er trat um sich und schrie und kratzte und protestierte immer wieder, wie unfair das Leben doch sei. Ich hielt ihn ganz fest, und am Ende weinten wir beide. Er bettelte mich an, Mum und Dad nicht zu erzählen, dass er im Wasser gewesen war. Ihm war klar, dass wir dann beide Ärger kriegen würden. Und aus irgendeinem *dämlichen* Grund hab ich tatsächlich den Mund gehalten.« Verzweifelt schüttelte sie den Kopf. »Als wir zurück waren, hab ich ihn heimlich ins Haus geschleust, heißes Wasser in die Wanne laufen lassen und ihn nach dem Baden ins Bett geschickt. Meinen Eltern hab ich erzählt, er wäre müde vom vielen Herumrennen, und tatsächlich schien am nächsten Morgen alles gut zu sein. Erst abends fing er an zu schwitzen. Sein Bettzeug und der Schlafanzug waren durchnässt, aber seine Stirn fühlte sich eiskalt an. Ich hab ihm immer wieder gesagt, dass alles gut werden würde, aber wir alle hatten Angst. Meine Eltern waren verwirrt, dass er so plötzlich krank geworden war. Er hat mich wieder angefleht, nichts zu verraten, aber ich musste es einfach tun. Ich musste etwas unternehmen.«

Erinnerungen wirbelten ihr durch den Kopf. Grelle, schmerzhafte Geräusche und Farben. Es half nichts, die Augen zu schließen: Es ließ alles nur noch schärfer hervortreten. Sie wollte sein Gesicht nicht mehr sehen. Sie konnte es nicht ertragen, die Erinnerung weiter zu durchleben. Ihr wurde flau im Magen. Sie hatte ihren Bruder sterben lassen, anstatt ihn zu retten. Wieder und wieder hallte ihr dieser schreckliche Satz durch den Kopf, bis sie es rausschreien und nur noch loswerden wollte.

»Als ich es ihnen erzählt hab, sind sie so wütend geworden. So wütend, dass sie mich nicht mal anschreien konnten. Ich wollte so sehr, dass sie mich anschrien, aber sie waren einfach still. Meine Mutter hat mich nicht mal angesehen. Sie haben den Krankenwagen gerufen, aber ... Als er kam, war es zu spät. Er hatte so gefroren. Sein Körper hatte einen solchen Schock erlitten, dass sein Herz einfach nicht mehr mitgemacht hat.«

Ihre Fingernägel gruben sich tief in seine Hand. Sie war überrascht, dass er nicht losließ.

»Ich hätte mehr tun müssen. Ich hätte ihn nicht weglaufen lassen dürfen. Ich hätte es meinen Eltern gleich sagen müssen. Aber das hab ich nicht getan. Ich habe gar nichts getan.« Vor lauter Tränen bekam sie kaum Luft. Warum hatte sie von alldem angefangen? Sie hasste es, die Kontrolle zu verlieren. Sie musste sich zusammenreißen.

»Aber das haben Sie doch. Sie haben getan, was Sie konnten.«

»Ich hätte mehr tun müssen. Meine Eltern haben mir die Schuld gegeben. Alle beide haben mir die Schuld gegeben. Ich weiß es. In der Zeit danach konnten sie mir kaum in die Augen sehen. Jedes Mal, wenn ich versucht hab, es ihnen zu erklären, oder wenn ich ihre Nähe gesucht hab, sind sie einfach weinend weggegangen. Dabei hatte ich nur gewollt, dass es ihm gut geht. Das war alles, was ich wollte, ehrlich.« Ihr ganzer Körper bebte vom Weinen. Die Nähte, die sie all die Jahre fest zusammengehalten hatten, drohten auf einmal zu platzen.

»Alice, es war nicht Ihre Schuld. Verstehen Sie mich? Es war nicht Ihre Schuld. Sie waren bloß ein kleines Mädchen.«

Sie versuchte alles, um die Kontrolle zu behalten, aber es wurde mit jeder Sekunde schwieriger.

»Alice, es ist in Ordnung, sich nicht gut zu fühlen. Sie können weinen und wütend sein und schreien, wenn Ihnen danach zumute ist.«

»Ich fürchte, wenn ich damit anfange, höre ich nie wieder auf.« Ihre Stimme klang so leise und kindlich, und doch war die Angst unüberhörbar.

»Doch, das tun Sie. Irgendwann. Ich bin hier und laufe nicht weg.«

Diese Worte brachten die letzte Naht zum Platzen. Eine Welle von Trauer nahm ihr fast den Atem. Sie gab sich dem Schluchzen hin, das tief aus ihrem Inneren aufstieg.

Sie versuchte nicht mehr, den Schmerz zu unterdrücken. Es hatte sowieso keinen Sinn. Er kam heraus und wollte sich Gehör verschaffen. Fast rechnete sie damit, all den Kummer wie eine Nebelwolke über ihrem Bett hängen zu sehen. Doch das Einzige, was sie sah, war seine Hand, die ihre hielt. Sie hätte nicht sagen können, wann sie einschlief oder ob sie im Traum zu weinen aufhörte, doch sie wusste, dass er sie festhielt.

28
Alfie

Mehrmals in dieser Nacht hätte Alfie am liebsten den Vorhang heruntergerissen und sie in den Arm genommen. Er hatte Angst einzuschlafen, schließlich könnte sie ihn brauchen. Selbst als er hörte, wie ihr Schluchzen in die gleichmäßigen Atemzüge des Schlafs überging, zwang er sich, die Augen offen zu halten. Die meiste Zeit starrte er auf den Vorhang und sagte sich, dass ein einziger Blick doch nicht schaden könne. Sie würde nichts davon merken. Die Stimme, die ihn dazu antrieb, wurde nach und nach lauter und überzeugender, bis zu dem Punkt, wo er die Hand ausstreckte, um den Stoff ein winziges bisschen zur Seite zu ziehen …
Nein.
Es ist ihre Entscheidung.
Du darfst es nicht tun, ohne zu fragen.
Sie waren schon so weit gekommen – wollte er jetzt wirklich riskieren, ihr Vertrauen wieder zu verspielen? Nein. Er würde warten. Er würde den richtigen Zeitpunkt abwarten und sie fragen.

Noch einmal dachte er über all das nach, was sie ihm erzählt hatte. Kein Wunder, dass sie sich so abschottete. Es muss schwierig sein, Menschen an sich heranzulassen, wenn man so schlimm verletzt worden ist. Und sosehr Alfie im Stillen hoffte, das nächtliche Gespräch werde daran etwas ändern, war er doch Realist genug. Die Mauern, die sie beinahe ein Leben lang um sich errichtet hatte, würden nicht über Nacht einstürzen. Ihr Gespräch würde kein magischer Schlüssel zur Veränderung sein. Ihm war klar, dass er sich darauf einstellen musste, wieder zurückgestoßen zu werden.

Schweigend betrachtete er den Sonnenaufgang. Er beschloss, ihr die Entscheidung zu überlassen, wie sie reagieren wollte, und war gespannt, welchen Ton sie heute anschlagen würde.

»Hey.« Ihre Stimme klang schläfrig und vom Weinen heiser, aber freundlich. *Ich bin müde und erschöpft und fühle mich heute verdammt verletzlich,* schien sie zu sagen. Jedenfalls nicht *Hauen Sie ab* oder *Lassen Sie mich in Ruhe.*

Er seufzte erleichtert.

»Ich frage jetzt nicht, wie es Ihnen geht, weil ich mir das ungefähr vorstellen kann.«

»Besonders gut fühle ich mich tatsächlich nicht, da will ich Ihnen nichts vormachen.« Sie lachte ihr zögerliches, scheues Lachen, das sein Herz ein wenig erwärmte. »Danke für heute Nacht. Ich weiß nicht, was ich außer ›Danke‹ noch sagen soll.«

»Sie brauchen gar nichts zu sagen. Schließlich laufe ich hier nicht weg.«

Schweigen.

Gutes Schweigen.

Akzeptierendes, einvernehmliches Schweigen.

*

»Alles klar hier drüben? So schrecklich reizend wie immer, Alfie?« Schwester Angles trat direkt auf ihn zu.

»Sie kennen mich doch. Es kommt ganz von allein, und ich kann nichts dagegen tun.« Er zwinkerte ihr zu, und sie setzte ein strahlendes Lächeln auf.

»Wir werden Sie vermissen, wenn Sie nach Hause dürfen, Mr Mack. Sie sind der Sonnenschein in diesem Laden.« Er lachte, um die aufkommende Panik zu überspielen.

»Hab ich nicht recht, Mr Peterson?«, rief sie quer durchs Zimmer.

Schweigen.

Kein gutes Schweigen.

Ein beunruhigendes, ungewöhnliches, alarmierendes Schweigen.

»Mr P? Haben Sie gehört? Mother Angel hier war gerade besonders nett zu mir. Es überrascht mich, dass Sie sich die Gelegenheit entgehen lassen, mich gleich wieder vom Podest zu holen.« Alfie bemühte sich um einen lockeren Ton, was ihm jedoch nur ansatzweise gelang.

Nichts.

»Ich muss mal nach ihm sehen, mein Lieber. Sicher schläft er noch. Mr Peterson, ist alles in Ordnung bei Ihnen?« Er hörte, wie Schwester Angles den Vorhang hinter sich schloss.

Sagen Sie etwas, bitte.

»Gut, mein Lieber. Klar, natürlich. Ich hole Ihr Frühstück und bitte den Arzt, mal nach Ihnen zu schauen.«

Ein leises, zustimmendes Brummen, dann wurde der Vorhang geöffnet.

»Er fühlt sich nicht besonders wohl, Alfie. Nichts Schlimmes, sagt er, aber er ist ein bisschen müde. Ich werde ihm für alle Fälle den Arzt vorbeischicken.«

Alles in Ordnung. Der Mann ist zweiundneunzig. Er hat ein Recht darauf, müde zu sein.

Im Stillen wiederholte er die aufmunternden Worte immer wieder, bis irgendwann der Arzt auftauchte. Schnell analysierte Alfie dessen Bewegungen. Als Patient lernte man nach einer Weile, die Bedrohlichkeit einer Situation am Gang der Ärzte einzuschätzen. Der Mann hatte offenbar keine Eile. Er schlenderte ins Zimmer, grüßte die Schwestern und schaute in seine Unterlagen. Alles würde gut werden.

»So viel Getue um nichts. Ich bin ein bisschen dehydriert. Wahrscheinlich, weil sie in jede verdamme Mahlzeit hier ein Kilo Salz kippen«, beschwerte sich der alte Mann, als zum fünften Mal eine Schwester nach ihm sah.

»Oh, bitte, Mr P. Tun Sie nicht so, als würden Sie die ganze Aufmerksamkeit nicht genießen.«

»Ah, hören Sie auf, Junge! Und würden Sie mir einen Gefallen tun? Nerven Sie heute jemanden anders, okay? Ich habe schrecklich miese Laune.«

Alfie musterte seinen Freund. Hatte er wirklich nur schlechte Laune? Oder ging es um etwas anderes?

»Jetzt hören Sie schon auf, Jungchen. Schauen Sie mich bloß nicht so an. Mir geht's gut!«

Alfie gehorchte und ließ Mr P in Ruhe. Er wirkte jetzt wieder wie der mürrische alte Mann, den Alfie kennen- und schätzen gelernt hatte. Trotzdem warnte ihn eine innere Stimme, sich nicht allzu sicher zu sein.

Vielleicht war er nicht der Einzige hier, der eine Maske zur Schau trug.

*

Der Rest des Tages brachte nichts Neues oder Außergewöhnliches, worüber Alfie nach der Aufregung des Morgens ziemlich froh war. Es machte ihm nicht mal etwas aus, dass Alice verstummt war. Vermutlich hatte sie noch das nächtliche Gespräch zu verarbeiten. Was ihn daran erinnerte, dass er selbst das wahrscheinlich auch tun sollte.

Denn schließlich war er letztlich für Alice' emotionalen Ausbruch verantwortlich gewesen. Er hatte über die grauenhafteste Nacht seines Lebens gesprochen, was ihm zu seiner großen Überraschung nicht unangenehm oder peinlich war. Im Gegenteil, er spürte eine überwältigende Erleichterung. Den ganzen Lärm in seinem Kopf im Zaum zu halten hatte ihn mehr Kraft gekostet als vermutet. Er hoffte, dass auch Alice irgendwann diese Erleichterung spüren würde.

Alice. Alice. Ständig dachte er an Alice.

Sosehr er sich auch auf sich selbst zu konzentrieren versuchte, kehrten seine Gedanken doch immer wieder zu ihr zurück. Es gab so viele Fragen, die er ihr stellen wollte, die aber in dieser frühen Phase ihrer Freundschaft nicht angebracht waren. Er wollte wissen, wie es nach dem Tod ihres Bruders weitergegangen war. Was hatte zu der Spannung zwischen ihr und ihrer Mutter geführt? Und welche Rolle spielte ihr Vater in der ganzen Geschichte? Am meisten jedoch fragte er sich, ob sie einsam war. Vor allem diese letzte Möglichkeit fand er zu erschütternd, um gründlicher darüber nachzudenken. Vielleicht lag es aber auch daran, dass er die Antwort schon zu kennen glaubte.

»Sie machen sich Sorgen um ihn, stimmt's?« Leise, beinahe flüsternd, meldete sich ihre Stimme durch den Vorhang.

»Hm?« Ihre Frage hatte ihn auf dem falschen Fuß erwischt.

»Mr Peterson … Sie machen sich Sorgen um ihn.«
Woher wusste sie das?
»Ja, vielleicht. Zwar sagen alle, dass es ihm gut geht, aber irgendetwas kommt mir komisch vor.«
»Wenn nicht, könnte er jedenfalls an keinem besseren Ort sein.«
»Ja, ich weiß.«
Rein logisch gesehen, war ein Krankenhausbett tatsächlich der sicherste Ort. Trotzdem war er nicht überzeugt, dass seine Sorgen unbegründet waren.
»Darf ich Sie etwas fragen?« Ihre Stimme klang immer noch ein wenig zögerlich.
Es war ein seltsames Gefühl, selbst derjenige zu sein, dem Fragen gestellt wurden. Schön, aber ungewohnt.
»Natürlich.«
»Haben Sie Angst, hier rauszukommen?«
Konnte sie seine Gedanken lesen?
»Ehrlich?«
»Ja.«
»Ich hab riesige Angst.«
»Wissen … wissen Sie schon, wann es so weit ist?« Hätte er es nicht besser gewusst, hätte er geglaubt, eine Spur Nervosität herauszuhören.
»Nein. Na ja … offenbar bald. Es hängt davon ab, wann das Physio-Team grünes Licht gibt, und in deren Augen mache ich gute Fortschritte. Vielleicht sollte ich mich von jetzt an bei den Übungen etwas weniger anstrengen.«
»Wahrscheinlich würden sich alle auf der Station darüber freuen.«
Sie auch?, hätte er am liebsten gefragt.
»Ich bin nicht sicher, ob Mr Peterson das unterschreiben

würde. Vielleicht bleibe ich einfach hier und gönne mir das Vergnügen, ihn noch ein bisschen zu ärgern.«

»Glauben Sie, dass Sie in Ihr altes Leben zurückkehren werden?«

»Wie meinen Sie das? Ob ich wieder der unbekümmerte, liebenswerte, nervtötende Kerl sein werde, der ich war? Das schaffe ich locker auch mit einem Bein.«

»*Alfie!*«

Einen Moment lang hatte er vergessen, dass er sie schon hinter die Maske seiner Fröhlichkeit hatte blicken lassen. Was bedeutete, dass er ernsthaftere Themen nicht mehr einfach mit einem Lachen abbiegen konnte.

»Entschuldigung.« Er dachte einen Moment nach. Was würde er nach seiner Entlassung wirklich tun? »Ich meine, eigentlich hatte ich gedacht, ich würde einfach so weitermachen wie bisher. Meine Wohnung wartet auf mich, und ich kann mir keinen anderen Beruf vorstellen als Lehrer. Ich *will* überhaupt nichts anderes machen. Diese Kids sind jeden Tag das Beste und das Schlimmste, was mir passiert. Aber ob ich mit einem Bein Sportunterricht geben kann? Ich weiß es wirklich nicht. Ich hoffe es.«

»Aha.« Sie kicherte. »Sie sind Lehrer. Jetzt wird mir so einiges klar.«

»Das nehme ich mal als Kompliment.« Er lächelte und drehte sich dem Vorhang zu.

»Haben Sie schon mit der Schule geredet? Man darf Sie wegen Ihres Handicaps sicher nicht diskriminieren. Das wäre illegal und darüber hinaus ein verheerendes Beispiel für die Schüler.«

Seine Bettnachbarin hatte eindeutig eine organisierte, praktisch denkende Seite. Vielleicht schimmerte hier die

Frau durch, die sie vor dem Unglück gewesen war. Er stellte sich vor, wie sie durch Büroflure wirbelte und kein Erbarmen kannte.

»Da haben Sie recht, *Mum*.« Er hatte immer wieder darüber nachgedacht, in der Schule anzurufen, aber noch nichts unternommen. War er zu faul? Nein. Hatte er Angst, etwas zu hören zu bekommen, das er nicht hören wollte? Und wie!

»Tut mir leid, es ist nur ...«

»Schon gut. Ich werde die Schule anrufen. Mir ist klar, dass ich dem Gespräch ausweiche, aber im Moment hilft mir die Hoffnung, dass ich auf meine Stelle zurückkehren kann, über die Angst vor der Entlassung hinweg. Idealerweise würde ich nach Hause gehen, mich eine Weile eingewöhnen und das Problem anpacken, sobald ich mich daran gewöhnt habe, nicht mehr rund um die Uhr versorgt zu werden. Wenn ich mir vorstelle, dass ich alles gleichzeitig bewältigen muss, erscheint es mir unmöglich.«

»Das verstehe ich.« Sie klang nachdenklich.

»Haben Sie auch schon überlegt, wie Sie es machen werden?« Er versuchte, locker und lässig zu klingen. Ihm war bewusst, dass er sich keine Vorstellung vom Ausmaß ihrer Verletzungen machen konnte – der emotionalen und der körperlichen –, solange er sie nicht gesehen hatte. Bisher kannte er nur die Verbände an ihrer Hand und hatte Bruchstücke dessen mitbekommen, was die Ärzte mit ihr besprochen hatten. Über den Physiotherapieplan und die Versorgung der Wunden. Aber ihm war klar, dass es um ein sensibles Thema ging, an das er mit Vorsicht herangehen musste.

»Der Umstand, dass ich es bis jetzt nicht geschafft habe, mir mein eigenes Gesicht im Spiegel anzusehen, spricht jedenfalls nicht dafür, dass ich in meinen Job zurückkehre.«

Sie hat ihr eigenes Gesicht nicht gesehen?
Mein Gott, wie schlimm ist es?
»Was haben Sie denn gemacht? Ich würde auf etwas irrwitzig Wichtiges und Erfolgreiches tippen.«
Alfie hielt sich einiges auf seine Menschenkenntnis zugute. Aber wahrscheinlich wäre jeder, der nur zwei Minuten in Alice' Nähe verbracht hätte, darauf gekommen, dass sie eine angesehene, gut bezahlte Stellung innegehabt hatte.
»Ich hatte eine Führungsposition in einer der großen Finanzberatungsfirmen. Ich habe ein Team von fünfzig Leuten geleitet. Und jetzt habe ich Angst, auch nur zur Toilette zu gehen, weil ich denke, jemand könnte mich sehen und die Flucht ergreifen.«
»Wie gut, dass die ganze verdammte Station dichtgemacht wird, wenn Sie irgendwohin gehen. Man kommt sich vor, als würde man im selben Zimmer mit Beyoncé liegen.«
Sie lachte schnaufend. Gott, wie er dieses Lachen liebte.
»Also bitte, ich bin viel, viel anspruchsvoller als sie, und das wissen Sie auch!«
Er musste sich wirklich zusammenreißen, um nicht die Vorhänge wegzuziehen und selbst nachzuschauen, wer diese komplizierte, wunderbare Fremde war.
Ein einziger Blick nur.
»Bis ich sehe, wie Sie Schwester Angles zwingen, Ihnen nur die roten M&Ms zu geben, möchte ich mich lieber nicht festlegen.«
»Die roten? Ich bin eher der blaue Typ! Außerdem sind in den roten viel mehr Zusatzstoffe drin.« Schnell verlor ihr Ton wieder die Leichtigkeit. »An manchen Tagen fühle ich mich so verändert, dass ich nicht mal weiß, ob ich in mein altes Leben noch hineinpassen würde. Dann liege ich hier

und träume davon, alles hinter mir zu lassen und aus London zu verschwinden. Ein Teil von mir will nach Australien fliehen, bei Sarah in eine Einliegerwohnung ziehen und dort den Rest meiner Tage verbringen.«

»Okay, warum machen Sie es dann nicht? Buchen Sie ein Ticket, wenn Sie hier rauskommen, und fliegen Sie auf der Stelle hin!«

»Mal sehen«, sagte sie mit leiser Stimme.

»Wie haben Sie beide sich kennengelernt?« Er hoffte auf eine lange, komplizierte Geschichte. Er wollte sie so lange am Reden halten wie möglich.

»Am ersten Tag an der Uni.«

»Ah, ich wette, Sie waren auf irgendeiner wilden Party und sind sich nähergekommen, als Sie riesige Mengen billigen Alkohol konsumiert und schreckliche Tanzschritte ausprobiert haben. Stimmt's?«

Alice lachte laut auf, was Alfie auf der Stelle breit grinsen ließ.

»Nicht ganz.«

»Erzählen Sie …« Wie gern würde er ihr Gesicht jetzt sehen können. Doch ihm blieb nur, sich mit dem langweiligen blauen Vorhang zu begnügen.

»Wir sind uns am Automaten im Flur begegnet. Wir hatten uns beide vorgenommen, einen Bogen um die Erstsemesterparty zu machen und uns stattdessen mit Snacks in unseren Zimmern zu vergnügen. Sie hat eine abfällige Bemerkung über die Chips gemacht, die ich bis heute liebe, und das war's. Wir haben es uns dann ohne unsere widerlich betrunkenen Zimmergenossinnen gemütlich gemacht, Wein getrunken und uns ein paar Filme angesehen.«

»Wow. Ich weiß gar nicht, was ich zuerst fragen soll. Warum Sie sich vor den anderen versteckt haben oder welche Chips Sie genommen haben.«

Wieder haute ihr Lachen ihn um, und diesmal spürte er dazu ein warmes Gefühl im Bauch.

»McCoy's Paprika-Chips.«

»Und zurückgezogen haben Sie sich, weil ...?« Er beugte sich ein Stück näher zum Vorhang.

»Ich weiß nicht so genau. Ich bin zur Uni gegangen, um von zu Hause wegzukommen. Es war ein neuer Anfang. Um diesem Leben zu entkommen, das ich so gern vergessen wollte. Mir ging es nicht darum, Leute kennenzulernen oder mich mit Alkohol und testosterongefluteten Jungs zu amüsieren. Und bei Sarah war es wohl ähnlich. Sie hatte keine Flausen im Kopf und war genauso entschlossen wie ich, ihren Abschluss zu machen und erwachsen zu werden. Nach diesem ersten Abend waren wir unzertrennlich.«

»Wann ist sie nach Australien gegangen?«

»Ungefähr vor zwei Jahren. Sie hatte immer von einem Leben im Ausland geträumt. Nach ihrer Hochzeit mit Raph haben die beiden beschlossen, es einfach zu tun. Und plötzlich waren sie weg. Seitdem hat sie mich so oft gebeten, sie zu besuchen. Komisch, dass ich scheinbar nie die Zeit dazu hatte – alles andere war dringender oder wichtiger.«

»Sie sollten hinfliegen!« Alfie konnte sich nicht vorstellen, warum sie auch nur eine Sekunde zögerte.

»Ich denke darüber nach.«

»Nichts für ungut, Alice, aber ich weiß nicht, was es da nachzudenken gibt.«

»Sie haben mich ja auch noch nicht gesehen, stimmt's?«

Die Erwiderung kam schnell und scharf. Fast hätte er vergessen, wie bissig ihre Kommentare sein konnten.

»Nein, Sie haben recht, das hab ich nicht. Aber ich würde es gern. Und dann würde mich sicher nichts davon abhalten, Sie noch einmal sehen zu wollen.«

Schweigen.

Gott, bitte, nicht wieder dieses Schweigen.

»Gute Nacht, Alfie.«

29
Alice

»Alice.« Ganz am Rand ihres Bewusstseins nahm sie eine Stimme wahr.

»Nein, sagen Sie ihr noch nichts. Sie wird sich weigern, mich zu sehen. Ich muss so nah rankommen, dass sie nicht mehr Nein sagen kann.«

»Ich bin nicht sicher, ob das bei einer Patientin wie Alice das richtige Vorgehen ist.«

»*Vertrauen Sie mir.* Wenn irgendjemand weiß, wie man am besten mit Alice umgeht, dann ich.«

»Gut, wenn Sie es sagen. Also gehen wir rein und schauen, ob sie bereit ist, Besuch zu empfangen.«

Alice bekam vage mit, dass sie Gegenstand eines Gesprächs war. Doch ihr Bewusstsein konnte es nicht richtig einordnen. Die Stimmen klangen vertraut, gehörten hier aber irgendwie nicht hin. Etwas passte nicht. Vielleicht träumte sie noch.

»Alice, Schätzchen.«

Die Stimme war jetzt definitiv lauter.

»Alice, meine Liebe, sind Sie wach?«

Wenn Schwester Angles jetzt schon in ihren Träumen auftauchte, war sie eindeutig zu lange auf dieser Station.

»Alice Gunnersley! Ich bin um die halbe Welt geflogen, um dich zu sehen, und jetzt willst du nicht mal wach werden!«

Sie riss die Augen auf. *Ach du Scheiße!*

»Sarah?«

»Immerhin hast du den Klang meiner Stimme noch nicht vergessen. Kann ich reinkommen?«

Sie war also tatsächlich hier.

»Nein! Bitte. Nein. Sarah, was um alles in der Welt machst du hier? Ich hab dir doch geschrieben, du sollst nicht kommen!«

Sie war völlig verwirrt. Was lief hier ab? Erst gestern Abend hatte sie darüber gesprochen, wie sehr sie sich nach ihrer Freundin sehnte, und jetzt stand sie hier vor ihrer Kabine. Ihr Wunsch war wunderbarerweise in Erfüllung gegangen, doch jetzt hoffte sie nur, Sarah würde verschwinden.

»Alice, bitte! Ich bin's.«

»Wenn Sie sich heute nicht danach fühlen, Besuch zu bekommen, dann ist das in Ordnung«, mischte Schwester Angles sich ein.

Alice wusste es zu schätzen, dass die Schwester versuchte, sie zu beschützen, doch es war klar, dass Sarah kein Nein akzeptieren würde. Außerdem wollte sie im tiefsten Inneren auch gar nicht, dass sie ging – sie brauchte bloß einen Moment, um sich zu sortieren. Es war so lange her, dass sie ihre Freundin das letzte Mal gesehen hatte. Doch der Gedanke, dass Sarah bei ihrem Anblick mitleidig das Gesicht verziehen würde, war unerträglich.

Sie holte tief Luft und schloss die Augen.

»Es ist gut, sie kann reinkommen.«

Plötzlich spürte sie Sarahs Gewicht auf dem Bett. Ohne zu zögern, nahmen sie sich in die Arme und hielten sich ganz fest.

»Da ist ja meine Alice. Mein Gott, wie ich dich vermisst hab.«

Alice öffnete die Augen und betrachtete durch den Schleier von Tränen hindurch das Gesicht ihrer besten Freundin. Sie sah Sarahs feine, kurz geschnittene blonde Haare, die das elfenhafte Gesicht einrahmten. Und die Augen. Ein tieferes, leuchtenderes, freundlicheres Blau war ihr nie begegnet. Wenn man sie beide zusammen sah, war der Kontrast enorm. Wirkte Sarah hell und strahlend, war Alice dagegen eindeutig der dunkle Typ. Einer der Männer im Büro hatte Alice eine »erdige Ausstrahlung« bescheinigt. »Ihr wisst schon, so eine Stonehenge-mäßige Art von Schönheit.« Obwohl sie seine Bemerkung ein wenig verletzend gefunden hatte, musste sie zugeben, dass sie verstand, was er gemeint hatte. Trotzdem war Dan aus der Buchhaltung natürlich ein echter Scheißkerl.

Das Besondere an Alice war ihre Ausstrahlung. Ihre Statur war kräftig und robust, und mit ihren eins achtzig war sie nirgends zu übersehen. Sarah dagegen war in jeder Hinsicht klein. Sie reichte Alice gerade bis zur Schulter, war schlank und zierlich.

»Sarah. Was zum Teu...«

»Fang gar nicht erst an! Meine beste Freundin auf der ganzen Welt ist schwer verletzt – wäre beinahe *gestorben!* – und beantwortet zu allem Überfluss keine einzige meiner Nachrichten. Natürlich nehme ich den nächsten Flieger, um mich an ihr Bett zu setzen. Und jetzt halt lieber den Mund, denn ich weiß genau, dass du es umgekehrt genauso machen würdest.«

Wie gesagt, bei einem Streit mit Sarah konnte sie nur den Kürzeren ziehen.

»Na los, beweg dich und mach mir ein bisschen Platz in diesem winzigen Bett. Und dann erzählst du mir, was passiert ist.«

»Meine Güte. Du bist buchstäblich noch keine Minute hier und kommandierst mich schon rum.«

»Ganz genau«, erwiderte Sarah energisch und schwang ihre Beine aufs Bett, noch ehe Alice zur Seite rücken konnte. »Was hast du erwartet?«

Alice schaute ihrer Freundin geradewegs in die Augen und spürte eine derartige Zuneigung, dass ihr Herz überzuquellen schien.

»Genau das natürlich.«

»Eben. Und jetzt rutsch endlich rüber, mein Hintern hängt halb aus dem Bett.«

Seit dem Unglück hatte Alice niemanden freiwillig in ihre Nähe gelassen. Doch seltsamerweise fühlte sie sich mit Sarah an ihrer Seite kein bisschen unwohl. Vielmehr fühlte es sich an, als wäre sie nach Hause gekommen.

»So. Willst du mir jetzt, wo wir es gemütlich haben, alles erzählen?«

Alice schloss die Augen und berichtete jedes Detail des Unglücks, soweit sie sich selbst erinnern oder es aus den Berichten der Rettungskräfte rekonstruieren konnte. Sie schaffte das nur, indem sie so tat, als berichtete sie über die Erlebnisse einer anderen Person. Ihre Stimme blieb völlig emotionslos. Sarah hörte geduldig zu. Kein Zusammenzucken, kein Nach-Luft-Schnappen, keine sonstigen erkennbaren Reaktionen – sie ließ Alice die Geschichte einfach zu Ende bringen. Das einzige Zeichen ihrer Anwesenheit war das Gefühl ihrer Hand in Sarahs.

»... Und sobald mein Zustand stabil war, wurde ich auf

diese Station hier verlegt. Als Reha-Maßnahme, bevor ich dann irgendwann entlassen werde.«

Nach ihrem Bericht herrschte ein langes Schweigen. Alles laut auszusprechen hatte Alice das ungeheure Ausmaß des Geschehenen bewusst gemacht. Und auch ihre Freundin schien das Gehörte erst einmal verdauen zu müssen.

»Ich kann nicht glauben, dass du das alles allein durchgemacht hast!« Sarah schmiegte ihr Gesicht an Alice' Hals. »Wenn du nicht gerade im Krankenhaus wärst, würde ich laut losschimpfen, dass du mich nicht früher hergerufen hast. Es macht mich wirklich wütend, dass du niemandem meine Handynummer gegeben hast. Was nicht heißt, dass es mich überrascht. Ein cleverer Schachzug, Alice, nur dass es nicht lange funktioniert hat. Wann begreifst du endlich, dass du nicht alles allein schaffen kannst? Aber das nur am Rande. Jetzt bin ich hier, nicht wahr? Haben die Ärzte schon etwas dazu gesagt, wann du nach Hause darfst? Wie sieht der Behandlungsplan aus? Bekommst du genügend Unterstützung? Soll ich mit einem der Ärzte reden? Jemand hat mir gesagt, du hättest bis vor Kurzem praktisch kein Wort gesprochen. Wenn sie sich hier nicht richtig für dich ins Zeug legen, ist das nicht in Ordnung, Al.«

Der Hurrikan Sarah fegte durch die Moira-Gladstone-Station und drohte alles durcheinanderzuwirbeln. Plötzlich erinnerte Alice sich an einige Bruchstücke des nächtlichen Gesprächs. Nun bekam Alfie also tatsächlich die Gelegenheit, Sarah persönlich kennenzulernen.

»Halt bitte mal einen Moment die Luft an, ja?« Wie oft hatte Alice diesen Satz schon ausgesprochen, wenn Sarah sich wieder in irgendetwas hineinsteigerte? »Alle hier waren großartig. Wirklich.«

»Okay.« Sarah schien vor ihren Augen in sich zusammenzusacken. »Ich versuche einfach nur, die versäumte Zeit wieder aufzuholen. Also, was ist bis jetzt unternommen worden?«

Alice spürte, wie ihre Freundin langsam auf Normalbetrieb herunterkam. Wenn sie in solch einer Stimmung war, musste man sie zum Zurückschalten bringen, sonst riskierte man, dass sie alles durcheinanderbrachte. »Ich hatte eine Operation. Abhängig davon, wie gut die Wunden heilen und welche Narben zurückbleiben, könnten weitere Operationen folgen. Im Moment mache ich Physiotherapie, damit ich wieder auf die Beine komme. Außerdem werden jeden zweiten Tag meine Wunden kontrolliert. Das Ganze ist eine ziemliche Geduldsprobe.«

»Na schön. Du weißt, dass ich dir helfe, egal was du brauchst.« Alice spürte, dass Sarah mit ihrer Antwort einstweilen zufrieden war, doch das würde nur vorübergehend so bleiben. Sarah liebte Action. Ohne To-do-Listen und Aufgaben konnte sie nicht leben, also würden weitere Fragen nicht lange auf sich warten lassen.

»Und wie ... wie fühlst du dich mit alldem?«

Da war sie. Die einzige Frage, die sie wirklich nicht beantworten wollte.

»Gerade letzte Nacht hab ich mit Alfie darüber gesprochen. Es ist alles ein bisschen zu viel. Den Gedanken an meine Entlassung kann ich noch nicht ertragen. Ich kann mich nicht mal im Spiegel anschauen – wie soll ich da die Wohnung verlassen und auf die Straße gehen!«

Sie spürte, wie Sarah ihre Hand fester drückte.

»Über das, was du da gerade gesagt hast, müssen wir noch in Ruhe sprechen. Aber zuerst will ich wissen, wer Alfie ist.«

Alice lachte herzhaft auf. *Natürlich* stürzte Sarah sich darauf als Erstes.

»Alfie ist der Mistkerl, der das Glück hat, Tag und Nacht neben Ihrer Freundin liegen zu dürfen! Hi ... Ich schätze, Sie sind *die* Sarah?«

Eine vertraute Hand schob sich durch die Lücke im Vorhang. Auf Sarahs Gesicht breitete sich ein entzücktes Lächeln aus. Alice stöhnte. Sie wusste, was dieses Lächeln zu bedeuten hatte: Ärger.

»Schön, Sie kennenzulernen, Alfie.« Grinsend schüttelte Sarah ihm die Hand.

»Kommen Sie ruhig mal vorbei, Sarah. Mein Vorhang steht immer offen.«

»Das werde ich tun, keine Sorge.«

Auf Sarahs wissendes Zwinkern hin zog Alice sich die Decke über den Kopf.

30
Alfie

Sosehr Alice auch beteuert hatte, Sarah werde nicht kommen, war Alfie doch im tiefsten Inneren überzeugt gewesen, dass es nur eine Frage der Zeit war. Eigentlich hatte er mit einem Anflug von Eifersucht gerechnet, weil Sarah in ihre Kabine durfte. Stattdessen aber war er einfach erleichtert, dass endlich jemand an ihrer Seite war. Er versuchte angestrengt, die beiden nicht zu belauschen, da es ihm unangebracht und zudringlich erschien. Zwischendurch spielte er sogar mit dem Gedanken, den Fernseher so laut wie möglich aufzudrehen, aber schließlich wäre auch das irgendwie aufdringlich gewesen, sodass er sich lieber seinen geliebten Rätselheften zuwandte. Eine Weile gelang es ihm ganz gut, sich in ein besonders schwieriges Sudoku zu vertiefen, doch als er mitbekam, dass sein Name fiel, konnte er nicht mehr weghören. Wie denn auch? Schließlich sprachen sie über ihn!

Nach seiner kurzen Vorstellung zwang er sich, den Mund zu halten. Natürlich wollten die beiden für sich sein, und zum Glück stand wieder Physio an, sodass er nicht in Versuchung geraten würde, ein Gespräch zu beginnen. Gerade als er das Zimmer verlassen hatte, hörte er, dass ihm jemand folgte.

»Hey, warten Sie einen Moment. Alfie, oder?«
»Genau der.«

Den Kopf zur Seite geneigt, musterte Sarah ihn von oben bis unten. Dann lächelte sie zufrieden. Er war froh, dass sie praktisch keine Miene verzog, als sie das Fehlen seines Beins bemerkte. Kein längeres Starren, kein schnelles Wegschauen, um so zu tun, als hätte sie nichts bemerkt. Nur dieser ruhige, aufmerksame Blick. Offenbar hatte er den Test bestanden.

»Möchten Sie etwas vom Pizza Express?«

»Wie bitte?«

»Pizza Express. Ich bestelle für Al etwas zu essen – möchten Sie auch irgendwas? Ich hoffe, Sie gehören zu den Männern, die genau wissen, was sie wollen. Oder binnen dreißig Sekunden eine Entscheidung treffen können.«

Wow, an Selbstbewusstsein schien es dieser Frau wahrhaftig nicht zu mangeln. Was ihm eindeutig gefiel.

»Ich nehme eine American-Hot-Pizza mit extra Peperoni. Und eine große Portion Pizzabrötchen, bitte.«

»Nicht schlecht.« Sie nickte, drehte sich um und ging ohne ein weiteres Wort.

*

Seine Physiotherapieeinheit mit Darren verlief außergewöhnlich erfolgreich, was Alfies Stimmung nicht unbedingt besserte. Natürlich hätte er sich über seine Fortschritte freuen sollen, doch jeder Schritt voran brachte ihn dem Abschied und der Welt draußen ein Stück näher. Darren suchte das Gespräch darüber. Welche Pläne er schon geschmiedet habe und wie seine Eltern sich auf seine Rückkehr vorbereiteten. Alfie wusste, dass er sich diesen Dingen bald würde stellen müssen, aber jedes Mal, wenn er darüber nachdachte, fand er glücklicherweise etwas Wichtigeres oder Interessanteres, auf das er sich konzentrieren konnte. Als er in sein Zimmer zurückkehrte, musste er allerdings einräumen, dass der Anblick eines Pizzakartons seine Stimmung deutlich hob.

»Tut mir leid, wir haben die Pizzabrötchen schon gegessen – wir hatten Hunger, und Sie haben ewig gebraucht!«

»Wollen Sie mich auf den Arm nehmen?!«

»Das hat sie natürlich nicht ernst gemeint. Sie sind im Karton.« Alice klang ein wenig ungeduldig, als müsste sie sich mit zwei renitenten Kindern herumschlagen.

»Na, Gott sei Dank. Unterschätzen Sie mich nicht, Sarah. Ich hab vielleicht nur ein Bein, aber wer sich an meinem Essen vergreift, muss sich auf etwas gefasst machen.«

»Reiten Sie nicht auf Ihrer Einbeinigkeit herum. Damit kommen Sie bei mir nicht weit.«

»Ehrlich gesagt komme ich mit dem einen Bein auch sonst nicht weit.«

»Ha! Touché!«

»Ich bin nicht sicher, ob ich mit euch beiden gleichzeitig klarkomme. Ich fand Alfies pausenlose Witze schon anstrengend genug.«

»Himmel, Alice, seit wann bist du so ernsthaft?«

»Vielleicht seit vierzig Prozent von mir verbrannt sind?«, gab Alice zurück.

»Na also, so kenne ich dich.«

Es machte ihm großen Spaß, es jenseits des Vorhangs plötzlich mit zwei Stimmen zu tun zu haben. Er fühlte sich wieder ein bisschen wie in der Schulzeit, als er versucht hatte, bei den angesagten Mädchen Punkte zu machen. Mit einem Stück Pizza in der einen und einem Brötchen in der anderen Hand lehnte Alfie sich im Bett zurück.

Die nächsten Tage könnten richtig lustig werden.

31
Alice

Von dem Moment an, als Sarah an ihrem Bett aufgetaucht war, schien alles wie früher zu sein, so vertraut, dass Alice vorübergehend sogar ihre Verbrennungen, die Verbitterung und die trostlose Umgebung des Krankenhauses vergaß. Sie fühlte sich wieder wie die unaufhaltsame, unerschütterliche Alice Gunnersley. Allerdings reichte ein Blick auf ihren Arm, um sie mit aller Macht wieder in die Realität zurückzuholen.

»Alice. Sie wissen doch, dass die Besuchszeit vorbei ist – könnte Ihre Freundin jetzt bitte gehen?« Mit steinernem Gesicht stand Schwester Bellingham am Fußende des Bettes. »Und zwar schnell.« Sämtliche ihrer Kolleginnen hatten ein Auge zugedrückt, doch sie ließ sich nicht erweichen.

»Tut mir leid, Schwester. Ich gehe jetzt, versprochen.« Eilig suchte Sarah ihre Siebensachen zusammen, die sie bereits auf sämtliche freien Flächen verteilt hatte. »Ich komme morgen wieder, okay, Al?« Sie küsste ihre Freundin sanft auf den Kopf.

»Wo übernachtest du heute? Und wie lange bleibst du eigentlich hier?« Plötzlich war Alice voller Fragen. Der Tag hatte sich wie ein Traum angefühlt und keinen Platz für praktische und logistische Überlegungen gelassen.

»Heute Nacht schlafe ich bei meiner Mutter – Gott steh mir bei. Morgen suche ich mir etwas bei Airbnb oder ein

Hotel.« Mit einem entschuldigenden Blick fuhr Sarah fort: »Und ... ärgerlicherweise konnte ich nur zehn Tage freinehmen. Weil ich noch ziemlich neu bin, konnte die Firma mir angeblich nicht mehr Urlaub geben. Es tut mir leid, Al.«

Zehn Tage.

In Alice' Kehle bildete sich ein harter Klumpen, Tränen traten ihr in die Augen.

Genieß es einfach. Jeden einzelnen Tag.

Seit wann war sie so verdammt bedürftig? Hatte sie die Folgen des Unglücks doch unterschätzt? Dem Tod nur knapp entronnen zu sein hatte vielleicht auch emotional Spuren hinterlassen. Sie schluckte ihre Enttäuschung herunter und zwang sich zu einem Lächeln.

»Red keinen Unsinn. Es ist toll, dass du überhaupt hier bist.« Sie hoffte, dass die Enttäuschung ihr nicht anzumerken war. »Ehrlich.«

»Miss Gunnersley, wenn ich wiederkomme und Ihre Freundin ist immer noch hier, werde ich ausgesprochen unglücklich sein.«

Sarah unterdrückte nur mit Mühe ein Lachen. Sie senkte die Stimme zu einem Flüstern. »Es fühlt sich an wie damals in der Schule! Gut, ich bin schon weg. Ich hab dich lieb. Bis morgen. Es sei denn, diese Frau bringt mich auf dem Weg nach draußen um.«

»Wenn du sie siehst, nimm lieber die Beine in die Hand.«

Mit einer schwungvollen Geste schnappte Sarah sich ihre Tasche und rauschte fluchend zur Tür hinaus. Zum Abschied rief sie noch: »Alfie, zum Frühstück komme ich mit einem Schokocroissant – ich hoffe, das passt?«

»Himmel, natürlich!«, antwortete ihr Nachbar enthusiastisch.

Also war Alice nicht die Einzige, die von Sarahs Eintreffen profitierte. Doch das machte ihr nichts aus. Bis jetzt war Alfie für sie hier am ehesten so etwas wie ein Freund gewesen. Wahrscheinlich hätte sie anders über ihn gedacht, wenn Sarah ihn nicht gemocht hätte. So brutal es klang: Alice gab ausgesprochen viel auf Sarahs Meinung. Wenn ihre Freundin jemanden nicht mochte, sank derjenige auch in ihrem Ansehen.

»Ich verstehe, warum sie Ihre beste Freundin ist. Gott, was für ein Wirbelwind.«

Alice grinste. Er klang wie ein ehrfürchtiger kleiner Junge.

»Ja. Ich schätze, Sarah hat sogar mehr Energie als Sie.«

»Auf keinen Fall! Das kann ich so nicht stehen lassen. Vor allem können Sie nicht einen einzigen Tag zum Maßstab nehmen – der eigentliche Test besteht darin, wie sie sich nach zehn Tagen in diesem Laden schlägt.«

»Das ist wohl wahr, trotzdem würde ich mein Geld auf Sarah setzen.«

»Na klar. Sie unterschätzen mich ständig, nicht wahr?«

»Das würde ich niemals wagen, Alfie …«

»Hmmm. Ich bin nicht sicher, ob ich Ihnen glauben soll, Miss Gunnersley.«

»Gute Nacht, Alfie.«

Ihr Lächeln hielt sich noch eine ganze Weile.

»Gute Nacht, Alice.«

*

»Meine Damen, ich brauche Ihre Hilfe.«

»Wahrscheinlich brauchen Sie eine Menge Leute, die Ihnen helfen. Was ist los?«

Am nächsten Morgen wirkte das Verhältnis ihrer beiden Freunde bereits so selbstverständlich, dass Alice sich mehrmals in Erinnerung rufen musste, dass die beiden sich gerade erst kennengelernt hatten.

»Sarah, frag besser nicht. Es geht bestimmt nur um ein blödes Kreuzworträtsel.«

»Gut, dann werde ich Ihre Expertise ab jetzt nicht mehr in Anspruch nehmen. Dann ist es aus mit dem Rätselspaß.«

Bei der Vorstellung, wie er herausfordernd das Kinn nach vorn schob, musste sie lächeln.

Wie siehst du aus, Alfie Mack?

Würde Sarah lachen, wenn sie ihr die Frage stellte? Natürlich würde sie das.

Warum interessiert es dich überhaupt?

Eigentlich war es weniger Interesse als pure Neugier.

Sarahs Stimme riss sie aus ihren Gedanken. »Na los, wie lautet das Stichwort? Und wenn es zu einfach ist, werde ich wirklich sauer.«

»Für einen großen Geist wie Alice ist es wahrscheinlich wirklich leicht.«

»Die Schmeichelei nützt Ihnen nichts, Alfie. Fangen Sie gar nicht erst damit an.« Alice war nicht in der Stimmung für seinen Charme.

»Klar, wie Sie wollen. Also, Sarah ... Wir suchen ein Wort mit zehn Buchstaben. Das Stichwort lautet: ›Eingesperrt‹.«

»G-U-N-N-E-R-S-L-E-Y.« Sarah lachte über ihren eigenen Witz.

»Das ist wirklich gut! Nur leider nicht *ganz* die Antwort, die hier gesucht wird.«

Alice warf ihrer Freundin einen finsteren Blick zu.

»Was ist? Schau mich nicht so an. Offenbar bist du doch

diejenige, die sich weigert, diese verdammte Kabine zu verlassen.«

»Wie bitte?«

Woher zum Teufel weiß sie das?

»Die Schwestern haben mir heute Morgen, als ich hier ankam, davon erzählt.«

Alice riss die Augen auf.

»Jetzt siehst du mich schon wieder so an. Ich wollte einfach wissen, wie es dir wirklich geht.« Sarah stieß sie freundschaftlich an. »Nichts spricht dagegen, dass du aus dem Bett aufstehst! Und du weißt, dass ich an deiner Seite bin, wenn du willst.«

Hier waren sie: die ersten Anzeichen, dass Sarah keine Ruhe geben würde.

Der Blick, den Alice ihrer Freundin zuwarf, ließ sich kaum missverstehen: Fang jetzt nicht davon an.

Sarah hob die Hände. »Okay, belassen wir es erst mal dabei«, flüsterte sie und küsste Alice auf die Stirn. »Alfie, Ihr Kreuzworträtsel interessiert mich nicht die Bohne, aber wenn Sie schon fragen: Die Lösung heißt ›Sträfling‹, und vermutlich wissen Sie das längst, weil es kinderleicht ist. ABER etwas anderes interessiert mich tatsächlich: Was haben Sie vor, damit Alice' augenblicklicher Zustand sich nicht wieder verschlechtert, sobald ich hier weg bin?«

Meine Güte, Sarah kannte keine Hemmungen. Und sie verlor keine Zeit. Von einem Moment auf den anderen hatte sie eine neue Taktik gewählt und steuerte volle Kraft voraus, ehe Alice auch nur reagieren konnte.

»Du bist doch gerade erst gekommen!«, rief sie aus.

»Ich weiß, aber der gute Alfie soll ein bisschen Zeit bekommen, um sich vorzubereiten.« Beim Anblick des teuflischen Funkelns in Sarahs Augen rutschte Alice das Herz in die Hose.

»Was meinen Sie mit dem augenblicklichen Zustand genau?« Der neckische Ton in seiner Stimme ließ nichts Gutes erahnen.

»Na ja, wohlgenährt, gut unterhalten und umschwärmt.«

»Gut, hab ich notiert. Und ja, Sträfling ist tatsächlich richtig. Gut gemacht!« Beide Frauen verdrehten die Augen. »Und um auf Ihre Frage zurückzukommen: Selbst wenn ich noch beide Beine hätte, könnte ich nicht loslaufen und zum Frühstück, Mittag, Kaffee und Abendessen irgendwelche Delikatessen besorgen. Aber keine Sorge, ich habe andere nützliche Fähigkeiten.«

»Jetzt mache ich mir tatsächlich Sorgen«, flüsterte Alice und schlug ihrer Freundin auf den Arm. »Was hast du eigentlich vor? Er bringt es fertig, tatsächlich in die Stadt zu laufen!«

»Natürlich. Genau darum geht es ja, meine Liebe.«

»Alice?« Die Schwester hinter dem Vorhang klang vorsichtig. Obwohl Alice inzwischen sprach und – unglaublich! – sogar lachte, schien das Stationsteam, was sie betraf, immer noch auf der Hut zu sein. Wie schwer hatte sie es ihnen eigentlich gemacht?

»Der Arzt ist hier. Dürfen wir reinkommen?«

»Natürlich.« Alice setzte sich auf und spürte, wie sie sich am ganzen Körper versteifte. Sie mochte diese Visiten nicht.

»Hi, Alice. Wie geht es Ihnen heute?« Dr. Warring fixierte ausschließlich seine Notizen und schien die Besucherin an Alice' Bett noch nicht bemerkt zu haben.

»Ganz gut, danke. Ist es in Ordnung, wenn meine Freundin Sarah hierbleibt?«

Ruckartig hob er den Kopf. Seine Miene verriet eine Mischung aus Schock, Verwirrung und Freude.

»Ja, sicher.« Ernst schüttelte er Sarah die Hand, und Alice entging nicht, dass er sich spürbar zu entspannen schien.

Sarah gönnte ihm keine Atempause und begann sofort mit dem Verhör. »Also, wie ist der neueste Stand? Verläuft die Wundheilung gut? Ich glaube, es war von einer weiteren Operation die Rede?«

»Oh, richtig. Ja ... also ...« Sein Blick wanderte zwischen den beiden hin und her. Anscheinend war er unsicher, wen er bei seiner Antwort ansehen sollte – die Patientin oder ihre Beschützerin. »Was die Heilung betrifft: Im Verlauf der Physiotherapie hat sich Ihre körperliche Kraft erfreulich entwickelt. Obwohl Sie sich noch mehr bewegen müssen, um am Ball zu bleiben – jeder kurze Gang zur Toilette ist hilfreich.«

»Das schaffe ich nicht.« Ihre Panik war unüberhörbar. Sie musste einen Weg finden, um so lange wie möglich in ihrer geschützten Blase zu bleiben.

»Okay, solange Sie sich dazu noch nicht bereit fühlen, reicht es auch, wenn Sie in Ihrer Kabine auf und ab gehen. Aber Sie brauchen unbedingt Bewegung. Das ist wichtig, Alice.«

Sie nickte wiederstrebend.

»Dann sehe ich mir jetzt die Wunden an, und wenn alles in Ordnung ist, können wir ... über weitere Optionen sprechen.«

Sarah wollte sich schon an den Verbänden zu schaffen machen, als Dr. Warring unruhig mit den Füßen zu scharren begann.

Irgendetwas stimmt nicht.

»Was ist los? Ist etwas nicht in Ordnung?«, fragte Alice mit fester Stimme. Hier ging es nicht um eins von Alfies dummen Heften. Sie hatte keine Zeit mehr zum Rätselraten.

»Im Prinzip ist alles in Ordnung ...« Er senkte die Stimme und trat näher an das Bett heran. »Nur die emotionale Seite Ihrer Genesung macht mir ein bisschen Sorgen. Von den Schwestern weiß ich, dass Sie sich selbst noch nicht richtig angesehen haben und dass Ihre Interaktionen mit anderen weiterhin eingeschränkt sind.«

»Dann messen Sie meine emotionale Stabilität also daran, ob ich mich mit anderen Patienten anfreunde?«

Die Wut kam überraschend schnell. Sie spürte, wie ihre Hände feucht wurden und sie die Zähne zusammenbiss. Wie konnte er es wagen? Wie konnte er sich eine Entscheidung darüber anmaßen, wozu sie in der Lage war und wozu nicht? Schließlich ging es um sie.

»Nein, aber ich kann weitere chirurgische Eingriffe nur gutheißen, wenn Sie sich ein Bild vom jetzigen Stand Ihrer Verletzungen gemacht haben, Alice. Weitere Operationen sind aus medizinischer Sicht nicht notwendig, sondern Ihrer Entscheidung überlassen. Und ich muss sichergehen, dass Sie diese Entscheidung fundiert und gut informiert treffen können. Im Augenblick scheint mir das nicht der Fall zu sein. Wir können Ihnen hier, falls nötig, einiges an Unterstützung bieten. Wir haben ein fantastisches Team von Therapeuten, falls Sie mit jemandem sprechen möchten.«

Hab ich schon, Doktor. Und es hat null gebracht.

»Danke.« Sarah spürte Alice' Anspannung und übernahm die Kontrolle. »Ich glaube, Alice braucht ein bisschen Zeit, um sich das alles durch den Kopf gehen zu lassen. Aber vielen Dank, die Informationen sind sehr hilfreich.«

»Natürlich, lassen Sie sich Zeit. Falls Sie noch Fragen haben, wissen Sie ja, wo Sie mich finden. Ich mache jetzt schnell meine Untersuchung und lasse Sie dann allein. Aber vergessen Sie nicht, wir alle hier wollen Ihnen helfen.«

Sie brauchte die Hilfe nicht. Alice hatte alles, was sie brauchte. Es war nicht so, dass sie sich ihre Verletzungen nicht anschauen *konnte* – sie *wollte* es einfach noch nicht. Ihre Gliedmaßen konnte sie irgendwie verstecken, indem sie etwas darüberzog und die Aufmerksamkeit von dem vernarbten Gewebe ablenkte. Aber ihr Gesicht ... Das war eine ganz andere Geschichte. Zu erfahren, womit sie für den Rest ihres Lebens zurechtkommen musste, war eine Aufgabe, der sie sich nicht gewachsen fühlte, auch wenn sie unvermeidbar schien. Dabei war sie vor dem Unglück nicht besonders auf ihre äußere Erscheinung fixiert gewesen. Eigentlich hatte sie sich über ihr Aussehen nie den Kopf zerbrochen. Im Rückblick fragte sie sich, ob es daran lag, dass sie es nicht musste. Sie hatte immer gewusst, dass sie nicht unattraktiv war, und sich nie über mangelndes Interesse der Männer beklagen können. Aber sie hatte ihr gutes Aussehen für selbstverständlich genommen und ihr Gesicht erst in dem Moment wirklich zu würdigen gewusst, als es ihr genommen worden war. Jetzt hatte sie keine Ahnung, was noch davon übrig war. Die Realität hatte sie kalt erwischt und weigerte sich, wieder zu verschwinden.

32
Alfie

Sobald es ausgesprochen war, begann Alfies Hirn auf Hochtouren zu arbeiten.

»Wohlgenährt, gut unterhalten und umschwärmt.«

Vielleicht war es der Lehrer in ihm, vielleicht war er auch dankbar für eine andere Aufgabe, als laufen zu lernen. *Vielleicht* war er aber auch begeistert von der Idee, sich für Alice etwas ganz Besonderes zu überlegen. So oder so brannte in seinem Kopf ein Feuerwerk ab, und die Ideen sprühten wie Funken.

Bevor er sich allzu sehr davon mitreißen ließ, besann er sich der Grenzen, innerhalb derer sich alles abspielen musste. Alles musste überschaubar bleiben und durchführbar sein, ohne dass sie dafür das Bett verlassen musste: Regel Nummer eins.

Regel Nummer zwei lag auf der Hand. Er musste sich etwas ausdenken, was Spaß machte. Dank der ausführlichen Recherchen seiner Mutter wusste Alfie, dass Glück und Lachen einen außerordentlichen Beitrag zur Heilung von Patienten leisten konnten. Er war zuversichtlich, mit diesem Punkt die wenigsten Probleme zu bekommen.

Regel Nummer drei: sich in Alice hineinversetzen.

Trotz seines kreativen Rauschs war ihm das Gespräch nebenan nicht entgangen.

Eine weitere Operation?

Der Gedanke erfüllte ihn mit Unbehagen. Es ging um einen gewaltigen Schritt, nicht wahr? Von der Behandlung seiner eigenen Verletzungen wusste er, dass bestimmte Cremes die Narbenbildung reduzieren konnten. Anderseits war ihm schon beim Anblick ihrer Hand klar geworden, dass es bei ihr nicht um gewöhnliche Operationsnarben ging. Ihre Verletzungen gehörten in eine völlig andere Kategorie. Aber trotzdem ... sich nochmals operieren lassen?

Dann hielt er inne.

Er kannte diese Frau kaum. Von außen betrachtet, war die Situation absurd. Zwei Fremde, die sich von morgens bis abends unterhielten, sich aber nie von Angesicht zu Angesicht begegnet waren. Konnte man das Wort Freundschaft da überhaupt in den Mund nehmen?

Die vielen Gedanken bereiteten ihm Kopfschmerzen. Seine widersprüchlichen Gefühle verschwammen zu einem zähen Brei.

»Alfie, Sie sind ja so schrecklich still geworden.« Sarah klang besorgt. Nicht in erster Linie um sein Wohlergehen, schätzte er, sondern wegen dem, was er offenbar aushecke.

»Genies brauchen Zeit zum Nachdenken. Ich nehme meine neue Rolle sehr ernst.«

»Welche neue Rolle?«

»Als Leiter der Abteilung Unterhaltung und Rehabilitation.«

»Lassen Sie mich raten ... Sie sind ein Einzelkind, oder?«

»Falsch! Aber ich bin der jüngste von drei Brüdern. Um nicht jeden Tag geärgert und verprügelt zu werden, musste ich früh lernen, mich mit mir selbst zu beschäftigen. Da war meine Fantasie ein Geschenk des Himmels.«

Sein Herz wurde von einer heftigen Sehnsucht gepackt. Die drei Mack-Brüder, äußerlich so ähnlich, doch vom Charakter völlig verschieden, weshalb er die beiden umso mehr liebte. Doch seine Brüder hatten es nach dem Unfall noch nicht geschafft, ihn im Krankenhaus zu besuchen. Die Verkäufe ihrer Unternehmen hatten beide zum Umzug ins Ausland gezwungen, was es ihnen zusätzlich erschwerte, sich von ihren ohnehin aufreibenden Jobs frei zu machen und zu ihm zu kommen.

»Na, dann ist sie jetzt auch für uns ein Geschenk des Himmels.« Plötzlich tauchte Sarah an seinem Bett auf. Ihre Lippen formten ein stummes »Danke«, und sie warf ihm einen Luftkuss zu. Es war ein schönes Gefühl, wieder gebraucht zu werden. Er hatte beinahe vergessen, wie groß – und großartig – die Verantwortung war, wenn man sich um andere zu kümmern hatte. Dies war einer der Aspekte, die er am Lehrerberuf am meisten liebte. Andere vertrauten einem die Menschen an, die ihnen am meisten am Herzen lagen, und man hatte die Pflicht, sorgsam auf sie achtzugeben.

»Es freut mich, dass es auf dieser Station jemanden gibt, der meine Talente zu würdigen weiß. Sind Sie wirklich sicher, dass Sie nicht für immer bleiben wollen? Müssen Sie tatsächlich zurück zu Ihren goldenen Stränden und dem sonnigen Klima Australiens?«

»Wenn ich als Weihnachtsgeschenk nicht Scheidung und/oder Arbeitslosigkeit bekommen möchte, dann schon.«

»Ein schlagendes Argument.«

»Genau. Ich werde jetzt losziehen und das obligatorische Mittagessen mit meinem Vater und meiner Stiefmutter hinter mich bringen. Zum Glück wissen sie nicht, dass dein Zustand nicht mehr kritisch ist, Al. Ich schäme mich nicht mal, dich als Ausrede zu benutzen, um nach maximal zwei Stunden wieder zu verschwinden.«

»Wie reizend.« Alice' Stimme klang matt. Seit dem Besuch des Arztes am Morgen hatte sie kaum mehr gesprochen.

»Hey, wozu hat man Freunde?«

In Alfies Kopf blitzte eine Erinnerung auf. Genau denselben Spruch hatte Ciarán jedes Mal vom Stapel gelassen, wenn er Ross auf die Nerven gegangen war. Ständig hatten sie sich gegenseitig aufgezogen und einander dumme Streiche gespielt. Doch egal wie weit sie es trieben, im nächsten Augenblick hatten sie schon wieder zusammen darüber lachen können.

Scheiße.

Selbst den Erinnerungen haftete inzwischen die vertraute Mischung aus Trauer und Schuldgefühlen an. Würde er je wieder an sie denken können, ohne dass es ihm das Herz zerriss und er laut losschreien wollte?

Lenk dich ab, Alfie.

Zum Glück wurde seine Aufmerksamkeit von einem Gespräch auf der anderen Seite des Zimmers in Anspruch genommen.

»Arthur, du magst ja über neunzig sein. Aber ich schwöre bei Gott: Wenn du nicht endlich anfängst, auf dich aufzupassen und zu tun, was man dir sagt, werde ich dich verlassen.« Wenn Agnes Peterson an ihrem Mann herumnörgelte, dann normalerweise in spielerischem Ton. Diesmal jedoch begriff Alfie sofort, dass es ihr ernst war.

»Oh, jetzt lass es genug sein, bitte«, gab Mr P ärgerlich zurück. »Mir geht's gut. Das sagen auch die Ärzte. Und seit du mit den Schwestern gesprochen hast, kommen sie alle fünf Minuten, um nach mir zu sehen. Was willst du denn noch?«

Alfie wollte eigentlich nicht hinhören, doch es fiel ihm schwer, vor allem, weil es um Mr Petersons Gesundheit ging.

»Isst du vernünftig? Nimmst du all deine Medikamente?« Agnes ließ nicht locker.

»Ja, Frau, das tue ich. Können wir jetzt vielleicht einfach unsere gemeinsame Zeit genießen? Bei mir ist wirklich alles bestens …«

Mr Petersons Vorhang stand gerade so weit offen, dass Alfie sah, wie der alte Mann nach der Hand seiner Frau griff. Angestrengt überlegte Alfie, ob seit dem Morgen, an dem Mr P wahrscheinlich verschlafen hatte, irgendwelche Anzeichen für eine Verschlechterung seines Zustands zu erkennen waren. Erst jetzt wurde ihm bewusst, dass er in den letzten Tagen kaum mit dem alten Mann gesprochen hatte. Alfie fühlte sich schuldig und nahm sich vor, wieder regelmäßig nach Mr P zu sehen. Es war nicht richtig, sich ausschließlich mit Alice und Sarah zu beschäftigen und alle anderen ringsum zu vergessen.

»Haben Sie keine Kreuzworträtsel-Aufgaben mehr für mich?« Ihre Stimme hatte eine magnetische Wirkung und nahm seine Aufmerksamkeit gleich wieder gefangen.

»Ich wusste, dass Sie das fragen würden«, sagte er lächelnd.

Blitzschnell schob Alice ihre Hand durch den Vorhang und zeigte ihm den Mittelfinger.

Am liebsten hätte er ihre Hand ergriffen. Den Vorhang beiseitegezogen, um mehr zu sehen als nur ihre blasse, vernarbte Hand. Die Frage, die ihn schon seit ihrer Ankunft hier umtrieb, stellte sich wieder mit neuer Dringlichkeit.

Wer war die junge Frau hinter dem Vorhang?

33
Alice

Es war seltsam. Abgesehen von der Begegnung mit dem Arzt am Morgen und der Tatsache, dass sie weiterhin von Narben entstellt im Krankenhaus lag, hatte Alice sich seit langer Zeit nicht mehr so glücklich gefühlt. Ein größeres Geschenk, als Sarah an ihrer Seite zu haben, hätte sie sich nicht wünschen können. Natürlich war ihr bewusst, dass ihre gemeinsame Zeit begrenzt war und dass schwierige Entscheidungen zu treffen waren.

Genieß die Zeit mit ihr, so gut es geht, meldete sich eine leise Stimme zu Wort.

Alice zweifelte keine Sekunde daran, dass Sarah schon eine ganze Weile vor dem Besuch von Dr. Warring Pläne geschmiedet hatte, um sie dazu zu bringen, sich im Spiegel anzusehen. Wenn es sich also ohnehin nicht vermeiden ließ, warum noch lange zögern? Hatte sie wirklich die Energie, sich Sarah zu widersetzen? Nicht umsonst hatte sie gesagt, dass niemand, der bei klarem Verstand war, sich mit Sarah anlegen würde.

Abgesehen davon wirst du dich sowieso irgendwann anschauen müssen.

Anscheinend rückte dieser Punkt immer näher.

In den ersten Tagen nach dem Unglück hatte sie die meiste Zeit mit Überlegungen zugebracht, wie sie alldem ein Ende setzen konnte. Jeder Gedanke an ein zukünftiges Leben schien unerträglich. Niemals würde man sie mit solchen Verletzungen akzeptieren. Jeder Gedanke schmerzte, von Bewegung ganz zu schweigen. Ihr Leben war auf den Kopf gestellt worden, das Feuer hatte sie völlig zerstört. Die Vorstellung, sich in einer Welt, die schon in guten Zeiten grausam war, neu einrichten zu müssen, erschien ihr unerträglich anstrengend. Schließlich wusste Alice genau, wie kritisch Menschen reagieren konnten. Sich unter ständiger Beobachtung zu fühlen war keine verlockende Aussicht. Erst in den letzten Tagen hatten diese Gedanken ein wenig von ihrer Bedrohlichkeit verloren, war ihre Angst eine Spur schwächer geworden. Hatte sie wirklich vor, das Leben einer Einsiedlerin zu führen und sich mit einunddreißig in ihrer Wohnung zu verstecken? Vor allem Angst zu haben, einschließlich ihres eigenen Spiegelbilds? Stellte sie sich so ihr weiteres Leben vor?

Würde man es überhaupt ein Leben nennen können?

Sarahs Anwesenheit rief die besten Eigenschaften in ihr wach. Vielleicht konnte sie tatsächlich nach Australien ziehen! Was sie Alfie gegenüber halb scherzhaft geäußert hatte, kam ihr plötzlich nicht mehr so abwegig vor. Vielleicht sollte sie auswandern und in Sarahs Nähe ziehen. Mit ihrer Erfahrung würde sie jeden Job bekommen, der sie interessierte, vielleicht in einer kleineren Firma, wo sie weniger Druck und mehr Zeit zur Entspannung haben würde. Sie könnte für Sarah und Raph die Babysitterin spielen, falls die beiden sich irgendwann für Kinder entscheiden sollten. Und jeden Tag die Sonne auf der Haut und das Salz in den Haaren spüren.

Würde ein Umzug auf die andere Seite der Welt dich wirklich glücklich machen? Oder wäre es nur ein Davonlaufen?

Das ständige Grübeln verwirrte Alice bloß noch mehr. Ihr Kopf war schwer von all den Gedanken. Nur eines wurde ihr immer klarer: Wenn sie nicht sterben wollte, musste sie einen Weg zu leben finden. Und wenn sie leben wollte, musste sie wohl oder übel wissen, womit sie es zu tun hatte.

*

Am nächsten Morgen spürte Alice beim Aufwachen eine wütende Entschlossenheit. Sie musste es heute tun. Falls sie zu lange wartete, würde ihre Energie schwinden und ihr Selbstvertrauen sich in Luft auflösen. Kaum hatte Sarah das Zimmer betreten, sprach sie es aus. Oder besser gesagt, sie schrie es ihr mehr oder weniger entgegen: »Ich muss mich sehen. Heute. Mit dir zusammen.«

Sarah, Kaffee in der einen und Gebäck in der anderen Hand, hielt mitten in der Bewegung inne. Sie aus dem Konzept zu bringen war so gut wie unmöglich. Doch Alice' Worte schienen ihr den Atem zu verschlagen.

»*Bitte*«, fügte Alice leise hinzu.

Im Handumdrehen gewann Sarah ihre Fassung wieder, als wäre nichts Besonderes passiert. »Natürlich, das machen wir, Al. Tausendprozentig. Möchtest du es jetzt sofort hinter dich bringen? Oder lieber erst etwas essen? Vielleicht könnte ich auch schnell eine Flasche Wodka besorgen?«

Ihre Freundin war für sie da, nahm sie bei der Hand.

»So gern ich mich vorher betrinken würde, glaube ich doch, ich sollte nüchtern bleiben. Wenn ich es mit dir an meiner Seite nicht schaffe, schaffe ich es nie. Ich muss mich *sehen*, Sarah. Ich muss wissen, wer ich jetzt bin.«

»Alice Louise Gunnersley.« Sarah wurde wie auf Knopfdruck resolut. Sie sah Alice in die Augen, und ihr Griff wurde fest wie ein Schraubstock. »Bevor wir irgendetwas tun, musst du mir zuhören. Das Wichtigste ist, dass du nicht durch dein Äußeres definiert wirst. Verstehst du mich? Egal was du im Spiegel siehst: Es wird niemals dem unglaublich einzigartigen Menschen gerecht, der du bist. Du bist pures Gold, Alice, verdammt, und das kapiert jeder, der auch nur ein bisschen Hirn im Kopf hat. Und davon abgesehen wirst du wahrscheinlich überrascht sein. Es ist wirklich nicht so schlimm, wie du glaubst.«

»Zuerst das Frühstück.« Mehr brachte sie nicht heraus.

»Wie du willst, meine Liebe.«

Ohne ein einziges Wort knabberten sie an ihrem Gebäck. Alice hatte einen trockenen Mund und keinen großen Appetit. Der Klumpen in ihrem Magen schien mit jeder Sekunde größer und fester zu werden.

Schließlich sah Sarah ihr direkt in die Augen. »Ich werde die Schwestern um einen großen Spiegel bitten, einverstanden? Mein Schminkspiegel ist zu klein, und wir müssen es vernünftig machen.«

»Okay.« Der Klumpen hatte beschlossen, in ihre Kehle hochzusteigen, sodass sie kaum sprechen konnte.

»Du bist der tapferste Mensch, den ich kenne«, sagte Sarah und ließ sie mit der Entscheidung zurück, die sie getroffen hatte.

Jetzt war es tatsächlich so weit.

Es ist Zeit, dass du siehst, wer du wirklich bist, Alice.

*

Sarah ließ sich mit der Rückkehr viel mehr Zeit als erwartet. Warum brauchte sie so lange, um einen Spiegel aufzutreiben? Erst als Alice die kleine Flasche Champagner in der Hand ihrer Freundin entdeckte, begriff sie, wo Sarah gewesen war.

»Bevor du etwas sagst: Ich hab die Schwestern gefragt, und sie haben mich praktisch dazu gezwungen. Und wir trinken ihn nachher, nicht davor. Das ist ein besonderer Anlass, Alice, den wir nicht einfach übergehen sollten.«

Ehe Alice sich auch nur bedanken konnte, steckte Schwester Angles den Kopf durch den Vorhang. »Ich hab's ihr erlaubt. Genießen Sie ihn, Baby.«

Sie spürte Tränen auf ihren Wangen. Es wurde einfach zu viel – die ständig wachsende Anspannung, die Freundlichkeit dieser vor Kurzem noch Fremden, die Liebe ihrer besten Freundin. Alice' Herz quoll über.

»O Al!« Sarah nahm sie in den Arm und küsste sie auf den Kopf. »Alles wird gut. Wie gesagt, ich bin hier an deiner Seite. Sag einfach, wann du bereit bist. Kein Grund zur Eile. Und weißt du was? Niemand zwingt uns, es heute zu tun. Wir können den Spiegel auch in die Ecke stellen und einfach den Champagner trinken. Die Entscheidung liegt bei dir.«

»Jetzt. Bitte. Lass es uns jetzt einfach tun.«

Sarah nickte und spürte die Dringlichkeit in Alice' Ton.

Alice schloss die Augen und atmete mehrmals tief durch. Ihr Herz hämmerte so heftig, dass sie die Schläge im ganzen Körper spürte. Ihr Mund war komplett ausgetrocknet, und ihr Atem schien zu flattern wie ein gefangener Vogel. Plötzlich spürte sie die wärmende Gegenwart ihrer Freundin. Ihre Hände fanden unwillkürlich zusammen.

»Sag mir, wenn du bereit bist, dann halte ich dir den Spiegel hoch, okay?«

Alice drückte Sarahs Hand so fest, dass sie das Gefühl hatte, ihr Blut würde jeden Moment zum Stillstand kommen. »Halt ihn hoch.«

Sie musste gute drei Minuten mit geschlossenen Augen in dieser Position verharrt haben, als sie schließlich sagte: »Ich mache jetzt die Augen auf.«

Es laut auszusprechen war der einzige Weg, sich den Rückzug zu verbauen. Sarah sagte nichts, denn es war keine Antwort nötig. »Ich mache sie auf.«

Ein winziger Streifen Licht drang in die Dunkelheit. Ganz langsam tauchte der verschwommene Hintergrund ihrer Kabine auf. Vorsichtig öffnete sie die Augen ein Stück weiter. Rechts nahm sie Sarahs Umrisse wahr, links den Vorhang, der sie von Alfie trennte. Sie zwinkerte. Plötzlich wurde das Bild scharf. Die Ränder des Spiegels. Eine Reflexion. Der Umriss eines Gesichts. Jemand, den sie zur Hälfte erkannte. Langes rotbraunes Haar, dicht und gewellt, umrahmte ihre mit Sommersprossen gesprenkelten Züge. Dieselben vollen Lippen. Dieselben kastanienbraunen Augen. Dieselben feinen Gesichtskonturen. Dieselbe Alice, die sie tausendmal zuvor gesehen hatte. Aber Moment! Jemand hatte die andere Seite des Bildes verändert. Als wäre sie eine Kerze, die auf einer Seite geschmolzen war. Keine Haare. Rote, narbenübersäte Haut, die sich über Lippen, Nase und Augen zog. Marmoriert. Zerstört. Eine Patchworkdecke aus Fleisch, die mithilfe fremder Hautfetzen grob zusammengenäht war.

Sie spürte, wie ihr Galle hochkam. Sie wollte schreien. Weinen. Sich übergeben. Sie wollte den Spiegel nur noch loswerden und diesen Anblick nie wieder ertragen müssen. Doch sie konnte sich nicht rühren und starrte gebannt auf dieses zerstörte Abbild ihrer selbst. Unmerklich kamen die Tränen. Alice fühlte sich wie versteinert.

»Al?« Sarah versuchte, ihre Benommenheit zu durchdringen. Doch Alice konnte nichts anderes tun als starren. »Alice ... Kann ich irgendwas tun? Alles in Ordnung?«

Alice schüttelte den Kopf. Ihre Kissen waren von Tränen durchnässt, doch sie war noch immer zu keiner Bewegung fähig. Mehr als zwanzig Minuten lang starrte sie in den Spiegel und versuchte verzweifelt, dieses Bild in sich aufzunehmen und den Umstand zu verarbeiten, dass es von nun an ihres war. Es war wie ein unwillkommenes Geschenk, das ihr aufgebürdet worden war. Keine Umtauschmöglichkeit, keine Rückgabe.

Sie starrte in Alice Gunnersleys neues Gesicht. Und es brach ihr das Herz.

34
Alfie

»Alfie, wo zum Teufel sind Sie gewesen?« Sarah wartete draußen vor der Zimmertür.

»Ich war spazieren, warum?«

»Können wir reden?«

So gern er Sarah mochte, hatte er in diesem Moment nur den einen Wunsch, sich mit einem seiner geliebten Rätselbücher ins Bett fallen zu lassen. »Ich bin ein bisschen müde. Kann das nicht bis später warten?«

»Ich hab nicht viel Zeit«, sagte sie und warf einen nervösen Blick über die Schulter. »Sie glaubt, ich würde mit meiner Mutter telefonieren.«

Plötzlich spürte Alfie eine Eiseskälte. »Was ist los?«

»Ich erkläre es draußen.«

»Okay, dann los.«

Sie gingen durch die in blassem Beige gehaltenen Flure, bis sie schließlich den Innenhof erreichten und hinaus in die frische Luft traten. Der Hof diente Patienten, Besuchern und Personal gleichermaßen als Rückzugsort. Alfie hatte sich schon oft gefragt, welche Gespräche die Pflanzen auf diesem Fleckchen Erde wohl belauschen mochten. Wie viel Schmerz hatten sie durch ihre Blätter eingeatmet, welche Wunder hatten ihre Blütengesichter miterlebt? Zum Glück war heute nicht viel los. Die graue Wolkendecke sorgte dafür, dass die meisten sich lieber im geschützten Innenraum des Cafés aufhielten.

»Möchten Sie sich hinsetzen?« Er deutete auf eine Hollywoodschaukel in der Ecke.

»Gern.«

Sobald sie Platz genommen hatte, begann sie zu schluchzen. Das Beben ihres Körpers setzte die ganze Schaukel in Bewegung. Alfie legte ihr die Hand auf den Rücken und mahnte sich zur Geduld.

»Ich hab solche Angst, sie allein zu lassen, Alfie. Ich hab Angst davor, was sie sich antun könnte.«

»Nun kommen Sie schon, Sarah, sie schafft das. Sie wissen besser als ich, wie zäh sie ist. Sie ist eine Kämpferin. Sie kommt schon zurecht.« Er mühte sich um einen Tonfall, der gleichzeitig entschieden und ermutigend herüberkam. Keine leichte Aufgabe, wenn man jemanden kaum kannte.

»Sie verstehen mich nicht.« Sie wandte den Blick von ihm ab und schaute zu Boden. »Alice hat sich heute zum ersten Mal im Spiegel gesehen.«

O Gott.

Er merkte, wie ihm der Schweiß auf die Stirn trat.

»Es war schrecklich. Ich hatte das Gefühl, als würde ich spüren, wie es ihr das Herz beim allerersten Blick gebrochen hat. Sie hat nichts gesagt. Kein Wort. Bloß dagesessen und immer weiter in den Spiegel gestarrt.« Sarahs Atem beschleunigte sich, und ihr Körper bebte vor Weinen.

Es war eine schlimme Situation. Richtig schlimm.

»Ich denke, sie ist einfach schockiert. Das ist doch normal.« Verzweifelt suchte er nach tröstlichen Worten. »Aber das wird vorbeigehen. Lassen Sie ihr Zeit.«

Noch beim Sprechen merkte er, wie hohl seine Worte klangen.

»Nein!«, entgegnete sie und schüttelte vehement den Kopf. »Sie haben sie nicht gesehen, Alfie. Es war, als wäre sie zu einem anderen Menschen geworden, zu einer leeren Hülle. Von Alice war nichts mehr übrig. Und zum ersten Mal im Leben habe ich keine Ahnung, wie ich ihr helfen kann.«

Alfie zog sie fest an sich. Wie hatte er die Anzeichen bloß übersehen können? Er war dermaßen auf Alice konzentriert gewesen, dass er bei Sarah nicht richtig hingeschaut hatte. Ihre ständig aufgedrehte Stimmung, die Betriebsamkeit, mit der sie sich abzulenken versuchte, der zur Schau gestellte unerschütterliche Optimismus: Es waren genau die Mittel, die Alfie selbst in schwierigen Situationen anwandte, um sich den Schmerz vom Leib zu halten. Während Sarah sich am anderen Ende der Welt aufhielt, hatte ihre beste Freundin die traumatischste, erschreckendste Zeit ihres Lebens durchgemacht und wäre beinahe gestorben.

Er hatte Sarah kein einziges Mal gefragt, wie es *ihr* damit ging.

Nach und nach beruhigte sich ihr Atem. Das Zittern ebbte ab, und eine tiefe Stille erfasste sie beide.

»Zuallererst kannst du dir hiermit das Gesicht abwischen. Ein Geschenk, weil ich so ein ignoranter, egozentrischer Idiot war.« Er reichte ihr seinen Pullover.

»Danke.« Sie vergrub ihren Kopf in der Wolle und schien sich am vertraulichen »Du« kein bisschen zu stören.

»Und zweitens musst du darauf vertrauen, dass es gut wird. Sie *wird* damit zurechtkommen. Einen Teil von sich selbst zu verlieren ist schwer. Ich hab Monate gebraucht, ehe ich mir meine Wunde ansehen konnte, ohne kotzen, schreien oder weinen zu wollen. Manchmal hab ich auch alles gleichzeitig getan. Aber es wird besser, auch wenn es lange dauert und manchmal sehr schmerzhaft ist.«

Sarah lächelte kraftlos.

»Drittens kannst du den behalten.« Mit dem Kopf deutete er auf den Pullover. »Ich weiß nicht, ob ich dich schon so sehr mag, dass ich deinen Rotz am Leib tragen will.«

»Danke, das ist wirklich lieb.« Sie schenkte ihm ein sarkastisches Lächeln, ehe die Fassade wieder in sich zusammenfiel. »Aber ernsthaft, ich hatte Angst, da drinnen zu ersticken, also danke fürs Zuhören. Mich weinen zu sehen ist das Letzte, was Alice braucht.«

»Vielleicht ist es genau das, was sie sehen sollte. Vielleicht hilft es ihr, wenn sie deine Angst sieht, damit sie begreift, wie wichtig es ist, dass sie am Leben ist. Sei ehrlich zu ihr. Wahrscheinlich bist du der einzige Mensch, auf den sie hört.«

Er merkte erst im Nachhinein, dass der letzte Satz ihn traurig machte.

»War.« Sie stieß ihn sanft an. »Ich *war* der einzige Mensch, auf den sie gehört hat. Jetzt gibt es auch dich, vergiss das nicht.« Die Dankbarkeit in ihrem Lächeln überrumpelte ihn. »Und du musst mir versprechen, dass du auf sie aufpasst, wenn ich wieder weg bin. Ganz gleich, wie sehr sie dich wegstößt oder dir vorspielen will, dass du ihr egal bist. Sie braucht dich. Sie will, dass du da bist. Sie hat nur Schwierigkeiten, sich das selbst einzugestehen.«

Er spürte eine geradezu elektrisierende Spannung im ganzen Körper.

»Darum hättest du mich nicht bitten müssen. Ich hab gar nichts anderes vor.«

Sie umarmte ihn. »Danke. Und jetzt sollten wir wieder ins Zimmer gehen, sonst denkt sie, wir wären durchgebrannt und hätten eine Affäre angefangen. Außerdem dauert es ewig, bis du die Strecke geschafft hast.«

Die alte Sarah meldete sich zurück. Die Rüstung saß wieder, und die nächste Schlacht konnte beginnen. Alfie musste neidlos anerkennen, dass sie ihn in diesem Punkt sogar noch in den Schatten stellte.

»Klar ... Aber vielleicht solltest du mir den Pulli doch zurückgeben. Sonst glauben alle, wir hätten die letzten zwanzig Minuten mit wildem, leidenschaftlichem Sex zugebracht.«

Er zwinkerte ihr zu, rappelte sich auf und machte sich auf den Weg, so schnell er konnte.

*

Alfie hoffte im Stillen, dass der Schock bei ihrer Rückkehr bereits abgeklungen war und Alice ihnen die Hölle heißmachen würde, weil sie verschwunden waren. Doch sie sprach für den Rest des Tages kein einziges Wort mehr.

Ohne sie kroch die Zeit in einem Tempo dahin, das Alfie unglaublich zäh erschien. Mit sich und seinen Gedanken allein, konnte er an nichts anderes als an Alice denken. Er erwischte sich bei der Frage, was genau sie im Spiegel gesehen hatte. Immer wieder blitzten Bilder verschiedener Gesichter mit verschiedenen Graden von Verletzung vor seinem inneren Auge auf. Im Geheimen wünschte er sich, er hätte Sarah draußen nach Alice' Aussehen gefragt. Doch im Prinzip wusste er, dass es darum letztlich nicht ging.

Es wurde ihm zu viel. Das Denken. Die Hypothesen. Er musste etwas *tun*.

Alfie reckte den Hals, um zu sehen, ob Mr Peterson schlief, doch zu seiner Überraschung saß der alte Mann aufrecht im Bett und starrte mit ausdrucksloser Miene auf seinen Bildschirm.

»Hey, Mr P, was dagegen, wenn ich rüberkomme und mich ein Weilchen zu Ihnen setze?«

»Oh, dann wissen Sie also doch noch, wer ich bin?« Der alte Mann tat überrascht.

»Glauben Sie mir, ich würde mehrere Leben brauchen, um Sie zu vergessen.«

»Ach, verschonen Sie mich mit so was. Jetzt, wo Sie verliebt sind, bin ich Ihnen doch scheißegal.«

»Was zum Teufel reden Sie da?« Alfie gab sich ahnungslos. Trotzdem stieg eine leichte Panik in ihm auf, als er sich dem Bett seines Freundes näherte.

»Spielen Sie nicht den Dummen, mein Sohn.« Er deutete mit dem Kopf zu Alice' Kabine hinüber. »Schauen Sie sich nur im Spiegel an, rot wie ein Hummer! Schon in Ordnung, Junge. Mit einem alten Deppen wie mir kann man nur begrenzt Spaß haben. Was ist los? Wollen Sie sich nun setzen oder weiter an meinem Fußende lauern wie die Fliege über dem Scheißhaufen?«

Alfie spürte, dass er knallrot angelaufen war.

»Aber das mit ihr haben Sie wirklich gut gemacht, Respekt.«

»Wie meinen Sie das?« Er konnte kaum klar denken.

»Ich *meine*, dass Sie es gut hingekriegt haben, sie zum Sprechen zu bringen. In Ihrer Gegenwart hat sie sich richtig geöffnet. Das sieht jeder. Na ja … Das hört jeder.«

Beide lachten. Alfie konnte nicht leugnen, dass er zufrieden mit sich war.

»Ich hab gedacht, ich gönne Ihnen mal eine Pause und stecke meine Energie in etwas anderes. Jetzt, wo es sich langsam auszahlt, hab ich wieder mehr Zeit, um Ihnen zur Last zu fallen. Ich weiß doch, dass Sie es vermisst haben.«

»Ganz ehrlich? Seit mein Trommelfell nicht mehr von dem ständigen Blödsinn aus Ihrem Mund traktiert wird, kann ich jeden Tag in Ruhe *Homes Under the Hammer* sehen. Das ist ein echter Genuss.«

Auf einmal veränderte sich kaum merklich sein Gesichtsausdruck. Er nahm Alfies Hand und drückte sie beinahe zärtlich. Alfie kam es vor, als hielte er einen winzigen Vogel in der Hand, so schwach und so klein, dass ihm die Knochen gefährlich zerbrechlich erschienen.

»Alice kann von Glück sagen, Sie zu haben, Junge. Aber das gilt für uns alle.« Für einen kurzen Moment hielt der alte Mann Alfies Blick fest, ehe er sich wieder dem Fernseher zuwandte.

Es gab so vieles, das Alfie gern gesagt hätte, doch er fand nicht die richtigen Worte. Also drückte er einfach ganz sanft die papierdünne Hand, die immer noch in seiner lag. Dann taten sie einträchtig so, als würde das Fernsehprogramm sie tatsächlich interessieren. Mr Peterson konnte sich noch eine gute Stunde wach halten, ehe er schließlich eindöste. Alfie blieb eine Weile bei ihm sitzen und kehrte dann in die Langeweile seines eigenen Bettes zurück.

Das Schweigen hinter dem Vorhang hielt auch am Abend an. Hin und wieder hörte er ein Brummen oder Grummeln, aber auch das nur vereinzelt und mit großen Pausen. Sarah blieb loyal an Alice' Seite, bis Schwester Bellingham entschied, dass es genug war.

»Sarah, wie oft soll ich Ihnen noch sagen, dass die Besuchszeit um 16 Uhr endet? Mir ist völlig egal, ob Sie sich für etwas Besonderes halten und ob meine Kolleginnen Ihnen das durchgehen lassen. Wenn ich Sie noch einmal erwische, werde ich Sie melden.«

»Tut mir leid, heute war ein besonders schlimmer Tag. Da dachte ich ...«

»Dass Sie Ihre Sachen packen und gehen? Prima, bitte tun Sie das.«

Ehe sie aufbrach, steckte Sarah den Kopf um die Ecke und sagte Alfie Gute Nacht.

»Wie geht es ihr?«, fragte er stumm.

Ihr Blick war Antwort genug.

Er nickte zum Zeichen, dass er begriffen hatte.

Sie versuchte, sich ein Lächeln abzuringen, doch die Traurigkeit wog zu schwer.

Mit einem Mal fühlte er sich zurückgeworfen auf den Anfang. Wieder ertrank er in Alice' Schweigen.

35
Alice

Holt mich aus diesem Körper raus.

Holt mich aus diesem beschissenen, nutzlosen, ekelhaften Körper raus.

Du bist ein Krüppel, Alice.
Du bist ein kaputter, pervers aussehender Krüppel.
Du bist nicht okay.
Du bist alles andere als okay.
Sie haben dich belogen.
Alle haben dich verdammt noch mal belogen.

36
Alfie

»Hey, darf ich reinkommen?«

Obwohl Sarah ganz leise flüsterte, weckte ihn ihre Stimme.

»Ja. Alles klar bei dir?«

Er achtete darauf, nicht zu laut zu sprechen. Wahrscheinlich wäre es keine gute Idee, wenn Alice mitbekäme, dass sie über sie sprachen. Sarah hatte eine Mischung aus Flüstern und Pantomime gewählt, über die er sich unter anderen Umständen wahrscheinlich amüsiert hätte.

»Hat sie heute Nacht irgendetwas gesagt?« Beim Aufblitzen von Hoffnung in ihren Augen wurde Alfie schwer ums Herz.

Er schüttelte den Kopf. Ihm war klar gewesen, dass in der Nacht nicht der richtige Zeitpunkt für eine Kontaktaufnahme gewesen wäre. Schließlich hatte er den ganzen Nachmittag mit anhören müssen, wie Sarah sich verzweifelt abgemüht hatte, Alice zum Sprechen zu bringen. Wenn sie es nicht geschafft hatte, war es für ihn erst recht hoffnungslos. Er mochte ein unverbesserlicher Optimist sein, aber er war kein Idiot.

Vielleicht sollte er es als Chance sehen, sich innerlich ein Stück von ihr zu lösen.

Du hängst dich zu sehr rein, Alfie.

Nein. Das war es nicht. Trotz allem, was Mr Peterson gesagt hatte, und trotz der Gefühle, die ihre Stimme bei ihm ausgelöst hatte, wollte Alfie einfach nur helfen. Sie war eine

Freundin. Davon abgesehen wusste er einfach, wie es sich anfühlte, wenn man eines Tages aufwachte und feststellte, dass man sich urplötzlich wie ein anderer Mensch vorkam. Alfie konnte sich nur zu gut an den Moment erinnern, als er seine Verletzung zum ersten Mal richtig gesehen hatte. Es war nicht einmal so sehr der Anblick des Bluts gewesen, der ihn schockiert hatte, sondern die unausweichliche Erkenntnis, dass ihm etwas genommen worden war. Etwas, das er nie wieder zurückbekommen würde. Der Verlustschmerz hatte ihn beinahe zerrissen. Das Wissen, dass er für den Rest seines Lebens unvollständig sein würde. Niemand hätte ihn je auf dieses überwältigende Gefühl vorbereiten können. Deshalb hatte er in der vergangenen Nacht den Mund gehalten. Er musste ihr Raum geben, Zeit zum Atmen und Zeit zum Akzeptieren.

»Also gut. Drück mir die Daumen. Ich gehe wieder rein.«

Er versuchte, ihr ein möglichst tröstendes Lächeln mitzugeben, und sah ihr nach. Sein ganzer Körper war in höchster Alarmbereitschaft. Angestrengt lauschte er auf jedes Geräusch, in der verzweifelten Hoffnung, Alice' Stimme zu hören.

»Hey, Al, ich bin's. Ich komme rein.«

Schweigen.

»Geht's dir heute Morgen besser?«

Nichts.

Alfies Herz hämmerte so laut, dass er fürchtete, nicht mitzubekommen, wenn Alice etwas sagte.

Zu seiner großen Bestürzung war nur zu hören, wie ein Stuhl gerückt wurde und Sarah sich hinsetzte.

»Ich lasse dich schlafen, wenn du willst. Ich bleibe bloß hier sitzen und lese ein bisschen.«

Wollte sie wirklich kein einziges Wort sagen? Nicht mal zu ihrer besten Freundin?

*

Der Tag zog sich hin, und das Schweigen wurde erdrückend. Er fühlte sich hin- und hergerissen zwischen dem Impuls, aufzustehen und sich abzulenken, und dem Wunsch, an Ort und Stelle zu bleiben, für den Fall, dass sie sich doch noch zum Sprechen entschloss. Mit jeder wortlosen Stunde, die verstrich, nahm sein innerer Druck weiter zu.
Unternimm etwas.
Unternimm IRGENDWAS.
Nein.
Wie ein Mantra wiederholte er immer wieder denselben Satz: *Warte einfach ab.*
Nur dass Abwarten nicht seine starke Seite war.
Dann kam ihm eine Idee.
»Also gut, meine Damen. Ich schlage mich hier mit einem extrem schwierigen Kreuzworträtsel herum, das geradezu nach Ihrer Hilfe schreit.«
»Alfie, was zum Teufel hast du vor?« Sarah machte sich nicht mal die Mühe, ihre Stimme zu senken.
»Ich löse ein Rätsel – wonach sonst klingt es denn?«
Er hörte, wie sie aufsprang und um Alice' Bett herum auf seine Kabine zustürmte. Warum vertraute sie ihm nicht? Hatte sie vergessen, dass er derjenige war, der Alice überhaupt zum Sprechen gebracht hatte?
Ihre Miene verriet heftige Wut.
»Ich sag doch. Ich löse mein Rätsel.« Er schaute sie an und hoffte, es werde klick machen bei ihr. Doch das tat es nicht.

Daraufhin erklärte er im Flüsterton: »Beim letzten Mal hat es funktioniert, schon vergessen?«

»Das war etwas anderes. *Sie* war anders.«

»Wir können hier nicht einfach rumsitzen und nichts tun.« Alfie verschränkte die Arme wie ein bockiges Kind. Was bildete sie sich ein, ihn zurechtzuweisen?

»Doch, das können wir. Und das werden wir auch, klar?« Er wusste, dass es nicht als Frage gemeint war.

»Schön. Dann löse ich es allein.« Er flüsterte nicht mehr. Alice sollte ruhig hören, dass er es versucht hatte. Dass er sie nicht aufgegeben hatte. Sie sollte wissen, dass Sarah es war, die ihn zurückhielt.

»Oh, jetzt spiel ausnahmsweise mal nicht den egoistischen Idioten.«

»Egoistisch?« Alfie erhob die Stimme. »Warum zum Teufel soll ich hier der Egoist sein? Ich versuche nur zu helfen.«

»Zu *helfen*? So etwas nennst du helfen?«

»Schluss jetzt! Alle beide, hört einfach auf!« Alice' Stimme war für Alfie wie ein Schlag in den Magen. »Ich bin weder taub noch ein krankes kleines Kind, auf das man aufpassen muss. Ich will euer beschissenes Mitleid nicht. Und eure Hilfe brauche ich auch nicht. Also tut mir einen Gefallen und lasst mich in Ruhe. Alle beide.«

Sie war bitterböse, und jedes einzelne Wort versprühte Gift.

Sarah lief auf der Stelle zu ihr. »Tut mir leid, Alice, wir wollten dich nicht aufregen.«

»Es war dämlich von mir. Es ist meine Schuld, ich hab nicht nachgedacht.« Die Worte waren heraus, ehe er überhaupt nachgedacht hatte.

»Ich hab gesagt, ihr sollt mich *in Ruhe* lassen.«

»Es tut mir leid, Al, bitte ...« Sarahs Stimme klang tränenerstickt.

»Hast du nicht gehört? GEH einfach!«

Plötzlich schien Schweigen durchaus nicht die schlechteste Wahl zu sein.

37
Alice

In der ganzen Zeit ihrer Freundschaft hatte Alice nie so mit Sarah gesprochen. Tatsächlich konnte sie sich beim besten Willen an keinen einzigen Streit zwischen ihnen erinnern.

Das Schlimmste war nicht Sarahs Gesichtsausdruck.

Das Schlimmste war, dass Alice diesen Anblick genoss.

»Alice, *bitte*. Niemand hält dich für ein kleines Kind. Wir wollen dir doch bloß helfen. Ich würde alles tun. Ich würde meinen Flug verschieben und Raph sagen, dass ich niemals zurückkomme, wenn du das willst. Aber ich weigere mich, dich einfach in dieser Situation zurückzulassen.«

»Wenn du mir nicht beim Sterben helfen willst, gehst du besser.«

»Was?« Sarah riss die Augen so weit auf, dass es aussah, als würden sie ihr jeden Moment aus dem Kopf fallen. Ihre schockierte Miene machte Alice noch wütender.

»Ich hab gesagt: Wenn du mir nicht beim Sterben helfen willst, gehst du besser.«

Sarah drehte sich um und lief weg. Es schien, als würde der Anblick ihrer schockierten, in Tränen aufgelösten Freundin die Wut in Alice nur weiter anfachen.

Vielleicht war sie jetzt *innen wie außen* zum Monster mutiert.

38
Alfie

Als er Sarah weglaufen hörte, griff Alfie sofort nach seinen Krücken und kletterte aus dem Bett. Für die Prothese fehlte ihm jetzt die Zeit. Er musste sie einholen, und zwar schnell. Trotz des Adrenalins, das seinen Körper durchströmte, musste er anerkennen, dass Sarah ziemlich flink auf den Beinen war. Es kostete ihn Mühe, sie auch nur im Auge zu behalten. Er musste sich konzentrieren. Bei all den Leuten, die auf den Stationen herumliefen, konnte jedes Nachlassen seiner Aufmerksamkeit dazu führen, dass er sie verlor.

Ihm war klar gewesen, dass es eine Seite an Alice gab, die Menschen von sich wegstieß. Schließlich hatte er selbst ihr tödliches Schweigen zu spüren bekommen. Aber die Situation eben? Das war schlichtweg grausam gewesen.

»Sarah!« Es blieb ihm nichts anderes übrig, als hinter ihr herzurufen. Er geriet etwas außer Atem, und das Gedränge am Empfang machte es ihm noch schwerer, mit ihr Schritt zu halten. »Sarah, warte!«

Sie wandte kurz den Kopf, marschierte dann aber weiter.

Obwohl sie nicht groß war, stach ihr hellblondes Haar aus der Menge heraus wie eine Glühbirne. Er entdeckte sie am Rand der Raucherzone, vornübergebeugt, den Kopf in die Hände gestützt.

»Mein Gott, bist du schnell.«

Er lehnte sich mit dem Rücken an die Wand und versuchte, zu Atem zu kommen. Jetzt, wo er sie eingeholt hatte, wusste er plötzlich nicht mehr so recht, was er sagen sollte.

»Geht es?«, brachte er schließlich heraus.

Plötzlich richtete sie den Blick zum Himmel und schrie so laut, dass alle Umstehenden unwillkürlich zurückwichen. Wie konnte eine so kleine Person so viel Lärm machen? Alfie musste zugeben, dass er ein wenig beeindruckt war.

»Sarah, es ist ...«

»Sie will sterben, Alfie. Hast du es nicht gehört? Sie will *sterben*.«

Dann ließ sie sich in seine Arme fallen. Die Tränen strömten, und sie zitterte am ganzen Körper. Alfie zog sie an sich und hielt sie, so fest er konnte. Er hörte nur das gedämpfte Schluchzen und immer wieder denselben Satz.

Alfie wusste, dass er nichts sagen konnte. Er hatte es auch gehört, und es zu leugnen wäre eine Beleidigung gewesen.

Nach einer Weile ließ das Weinen nach. Alfie spürte, wie die Spannung aus ihrem Körper wich und sie in seinen Armen erschlaffte. Vorsichtig versuchte er, sich an der Wand hinab zu Boden gleiten zu lassen. Dabei hielt er sie in den Armen wie ein schlafendes Kind.

Du schaffst es, Alfie. Lass dich einfach langsam nach unten.

Schweißtropfen liefen ihm über die Stirn. Er hing jetzt in der Mitte fest, Arme und Bein zitterten unter Sarahs Gewicht.

Lass sie nicht fallen. Was immer du tust, lass sie bloß nicht fallen.

Alfie spürte den Krampf, der sich in seinem bereits von der Verfolgung strapazierten Bein ankündigte. Er ließ sich noch ein wenig tiefer hinab, sodass eine elegante Landung bereits in Reichweite schien. Dann gab sein Bein im letzten Moment doch noch nach, und sie fielen zusammen zu Boden.

»Scheiße, es tut mir so leid, Sarah. Alles in Ordnung?« Als er nach den herumliegenden Krücken griff, brannte sein Gesicht vor Verlegenheit. »Ich bin solch ein Idiot. Ich hätte nie …«

»Mir ist schon klar, dass du mich hierbehalten willst, Alfie. Aber versuch ja nicht, mich auch auf eure Station zu bringen, du raffinierter Mistkerl.«

Himmel, was für eine Erleichterung, wieder etwas zu lachen zu haben! Sarah kletterte über Alfie hinweg und setzte sich an seine Seite.

»Zigarette?« Sie streckte ihm eine halb leere Schachtel Marlboro Red entgegen.

Alfie grinste. »Aha! Deswegen bestehst du also darauf, uns stündlich etwas zu essen zu holen. Du benutzt uns, um deine schmutzige Nikotinsucht zu verbergen.«

»Allerdings! Einen besseren Vorwand als deinen unstillbaren Appetit könnte ich mir nicht wünschen.«

Eine Weile verharrten sie Seite an Seite in tröstlichem Schweigen. Sarah rauchte sich durch den Rest ihrer Schachtel und nutzte Alfie als perfekte Kopfstütze.

»Was soll ich tun, Alfie?« Sie drückte ihre letzte Zigarette auf dem Boden aus und schaute ihn Hilfe suchend an.

»Ich glaube, du musst ihr einfach ein bisschen Zeit lassen. Schließlich ist es erst einen Tag her. Wahrscheinlich steht sie immer noch unter Schock.«

»Aber ich hab keine Zeit. In nicht mal einer Woche fliege ich zurück. In diesem Zustand kann ich sie nicht allein lassen.«

Er lehnte den Kopf gegen die Wand und hielt das Gesicht einen Moment lang in die wärmende Sonne. Er hatte sich das Gehirn darüber zermartert, was er tun konnte, und war immer wieder auf seine eigene Erfahrung zurückgekommen.

»Ich weiß. Und das muss ziemlich beängstigend für dich sein. Aber glaub mir, es geht vorbei. Vielleicht nicht komplett, aber die Wut wird nachlassen.« Zögernd nahm er ihre Hand. »Außerdem weißt du ja, dass sie nicht ganz allein ist, wenn du weg bist. Stimmt's?«

Sie schaute ihn an und rang sich ein schwaches Lächeln ab. »Ja, ich weiß.«

»Also gut, dann komm. Erstens muss ich mich unbedingt bewegen, sonst komme ich hier nicht mehr weg, es sei denn, du hebst mich hoch. Und zweitens ist heute Filmabend. Ich muss dafür sorgen, dass wir uns ausnahmsweise nicht *Findet Dorie* anschauen.«

»Filmabend?« Sie stand auf und streckte ihm die Hand entgegen.

»Oh, das darfst du dir nicht entgehen lassen. Genau das Richtige für dich. Zwangsbelustigung, es wird dir gefallen!« Als er die Mischung aus Furcht und Widerwillen auf ihrem Gesicht sah, warf er lachend den Kopf zurück.

»Mir fällt plötzlich ein, dass ich heute Abend schon etwas vorhabe.« Seufzend hängte sie sich bei ihm ein. »Alfie, was sollen wir bloß tun?«

»Irgendwas. Ich bin sicher, uns fällt schon was ein.«

Leider schaffte es nicht mal Alfies unerschütterlicher Optimismus, dass seine Worte überzeugend klangen.

39
Alice

Die Wut war immer noch da. Sie kauerte zusammengerollt irgendwo tief in ihr und wartete nur darauf, das nächste hilflose Opfer zu attackieren, das ihr zufällig über den Weg lief. Aber inzwischen war da noch etwas anderes. Ein ekliges Schuldgefühl hatte sich angeschlichen und zur ständigen Erinnerung seine kalten Klauen in sie geschlagen.

Was zum Teufel hast du getan?

Mit einem Mal verspürte sie einen Anflug von Klaustrophobie. Ihre kleine Kabine kam ihr zu hermetisch und zu eng vor. Sie war in ihrer eigenen Hölle gefangen. Einer Hölle, die sie sich selbst erschaffen hatte. Es war eine Qual, doch sie hatte nicht die Energie, irgendetwas dagegen zu tun, sie konnte nicht mal weinen. Sie lag einfach in ihren eigenen Gedanken gefangen da, ließ die Schwestern kommen und gehen und die Geräusche der Station über sich hinwegschwappen. Erst als sie seine Schritte hörte, spitzte sie die Ohren.

Sie richtete sich auf.

Er ist es. Eindeutig. Aber wo ist Sarah?

Ihr wurde flau im Magen.

Vielleicht sollte sie Alfie fragen. Vielleicht würde er ihr sagen, was geschehen war. Und wenn sie ihn freundlich genug bat, würde er vielleicht sogar losziehen und Sarah ausrichten, wie leid es ihr tat.

Doch als sie hörte, wie er sich aufs Bett fallen ließ, brachte sie kein Wort heraus. Die Scham über ihr Verhalten machte ihr jede Unterhaltung unmöglich und zwang sie zum Schweigen. Zu einem Schweigen, das nicht einmal Alfie zu brechen noch bereit schien.

Die Zeit schleppte sich noch langsamer dahin als sonst. Doch trotz ihrer inneren Unruhe war sie körperlich zu erschöpft, um sich zu bewegen. Sie konnte nichts anderes tun, als darauf zu warten, dass ihre Freundin zurückkam.

Du könntest immer noch losziehen und sie suchen.

Nein, nach dem, was sie in diesem Spiegel gesehen hatte, würde Alice nirgendwohin gehen. Die Scham schnürte ihr die Kehle zu, und so fest sie auch die Augen schloss, sie sah immer nur ihr neues Spiegelbild. Diese verstümmelte Version ihrer selbst, mit der sie nun geschlagen war, ging ihr nicht mehr aus dem Kopf.

Und wenn Sarah nicht zurückkommt?

Bei diesem Gedanken verließ sie jeder Mut. Warum war sie so gut darin, Leute wegzustoßen? Es schien ihr so leicht zu fallen. In ihrem Lebenslauf musste sie diese Fähigkeit wohl auf einer Höhe mit Finanzplanung und strategischem Denken ansiedeln: Alice Gunnersleys Top-Qualifikationen, mit denen man alles erreichte, aber immer allein blieb. Sie brauchte Sarah mehr denn je. Ihre wunderbare Freundin, die beim Anblick ihrer Verletzungen keine Miene verzogen hatte. Die in der ganzen Zeit kein einziges Mal zurückgezuckt war, geweint oder ihr Aussehen auch nur kommentiert hatte. Und jetzt war sie verschwunden. Alice ließ den Tränen freien Lauf und fiel bald in einen tiefen, traumlosen Schlaf.

*

Der Klang von Sarahs Stimme weckte sie.

Alice öffnete die Augen einen winzigen Spalt.

Sarah lächelte, als sie sah, wie Alice unter der Decke hervorblinzelte.

»Hey.« Sie klang vorsichtig, und Alice konnte ihr keinen Vorwurf machen.

»Hey«, flüsterte sie.

Sarah setzte sich auf den Stuhl neben ihrem Bett und beugte sich so nahe heran, dass niemand sonst sie hören konnte.

»Es tut mir leid wegen vorhin, Al. Ich … ich wollte dir nur helfen.«

Alice drehte sich zu ihr hin, sodass ihre Gesichter sich beinahe berührten. »Ich weiß. Ich hab nur solche Angst.«

Die Tränen liefen in salzigen Bächen über ihre verletzte Wange. Als Sarah sie vorsichtig abtupfte, widerstand Alice dem Drang zusammenzuzucken.

»Mir tut es auch leid. Ich wollte ni…«

»Stopp«, fiel Sarah ihr ins Wort. »Wenn es irgendeinen Zeitpunkt gibt, an dem ich dir verzeihe, dass du eine totale Zicke bist, dann jetzt.«

Alice schnaufte. Gott, wie sie es hasste zu weinen.

»Darf ich reinkommen?« Sarah deutete mit dem Kopf aufs Bett.

Alice rutschte zur Seite, um ihr Platz zu machen. Wie wunderbar es sich anfühlte, die Wärme ihrer Freundin wieder neben sich zu spüren.

»Du hast mir vorhin Angst gemacht.« Sarah sprach so leise, dass sie es beinahe nicht gehört hätte. »Als du übers Sterben gesprochen hast, Alice … Ich kann … Ich will dich nicht verlieren.« Die Worte gingen beinahe unter in ihrem schnellen, heftigen Schluchzen. Alice zog ihre Freundin näher heran und hielt sie fest.

»Es tut mir leid.« Ihr Atem strich über Sarahs Kopf. »Ich hab nur das Gefühl, mich verloren zu haben und nicht zu wissen, wie ich mich wiederfinde.« Es zum ersten Mal laut auszusprechen nahm ihr eine Last von der Seele. »Ich weiß nicht, was ich tun soll, Sarah.«

Dicht an dicht lagen die beiden Freundinnen im Bett, eingehüllt in ihren Schmerz.

»Das verstehe ich gut, aber den ersten und schwierigsten Schritt hast du hinter dir.« Langsam kehrte der Optimismus in Sarahs Stimme zurück. Sie drehte sich auf den Rücken und starrte an die Decke, ohne Alice' Hände loszulassen. »Lass uns so bald wie möglich mit dem Chirurgen sprechen und hören, welche Möglichkeiten es gibt, okay?«

»Gut.« Im Gegensatz zu Sarah hatte Alice ihren Optimismus längst nicht wiedergefunden. Würde irgendeine Operation eine entscheidende Veränderung bringen? Niemand konnte ihr das Gesicht zurückgeben. Niemand konnte die Zeit zurückdrehen. Und sicher konnte niemand, auch wenn er sich noch so sehr bemühte, aus ihrer beschissenen Situation irgendetwas Gutes machen.

»Wenn ich nachher gehe, spreche ich mit den Schwestern.« Sarah setzte sich auf und verschränkte die Arme. So einfach war es. Es gab einen Plan, und schon war Sarah zufrieden. »Ich muss heute übrigens etwas früher weg – *schon wieder* familiäre Verpflichtungen.«

»Das hast du davon, wenn du ans andere Ende der Welt fliegst und niemals auf Besuch kommst!«

»Danke für dein Mitgefühl, Alice. Aber wo wir gerade von Familie reden, hast du noch mal von Patricia gehört?«

Patricia war Alice' Mutter. Doch Sarah brachte es nie über sich, im Zusammenhang mit ihr die Begriffe »Mum« oder einfach »Mutter« in den Mund zu nehmen. Dafür liebte Alice sie einmal mehr.

»Nein. Nicht mal eine höfliche ›Wie geht's dir‹-SMS hab ich bekommen. Ich schätze, unsere letzte Begegnung war ein bisschen zu viel für sie.«

»Eure Begegnung? Warte mal. Was soll das heißen? Sie war *hier*?« Sarahs Gesicht sprach Bände. Sie hatte die Augen ungläubig aufgerissen, und ihr Mund stand weit offen.

»Allerdings. Lass uns einfach sagen, dass es für keinen der Beteiligten angenehm verlaufen ist.«

»Alfie, hattest du das Vergnügen, Patricia kennenzulernen?«

Musste sie ihn unbedingt in jedes Gespräch mit einbeziehen? Alice war ihr Verhalten ihm gegenüber immer noch peinlich, und sie hatte bisher keine Chance gehabt, sich bei ihm zu entschuldigen. Warum ihr das so viel ausmachte, war ihr noch nicht klar, aber anscheinend hatte Sarah beschlossen, ihn darauf vorzubereiten, nach ihrer Abreise die Rolle des besten Freundes zu übernehmen.

»Ähm …« Er zögerte kurz. »Wir sind uns nicht im üblichen Sinn begegnet, aber ich hatte das Vergnügen, einen Teil der einseitigen Unterhaltung mitzubekommen. Ich glaube, mehr brauche ich auch nicht.«

Alice lachte. Reizend, wie taktvoll er es auszudrücken versuchte. Dabei meinte er eindeutig: »Wow, was für eine beschissen kaltherzige Frau deine Mutter doch ist.«

»Irgendwie ist es schon ein Wunder, dass die Tochter einer solchen Frau eins der prächtigsten Exemplare werden konnte, das die Menschheit je hervorgebracht hat, oder?«

Sarah küsste sie auf die Stirn.

»So gesehen sollten wir Patricia vielleicht dankbar sein«, gab Alfie zu bedenken.

Als sie das hörte, zuckte Sarah buchstäblich zurück. »Wie bitte? Sie ist eine absolute Spinnerin. Sorry, Al, aber das ist die Wahrheit.«

Alice lächelte. Wenn jemand ihre Mutter beleidigte, war grundsätzlich keine Entschuldigung nötig.

»Mag sein«, fuhr Alfie fort. »Aber wenn man darüber nachdenkt, stünden wir ohne Alice da, wenn es Patricia nicht gäbe. Und ein Leben ohne Alice wäre so traurig, dass ich gar nicht darüber nachdenken möchte.«

Eine Weile sagte niemand etwas. Obwohl sie schon emotionale Gespräche geführt hatten, war es für Alice immer noch gewöhnungsbedürftig, wenn Alfie sich von seiner ernsthaften Seite zeigte. Sarah drückte sie leicht, doch Alice wich ihrem Blick aus. Ihre Freundin sollte nicht sehen, dass die Wärme in seinen Worten ihr Herz anrührte und dass sie in diesem Augenblick eine tiefe Zuneigung zu ihm empfand. All das stand ihr sicher ins Gesicht geschrieben, und sie wollte es lieber noch eine Weile für sich behalten.

»So reizend ihr beide auch seid, wäre es nett, wenn ihr aufhört, über mich zu sprechen, als wäre ich nicht hier!« Sie hoffte, mit dieser Bemerkung nicht zu abweisend auf seine Liebenswürdigkeit zu reagieren, aber ihr fiel nichts Besseres ein. »Und ich will nichts mehr über meine Mutter hören. Es gibt Wichtigeres zu besprechen.«

»Zum Beispiel?« Sarah schaute sie fragend an.

»Zum Beispiel ... wann du dich nützlich machst und etwas zu essen besorgst? Ich bin am Verhungern.«

»Vielleicht wenn du dich entschließt, aus dem Bett zu steigen und mich zu begleiten?«

»Ich darf das Krankenhaus nicht verlassen, das weißt du.«

»Dein Bett schon, Alice.«

»Jetzt nicht, Sarah. Ich hab dir gerade erst verziehen, also übertreib es nicht.« Dabei lächelte sie schief.

»Wie nett. Alfie, an deiner Stelle würde ich zusehen, dass ich bald entlassen werde. Sonst hält sie dich Tag und Nacht auf Trab.«

»Keine Sorge, mit dem einen Bein wird das Traben sich in Grenzen halten. Ich kann also ruhig noch ein Weilchen bleiben.«

Wieder spürte Alice die Wärme und das Kribbeln im Bauch. *Mensch, reiß dich zusammen.*

»Also gut, da ich sonst nichts Besseres zu tun hab und du meine allerbeste Freundin bist, besorge ich uns etwas Leckeres. Worauf hast du Lust?«

Alice riss sich von ihren Gedanken los. »Hauptsache, jede Menge Kohlehydrate und Knoblauch.«

»Ernsthaft? Schon wieder Pizza Express?« Sarah schüttelte den Kopf. »Ich hatte vergessen, was für ein Gewohnheitstier du bist. Hast du an der Uni nicht mal vier Monate lang jeden Mittag und Abend das Gleiche gegessen?«

»Ja, und es war absolut köstlich.«

»Du bist der Boss!« Sarah salutierte und zog beim Hinausgehen den Vorhang hinter sich zu. »Alfie, kann ich dir etwas mitbringen?«

»Nein danke, ich brauche nichts. Eine der Schwestern hat mir ein Schokoladenbrownie zugesteckt. Damit ist mein Bedarf an Leckereien für heute gedeckt.«

»Wie schön, dass du uns nichts abgegeben hast!«

Alice liebte dieses Geplänkel zwischen Sarah und Alfie. Ein kleiner Teil von ihr wünschte, sie könnten für immer hier in diesem Mikrokosmos bleiben, in Sicherheit, mit all den komischen kleinen Ritualen.

»Dürfte ich wohl fragen, worum es sich bei dieser Lieblingsmahlzeit an der Uni gehandelt hat?«, fragte Alfie herausfordernd.

Verdammt, warum musste Sarah sie ständig reinreiten?

»Wie kommt es, dass ich mit dieser Frage schon gerechnet habe? Und dass ihr beide euch duzt, obwohl ihr euch erst ein paar Tage kennt? Und wir nicht?«, brummte Alice.

»Um mit deiner letzten Frage anzufangen: Es wäre mir ein Vergnügen, liebe Alice, dich zu duzen. Und was mein Interesse an deiner Lieblingsmahlzeit angeht: Ich bin eben die neugierigste Nervensäge, die du je kennengelernt hast.«

»Daran könnte es liegen. Das Schlimmste ist, dass du auch noch dazu stehst.«

»Man kann nur auf das stolz sein, was man hat, nicht wahr? Und jetzt Schluss mit den Ablenkungsmanövern. Welche Gourmetmahlzeit hast du vier Monate lang zweimal täglich genossen?«

Sie schloss die Augen und malte sich lächelnd seine Reaktion aus. Ihr lagen diverse Rechtfertigungen auf der Zunge, doch die würden es auch nicht besser machen. »Nudeln mit Baked Beans, Käse und Ketchup. Und solange du das nicht selbst probiert hast, verbitte ich mir Kritik und dumme Bemerkungen.«

»Ketchup? Interessant. Ich hab lieber Barbecue-Soße genommen«, entgegnete er in lässigem Ton.

»Tu bloß nicht so, als hättest du das auch schon gegessen!« Beinahe empört haute Alice auf die Matratze.

»Himmel, ja, doch. Wie sollte man diesen warmen, käsigen Kohlehydrat-Mix nicht lieben? Ein echtes Lieblingsessen aus meiner Kindheit.«

»Das hätte ich nicht gedacht.«

»Schreib mich noch nicht ab. Ich bezweifle, dass wir so verschieden sind, wie du es anscheinend gern hättest.«

»Glaub mir, Alfie, ich *weiß*, dass wir verschieden sind. Aber abschreiben würde ich dich in einer Million Jahren nicht.«

Lächelnd lehnte sie sich zurück, und einmal mehr hüllte wohlige Stille sie ein.

40
Alfie

Es machte ihm nichts aus, dass Alice so wütend gewesen war. Dass das, was sie übers Sterben gesagt hatte, sowohl bei ihm als auch bei Sarah schreckliche Befürchtungen ausgelöst hatte. Im Moment war nur wichtig, dass Alice wieder redete und einen stabilen Eindruck machte. Ihre Worte gingen ihm noch im Kopf herum und ließen von irgendwo tief in seinen Eingeweiden ein Gefühl von Wärme ausströmen.

Schon seltsam, dass er ihr Gesicht noch immer nicht gesehen hatte. An manchen Tagen störte es ihn mehr als an anderen. Aber war es wirklich wichtig? Er hatte seine Freunde nie nach ihrem Äußeren beurteilt. Wahrscheinlich hatte er die meiste Zeit nicht mal richtig hingeschaut. An manchen Tagen allerdings sehnte er sich geradezu danach, Alice zu sehen. Ihr beim Gespräch in die Augen zu schauen und die hundert verschiedenen Nuancen ihrer Mimik in sich aufzunehmen. Er wollte unbedingt wissen, wer sie war, und glaubte, die Antwort auf diese Frage irgendwie in ihrem Gesicht lesen zu können. In solchen Momenten wies er sich selbst zurecht.

Aussehen ist nicht alles. Hör auf mit dieser Oberflächlichkeit.

In einem Punkt war er sich sicher: Seit er sich überwiegend auf Alice konzentrierte, spielte seine eigene Genesung eine Nebenrolle. Alles ordnete sich der Aufgabe unter, sie zum Lachen zu bringen. Er hatte sich völlig in seine Mission verbissen und fragte sich manchmal, ob sein Bemühen tatsächlich ihr galt oder ob es ihm einfach nur darum ging, jemanden zu retten.

Komm schon, Alfie, du bist auf einer Krankenstation voller Menschen, die alle gerettet werden wollen. Hier geht es eindeutig um sie.

Mehr denn je war ihm klar, wie wichtig der Plan war, den er geschmiedet hatte, um für ihre Unterhaltung zu sorgen. Wenn es ihm gelänge, Alice Gunnersley auf subtile Weise dazu zu bringen, sich dem Leben zu öffnen, würde sie ihm nicht länger ein solches Rätsel bleiben. Bisher hatte er nur winzige Einblicke in ihr Leben vor dem Unglück erhalten, und das reichte ihm nicht mehr. Je stärker ihre Verbindung wurde, desto mehr wollte Alfie über sie erfahren. Also machte er sich gleich ans Werk.

*

»Schwester Angles. Hallo, Schwester Angles!« Er bemühte sich, nicht zu laut zu rufen, doch er musste sie unbedingt auf sich aufmerksam machen. Es war kein Kinderspiel, auf einer erst halbwegs vertrauten Prothese eine der meistbeschäftigten Frauen der Welt einholen zu wollen.

»Kommen Sie, Baby, wenn Sie mit mir reden wollen, müssen Sie mich begleiten – ich hab jede Menge zu erledigen.« Obwohl sie nicht mal von ihrem Klemmbrett aufblickte, konnte er sich ihrer Aufmerksamkeit sicher sein.

»Okay, okay! Ich muss Sie um einen Gefallen bitten. Na ja, eigentlich um zwei. Erstens brauche ich einen Bogen

A3-Papier und einen dicken schwarzen Filzstift. Und zweitens müssen Sie besagtes Papier, nachdem ich etwas darauf geschrieben habe, innen an Alice Gunnersleys Vorhang aufhängen.«

Sofort schüttelte sie den Kopf. »Oh nein. Nein, nein! Was zum Teufel haben Sie vor? Ich kann meinen Patienten nicht ohne Erlaubnis irgendetwas vor die Nase hängen! Außerdem haben wir sie gerade erst zum Sprechen und zur Zusammenarbeit gebracht. Diese Fortschritte will ich nicht gefährden. Sie sollten es eigentlich besser wissen, Alfie.«

»Aber sie hat mich darum gebeten ... mehr oder weniger.« Streng genommen war das eine Lüge, aber für manche Ziele musste man Risiken eingehen. »Und Sie wissen doch, dass sie mich nie im Leben in ihre Kabine lassen würde. Bitte, Mother A! Ich weiß, dass ich sie damit aufmuntern kann.«

Sie hielt kurz inne und wog ihre Entscheidung sorgfältig ab. Alfie hoffte nur, sie begriff, wie wichtig es ihm war. Wie wichtig es für Alice sein würde. Plötzlich meldete sich der Piepser in ihrer Hosentasche. Sie wurde verlangt.

»Ich muss los. Also gut. Wenn ich jetzt zustimme und es erweist sich als riesiger Fehler, mache ich Ihnen das Leben auf dieser Station zur Hölle, Alfie Mack. Das ist Ihnen hoffentlich klar.«

Und ob ihm das klar war. Schwester Angles meinte jedes Wort, wie sie es sagte.

»Ja, das weiß ich. Und ich weiß auch, dass es kein Fehler ist. Das verspreche ich Ihnen.«

»Schön! Dann besorge ich Ihnen Stift und Papier. Was immer Sie aufgehängt haben wollen, legen Sie es mir einfach auf den Schreibtisch.« Sie tätschelte ihm die Wange und setzte sich eilig in Bewegung, um ihre stetig wachsende Liste von Aufgaben abzuarbeiten.

»Aber es muss über Nacht aufgehängt werden, damit sie es morgens beim Wachwerden sieht!« Er wollte sein Glück nicht herausfordern, aber dieser Punkt war ein wichtiger Bestandteil des Plans.

»Mein Gott, Alfie, was ich nicht alles für Sie tue«, rief sie über die Schulter.

Auf seine freudige Erregung folgte schnell die Nervosität. *Bitte, Gott, hilf, dass es nicht völlig in die Hose geht.*

41
Alice

»Also gut, Big Al, es ist 10 Uhr. Du weißt, was das bedeutet?«

»Dass du mich bitte nie wieder Big Al nennst?«

»Falsch. Die Schnellfragerunde hat begonnen. Eine Stunde gnadenlose Fragerei, keine Zeit zum Nachdenken: Du gibst die erste Antwort, die dir in den Sinn kommt. Das sind die Regeln!«

Zu Alice' großer Überraschung hatte sie beim Aufwachen einen »Täglichen Vergnügungsplan« vorgefunden, den jemand an ihrem Vorhang angebracht hatte. Kaum hatte sie ihn entdeckt, war ihr übel geworden.

Wie zum Teufel ist das Ding da hingekommen?

Hat er meine Kabine betreten?

Nein, das würde er nicht tun.

Aber wer hätte es sonst gewesen sein können?

»Alfie, was zum Teufel hat das zu …«

»Bevor wir weitermachen, Alice, möchte ich dir versichern, dass ich keinen Fuß in deine Kabine gesetzt habe. Ich schwöre es. Ich hab meine Beziehungen spielen lassen und eine der Schwestern um Hilfe gebeten.«

Aus irgendeinem Grund, den sie nicht hätte benennen können, glaubte sie ihm.

»Okay … aber trotzdem: Was soll das?«

»Es ist unser täglicher Vergnügungsplan. Ein regelmäßiges Programm zu deiner Unterhaltung, mit freundlichen Empfehlungen von *moi*. Das Ganze ist ziemlich großartig, da will ich dir nichts vormachen.«

Alice besah sich das Blatt.

Der frühe Morgen war für die Runden der Krankenschwestern frei gehalten, dann war Zeit für Frühstück und Morgentoilette eingeplant – großzügige eineinviertel Stunden –, bevor es mit dem vermeintlichen Spiel und Spaß losgehen sollte. Sie hatte das sichere Gefühl, dass er die zusätzlichen fünfzehn Minuten in einem Anflug von Panik hinzugefügt hatte. Wahrscheinlich war Alfie unsicher, wie lange eine schwer verbrannte Frau brauchte, um sich für den Tag zurechtzumachen. Sich im Bett zu waschen war mit Brandwunden keine schnelle, geschweige denn vergnügliche Angelegenheit.

Der weitere Tagesablauf war bis ins Letzte durchgetaktet.

10.00 – 11.00: Schnellfragerunde.
11.00 – 12.00: Lesen. *(Es war nicht ganz klar, ob damit gegenseitiges lautes Vorlesen gemeint war oder ob jeder still für sich lesen sollte. Sie hoffte auf Letzteres.)*
12.00 – 13.00: Mittagessen.
13.00 – 15.00: Physio für Alice und Alfie (je nach Tag).
15.00 – 16.00: Rätselhefte.
16.00 – 17.00: Abendrunden der Schwestern.
17.00 – 18.00: Musikrunde. *(Steh mir bei!)*
18.00 – 19.00: Abendessen.
19.00 – 20.00: Gruppenspaziergang. *(Träum weiter!)*
20.00 – 21.00: Gutenachtgeschichten.
21.00 – Ende offen: Schlafen oder TBG.

»Sollte ich wissen, was TBG bedeutet?« Alice hatte keine Ahnung, was er sich dabei gedacht haben mochte.

»Das steht für ›tiefgehendes, bedeutsames Gespräch‹. Du weißt schon, sich mitteilen und so.«

Alice konnte sich eine spöttische Bemerkung nicht verkneifen. »So was bringst aber auch nur du – eine feste Zeit für emotionale Gespräche einplanen!«

Obwohl sie noch nicht mal mit dem Plan begonnen hatten, war sie nervös. Sie wollte ihm keinen Dämpfer versetzen, wo er sich offensichtlich solche Mühe gegeben hatte. Doch sie konnte sich außer Alfie niemanden vorstellen, der genug Energie besaß, um die Liste wirklich abzuarbeiten. Und ganz sicher fehlte *ihr* diese Energie.

»Da heute der erste Tag ist, wähle ich das Thema aus. Und zwar ... Essen.«

Alice stöhnte auf.

»Moment mal, erzähl mir bloß nicht, dass du keine Feinschmeckerin bist! Nach Nudeln, Käse und Bohnen war ich mir ziemlich sicher. Brich mir nicht das Herz, indem du mir erzählst, du isst nur beigefarbene Nahrungsmittel wie verdauungsfördernde Kekse oder Kartoffelwaffeln.«

»Versuch mal, dich ausschließlich von Kaffee und Sushi zum Mitnehmen zu ernähren.« Sie grinste, weil sie schon ahnte, was kommen würde.

»Du meine Güte. Jeden Tag?«

»Jeden herrlichen Tag. Als ich meine erste richtige Stelle angetreten habe, wollte ich mir etwas Besseres gönnen als mein Nudelgericht.«

»Wow. Da hast du es tatsächlich weit gebracht.«

»Es hat sich nicht unbedingt positiv ausgewirkt. Was glaubst du wohl, warum es mit meiner Genesung so langsam vorangeht? Mein Körper bestand praktisch nur aus Kaffee und rohem Thunfisch.«

Er lachte. »Na, na. Wenn du mir jemals einreden willst, du wärst keine attraktive Lady ...«

Sie streckte ihre unverletzte Hand aus und schlug ihm fest auf den Arm. Es schien, als wären ihre Betten im Laufe der Zeit immer dichter zusammengerückt. Manchmal morgens konnte sie im richtigen Licht beinahe seine Silhouette neben ihr ausmachen.

»Na schön. Dann wird das Spiel also kurz und ziemlich langweilig. AUF GEHT'S!«

Wieder stöhnte sie laut.

»Nein, meine liebe Freundin, das Spiel ist noch nicht aus, keine Sorge. Und vergiss nicht, es ist nur die erste von vielen Aktivitäten. Wenn du den Tag durchhalten willst, wäre ein bisschen mehr Enthusiasmus angebracht.«

Was das betraf, war sie nicht so sicher. Wahrscheinlich wäre sie mit einer starken Dosis Valium besser bedient.

»Okay. Pizza oder Nudeln?«

»Ähm ... Mein Herz sagt Nudeln, schließlich haben sie mich vier Jahre lang am Leben erhalten, andererseits ist Pizza so verdammt lecker. Weißt du was? Um der alten Zeiten willen sage ich Nudeln.«

»Erstens: Eine gute Antwort! Zweitens: Hier sind keine Monologe gefragt, Alice. Du sollst nicht nachdenken, es muss spontan kommen!«

»Jetzt mach mal halblang, das war die erste Frage. Wahrscheinlich bist du ehrgeiziger als die Kinder, die du unterrichtest, stimmt's?«

»Nicht ablenken, indem du *mir* Fragen stellst, Alice, das durchschaue ich. Aber wenn du schon fragst: Ja, natürlich. Gegen mich sind die Kids chancenlos. Also, Frage zwei ...«

Und so ging es eine gute halbe Stunde lang weiter, bis Alfie sich schließlich bereit erklärte, zur Abwechslung Alice ein paar Fragen zuzugestehen.

»Ich nehme eine andere Kategorie, weil ich von Essen keine Ahnung habe. Oooh, jetzt weiß ich es. Meine Kategorie ist Menschen.«

»Menschen?«

»Ja, Menschen.«

»Du meinst ...«

»Jetzt fang du nicht mit dem Ablenken an, Alfie. Ich nenne dir zwei Personen, und du musst dich für eine entscheiden.«

»Da ist jemand richtig frech heute, das gefällt mir! Also los.«

»Okay, also.« Sie zögerte kurz. »Jetzt weiß ich's. Diese Fernsehmoderatorin in *This Morning* ... Wie heißt sie noch ... Holly Willoughby oder ...«

»HOLLY.«

Alice fuhr erschrocken hoch, als er den Namen rief.

»Herr im Himmel, ich hab die zweite Person doch noch gar nicht genannt.«

»Niemand könnte mir wichtiger sein als Holly. Niemals.«

Alice verdrehte die Augen. Eine leise, gereizte Stimme in ihr hätte am liebsten gefragt: »Nicht mal ich?« Doch sie hätte schlecht damit umgehen können, wenn er Nein gesagt hätte.

»Na schön, vielleicht war das zu leicht ... Schwester Angles oder deine Mum?«

Alfie brach in Gelächter aus. »Was ist das denn für eine Frage?«

»Ich kenne mich mit dem blöden Spiel eben nicht aus! Also frag du.«

»Okay. Ich oder Sarah?«

»Du.«

Oh.

Scheiße.

Wieder hörte sie ihn hinter dem Vorhang laut lachen.

Scheiße. Scheiße. Beschissene Scheiße.

Alice vergrub das Gesicht im Kissen. Wie gern würde sie die letzte Minute aus ihrem Leben löschen.

»Schön, schön, schön! Ich. Oh. Mein. Gott. Du hast dich für mich entschieden? Ich meine, ich kann es kaum glauben.« Er machte eine Pause, doch Alice war klar, dass er keineswegs fertig war. »FÜR MICH! Ich möchte es von den Dächern rufen. Du hast dich für MICH entschieden!«

»Aaahh!« Etwas anderes brachte sie nicht heraus.

Natürlich hatte sie nicht ihn gemeint.

Sie hatte nicht richtig aufgepasst und sich für die erste Möglichkeit entschieden.

Es war doch wissenschaftlich erwiesen, dass man im Zweifel immer die erste Möglichkeit nahm, oder?

»Genier dich nur nicht, Alice, schließlich hast du es gesagt. Es ist immer wichtig, zu seinen Gefühlen zu stehen.«

Natürlich würde er jetzt völlig unerträglich sein.

Warum tat sich in ihrem Bett kein Loch auf, in dem sie einfach verschwinden konnte?

»Würdest du es jetzt gut sein lassen, Alfie? Meine Güte, werd erwachsen!« Es überraschte sie selbst, mit welcher Wut sie die Worte ausspuckte.

Wo war dieser Zorn hergekommen? Alice fühlte sich wie ein Kind, dessen Tagebuch mit sämtlichen peinlichen Einzelheiten laut vorgelesen wurde. Dabei ging es hier um nichts Peinliches, oder? Es ging nur um ein blödes Spiel, eine falsch interpretierte Antwort.

»Okay, ich sage kein Wort mehr.«

»Danke.« Sie hoffte, er würde aus ihrem Tonfall heraushören, dass es ihr leidtat.

»Na denn, noch eine Runde?«

»NEIN!«

»Okay ... ganz wie du willst.« Er klang immer noch fröhlich und aufgekratzt.

Alice, Alice, Alice. Was ist bloß los mit dir?

Zum Glück war er so gnädig, ihr vor dem nächsten Tagesordnungspunkt ein bisschen Zeit zu lassen, sodass sie sich beruhigen konnte. Dann kam es so, wie sie befürchtet hatte: Auf dem Programm stand lautes Vorlesen.

»Du kannst von Glück sagen, dass meine Mum mir gerade letzte Woche die komplette Serie mitgebracht hat. Sonst müssten wir mit Mr Petersons zerlesener *Daily Mail* vorliebnehmen.«

Alfie begann zu lesen, bis sie ihm nach gerade mal dreißig Sekunden ins Wort fiel. »Moment mal.«

»Ja? Gibt es ein Problem?«

»Erstens: Erwartest du tatsächlich, dass wir uns gegenseitig laut vorlesen?«

»Aber ja. Und zweitens?«

»Du willst mir *Harry Potter* vorlesen?«

»Genau. Kennst du das etwa schon?«

»Nein, schließlich bin ich nicht sieben.« Sie grinste. Ihre Antwort hatte gesessen.

»Nun, dann steht dir eine der großartigsten Romanreihen bevor, die je geschrieben wurden. Bedanken kannst du dich später. Die Fantasie verschwindet nicht notwendigerweise, wenn man älter als sieben ist. Auch Erwachsene können Spaß haben.«

Touché.

»Na schön.« Sie seufzte. »Lies weiter.«

Und das tat er mit unglaublichem Enthusiasmus. Jede Figur bekam ihre individuelle Stimme, immer wieder legte er effektvolle Pausen ein, und er hatte eine richtig gute Erzählstimme. Schnell wurde ihr klar, dass er sich nicht aufhalten lassen würde, also lehnte sie sich zurück, schloss die Augen und ließ die Worte vor ihrem inneren Auge lebendig werden. *Wie glücklich konnten diese Kinder sich schätzen, einen solchen Lehrer zu haben,* dachte sie. Und was für ein Glück für mich, ihn zu kennen.

»Nun, was meinen Sie, Miss A? Konnte Ihr Alte-Damen-Gehirn es ein wenig genießen?«

»Ich fürchte, das letzte Wort ist noch nicht gesprochen. Da muss ich ein bisschen mehr hören.«

So ungern sie es zugab: Nach drei Kapiteln hatte die Geschichte sie gepackt.

»Was für ein billiger Vorwand, mich zum Weiterlesen zu bringen. Keine Sorge, ich hab dich durchschaut.«

Sie musste lachen.

»Soll ich weitermachen?«

»Wenn es sein muss ...«

»Ah, schau an, das Essen kommt. Wie schade, jetzt musst du bis morgen warten.«

Sie konnte sich vorstellen, dass er bis über beide Ohren grinste. »Du bist ein Quälgeist, Alfie Mack. Das ist dir klar, oder?«

»Anders würdest du mich doch gar nicht haben wollen.«

»Gott, ihr beide seid richtig süß!«

»Sarah!« Alice musste in einer ganz anderen Welt gewesen sein, wenn sie nicht mal die Ankunft ihrer Freundin bemerkt hatte. Sie hätte sich beinahe zu Tode erschreckt, als Sarah den Kopf durch den Vorhang steckte. »Wo kommst du denn plötzlich her?«

»Na ja, ich bin durch den Haupteingang gekommen, dann links abgebogen, einfach dem Flur gefolgt, und ZACK!, bin ich hier.«

»Jetzt red nicht so einen MIST!« Alice warf mit einem Kissen nach Sarah, verfehlte sie aber, was sie nur weiter frustrierte.

»Tut mir leid, meine Liebe. Vielleicht ist Alfies kindisches Benehmen ansteckend.«

»Hey, was hab ich denn damit zu tun. Ich bin nur ein unbeteiligter Zuschauer«, mischte Alfie sich ein.

Die Frauen schauten sich an, verdrehten die Augen und prusteten los. Sarah legte sich wie gewohnt neben Alice ins Bett.

»Du kannst mir nicht lange böse sein, vor allem, wo ich dir ein … Schokocroissant mitgebracht hab!« Sarah hielt eine warme Papiertüte in der Hand, die den süßlichen Duft von Gebäck verströmte. Alice mit etwas Buttrigem und Zuckrigem zu locken war ein todsicherer Weg, alle negativen Gefühle aus dem Weg zu schaffen.

»Meine Güte, du kennst mich wirklich zu gut. Ich hab dich lieb. Her damit.«

Sarah beugte sich zu ihr und küsste sie auf den Kopf. »Ich dich auch.«

Alice schnappte sich die Tüte und brauchte keine Sekunde, um sich das halbe Croissant in den Mund zu schieben.

»Eigentlich kannst du froh sein, das nicht mit ansehen zu müssen, Alfie. Drücken wir es mal so aus: Beim Essen wird Alice ein wenig zum Tier.«

Alice, die von dem luftigen Teig und der herausquellenden Schokolade völlig in Anspruch genommen war, versetzte Sarah einen nicht ganz ernst gemeinten Stoß in die Rippen.

»Sicher genießt sie es zu schweigen«, bemerkte Alfie.

»Und? Was habt ihr Kinder heute gemacht?«, fragte Sarah.

»Uff, ich bin SO froh, dass du endlich fragst …«

Er wird es ihr nicht sagen. Das wagt er nicht.

»Alice und ich haben meinen neuen Tagesplan ausprobiert!«

»Ooh, geht es um das, was da am Vorhang hängt?« Sarah streckte den Arm aus und nahm das Blatt ab. »Sehr gute Arbeit, Kompliment an die Unterhaltungsabteilung und ihren Leiter! Das sieht mir nach einer unglaublich detaillierten Planung aus. Wie war es denn? Habt ihr etwas übereinander erfahren?«

Alice merkte, dass sie zu kauen aufgehört hatte.

»Über Alice hab ich ganz sicher einiges erfahren …«

NEIN.

Bitte, Alfie. Sei kein Arsch.

»… vor allem, dass sie über äußerst limitierte Kenntnisse im Lebensmittelbereich und wenig Erfahrung im Spaßhaben verfügt.«

Die Beleidigung machte ihr nicht einmal etwas aus. Sie war einfach dankbar, dass er ihre lächerliche Antwort auf die lächerliche Frage für sich behalten hatte.

»Dass ich irgendein blödes Spiel noch nie gespielt hab, bedeutet noch nicht, dass ich eine Spaßbremse bin.« Alice schluckte den Bissen herunter und hoffte, das Gespräch schnell auf ein anderes Thema bringen zu können.

»Es ging mir auch mehr darum, dass du nie *Harry Potter* gelesen hast. Kannst du dir das vorstellen, Sarah? Sie hat keine Vorstellung von Hogwarts. Weiß nicht, wer *Der Junge, der überlebte* ist. Nichts dergleichen.« Er klang aufrichtig schockiert und fast ein wenig gekränkt.

»Ja, *Sarah*, kannst du dir so etwas vorstellen?« Alice warf ihrer Freundin einen neckischen Blick zu.

»Oh nein, sag nicht, du hast es auch nicht gelesen?«

»Na ja, Alfie, ich will lieber ehrlich sein: Nein, ich hab es auch nicht gelesen.« Sarah hob entschuldigend die Hände. »Ich bin nicht stolz darauf. Und ich hab auch nichts gegen das Buch, ich bin bloß nie dazu gekommen.«

»Hast du denn wenigstens die Filme gesehen?«

»Ähm … nein«, sagte Sarah verlegen.

»Wo bin ich hier bloß hingeraten? In meinem ganzen Leben ist mir niemand begegnet, der nicht zumindest *einen* der Filme gesehen hat. Und hier kommen zwei der unglaublichsten Frauen und wollen mir erklären, sie hätten nicht die geringste Ahnung! Soll das heißen, dass ich dich jetzt auch mit dieser Welt fröhlicher und gleichzeitig düsterer Magie bekannt machen muss? Na gut. Dann mal los. Ich bin mir jedenfalls sicher, dass dich die Bücher vom Hocker reißen werden.«

»Tja, da brauche ich wohl eine Nachhilfestunde.« Resigniert zuckte Sarah die Schultern.

»Dann lehnt euch zurück und entspannt euch, meine Damen. Wir werden ein wenig vom ursprünglichen Plan abweichen und direkt zur Märchenstunde übergehen. Macht euch bereit für das, was ihr zu hören bekommt.«

»Brauche ich eine Zusammenfassung?«, fragte Sarah.

»Keine Sorge, wir waren noch nicht weit. Alice hat sicher nichts dagegen, wenn wir noch mal von vorn anfangen.«

Alice stöhnte, konnte sich ein Lächeln aber nicht verkneifen.

»Na gut, aber schnell!«, rief sie.

Also begann er von vorn und erfüllte die Station mit den Farben, Klängen und Gerüchen einer anderen, magischen Welt. Sarah schmiegte sich dicht an ihre Freundin und wärmte sie. Wie wunderbar getragen sich Alice doch von diesen beiden Menschen fühlte, von jedem auf seine eigene Weise.

»Meine Damen. Tut mir leid, dass ich Sie unterbrechen muss.« Die Stimme einer Schwester riss sie aus der Welt der Muggel und der magischen Duelle heraus. »Dr. Warring hat gerade angerufen. Er kommt spätestens in einer Stunde zum Gespräch mit Ihnen herunter.«

»Danke!« Sarah sprang geradezu aus dem Bett. »Tut mir leid, Alfie, wir müssen die Märchenstunde ein bisschen abkürzen.«

»Oh. Kein Problem.« Es gelang ihm nicht ganz, seine Enttäuschung zu überspielen.

Alice spürte, wie es in ihrem Inneren rumorte.

»Alles wird gut«, versicherte ihr Sarah. Offenbar hatte Alice ihre Angst nicht verbergen können.

»Ich weiß«, antwortete sie lächelnd.

Du bist immer noch eine ziemlich überzeugende Lügnerin.

42
Alfie

Alfie hatte gehofft, dass sein Plan funktionieren und ihr helfen würde, sich zu öffnen. Natürlich hatte das Risiko bestanden, sie noch weiter wegzustoßen, doch diesmal hatte er Glück gehabt, trotz des etwas haarigen Augenblicks, als sie (zu ihrer beider Überraschung) ihn und nicht Sarah genannt hatte. Alles in allem war es ein wunderbarer Tag gewesen. Er hatte es genossen, Alice und Sarah vorzulesen. Für eine Weile hatte er sich wieder wie in der Schule gefühlt, umgeben von Kindern, die mit weit aufgerissenen Augen an seinen Lippen hingen. Er liebte es, sich in Büchern zu verlieren. Die Kunst, auf weißem Papier ganze Welten mit all ihren Figuren entstehen zu lassen, verlor für ihn niemals an Faszination. So gern er weitergelesen hätte, musste er das Buch nun zuklappen und sich dem anderen Zeitvertreib zuwenden, von dem er nie genug bekommen konnte, seinen Rätseln.

Als er gerade dabei war, ein besonders kniffliges Schwedenrätsel zu lösen, sah Alfie den Arzt ins Zimmer treten. Er erkannte dessen hochgewachsene, drahtige, hagere Gestalt von seinen früheren Besuchen in Alice' Kabine wieder. Der Mann hatte nichts Weiches an sich. Selbst sein Blick war scharf und stechend. Entwickelten alle Ärzte im Laufe der Jahre so etwas Abweisendes? Vielleicht konnten sie nur so verhindern, all den Kummer, von dem sie ständig umgeben waren, an sich heranzulassen. Alfie beneidete diese Menschen keine Sekunde lang.

»Hallo, Alice. Ich bin's, Dr. Warring. Darf ich reinkommen?«

Aus irgendeinem Grund wurde Alfie ziemlich nervös, als er den Arzt in Alice' Kabine eintreten sah. Was würde er zu sagen haben? Würde er ihr helfen können? Alfie rutschte bis an die Bettkante, um möglichst nah am Geschehen zu sein. Was sollte schon passieren, wenn ihn jemand dabei erwischte? Er verspürte einen unwiderstehlichen Drang zu erfahren, was da drüben ablief.

»Ich habe gehört, dass Sie sich gestern zum ersten Mal im Spiegel gesehen haben.« Dr. Warring sprach in ruhigem und gesetztem Ton. »Mir ist bewusst, dass es sehr schwer für Sie gewesen sein muss, Alice. Wie fühlen Sie sich jetzt?«

»Ich möchte wissen, welche Optionen ich habe.«

Bei dem verletzten Ton in ihrer Stimme zog sich Alfie das Herz zusammen.

»Natürlich. Zuallererst sollten Sie niemals unterschätzen, was die Zeit bewirken kann. In sechs oder zwölf Monaten können Ihre Narben sich deutlich verändert haben, was auch von den Selbstheilungskräften Ihres Körpers abhängt und davon, wie gut Sie auf sich achtgeben. Wenn wir kurzfristiger denken wollen, kommen verschiedene lokale Maßnahmen infrage, die die Narbenbildung günstig beeinflussen. Sollten Sie allerdings in kurzer Zeit signifikante Verbesserungen erwarten, fürchte ich, dass es auf eine weitere Operation hinausläuft.«

»Ich will nicht warten. Ich will Ergebnisse. Ich will die Operation.«

»Okay. Falls Sie sich für diesen Weg entscheiden, muss ich

Sie über den Ablauf der Operation und die Risiken aufklären. Im Wesentlichen geht es darum, dass wir eine weitere Transplantation vornehmen und dazu einen größeren Hautbereich aus Ihrer Schulterpartie verwenden würden. Nach Möglichkeit würden wir dabei auch einen Teil der Gewebestruktur wiederaufbauen.« Dr. Warring gab sich offenkundig Mühe, sich auf eine für Laien verständliche Weise auszudrücken. »Die Risiken sind dieselben wie bei jeder größeren Operation. Zunächst einmal können wir nicht garantieren, dass das gewünschte Resultat tatsächlich erreicht wird. Alles hängt davon ab, wie gut das Transplantat angenommen wird, wie die Heilung verläuft und ob wir überhaupt ausreichend gesunde Haut für diesen Zweck entnehmen können. Außerdem besteht natürlich immer das Risiko von ... Komplikationen. Ihr Körper hat eine Menge durchgemacht, Alice, das dürfen wir nicht vergessen.«

Je länger er sprach, desto heftiger schlug Alfies Herz. Sie hatte doch wohl nicht vor, sich willentlich einer solchen Tortur zu unterziehen?

»Egal was Sie sagen, Doktor, ich will die Operation. Sagen Sie mir einfach, was ich tun muss und wie schnell wir einen Termin finden können.«

Er wusste, dass Alice eine ausgesprochen sture Seite hatte. Wer über Wochen hinweg schweigen konnte, musste über eine extreme Willenskraft verfügen. Dennoch war er schockiert, wie entschlossen sie klang, sich trotz aller Risiken dieser Operation zu unterziehen.

»Al, vielleicht lässt du dir einen oder zwei Tage Zeit zum Nachdenken. Wir können darüber sprechen und schauen, wie es dir morgen früh damit geht.«

Danke, Sarah.

»Ich glaube, Ihre Freundin hat recht. Eine derartige Operation ist keine Kleinigkeit, und ich würde Ihnen dringend raten, eine Weile darüber nachzudenken. Ich schaue in ein paar Tagen wieder vorbei. Dann machen wir einen konkreten Plan, einverstanden?«

»Na schön.«

»Großartig. Dann sehen wir drei uns bald wieder. Einen schönen Nachmittag noch.«

Mit einem Mal fühlte Alfie sich ziemlich unbehaglich.

»Ich weiß, dass du entschlossen bist, Alice. Aber schlaf bitte einmal darüber«, hörte er Sarah sagen. »Warum machst du es nicht so, wie wir es früher oft gemacht haben, und schreibst alles auf? Eine Pro-und-Contra-Liste. Dann gehen wir sie morgen zusammen durch, wenn du möchtest. Du warst nie der Typ für überstürzte Entscheidungen. Mach nicht ausgerechnet jetzt eine Ausnahme.«

»Du hast recht. Ich weiß ja, dass du recht hast.« Sie klang restlos niedergeschlagen.

»Vielleicht sollten wir uns von Alfie wieder nach Hogwarts entführen lassen?« Sarah sprach so laut, dass er es hören musste. Sofort rutschte er in die Mitte des Bettes zurück. Plötzlich war es ihm nicht mehr gleichgültig, ob ihn jemand beim Lauschen erwischte.

»War das eine Frage oder ein Befehl?« Immer noch rumorte diese eigenartige Angst in seinen Eingeweiden. Trotzdem gelang es ihm, seine Stimme einigermaßen unbeschwert klingen zu lassen.

»Ein Befehl«, antworteten Alice und Sarah wie aus einem Munde.

»Wie die Damen wünschen …« Und einmal mehr begann er, sich in der Welt der Wunder zu verlieren.

43
Alice

Sie wusste, dass sie in dieser Nacht keinen Schlaf finden würde. Ihr ging so viel durch den Kopf, dass es kaum zu ertragen war. Also griff sie nach dem Papier neben ihrem Bett, schaltete die Leselampe ein und suchte nach einem Stift.

Wenn du Zweifel hast, hilft es meist, es aufzuschreiben.

Sarah hatte recht gehabt. Mit dieser Methode war Alice immer gut gefahren, wenn eine Frage nicht auf Anhieb zu entscheiden gewesen war. Soll ich diesen Job annehmen? Soll ich diese Schuhe kaufen? Soll ich 3000 Pfund für eine Küche ausgeben, obwohl ich nie koche?

»Mach eine Pro-und-Contra-Liste. Schreib es auf.«

Immer derselbe Ratschlag, und in neun von zehn Fällen hatte es funktioniert.

Alice beugte sich zum Fußende hinunter und griff nach dem Klemmbrett, das sie als Unterlage benutzen wollte. Dabei fiel ihr Blick auf den Tagesplan, den Alfie für sie ausgearbeitet hatte. Bei dem Gedanken an seinen wundervollen Versuch, ihr durch die langen Tage zu helfen, musste sie unwillkürlich lächeln.

Denk jetzt nicht daran.
Konzentrier dich.

Die nächste Stunde verbrachte Alice damit, das Für und Wider einer Operation in Worte zu fassen.

Pro:
- Weniger wie ein Krüppel aussehen

Komm schon Alice, gib dir Mühe.

- »Weniger Narbenbildung und ein gleichmäßigerer Hautton« – sagt Dr. Warring
- Die Möglichkeit, »normaler« auszusehen
- Eine Chance, mehr Selbstvertrauen zu entwickeln
- Weniger Angst, von anderen gesehen zu werden

Contra:
- Es könnte weniger bringen, als ich hoffe
- Komplikationen bei der Operation – könnte ich sterben, falls es schiefläuft?
- Muss mit der Genesung wieder von vorn anfangen
- Mehr Zeit im Krankenhaus

Aber mehr Zeit im Krankenhaus bedeutete auch mehr Zeit mit Alfie.
Wer war er eigentlich, dieser Mann hinter dem Vorhang? Dieser völlig Fremde, der inzwischen zu einem festen Bestandteil ihres Tagesablaufs geworden war? Sie wollte so vieles wissen und merkte doch, dass sie sich vor den Antworten fürchtete.
»Alfie? Bist du wach?«
»Ja. Und du?«
Sie lachte. »Überraschung! Ich auch.«
»Schön. Alles in Ordnung?«
»Ja ...«
Sie atmete tief ein. Ihre Gedanken wirbelten durchein-

ander, sodass es immer schwieriger wurde, sich auf ein bestimmtes Thema zu konzentrieren.

»Es ist nur ... ich meine ... ich weiß nicht ...«

Er wartete geduldig ab.

»Ich schätze, ich hab mich gefragt ... Wie fühlt es sich an, verliebt zu sein?«

»Wow. Offen gesagt, mit der Frage hab ich nicht gerechnet ...«

»Tut mir leid.« Sie murmelte leise vor sich hin und wünschte, sie könnte ihre Worte zurücknehmen. »Ich dachte nur, wegen deiner Exfreundin, dass du vielleicht ...«

»Schon gut. Es kam nur ein bisschen aus heiterem Himmel.«

Gott, hätte sie doch bloß nicht gefragt. Das Schweigen schien sich über Stunden hinzuziehen.

»Willst du eine ehrliche Antwort?«

»Ja.«

Willst du das wirklich, Alice?

»Ich weiß es nicht. Ich habe gedacht, ich wäre in Lucy verliebt. Sie hat mich zum Lachen gebracht und ich sie. Ich hab sie unglaublich gerngehabt. Manchmal hat es wehgetan, sie anzuschauen, weil ich sie so sehr wollte. Wir waren drei Jahre zusammen, also hab ich gedacht, sie wäre die Richtige. Die Frau, die ich heiraten würde, mit der ich Kinder haben und alt werden würde. Aber wenn ich jetzt mit Abstand darüber nachdenke, kommt es mir vor, als hätte etwas gefehlt. Ich glaube, ich fand es so wunderbar, dass jemand mich wollte, dass ich meine wahren Gefühle nicht richtig ernst genommen hab. Im Nachhinein glaube ich, dass ich dachte, ich *müsste* in sie verliebt sein, weil nach außen hin alles so perfekt war.«

»Für mich klingt es tatsächlich perfekt.« Sie schloss die Augen und gab sich ihrer Sehnsucht und Traurigkeit hin.

»Auf gewisse Weise war es das auch, aber wie gesagt, nur an der Oberfläche. Es gab keine wirklich tiefe Verbindung. Ich meine, schau dir an, was passiert ist. Ich verliere mein Bein, und sie verlässt mich. Sie will es nicht mal probieren. Und im Rückblick hab ich es auch nicht gewollt. Ich hätte um sie kämpfen können, hab es aber nicht getan. Ich hab mich nicht jeden Morgen beim Wachwerden als Erstes gefragt, ob es ihr gut geht, wie sie sich fühlt oder ob ich ihr irgendwie helfen kann. Ich hab nicht Stunden damit zugebracht, an sie zu denken, mich zu fragen, wie ich sie aufheitern oder was ich tun könnte, um sie noch einmal lachen zu hören. Ich war nicht elektrisiert, sobald ich ihren Namen hörte. Irgendetwas hat gefehlt. Es gab nichts, was uns verbunden hätte. Verstehst du ungefähr, was ich meine?«

»Nein, Alfie, darum geht es ja. Und ich fürchte, ich werde es nie verstehen.« Sie schüttelte den Kopf. Wie hatte sie so dumm sein können, dieses Thema aufzubringen?

Die Liebe niemals finden – würdest du es unter »Pro« oder »Contra« notieren?

»Tut mir leid, dass ich so eine Frage gestellt habe. Ich meine, ich hatte nicht vor, mitten in der Nacht so ein tiefgehendes Gespräch anzufangen.«

»Na ja, solche Gespräche waren schließlich ein entscheidender Punkt auf meiner Liste. Ich freue mich sehr, dass du es ernst nimmst!«

Sie rang sich ein Lachen ab, das sofort wieder erstarb.

»Ich glaube, ich merke nach und nach, wie einsam ich mein Leben lang gewesen bin. Früher hat mir das nicht viel ausgemacht, inzwischen aber schon.«

»Du hast Sarah.«

»Richtig, aber sie ist weit weggezogen. Ihr Leben spielt sich am anderen Ende der Welt ab, mit Raph.«

»Glaubst du, du willst dich irgendwann mit deiner Mutter aussöhnen?«

»Ha!« Wenn er bloß wüsste. »Ich hab's versucht, wirklich. Als ich zu Hause ausgezogen bin, hab ich mir geschworen, nie wieder mit ihr Kontakt aufzunehmen. Die Wut war so groß, dass ich nichts anderes sehen konnte. Aber im Laufe der Jahre hab ich herausgefunden, dass es tief in mir eine Lücke gab, die ich niemals ausfüllen konnte. Nicht mit Arbeit, nicht mit Essen, nicht mit Männern. Ich hab ihr so viele Briefe geschrieben, um ihr zu sagen, wie ich mich fühlte. Wie es für mich gewesen war, in einem Haus wie unserem aufzuwachsen. Und wie ich mich danach gesehnt hab, sie einmal sagen zu hören: ›Ich hab dich lieb.‹ Aber es war sinnlos. Ich hab die Briefe verbrannt und meinen Frieden damit gemacht. Meine wahre Familie ist woanders, und um glücklich zu sein, brauche ich nicht die Bestätigung meiner Mutter.«

Die Worte sprudelten nur so aus ihr heraus. Sie hätte sie nicht aufhalten können, selbst wenn sie gewollt hätte.

»Sarah ist meine Familie. Ich habe Bekannte und Menschen, denen ich etwas bedeute, aber ich lasse niemanden wirklich nahe an mich heran. Früher hab ich gedacht, das wäre eine Entscheidung, die ich bewusst getroffen hab. Unabhängig zu sein wäre ein Zeichen der Stärke, fast wie ein verdammter Orden, den ich mir stolz an die Brust geheftet hab. ›Ihr könnt mich nicht verletzen, weil ich euch dafür niemals nahe genug heranlassen werde.‹ – ›Der einzige Mensch, auf den du dich verlassen kannst, bist du selbst.‹ – ›Andere

Leute lassen dich im Stich, sogar die, die sich um dich kümmern und dich bedingungslos lieben sollten.‹ – ›Die wichtigste Beziehung, die du je haben wirst, ist die zu dir selbst.‹ Diesen ganzen Blödsinn hab ich mir eingetrichtert, um mich nicht der simplen Wahrheit stellen zu müssen, dass ich Angst vor Verletzungen und Intimität habe, geschweige denn, mich in jemanden zu verlieben. Über kurz oder lang hab ich alle fallen gelassen oder weggestoßen. Und jetzt, mit diesem widerlichen Körper und Gesicht, wird niemand mehr in meine Nähe wollen.«

»Ich bin noch hier.« Seine Stimme klang leise und schüchtern wie die eines kleinen Jungen.

»Nur weil du im Bett neben mir festhängst.«

»Klar, und deshalb ist es natürlich zwingend erforderlich, mich den ganzen Tag mit dir zu unterhalten.« In seinem Sarkasmus schwang ein unüberhörbarer Unmut mit.

»Okay, tut mir leid, so hab ich es nicht gemeint. Was ist los?«

»Nichts, schon gut. Ich bin müde. Morgen kommt meine Mum. Es wird ein harter Tag, und ich hab es an dir ausgelassen.«

»Kein Problem. Aber warum wird der Tag hart? Ist alles in Ordnung?«

»Ja, ja, alles prima. Achte nicht auf mich. Ich bin einfach nur müde.«

»Gut ...« Sie war nicht überzeugt, wollte ihn aber nicht drängen. Vielleicht lernte sie nun auch seine Grenzen kennen. »Gute Nacht, Alfie. Tut mir leid, dass ich dich so lange wach gehalten hab.«

»Gute Nacht.« Er seufzte, und sie stellte sich vor, wie der Mann mit dem unbekannten Gesicht die Augen schloss.

»Und nur, damit du es weißt ... Ich hänge sehr gern im Bett neben dir fest.«

Einen Moment lang stockte ihr Atem. Ihr Herz flatterte. »Ich hänge auch sehr gern im Bett neben dir fest, Alfie.«

44
Alfie

Als er am nächsten Morgen erwachte, dachte er sofort mit Bedauern an das nächtliche Gespräch. Warum hatte er ihr all das erzählt? Wahrscheinlich hatte es mit der Dunkelheit zu tun gehabt, in der es sich leichter offen reden ließ – niemand, der einen anstarrte oder bewertete, wenn man sein Herz ausschüttete. Es war das erste Mal gewesen, dass er mit jemandem über seinen veränderten Blick auf die Beziehung zu Lucy gesprochen hatte. Eigentlich hatte er es auch sich selbst gegenüber zum ersten Mal ausformuliert, schließlich waren ihm diese Gedanken erst vor wenigen Tagen gekommen. Er hatte viel für sie empfunden, tief und wahrhaftig, aber Gespräche wie die mit Alice hatte es zwischen ihnen nie gegeben. Wenn er all das aufzählte, was in seiner Beziehung zu Lucy zu kurz gekommen war, begann ihm auch zu dämmern, bei wem er diese Dinge inzwischen suchte. Manchmal kam ihm seine Verbindung mit Alice schon realer und wertvoller vor als die drei Jahre mit seiner Exfreundin. Hatte er in der Nacht zu viel von seinen Gefühlen offenbart? Er hoffte nicht. Er wollte Alice keinen Vorwand liefern, ihn wieder von sich zu stoßen, nachdem sie so weit gekommen waren.

Die Erinnerungen an das Gespräch hingen über seinem Bett wie dichter Nebel. Schlafmangel und Frustration machten es schwer, klar zu denken, und sein ganzer Körper schmerzte. Alfie betrachtete es als eine Art emotionalen Kater. Und was ist das Letzte, was man in verkatertem Zustand will? Es mit den eigenen Eltern zu tun zu bekommen.

Als er in der Nacht erklärt hatte, ihm stünde ein harter Tag bevor, hatte er nicht gelogen. Natürlich wusste er, dass seine Mutter alles tun würde, um sich ihren Schmerz nicht anmerken zu lassen. Viel eher würde sie die entgegengesetzte Richtung einschlagen und Energie und Freude im Übermaß verströmen. Außerdem hatte sie ganz sicher gebacken. Der Silberstreifen beim Gedanken an den Kummer seiner Mutter waren die unvermeidlichen Mengen von Gebäck, für die sie jedes Mal sorgte. So egoistisch und unangebracht der Wunsch sein mochte: Er hoffte, sie würde auch Brownies mitbringen.

*

»Oh, wow, Mrs Mack. Sie haben genug mitgebracht, um das ganze Krankenhaus zu versorgen. Sind Sie sicher, dass wir Ihnen nicht helfen sollen?«

Alfie verdrehte die Augen, als er hörte, wie die Schwestern seine Eltern begrüßten.

»Nein, nein, auf keinen Fall! Sie haben schon genug zu tun, da müssen Sie mir nicht auch noch beim Tragen helfen. Ich schaffe das, und außerdem habe ich dafür Robert mitgebracht.« Sie lachte über ihren eigenen Witz.

Ja, sie ist eindeutig traurig.

»Aber ich sehe zu, dass ich Ihnen etwas aufhebe. Ich habe Zitronenkuchen, Haferriegel und Brownies. Wie ich meinen Alfie kenne, wird von den Brownies kein Krümel übrig bleiben. Aber ich versuche, trotzdem einen für Sie zu ergattern.«

»Danke, Jane. Sie sind eine tolle Frau. Und ziemlich tapfer, wenn Sie es mit diesem vorlauten Soundso aufnehmen!«

»He! Hören Sie auf, über mich zu reden, meine Damen. Kommen Sie lieber, und geben Sie mir etwas von dem göttlichen Gebäck ab, das Sie da draußen verstecken!« Alfie hoffte, mit seiner lautstarken Begrüßung auch Mr Petersons Interesse zu wecken, den er in den letzten Tagen als ziemlich still und lethargisch empfunden hatte.

»Vergessen Sie bitte nicht, zuerst die Alten zu versorgen«, meldete sich der alte Mann dann auch prompt zu Wort. Seine Stimme klang angestrengt und brüchig. »Bevor wir den Löffel abgeben, müssen wir jedes Vergnügen gründlich auskosten.«

»Immer mit der Ruhe, Mr P. Und reden Sie nicht solches Zeug. Wenn irgendwer ewig leben wird, dann Sie. Und sei es nur, weil ich keinen anderen Menschen so gern nerve!« Alfie schwang sich aus dem Bett und sah, wie seine Mutter mit einem vollen Teller in Mr Petersons Kabine trat.

»Mutter! Du solltest wissen, dass er strenge Diät halten muss. Solche Sachen kannst du einem gebrechlichen alten Mann einfach nicht geben.« Alfie erhob mahnend einen Finger.

»Gebrechlich? Wenn Sie mir meinen Kuchen nicht gönnen, Junge, dann zeige ich Ihnen gleich, wie gebrechlich ich bin!«

Alfie war froh, bei dem alten Mann wieder eine Spur von Biss zu spüren. Er ging zu seiner Mutter hinüber, küsste sie auf die Wange und hielt ihr dann einladend den Arm hin.

»Darf ich Sie zu meiner Kabine geleiten, Madame?«

Sie drückte ihm sanft den Arm, hängte sich ein und reichte ihre Keksdose an Robert weiter, der sich bereits mit fünfen abmühte. »Aber gern. Zeigen Sie mir den Weg.«

Er wusste, dass es ihre Stimmung heben würde, wenn sie seine Fortschritte beim Gehen mitbekam. Also kämpfte er mit aller Macht gegen die Schmerzen an, die ihm die Prothese immer noch bereitete. Er wollte seine Mutter ablenken und achtete darauf, dass die Themen möglichst unverfänglich waren. Wichtig war auch, dass nicht zu viele Gesprächspausen eintraten, die sie mit Erinnerungen füllen konnte. Erinnerungen führten stets auf eine abschüssige, rutschige Piste, die geradewegs in Verzweiflung münden konnte.

Erst als Alfie es sich wieder im Bett bequem gemacht hatte, registrierte er, wie viele Dosen sein Vater tatsächlich zu tragen hatte.

»Mum, wie viele Leute willst du denn versorgen? Und wie lange hast du dafür in der Küche gestanden?«

»Frag lieber nicht, Alfie. Sie musste auch noch den Ofen der Nachbarn benutzen, weil bei uns kein Platz mehr war. Ich schwöre, ich habe nie zuvor erlebt, dass sämtliche Buttervorräte bei Tesco von einer einzigen Person aufgekauft wurden.«

Alfie liebte es, wie sein Vater über die Marotten seiner Mutter stöhnte und ihr gleichzeitig ungeniert liebevolle, anbetende Blicke zuwarf.

»Schön, wenn du sie nicht willst, nehme ich sie gern wieder mit und verteile sie an die Damen beim Friseur.«

»Langsam, Mum, bitte keine übereilten Entschlüsse.« Alfie griff nach einer der Dosen. »Ich freue mich wirklich über das Gebäck, vor allem über die Brownies. Vielen Dank!«

»Sei nicht albern, ich weiß doch, wie gern du sie magst. Außerdem weißt du, dass ich an diesem besonderen Tag immer gern backe.« Als ihre Miene versteinerte, griff sein Vater sofort nach ihrer Hand und drückte sie.

»Komm, mein Liebes, lass uns sehen, ob sonst noch jemand etwas möchte.«

Ehe sie etwas erwidern konnte, zog Robert sie bereits vom Bett hoch. Wie der Zufall es wollte, hatten sie ihre Runde gerade beendet, als Sarah eintraf.

»O mein Gott! Was ist denn hier los, Alfie? Hast du einen Cateringservice bestellt, der besseres Essen bringen soll als ich?«

Sie war eindeutig in Form. Ein kleines, blondes Energiebündel, das geradewegs auf ihn zustürmte.

»Hallo, meine Liebe. Ich glaube, wir sind uns noch nicht begegnet. Wir sind Alfies Eltern, Jane und Robert.«

Sarah ignorierte die ausgestreckte Hand seiner Mutter und nahm sie stattdessen in den Arm.

»Ich bin Sarah, die Freundin von Alice. Ich schätze, Sie haben der geheimnisvollen Dame noch kein Gebäck serviert? Ist ja auch schwierig, solange sie hinter dem verdammten Vorhang festsitzt.«

»Oh, nun ja, wir wollten gerade …«

»Keine Sorge, ich bringe es für Sie rein, wenn Ihnen das recht ist?«

»Natürlich! Nehmen Sie, so viel Sie möchten.«

Sarah angelte ein paar Stücke Zitronenkuchen aus der Dose und verschwand damit hinter dem Vorhang.

»Vielen Dank!«, rief Alice.

»ABER GERN, MEINE LIEBE. HIER IST NOCH MEHR, FALLS SIE MÖCHTEN.«

Alfie hatte keine Ahnung, warum seine Mutter brüllte.

»Mum, es ist nur ein Vorhang, keine Mauer aus Stein. Du musst nicht rufen.«

»Oh, klar. Ja.« Ihre Wangen liefen rot an. »Ach, sei einfach still und iss deine Brownies.«

Der Nachmittag lief überraschend gut. Was wahrscheinlich am allseits erhöhten Blutzuckerspiegel und zahllosen Tassen Tee lag. Denn »ein Stück Kuchen ohne Tee geht einfach nicht«, wie die Schwestern beteuerten.

»Also, erzähl schon. Irgendwelche Neuigkeiten, wann du entlassen wirst?«

Seine Mutter konnte es nicht erwarten, dass er nach Hause kam. Jeder Tag, den er noch hier verbrachte, war in ihren Augen ein Tag zu viel.

»Nein. ›Bald‹, heißt es immer noch. Es hängt davon ab, wann das Physioteam mir grünes Licht gibt.«

»Soll ich mal mit denen reden? Sie dazu bringen, sich klarer festzulegen? Ich mache das gern, wenn du möchtest.«

Natürlich machte seine Mum es gern. Wenn man von irgendjemandem eine Antwort brauchte, musste man grundsätzlich Jane Mack vorschicken. Mann, Frau oder Kind – ihren bohrenden Fragen konnte niemand lange widerstehen.

»Nein, schon gut. Aber danke. Nächste Woche hab ich eine Lagebesprechung. Wenn ich dann nichts erfahre, nehme ich dich als Verstärkung mit.«

»Du siehst das einfach zu locker. Wenn einer deiner Brüder hier wäre, würde er jede Minute nach dem neuesten Stand fragen. Aber wie ich dich kenne, könntest du noch zehn Jahre hier verbringen, wenn niemand die Sache für dich in die Hand nimmt! Das hast du von deinem Vater.«

»Vergleich mich nicht mit meinen dämlichen Brüdern, *bitte*. Und ich meine mich auch zu erinnern, dass ich Robert schon häufiger gestresst und hypernervös erlebt hab. Wirf mich nicht in einen Topf mit ihm!«

»Nein, Alfie.« Sie wirkte verärgert. »Ich meine nicht Robert, sondern deinen *Vater*.« Sie klang müde und ziemlich erschöpft. »Ich erinnere mich an so viele Gelegenheiten, bei denen sich alle die Haare gerauft, getobt und geschrien haben, während dein Vater einfach dasaß, völlig ungerührt. Die Ruhe in Person. Manchmal haben wir ihn gefragt, ob er jemals irgendwelche Sorgen hatte. Nichts schien ihn zu kümmern.«

Auf Roberts Gesicht zeichnete sich eine Mischung aus Freude und Trauer ab. Irgendwie waren sie genau an der Stelle gelandet, um die Alfie unbedingt einen Bogen hatte machen wollen.

»Hmm. Das hast du schon mal erzählt.« Alfie wollte nicht grob sein, suchte aber verzweifelt nach einer Möglichkeit, das Gespräch in eine andere Richtung zu lenken. Manchmal wenn er einfach schweigend dasaß, ging ihnen tatsächlich von allein die Puste aus, und sie kamen auf ein anderes Thema.

»Ich erinnere mich an dieses eine Mal, bei einem Herrenabend, als er ...«

»Bitte nicht. Geht das? Ich kann es heute einfach nicht ertragen.« Alfie fiel Robert ins Wort.

Er fühlte sich mies. Und er wollte Robert nicht in die Augen sehen, weil er wusste, was er dort entdecken würde: tiefes Bedauern, Trauer und die Sehnsucht, einem Jungen, den er so innig liebte, von einem Freund zu erzählen, den er genauso innig geliebt hatte.

»Natürlich, Alfie, natürlich. Wahrscheinlich kommen die Erinnerungen hoch, weil heute der Jahrestag ist. Aber du hast recht, wir können zu Hause darüber reden.«

Sofort kam das vertraute Schuldgefühl. Alfie hatte nicht so hart sein wollen. Es passierte einfach automatisch, wann immer sie mit diesem Thema anfingen.

»Tut mir leid, ich weiß, dass es schwer ist. Nur dass ...«

»Dir muss nichts leidtun, mein Schatz. Lass uns über etwas anderes reden, ja?« Seine Mutter tätschelte ihm beruhigend die Hand. »Iss noch einen Brownie. Damit geht alles leichter.«

»Nein, Mum. Mit *dir* geht alles leichter.«

Er beugte sich vor und küsste sie auf die Wange. Sie schafften es beide nicht, ihre Tränen zurückzuhalten.

*

Falls es einen Weltrekord gab, was das Kuchenessen an einem einzigen Tag betraf, hätte Alfie ihn an diesem Nachmittag wahrscheinlich gebrochen. Seine Eltern gingen früher als üblich – vermutlich, um den Rest der Familie zu besuchen. Praktischerweise vergaßen sie, die übrig gebliebenen Berge süßer Leckereien mitzunehmen. Natürlich war ihm klar, dass er mit seinem Heißhunger unterdrückte Gefühle kompensierte. Und doch genoss er es so sehr, sich diese zuckrigen Brownies einzuverleiben, dass er nicht mal so tun wollte, als schämte er sich dafür. Sarah und Alice unterhielten sich, doch trotz ihrer wiederholten Versuche, ihn in das Gespräch einzubeziehen, war ihm nicht nach Reden. Er wollte bloß hier sitzen, essen und dann einschlafen.

»Bis morgen«, sagte Sarah, als sie zum Abschied den Kopf um die Ecke streckte. »Es war schön, deine Eltern kennenzulernen. Deine Mutter kann großartig backen.«

»Ja, sie ist etwas Besonderes. Beide sind etwas Besonderes.« Alfie schaute auf seine Hände. Warum hatte er immer noch solche Gewissensbisse wegen seines Verhaltens? Und warum sah Sarah ihn so an?

»Jetzt kann ich nachvollziehen, dass aus dir so ein außergewöhnlicher Mensch geworden ist. Gute Nacht, Alfie.«

Im nächsten Moment war sie weg.

Im übernächsten kamen ihm die Tränen.

45
Alice

Sosehr sie es auch versuchte, konnte sie sein Weinen nebenan nicht ignorieren. Gedämpftes Schluchzen und Nach-Luft-Schnappen durchdrang die relative Stille im Krankenzimmer. Und so gern Alice die Hand ausgestreckt und ihn angesprochen hätte, begriff sie nach allem, was sie gemeinsam durchgestanden hatten, dass er jetzt Zeit für sich allein brauchte.

Am Nachmittag hatte eine sonderbare Atmosphäre geherrscht. Kaum hatten Alfies Eltern das Zimmer betreten, hatte Alice gespürt, dass etwas nicht stimmte. Da herrschte eine leichte Anspannung in der Art und Weise, wie sie miteinander sprachen, eine gewisse Schärfe und Schroffheit in Alfies Ton. Doch sie wollte erst einmal abwarten. Schließlich hatten sie noch die ganze Nacht Zeit zum Reden, da konnte sie ihre Neugier auch ein wenig bezähmen.

Zu ihrer Überraschung war es Alfie, der das Gespräch begann. Darüber war sie mehr als erleichtert, denn das vorsichtige Anbahnen eines emotionalen Austauschs zählte bekanntlich nicht zu ihren Stärken.

»Hey, Alice? Möchtest du noch ein paar Brownies? Ich glaube, dass ich zum ersten Mal im Leben an meine Grenze gestoßen bin.«

»Alfie, es ist 10 Uhr abends.«

»Und? Brownies kann man rund um die Uhr essen, das ist wissenschaftlich erwiesen.«

»Wenn das so ist, nehme ich gern welche. Schließlich hat Sarah den größten Teil des Zitronenkuchens selbst verspeist. Da hatte ich praktisch keine Chance.«

Plötzlich tauchte im Spalt des Vorhangs eine Keksdose auf. »Ich glaub's nicht. Wie viel hat deine Mutter denn gebacken? Da ist immer noch so viel drin!«

»Bitte, Alice, nimm sie einfach alle. Ob du es glaubst oder nicht: Ich hab hier drüben noch zwei Dosen.«

»Wenn du darauf bestehst.«

Ohne zu zögern, machte sie sich über die Brownies her. Vielleicht konnte sie bis zum Umfallen essen und auf diese Weise der realen Welt entfliehen. Wahrscheinlich wäre es nicht die schlechteste Art, sich zu verabschieden. *Brandopfer überlebt Flammenmeer und kommt durch Schokolade ums Leben.*

»Hatte deine Mutter einen bestimmten Grund, uns alle ausgerechnet heute zu Diabetikern zu machen?«

»Wenn etwas Schlimmes passiert ist oder jemand traurig ist, erkennt man es immer daran, dass meine Mum wie eine Besessene backt.«

»Was ... was ist denn los?«

»Die Geschichte ist ein bisschen sonderbar. Ich weiß nicht so recht, wo ich anfangen soll.«

»Du kannst irgendwo oder gar nicht anfangen. Es ist deine Entscheidung.« Sie hielt den Atem an. Würde er sich daran erinnern, dass er ihr vor nicht allzu langer Zeit genau dasselbe gesagt hatte?

»Ah, du scheinst mit einem weisen Mann gesprochen zu haben.«

»Doch, ja, ziemlich weise. Er konnte den Mund nicht halten und hat über seine eigenen Witze gelacht, aber er war furchtbar klug ... und furchtbar nett.«

»Dann sollte ich ihm zu Ehren vielleicht diese Geschichte erzählen.«

»Ich bin hier – mit einer Menge Brownies und Zeit zum Zuhören.«

»Heute ist der Jahrestag des Todes meines Vaters.«

Hatte sie richtig gehört?

»Aber ich d...«

»Du dachtest, Robert wäre mein Vater? Natürlich dachtest du das, schließlich nenne ich ihn Dad. Und für mich ist er auch mein Vater. Nur biologisch gesehen eben nicht.«

»Ah, verstehe.«

Sofort kamen ihr weitere Fragen, aber sie wollte ihn nicht drängen.

»Mein richtiger Vater, Stephen, bekam Krebs, kurz nachdem meine Mutter mit mir schwanger wurde. Er wurde operiert und machte eine Chemotherapie, und es sah so aus, als hätte er noch Jahre zu leben. Jahre, um mich kennenzulernen, mich aufwachsen zu sehen und ein relativ normales Leben zu führen. Leider haben die Ärzte sich geirrt. Oder der Krebs hat einfach beschlossen, allen zu zeigen, wer der Boss ist. Also musste meine Mutter in dieser schrecklichen Zeit nicht nur meinen Vater pflegen, sondern sich gleichzeitig um zwei kleine Jungs kümmern. Und das, während sie mit mir schwanger war. Um alldem noch die Krone aufzusetzen, starb die Liebe ihres Lebens wenige Wochen vor meiner Geburt. Es war wirklich eine beschissene Zeit, auch wenn ich das alles nur von meinen Brüdern und von Robert weiß.«

»Moment, dann war Robert damals auch schon da?«

»Robert war eigentlich der beste Freund meines Vaters. Sie kannten sich seit der Schulzeit. Nach allem, was ich gehört habe, sind sie nur im Doppelpack aufgetreten: Man sah den einen fast nie ohne den anderen. Für meine Brüder war Robert wie ein Onkel. Sie sind praktisch mit ihm aufgewachsen. Als Mum hochschwanger war und mehr oder weniger mit allem allein zurechtkommen musste, war er oft zum Helfen bei uns. Er hat dafür gesorgt, dass mein Vater nicht den Mut verlor, und hat Mum auch bei der Pflege unterstützt. Wahrscheinlich hätte meine Familie ohne ihn nicht überlebt. Auch nach Dads Tod hat es noch lange gedauert, bis es mehr zwischen den beiden wurde. Robert fühlte sich einfach dafür verantwortlich, ein Auge auf uns zu haben. Ich glaube, mein Dad hat ihm das Versprechen abgenommen, nach seinem Tod für uns da zu sein. Erst im Laufe der Zeit hat sich das Verhältnis zwischen ihm und Mum verändert. Sie haben sich verliebt. Letztlich ist es unglaublich, und ich liebe Robert wie einen Vater. Wie gesagt, für mich *ist* er mein Vater. Ich habe nie einen anderen kennengelernt.«

Er machte eine Pause, aber Alice spürte, dass noch mehr kommen würde.

»Stephens Todestag ist immer besonders schwierig, weil alle trauern, auch meine Brüder, und ich mache einfach der Form halber mit. Ich weiß, dass ich eigentlich auch traurig sein sollte, aber ich kann jemanden, dem ich niemals begegnet bin, nicht vermissen. Robert lässt es sich nicht nehmen, mir Geschichten über Stephen zu erzählen. Ich glaube, er will mich dazu bringen, den Mann so zu lieben, wie er es getan hat. Alle sagen, ich sei ihm ziemlich ähnlich, ich hätte seine Gelassenheit und seinen Humor geerbt. Und natürlich bin ich der Einzige, der seine Augen mitbekommen hat.«

»Seine Augen?«

Er lachte. »Ich hatte vergessen, dass du sie noch nie gesehen hast. Meine Augen haben verschiedene Farben. Eins ist haselnussbraun, das andere hellgrün. Ziemlich cool eigentlich, obwohl ich als Kind dafür gehänselt wurde. Jedes Mal, wenn ich weinend aus der Schule kam, hat meine Mutter gesagt: ›Deine Augen sind ein Teil von deinem Vater, Alfie. Wie kannst du sie da nicht lieben?‹ Dafür habe ich ihn gehasst. Für meine Mutter war es schwer, dass ihr Jüngster versucht hat, seinen leiblichen Vater komplett zu vergessen. Als ich dann älter wurde, hab ich begriffen, wie wichtig er für Mum und auch für Robert war. Deshalb hab ich mir besondere Mühe gegeben, mir ihre Geschichten anzuhören. Fragen zu stellen. Mir die Familienfotos aus der Zeit vor meiner Geburt anzuschauen. Es war halt nur schwer, weil es eben nicht die Familie war, die ich kannte.«

»Das muss für ein Kind eine ziemliche Belastung gewesen sein.«

Er schwieg.

»Tut mir leid, ich meinte das nicht als Kritik an deiner Familie. Ich wollte nur sagen, dass du unter einem gewaltigen Druck gestanden haben musst.«

»Schon gut. Damals hab ich es nicht so gesehen. Ich war einfach Teil einer Familie, in der es furchtbar viel Traurigkeit gab. Alles, was ich wollte, war, die anderen zum Lächeln zu bringen. Ich schätze, das habe ich bis heute nicht hinter mir gelassen. Schon den Gedanken, bei anderen negative Gefühle auszulösen, finde ich furchtbar.«

Instinktiv griff sie durch den Vorhang. Seine Hand fühlte sich warm und fest an. »Sorry, ich hab wahrscheinlich noch Schokolade an den Fingern.«

Er drückte ihre Hand fester. »Genau mein Geschmack.«

Wieder spürte sie den Drang, ihm im Gegenzug etwas von sich selbst zu erzählen. Nicht aus einem Pflichtgefühl heraus, sondern weil sie es einfach wollte.

»Mein Dad hat uns nach Euans Tod verlassen.«

Wow, da war es raus. Einfach so.

»Ehrlich? Warum?«

»Er wollte nicht mehr von so viel Traurigkeit umgeben sein. Genau so hat er es in dem Brief formuliert, den er für mich dagelassen hat. Er hatte nicht mal den Mumm, sich persönlich von mir zu verabschieden. Damals war ich zwölf, und er ließ mich mit einer gestörten Mutter allein, die kaum für sich selbst sorgen konnte, geschweige denn für ein Kind. Er war ein Feigling.« In ihrer Stimme lag ein solcher Hass, dass sie einen säuerlichen Geschmack im Mund spürte. Ihr Vater war ein Thema, über das sie praktisch nie sprach, nicht mal mit Sarah.

»Hat er sich seitdem noch mal bei dir gemeldet?«

»Ein paarmal hat er geschrieben. Briefe voller Entschuldigungen und Erklärungen, weshalb er gehen musste. Das Schlimmste ist, dass ich ihn sogar verstehen kann. So, wie meine Mutter geworden ist, hätte ich auch nicht mehr mit ihr verheiratet sein wollen. Aber trotzdem, mich einfach so mit ihr allein zu lassen … Das finde ich unverzeihlich.«

»Das kann ich mir vorstellen.«

»Komischerweise hab ich mir damals eingeredet, er würde zurückkommen. Jede Nacht hab ich im Flur das Licht angelassen und ihm ein Glas Brandy und einen Rest vom Abendessen hingestellt. So ging es praktisch ein ganzes Jahr, jeden Abend. Bis meine Mutter – die an dem Tag mehr als ihren üblichen Liter Whiskey getrunken hatte – mich dabei erwischte, wie ich ihm den Drink hingestellt hab. Sie hat mich ausgelacht und mir gesagt, wie jämmerlich es sei, dass ich an seine Rückkehr glaubte. Er würde mich nicht lieben. Er hätte es gar nicht abwarten können, mich zu verlassen. Er hätte sich nur für Euan interessiert und ihr gesagt, er wünschte, ich wäre an seiner Stelle krank geworden. Ich war so wütend, dass ich ihr das Glas an den Kopf werfen wollte. Glücklicherweise – oder unglücklicherweise, ich weiß es nicht – hab ich sie nicht getroffen. Jedenfalls hab ich mich von dem Moment an innerlich von ihm verabschiedet. Und von ihr. Ich hab akzeptiert, dass er nicht zurückkommt, und mich völlig abgekapselt.«

Schweigen.

Hände, die noch fester drückten als zuvor.

»Alice, es tut mir so leid für dich.« Seine Stimme war so sanft, dass sie ihre Ohren beinahe zärtlich zu streifen schien.

»Ich hab jahrelang nicht an diesen Abend gedacht. Irgendwie hatte ich vergessen, dass es ihn überhaupt gegeben hat.«

»Manche Leute behaupten, ich wäre wie Psychotherapie, nur besser und umsonst.«

Auch wenn er offensichtlich einen Witz machen wollte, musste sie ihm zustimmen. Nicht dass sie als Erwachsene je einen Fuß in die Praxis eines Therapeuten gesetzt hätte. Nach Euans Tod hatte ihr Vater sie in Behandlung geschickt. Sie war dreimal hingegangen, dann hatte ihre Mutter sie abgemeldet und erklärt, das sei bloß Geldverschwendung.

»Danke.« Noch einmal drückte sie seine Hand, dann ließ sie los. Plötzlich wurde es ihr zu viel, und sie musste sich zurückziehen.

»Du weißt aber, dass es Menschen gibt, die dich nicht verletzen, oder?«

Seine Worte trafen sie hart. Sie schluchzte und vergrub den Kopf in den Händen. Plötzlich wurde sie von einem Schmerz erfüllt, von dem sie nicht wusste, wie sie ihn aufhalten sollte.

»Ich wollte dich nicht noch mehr durcheinanderbringen. Ich wollte nur, dass du es weißt. Wir werden dich nicht alle verlassen. Du musst uns nicht auf Abstand halten.«

Sie blickte hinunter auf seine Hand, die er immer noch durch den Vorhang gestreckt hielt. Noch einmal berührte sie ihn, ganz kurz nur. Eine Hitzewelle durchflutete ihren Körper.

Vielleicht hatte Alfie recht. Vielleicht konnte sie überleben, ohne alle von sich wegzustoßen. Vielleicht brauchte sie keine Angst vor der Liebe zu haben. Ihr fiel ein Gedanke wieder ein, der ihr vor einer Weile gekommen war.

Wenn du nicht sterben willst, musst du einen Weg finden zu leben.

46
Alfie

Er hätte nicht sagen können, wann er sich beim Aufwachen zerschlagener fühlte: nach den Nächten voll wilder Albträume oder nach den langen Gesprächen mit Alice. Beides schien ihn ziemlich mitzunehmen und an seinen Kräften zu zehren. Heute Morgen allerdings spürte er neben der Müdigkeit auch eine leichte Euphorie. Ein aufgeregtes Kribbeln. Was hatte sie ihm letzte Nacht nicht alles anvertraut! Er konnte kaum glauben, wie weit sie sich geöffnet hatte. Und wie furchtbar schmerzhaft ihre Kindheit gewesen sein musste. Diese eine Geschichte allein erklärte schon, dass sie um sich herum lieber Mauern gebaut und sich in ihrer krampfhaft verteidigten Unabhängigkeit eingerichtet hatte. Langsam erschien ihm Alice Gunnersley nicht mehr ganz so rätselhaft.

»Morgen, Alice. Dr. Warring hat gesagt, er kommt bald zur Visite. Ich wollte Ihnen lieber Bescheid geben, falls Sie noch Zeit zum Nachdenken brauchen.« Inzwischen bat Schwester Angles nicht mehr um Erlaubnis, ehe sie Alice' Kabine betrat. Alfie sah, wie sie wortlos und ohne zu zögern einfach eintrat.

»Das ist nett, danke.« Ihre Stimme klang noch sehr schläfrig.

Bedeutete das, dass sie ihre Entscheidung bereits gefällt hatte?

Bitte, Alice, überstürz es nicht.
Zum Glück musste er nicht lange auf die Antwort warten, bis Dr. Warring mit festen Schritten das Zimmer betrat. Wollte sie das Gespräch tatsächlich ohne Sarah führen?
Sie ist kein Kind mehr, Alfie.
Er merkte, wie Panik ihn überfiel.
»Hallo Alice. Ich bin's, Dr. Warring. Darf ich reinkommen?«
»Sicher.« Sie sprach leise. Vielleicht hatte sie wieder Zweifel bekommen. Vielleicht würde sie um mehr Bedenkzeit bitten.
Abermals rutschte Alfie bis an die Bettkante, um besser lauschen zu können.
»Seit unserem letzten Gespräch sind ein paar Tage vergangen. Daher wollte ich mich erkundigen, wie Sie inzwischen darüber denken.«
Sprechen Sie es doch deutlich aus, Doktor: Wollen Sie sich wegen ein paar Narben einer schweren Operation unterziehen?
Natürlich waren seine Gedanken unfair, doch plötzlich war wie aus dem Nichts diese Wut in ihm aufgetaucht.
»Ich will mich operieren lassen, und zwar so bald wie möglich.«
Ihre Stimme war laut und klar. Kein Anflug eines Zweifels.
»Also gut, dann werden wir Sie einplanen. Ich gebe Ihnen den genauen Termin, und dann besprechen wir die Details.«
Das war alles.
Er wusste, dass er jetzt nicht hier liegen bleiben durfte. Falls Alice ihn jetzt ansprechen würde, konnte er für nichts garantieren. Erst einmal brauchte er Ruhe, um zu sich zu kommen und nachzudenken.

Er hievte sich hoch, griff nach seiner Prothese und legte sie so schnell und so geräuschlos wie möglich an. Er durfte jetzt keine Aufmerksamkeit auf sich ziehen. Langsam stieg er aus dem Bett und verschwand aus dem Zimmer, ehe Alice ihn ansprechen konnte.

Kurz darauf fand er sich im Innenhof wieder, in den es ihn offenbar unbewusst gezogen hatte. Dieser kleine Fleck an der frischen Luft war für ihn zum Ruheort geworden. Er steuerte die Ecke mit der Hollywoodschaukel an, ließ sich hineinsinken und gab sich seinen Gedanken hin.

Immer wieder trieb es ihn zu derselben Frage zurück.

Warum bin ich so vehement gegen die Operation?

Wenn ihm wirklich etwas an Alice lag, musste er doch wollen, dass sie glücklich war.

Alfie schloss die Augen und wartete, dass sich die Antwort einstellen würde.

Und plötzlich sah er sie in aller Schärfe vor sich: die leblosen Körper von Ciarán und Ross.

Er hatte sie nicht retten können. Beinahe jede Nacht zeigten seine Träume ihm auf, wie er bei der Aufgabe versagt hatte, die beiden Menschen zu retten, die ihn am meisten gebraucht hatten. Obwohl er alles versucht und sich verletzt, wie er war, über den Asphalt geschleppt hatte, war er letztlich zu schwach gewesen, zu leidend, zu armselig, um rechtzeitig zu ihnen zu gelangen. Er hätte mehr tun können. Er hätte mehr tun müssen. Für den Rest seines Lebens würde er mit diesem Wissen leben müssen. Falls es ihm gelänge, Alice zu beschützen, würde er damit seine früheren Versäumnisse wiedergutmachen? Hatte seine natürliche Neigung, anderen zu helfen, sich inzwischen in etwas Zwanghaftes verwandelt? Eigentlich war ihm klar, dass die Risiken einer Operation überschaubar waren, doch nach all dem Schmerz, den er durchlitten hatte, wollte er sich nicht der Gefahr eines weiteren Verlusts aussetzen, ganz egal wie die Chancen standen. Er wollte Alice nicht verlieren. Nicht, wenn er etwas dagegen unternehmen konnte. Auf keinen Fall.

»Alles klar, Kumpel?«

Alfie hob den Kopf so schnell, dass ihm leicht schwindlig wurde. Er war so in seine Gedanken vertieft gewesen, dass er gar nicht bemerkt hatte, wie sich jemand näherte. Als er sah, dass Darren vor ihm stand, stieß er einen erleichterten Seufzer aus.

»Oh, hi. Ja, alles in Ordnung.« Das leichte Zittern in seiner Stimme verriet das Gegenteil.

»Darf ich mich setzen?« Alles in Alfie schrie danach, Nein zu sagen. Sah man ihm denn nicht an, dass er für sich sein wollte? Andererseits ging es um Darren, den liebenswürdigsten Menschen der Welt. Also rutschte er ein Stück zur Seite und machte ihm Platz. »Ich hab Sie hier sitzen sehen, als ich zufällig vorbeikam. Sie wirken ein bisschen neben der Spur, da dachte ich, ich frag mal nach.«

Alfie hielt den Blick fest auf eine Gruppe Ameisen vor seinen Füßen gerichtet.

»Wollen Sie mir erzählen, was los ist?«

Alfie biss sich auf die Zunge und ließ den Kopf sinken.

Offenbar verstand Darren sich bestens aufs Abwarten. Alfie wurde klar, dass er nicht verschwinden würde, ehe er seinen Willen bekommen hatte.

»Eine meiner Freundinnen will sich einer größeren Gesichtsoperation unterziehen. Sie hat schwere Verbrennungen erlitten. Ich weiß nicht, wie groß der Schaden tatsächlich ist.

Ich hab sie nicht gesehen – sie hat es nicht zugelassen. Aber es geht um eine rein kosmetische Operation.«

»Ah.«

Mit einem Mal dämmerte Alfie, dass Darren und Alice sich kannten. Er hatte sie behandelt. Er hatte sie *gesehen*.

»Ich denke einfach, sie sollte sich dem Risiko und der Unsicherheit und der *Belastung* nicht ohne medizinische Notwendigkeit aussetzen.« Er hatte die Fäuste fest geballt.

»Aber die Entscheidung liegt bei ihr. Nicht bei Ihnen.«

Er hätte wissen müssen, dass Darren in dieser Frage nicht der richtige Ansprechpartner war. Natürlich kapierte er es nicht, dafür war er viel zu nett.

»Glauben Sie, das weiß ich nicht?«, platzte er lautstark heraus. Auch wenn es gar nicht seine Absicht gewesen war, tat ihm das Schreien gut. Es war ihm auch egal, dass mehrere Leute ihn anstarrten. Sollten sie doch. »Ich denke immer wieder: Und wenn sie nun *stirbt*? Wenn sie nun stirbt, und ich habe es versäumt, sie aufzuhalten?«

Er spürte Darrens Hand auf seinem Rücken. Eine warme, tröstliche, starke Hand. Alfie schüttelte den Kopf. Dann kamen die Tränen.

»Es ist nicht Ihre Aufgabe, sie zu retten, Alfie.«

Alfie war derart angespannt, dass seine Fingernägel sich tief in die Handflächen gruben.

»Es tut mir leid, wenn es nicht das ist, was Sie hören wollten, Kumpel, aber ich will immer ehrlich zu Ihnen sein.«

Alfie wusste, dass er recht hatte. Trotzdem hätte etwas in ihm Darren am liebsten niedergebrüllt. Stattdessen verharrte er in verbissenem Schweigen.

»Na gut, Kumpel, ich muss zu meinem nächsten Termin. Wenn Sie mich brauchen, wissen Sie, wo Sie mich finden.«

Er gab Alfie einen sanften Klaps auf den Rücken und erhob sich.

»Danke, Darren.«

Er hatte ganz leise gesprochen, wusste aber, dass Darren ihn gehört hatte.

Ein weiterer Klaps, dann war Darren weg.

47
Alice

Alice sah dem Arzt hinterher und verspürte den unwiderstehlichen Drang, jemandem davon zu erzählen, jemanden wissen zu lassen, dass sie eine Entscheidung gefällt und die Kontrolle wieder übernommen hatte. Dieses Gefühl, sich mitteilen zu wollen, war ihr völlig neu. Bisher war der einzige Mensch, den ihre Angelegenheiten etwas angingen, sie selbst gewesen. Gerade als sie nach Alfie rufen wollte, hörte sie die vertrauten Geräusche, die er stets beim Verlassen des Zimmers machte: das Rascheln der Bettwäsche, das leise Stöhnen kurz vor dem Aufstehen, den dumpfen Klang von Schritten mit einer Prothese.

Wo zum Teufel will er so früh am Morgen hin?

Egal. Irgendwann würde er zurückkommen, und so lange würde sie einfach geduldig dasitzen und die Geräusche der Station in sich aufnehmen. Die Geräusche, die sie hoffentlich nicht mehr lange ertragen musste.

Ich bekomme mein Leben zurück.

Ich habe den ersten Schritt unternommen.

»Ein Schokoladencroissant für die Dame ... natürlich ...« Die Stimme ihrer besten Freundin drang durchs Zimmer. »Und für den Herrn hab ich mir etwas ganz Besonderes einfallen lassen, ein Mandelcroissant. Moment mal, Al, wo ist Alfie?« Sarah schob den Kopf durch den Vorhang.

»Keine Ahnung, er ist schon ziemlich früh rausgegangen.« Alice zuckte die Schultern. »Weit kann er nicht sein.« Sie hatte Wichtigeres zu besprechen als die Frage, wo Alfie sich herumtreiben mochte.

»Nein, kann er nicht. Und da ich kurz vorm Verhungern bin, esse ich einfach sein Croissant. Das hat er dann davon. Aber sag ihm nichts, ich kann heute Morgen keinen Stress gebrauchen.« Sie hatte bereits abgebissen, noch ehe sie den Satz vollendet hatte.

»Dr. Warring war eben schon hier, um mit mir über die Operation zu sprechen.«

»Oh?« Sarah hielt inne, Croissantkrümel in den Mundwinkeln.

»Ich hab mich dafür entschieden. Im Moment suchen sie gerade einen Termin. Es passiert tatsächlich, Sarah.« Die Kombination aus Erleichterung, Aufregung und Hoffnung ließ Alice' Magen Purzelbäume schlagen.

»Ich bin so froh für dich, Al.« Sarah nahm sie fest in den Arm. »Sobald es losgeht, werde ich schreckliche Angst um dich haben, aber wenn es das Richtige für dich ist, unterstütze ich dich, so gut ich kann.« Sie schmiegte sich an Alice' Wange.

»Danke.«

Sarah rückte ein Stück ab und setzte eine ernste Miene auf. »Nun, wir müssen auch noch etwas anderes besprechen …«

Himmel, was kommt jetzt noch?

»Morgen ist mein letzter Tag, und das müssen wir gebührend feiern. Ich will keine Tränen sehen. Wir lassen es richtig krachen, okay?«

Scheiße. Wie konnte ich das vergessen?

Alice war derart mit ihren Angelegenheiten beschäftigt gewesen, dass sie nicht mal mehr an die Abreise ihrer besten Freundin gedacht hatte.

»Nein. Hör auf.« Sarah zog sie wieder zu sich heran. »Was hab ich gerade gesagt, Al? Morgen wird gefeiert. Nicht mehr traurig sein, *bitte*. Ich denke, davon hatten wir beide reichlich.«

Alice rang sich ein Lächeln ab. »Klar.«

Warum passierte eigentlich immer alles auf einmal? Als Alice in den Armen ihrer Freundin lag, kam ihr plötzlich ein Gedanke: Würde sie die Operation ohne Sarah wirklich durchstehen? Gerade eben noch war ihr die Entscheidung so leichtgefallen, aber schließlich hatte sie Sarah auch noch an ihrer Seite gewusst. Konnte sie diesen ganzen Stress tatsächlich allein auf sich nehmen?

Du bist nicht allein.

Du hast Alfie.

Wo war er überhaupt?

»Für jemanden, der so einen akribischen Zeitplan entwirft, nimmt er seine Pflichten heute nicht besonders ernst, oder? Wir brauchen unseren Leiter der Unterhaltungsabteilung – gleich ist Rätselzeit!« Sarah schaute hinüber auf das leere Nachbarbett. Für einen winzigen Moment konnte auch Alice einen Blick durch den Schlitz im Vorhang werfen. Zu sehen, wo er schlief, lachte und weinte, kam ihr extrem persönlich und viel zu intim vor. Näher als jetzt würde sie Alfie wahrscheinlich niemals kommen.

Vielleicht doch, wenn die Operation gut läuft.

Nein. So durfte sie jetzt nicht denken. Sie wollte nicht sämtliche Hoffnungen darauf setzen, dass diese eine Operation ihr Leben wieder ins Lot brachte, auch wenn sie sich eingestehen musste, dass ein Teil von ihr genau das wollte.

»Halleluja, da kommt er!«

»Sarah! Mach den Vorhang zu!« Alice riss ihrer Freundin den Stoff aus der Hand und schloss den winzigen Spalt. Nie im Leben würde sie zulassen, dass er auch nur einen Zentimeter von ihr zu sehen bekam.

»Sorry, ich hab nicht nachgedacht.«

»Schon gut, ich war nur gerade panisch.« Alice war bewusst, dass sie überreagiert hatte, aber für einen Moment hatte sie einfach die Beherrschung verloren. In letzter Zeit schienen ihre Gefühle zu kommen und zu gehen, wie sie wollten. Sie hatte noch nicht den Bogen raus, diese Emotionen zu kontrollieren.

»Ich weiß.« Sarah küsste ihre Hand. »Alfie! Da bist du ja wieder! Ich wollte schon einen Suchtrupp losschicken, aber Alice hat mich daran erinnert, dass du vermutlich nicht allzu weit kommst.«

Sein Lachen klang flach und forciert. »Nein, für einen Gefängnisausbruch bin ich leider noch nicht fit genug.«

Offenbar wollte er nicht sagen, wo er gewesen war. Alice war klug genug, ihn nicht zu bedrängen, und nutzte stattdessen eine typische Alfie-Taktik: Ablenkung.

»Ich will nicht auf den Regeln herumreiten, aber jemand hatte mir ein ziemlich ausgefeiltes Unterhaltungsprogramm angeboten, und heute konnten wir noch keinen einzigen Programmpunkt abhaken.«

»Ah ja, natürlich!«, zwitscherte Sarah aufgeregt. »Und da heute mein vorletzter Tag hier ist, möchte ich gern auswählen, was wir machen.«

»Moment mal – was?« Der Schock in seiner Stimme war unüberhörbar.

»Morgen ist mein letzter Tag.«

Wie Sarah und sie da so Seite an Seite im Bett lagen, wünschte Alice sich, das Gefühl der Berührung ihrer Freundin für immer in ihrer Haut abspeichern zu können. Warum war es nicht möglich, diesen Augenblick für immer zu bewahren?

»Auf keinen Fall! Die Zeit ist viel zu schnell herumgegangen!«

»Ich weiß, und deshalb feiern wir morgen. Ich hab Alice schon gesagt, dass es kein Tag mit Tränen und Traurigkeit werden soll. Schließlich geht es nicht um einen Abschied für immer – nur um eine vorübergehende Trennung. Also, wisst ihr was? Wir feiern eine verdammte Party, okay?« Mit jedem Wort wurde ihre Stimme lauter.

»Eine Party?«, meldete Sharon sich eifrig vom anderen Ende des Zimmers. »Hat jemand ›Party‹ gesagt?«

Alice verdrehte die Augen.

»Da siehst du, was du angerichtet hast«, zischte sie.

»Keine Sorge, Sharon. Niemand, der noch alle Tassen im Schrank hat, käme auf die Idee, eine Party zu veranstalten, ohne Sie einzuladen. Ohne Sie und ein Glas Lambrini geht gar nichts, und wer etwas anderes behauptet, hat keine Ahnung«, rief Alfie zurück.

»Ganz genau!«, bemerkte Sharon, offensichtlich geschmeichelt.

»Sie können sich morgen bedanken, meine Damen, mit einer Einladung zu Ihrer exklusiven Party«, flüsterte er.

Mit hochgerecktem Daumen schob sich seine wunderbar vertraute Hand durch den Vorhang.

»Du bist ein selbstzufriedener Mistkerl, stimmt's, Alfie«, sagte Sarah lachend.

»Anders wollt ihr mich doch gar nicht haben, oder?«

Alice lächelte.
Nie im Leben.

*

Sarah hatte die Sache mit der Feier ernst gemeint. Als sie am nächsten Morgen das Zimmer betrat, war sie vor lauter Taschen mit Essen und Getränken kaum zu sehen.

»Das Top-Party-Sortiment von Marks and Spencer! Sagt nicht, dass ich euch nicht verwöhne.« Alice staunte mit offenem Mund. »Und schau mich bloß nicht so an, junge Dame. Ich hab dir gesagt, wir feiern heute.«

Alice war klar, dass es keinen Sinn hatte zu diskutieren. Sarah machte, was sie wollte.

»Blinis mit Lachs?« Sie hielt Alice den Teller praktisch vor die Nase.

»Auf keinen Fall.«

»Jetzt sag nicht, ein Kanapee ist unter deiner Würde.«

»Sarah, es ist halb zehn am Morgen.«

»Und?«

Als Alice sah, wie ihre Freundin sich drei kleine Pfannkuchen auf einmal in den Mund schob, wusste sie nicht, wohin mit all ihrer Zuneigung.

»Tob dich schon mal aus, ich warte noch ein bisschen.«

»Na?« Sarah hatte den Mund noch halb voll mit Lachs und Käsecreme. »Wir wär's mit einem Gläschen Buck's Fizz?«

Ungläubig sah Alice zu, wie Sarah fünf Miniflaschen aus ihrer Handtasche zog. »Das ist jetzt nicht dein Ernst, oder?«

»Doch, mein voller Ernst. Und weißt du was? Das ist nur der Aperitif! Schau mal in die Tasche da drüben.«

Alice schüttelte den Kopf. Sie wollte gar nicht wissen, was Sarah sonst noch ins Krankenhaus geschmuggelt hatte.

»Schon gut, aber mach nicht so ein Theater darum. Wenn Sharon etwas mitbekommt, haben wir sie gleich an der Backe.«

»Hat jemand nach mir gerufen?«, drang Sharons verwirrte Stimme durchs Zimmer.

Sarah riss mit gespieltem Schreck die Augen auf.

Wie zwei überdrehte Schülerinnen brachen sie in Gelächter aus.

»Was zum Teufel läuft da drin?«

»Die Party hat offiziell angefangen, Alfie.« Sarah setzte sich auf, schnappte sich eine Flasche Buck's Fizz und zwinkerte Alice provozierend zu.

»Lass. Es. Sein«, forderte Alice sie stumm auf. Schlimm genug, dass Sarah das Zeug überhaupt gekauft hatte. Es wie Kaugummi herumzureichen ging eindeutig zu weit.

»Dann lasst mal sehen, welche Snacks ihr so zu bieten habt!«

Alice fand seinen aufgeregten Kleiner-Junge-Tonfall beinahe unwiderstehlich.

»Nein«, rief sie trotzig.

»Ah, ich verstehe. So läuft das also. Wie wäre es, wenn ich den Schwestern erzähle, dass die gute Sarah verbotenerweise Prosecco auf die Station geschmuggelt hat?«

»Das wagst du nicht!«, rief Sarah.

»Und ob. Jetzt gebt mir etwas Süßes, damit ich den Mund halte.«

Widerstrebend griff Sarah in ihre Tasche und zog ein Päckchen Percy Pigs hervor. »Na schön. Aber mehr bekommst du nicht.«

Er streckte die Hand durch den Vorhang, um die erpressten Süßigkeiten im Empfang zu nehmen. »Das sehen wir später, oder?«

Der Rest des Tages entwickelte sich zu einer himmlischen Mixtur aus Essen, Gelächter und Sarahs wiederholten Versuchen, Alice alkoholische Getränke aufzudrängen. Die Schwestern kamen und gingen, wobei jede einzelne geflissentlich die auf dem Boden liegende Einkaufstasche mit den Flaschen übersah. Alice verspürte eine tiefe Dankbarkeit dafür, dass das Personal Sarah während ihres Aufenthalts gestattet hatte, hier mehr oder weniger einzuziehen.

Als der Abend kam, geriet Alice jedoch zunehmend in Panik.

Wie viel Zeit blieb ihnen noch?

Wann musste Sarah gehen?

Sie konnte doch sicher nicht über Nacht bleiben?

Ihre Ängste bewahrheiteten sich, als Schwester Bellingham die sichere kleine Blase, in der sie sich eingerichtet hatten, zum Platzen brachte.

»Was habe ich Ihnen über die Besuchszeit auf dieser Station gesagt? Drücke ich mich irgendwie unklar aus?«

»Tut mir leid, Schwester Bellingham, aber heute ist mein letzter Abend bei Alice, und ich möchte so viel Zeit wie möglich mit ihr verbringen.«

»Aber Sie missachten wieder einmal die Vorschriften. Wenn Sie in einer Minute nicht verschwunden sind, rufe ich den Sicherheitsdienst.«

»Ich gehe ja schon, auch wenn ich bezweifle, dass Sie meinetwegen wertvolle Arbeitszeit des Personals vergeuden würden ... Aber lassen Sie mir fünf Minuten Zeit, mich zu verabschieden. Danach sehen Sie mich nie wieder. Einverstanden?«

Mit einem letzten bösen Blick machte Schwester Bellingham kehrt und ging hinaus.

»Aah! Wie kann eine einzelne Person ständig so *bösartig* sein?« Ungläubig schüttelte Sarah den Kopf. Alice spürte, wie die Wut aus ihrer Freundin herauszuplatzen drohte. Nicht gerade die ideale Stimmung für einen Abschied.

»Lass gut sein, Sarah. Vielleicht ist es besser so. Wenn es nach mir ginge, würdest du die ganze Nacht hierbleiben und morgen früh deinen Flug verpassen. Davon hätte dann niemand etwas.«

Sie griff nach Sarahs Hand. Eine letzte Chance, die Rettungsleine zu spüren, an der sie sich die letzten zehn Tage festgeklammert hatte.

»Seit wann denkst du so positiv?«

»Seit ich mir den Anblick ausmale, wie du zum Abschied von den Sicherheitsleuten aus dem Zimmer eskortiert wirst.«

Sarah küsste ihre Hand. »Ich hab dich lieb, Alice Gunnersley. Und ich meine es so, wie ich gesagt habe: Wir sehen uns bald wieder. Dafür sorge ich, okay?«

Alice musterte sie lächelnd. Ihre einzigartige, unglaubliche, wunderschöne Freundin. Wie dankbar konnte sie sein, Sarah zu kennen. »Ich hab dich auch lieb, Sarah Mansfield.«

Alice atmete noch einmal tief durch und ließ sie dann los.

»Und vergiss nicht … Er ist einer von den wirklich Guten.« Mit einem kaum merklichen Kopfnicken in Richtung Vorhang warf Sarah ihr einen Luftkuss zu und ging.

Alice brach das Herz, und im nächsten Moment hielt Alfie ihre Hand.

48
Alfie

Alfie ließ ihre Hand nicht los, nicht einmal, als sie eingeschlafen war. Der Tag war für alle äußerst kräftezehrend gewesen, und es überraschte ihn nicht, dass Alice keine Stunde nach Sarahs Aufbruch tief und fest schlief. Es gab so vieles, was er ihr sagen wollte, dass in seinem Kopf alles drunter und drüber ging, bis auch ihm schließlich die Augen zufielen.

Mitten in der Nacht fuhr er mit einem Ruck wieder auf. Er hörte eilige Schritte, Geräusche von Maschinen und hektische Anordnungen. Nach dem plötzlichen Aufwachen fühlte er sich orientierungslos und brauchte einen Moment, um zu begreifen, dass irgendetwas nicht stimmte.

»Mr Peterson, bitte versuchen Sie, die Augen offen zu halten.«

War das Schwester Bellingham?

»Ich brauche Hilfe, bitte. Er hat Atemprobleme.«

Was?

Alfie war schlagartig hellwach. Dann hörte er das Keuchen, das die Hilferufe der Schwester beinahe übertönte.

»Mr Peterson!«, rief er laut und suchte hektisch nach seiner Prothese. »Mr Peterson, alles in Ordnung?« Seine Angst wurde immer größer.

»Alfie, was ist los?«

Zuerst erkannte er die Stimme nicht, die durch den Vorhang an seiner Seite drang. Er war zu beschäftigt damit, sein Ersatzbein zu suchen.

Wo zum Teufel ist es?

»Alfie?« Alice klang immer noch leicht benommen, aber ein Stück klarer als eben.

»Alice, bitte, du musst mir helfen. Mr Peterson bekommt keine Luft.« Die Worte waren so schnell heraus, dass er kaum begriff, was er sagte. Er musste sie dazu bringen, ihm zu helfen.

»Was meinst du?«

»Alice, du musst kommen und mir meine Krücken anreichen. Ich finde meine Prothese nicht und muss *sofort* zu Mr Peterson!«

»Aber … aber ich kann nicht.«

Warum ist sie nicht schon längst hier?

»Wie meinst du das?«

Alfie schob sich ein Stück näher an die Bettkante, aber es nützte nichts. Die Angst schien so schwer auf ihm zu lasten, dass ihn jede Bewegung schrecklich viel Zeit kostete.

»Ich … Ich kann einfach nicht rüberkommen.«

Alfie hielt einen Moment inne. Er konnte nicht glauben, was er da hörte.

»Doch, das kannst du, Alice. Bitte!«

Er hörte das vertraute Rascheln ihrer Laken. Hörte, wie sie sich aufsetzte und an die Bettkante rückte, um aufzustehen. Dann hörte er nichts mehr.

»Ich *kann nicht*, Alfie.«

Alfie hatte keine Zeit für Diskussionen. Er musste sich beeilen. Er sah, dass immer mehr Schwestern sich um Bett vierzehn scharten.

»Sharon!«, rief er laut. Ob er jemanden weckte, war ihm egal. Niemand hatte ein Recht auf Schlaf, solange Mr Peterson in Gefahr war.

Vielleicht konnte er bei all dem Durcheinander nicht richtig hören?

»SHARON!«, brüllte er.

»Ich komme, Schätzchen, nur eine Sekunde.«

Alfie konnte keine Sekunde warten. Er schob sich bis zur Bettkante vor und wäre beinahe herausgefallen, als plötzlich Sharon auftauchte.

»Was zum Teufel haben Sie vor, Alfie? Glauben Sie, wenn Sie mit einer Gehirnerschütterung auf dem Boden liegen, sind Sie irgendwem eine große Hilfe?«

Ohne ein weiteres Wort hob sie seine Krücken vom Boden auf, sodass er sich mit ihrer Hilfe endlich in Bewegung setzen konnte. Je näher er dem alten Mann kam, desto fester packte Sharon ihn an der Hüfte. Und mit jedem Zentimeter schien Mr Peterson ein Stück abgehackter zu atmen.

»Was ist los?« Er griff nach Schwester Bellinghams Schulter.

»Alfie, wir können Sie hier jetzt nicht gebrauchen. Wir brauchen Platz zum Arbeiten.« Als er die Panik in ihrem Blick registrierte, wurde Alfie beinahe übel.

»Zum Arbeiten?«

Alfie spürte sein Herz hämmern. Er schwitzte am ganzen Körper und atmete flach. Es kam ihm vor, als wäre er mit einer Million Stundenkilometer gelaufen, ohne auch nur ein Stück vom Fleck zu kommen.

»GEHEN SIE, ALFIE. Wir müssen an ihn rankommen.« Schwester Bellingham schob ihn zur Seite.

»Schätzchen, kommen Sie hier rüber, Sie müssen das nicht mit ansehen.« Sharon hatte seine Hand genommen und zerrte ihn vom Bett weg.

»Nein! Ich kann ihn nicht allein lassen. Ich kann nicht.«

»Dann kommen Sie wenigstens ein Stück zur Seite. Die Ärzte brauchen Platz, um ihm zu helfen, okay?«

Es machte ihm nichts aus, dass sie ihn wie ein Kind behandelte. Das Einzige, was er im Moment wollte, war jemand, der ihn festhielt, ihn beruhigte, ihm sagte, dass alles gut würde. Stattdessen konnte er es nur immer wieder selbst sagen, wie ein verzweifeltes Mantra: »Bitte werden Sie gesund. Bitte werden Sie gesund. *Bitte* werden Sie gesund.«

Und dann hörte er das Geräusch.

Den gleichmäßigen Ton, mit dem die Maschine verkündete, dass ein Herz zu schlagen aufgehört hatte.

Alfie machte sich nicht die Mühe, bei den Wiederbelebungsmaßnahmen zuzusehen. Mr P war nicht der Typ für halbe Sachen. Wenn er sich zum Gehen entschlossen hatte, würde nichts auf der Welt ihn zurückbringen, egal wie viel Elektrizität durch seinen Körper gejagt wurde. Langsam trat Alfie den Rückweg an. Jetzt erst registrierte er, wie taub sich sein ganzer Körper anfühlte. Er sah seine Hände an den Krücken, hätte aber nicht sagen können, zu wem sie gehörten. In einem Akt von Selbstschutz machten sein Körper und sein Geist dicht, und er war dankbar für die Leere.

Er konnte nicht weinen. Er versuchte es. Verdammt, und wie er es versuchte. Er weinte nicht, als er hörte, wie der genaue Todeszeitpunkt festgestellt wurde. Er weinte nicht mal, als jemand daran erinnerte, dass Agnes die schlechte Nachricht überbracht werden musste. Der Gedanke daran, dieser Frau mitzuteilen, dass ihr Seelenverwandter, ihr Lebenspartner, ihre ganze Welt gestorben war, ohne dass sie sich hatte verabschieden können, war unendlich schmerzhaft, und trotzdem konnte er keine Träne vergießen. Er konnte nur daliegen, an die Decke starren und zuhören, wie die nächtliche Aufregung um ihn herum langsam abebbte.

»Alfie? Kannst du mich hören?« Alice' Verzweiflung war unverkennbar. In diesem Moment begriff er, wie effektiv Schweigen sein konnte, wenn man sich Menschen vom Leib halten wollte.

»Alfie, bitte!«

Auf perverse Weise genoss er die Angst in ihrer Stimme. Er wollte, dass sie sich schlecht fühlte. Sie hatte es *verdient,* sich schlecht zu fühlen.

»Alfie, es tut mir leid. Ich hab nur ...«

In seinem Inneren rastete plötzlich etwas aus. Die Wut loderte in jedem einzelnen Zentimeter seines Körpers, bis er sich am liebsten die Haut vom Leib gerissen hätte. Zum ersten Mal, seit sie sich kennengelernt hatten, wünschte Alfie sich, nicht ausgerechnet in diesem Bett neben ihr zu liegen.

»Du hast nur was, Alice? Du hast nur nicht aufstehen können, um mir zu helfen? Du konntest nicht für eine Minute aus dem Bett kommen, um mir zu meinem Freund zu helfen? Meinem sterbenden Freund? Nach allem, was geschehen ist, konntest du nicht mal aufstehen, verdammt? Ausnahmsweise will ich jetzt nicht hören, was du zu sagen hast, also tu mir einen Gefallen und lass mich in Ruhe.«

Als er sich umdrehte, um ihr den Rücken zuzukehren, hätte er schwören können, eine Bewegung hinter dem Vorhang wahrgenommen zu haben. Schon komisch, wie etwas, das man sich tagelang wie besessen ausgemalt hatte, plötzlich jede Bedeutung verlieren konnte. Es war ihm egal, ob sie zu ihm herüberschaute. Es wäre ihm auch egal gewesen, wenn sie den ganzen verdammten Vorhang beiseitegezogen hätte. Dafür war es einfach zu spät.

*

Alfie hatte angenommen, dass der Schock am nächsten Morgen zumindest ein Stück weit abgeklungen wäre. Doch er hatte sich gründlich geirrt. Beim Aufwachen fühlte er sich immer noch taub und leer. Er war nicht sicher, ob er wach war oder noch träumte. Zum Glück sprach Alice ihn nicht an. Auf keinen Fall würde er heute die Energie für ein Gespräch mit ihr aufbringen. Es fiel ihm schon schwer genug zu lächeln, als Schwester Angles bei ihm hereinschaute.

»Alfie, Schätzchen.« Sie legte sanft ihre Hand auf seine. »Mein herzliches Beileid.« Er konnte ihr nicht in die Augen schauen, war heute Morgen nicht in der Stimmung für Freundlichkeiten, nachdem das Leben wieder einmal seine Grausamkeit bewiesen hatte. »Ich weiß, dass es schlimm ausgesehen haben muss, aber die Ärzte haben mir versichert, dass er keine Schmerzen hatte. Er war ein alter Mann, mein Lieber. Seine Zeit war einfach gekommen.«

Dazu konnte er nichts sagen. Er wollte auch nichts sagen. Immerhin schaffte er es aber, die Mundwinkel zur Andeutung eines Lächelns zu verziehen.

»Ich lasse Sie jetzt damit allein, aber ich bin hier – wir alle sind hier –, falls Sie irgendetwas brauchen.«

Als sie sich umdrehte, kam ihm plötzlich ein schrecklicher Gedanke: »Weiß Agnes schon Bescheid?«

»Wir haben es ihr heute Morgen gesagt. Sie kommt am Nachmittag, um ihn noch einmal zu sehen.«

Der Tag zog wie in einem Nebel an ihm vorbei. Vage bekam er mit, dass Leute durchs Zimmer gingen, dass Angestellte putzten und sich unterhielten, doch um die Einzelheiten scherte er sich nicht. Als er am Abend einen Blick hinüber zu Mr Petersons Kabine warf, reagierte er mit Fassungslosigkeit. Dort gab es kein einziges Anzeichen mehr, dass der Mann überhaupt existiert hatte. Alles war wieder in den ursprünglichen sterilen Zustand versetzt worden. Wie schnell doch jegliche Spur eines Menschen verschwinden konnte, einfach ausradiert, um Platz zu machen für frische Bettwäsche und einen neuen Patienten.

Vor seinem Unfall hatte Alfie nie richtig begriffen, warum die Leute Sorge hatten, ihre Lieben nach deren Tod zu vergessen. All die Erinnerungen und Momente konnten doch nicht aus dem Gedächtnis ausgelöscht werden? Wie sollte man jemanden vergessen, der einem so viel bedeutet hatte? Aber man konnte es. Man tat es. Eine der schwierigsten Lektionen, die er hatte lernen müssen, war, dass die Zeit für niemanden stehen blieb. Wenn man selbst an Ort und Stelle verharrte, bestand die Gefahr, dass man von den anderen zurückgelassen wurde. Doch den ersten Schritt zu machen fühlte sich dermaßen nach Verrat an, dass man sich nicht vom Fleck rühren wollte. Zu sehen, wie das Zimmer hergerichtet wurde, um Platz für Mr Petersons Nachfolger zu machen, erinnerte ihn auf krasse Weise daran, wie schnell die Welt sich ohne einen weiterdrehte.

»Alfie. Sind Sie wach da drinnen?« Die Stimme einer der Schwestern unterbrach seine Gedanken. Die Frau klang zögerlich, sodass er sie bei all dem Schwirren in seinem Kopf fast überhört hätte. Anscheinend gingen heute alle wie auf Eiern.

»Hmm.«

Sie zog den Vorhang zurück. »Agnes ist hier. Sie würde gern mit Ihnen sprechen, falls es Ihnen recht ist.«

Ein Anflug von Panik ließ ihm für einen Moment den Atem stocken.

»Es dauert nicht lange, mein Lieber. Ich weiß, dass Sie heute lieber für sich sein möchten.« Agnes' Stimme klang so stark und ruhig. Stand sie noch unter Schock?

»Natürlich, kommen Sie rein.« Er setzte sich auf und fuhr sich durchs Gesicht, in der Hoffnung, die Trauerfalten zu verbergen, die sich dort eingegraben hatten.

Agnes wirkte kleiner, als er sie in Erinnerung hatte, auch wenn er sich das vielleicht nur einbildete. Ihr runzliges Gesicht war vom Leben gezeichnet: vom Lachen, vom Weinen, von sonnigen Tagen und eiskalten Nächten. Sie war eine Frau, die mit beiden Beinen auf dem Boden stand. Auf Alfie machte sie den Eindruck, als könne kaum etwas sie noch erschüttern. Heute allerdings schien es, als müsse sie alle Kraft zusammennehmen, um sich aufrecht zu halten und stark zu sein.

Leicht gebeugt trat sie ein und setzte sich auf den Stuhl neben seinem Bett. Ihre Hände umklammerten das Leder ihrer Handtasche so fest, dass die papierdünne Haut auf ihren Knöcheln weiß wurde.

»Agnes, es tut mir so, so …«

»Alfie.« Sie ließ ihn nicht ausreden. »Seine Zeit war gekommen, und das müssen wir respektieren.«

Alfie schaute die unglaublich ruhige Frau, die vor ihm saß, mit großen Augen an.

»Natürlich wird es dadurch nicht weniger schmerzhaft.« Sie hustete und schaute kurz hinunter auf ihre Hände. »Ich möchte Ihnen danken, dass Sie für ihn da waren. Nicht nur letzte Nacht, sondern die ganze Zeit, seit Sie auf die Station gekommen sind. Ich weiß nicht, ob er es Ihnen gesagt hat, denn er konnte manchmal ein furchtbarer alter Sturkopf sein, aber er hat Sie wirklich gerngehabt. Es ist komisch: So viele Leute haben mich gefragt, ob es schwer wäre, so lange von ihm getrennt zu sein. Ob ich damit zurechtkäme, dass er ohne mich in diesem Krankenhaus bleiben musste. Aber jedes Mal, wenn ich darüber nachgedacht habe, bin ich zur selben Antwort gekommen. Ich hatte niemals Angst oder Schuldgefühle, weil ich wusste, dass er hier sehr viel Zuneigung bekommen hat. Er hatte Sie. Und dafür war er so dankbar.«

Alfie schüttelte den Kopf. In Wahrheit war es so, dass er sich nicht mehr genug um seinen Freund gekümmert hatte, weil er sich an einer dummen, nebensächlichen Geschichte festgebissen hatte. Deshalb konnte er die gut gemeinten Worte nicht ertragen. Er wollte nichts von dieser Zuneigung wissen. Diese Nettigkeiten machten seine Schuldgefühle nur größer.

»Aber ich hab ihn im Stich gelassen«, sagte er ganz leise.

»Das haben Sie auf keinen Fall.« Alfie war verblüfft, als sie ihm aufs Handgelenk schlug. »Hören Sie mit dem Unsinn auf. Ich kannte meinen Mann seit über sechzig Jahren, und ich hab gesehen, wie er Sie angeschaut hat. Sie waren ihm ein guter Freund, und ich bin sehr dankbar für alles, was Sie für ihn getan haben. Und ...«

Sie griff in ihre Tasche und zog zwei dicke, abgewetzte Hefte heraus.

»Ich weiß, dass er gewollt hätte, dass Sie die hier bekommen. Ich kann die Dinger nicht ausstehen, aber ich weiß, dass Sie beide so gern gerätselt haben. Diese hier sind offenbar die schwierigsten. Er hat über die Jahre hinweg immer wieder versucht, sie zu lösen, aber er hat es nie geschafft. Das müssen Sie nun für ihn tun.«

Jetzt erst konnte Alfie den Tränen freien Lauf lassen.

»Oh, regen Sie sich bitte nicht auf.« Sie reichte ihm ein Papiertaschentuch. »Er würde wollen, dass Sie glücklich sind.«

»Vielen Dank. Ich werde ihn wirklich vermissen.«

Sie tätschelte ein letztes Mal seine Hand und stand dann mühsam auf. »Das werden wir beide.«

49
Alice

Sie hatte es versaut. Sie hatte es richtig gründlich versaut.

Gleich nach dem Vorfall hatte sie sich einzureden versucht, es hätte an ihrer Verwirrung gelegen. Als die Schreie sie aufgeweckt hatten, wäre sie desorientiert gewesen und hätte nicht gewusst, ob sie wach war oder träumte. Verwirrung – deshalb hätte sie so lange für ihre Reaktion gebraucht, und als sie endlich begriffen hätte, was los war, wäre es schon zu spät gewesen.

Sich einzugestehen, was für ein Schwachsinn das war, fiel ihr nicht leicht.

Letztlich war sie einfach feige gewesen. Auf unverzeihliche egoistische Weise feige.

Natürlich war sie beim Aufwachen durcheinander gewesen. Trotzdem hatte sie gleich, als sie Alfies Stimme gehört hatte, begriffen, dass sie wach war und dass etwas nicht stimmte. Und doch konnte sie trotz seiner Hilferufe nicht zu ihm gehen. Die Angst hielt sie gegen ihren Willen zurück. Das Lächerlichste daran war, dass sowieso niemand auf sie geachtet hätte. Alle hatten nur eins im Auge, nämlich den Mann zu retten, der vor ihren Augen im Sterben lag. Die Probleme bestanden nur in ihrem Kopf und interessierten sonst niemanden. Sie hatte sich selbst im Weg gestanden, und jetzt bekam sie die Konsequenzen zu spüren.

Anfangs konnte sie sich nicht entscheiden, was schlimmer war: seine Wut oder sein Schweigen. Die Enttäuschung in seiner Stimme zu hören war schon schlimm genug, doch was ihr wirklich zusetzte, war die Ablehnung, die unüberhörbar gewesen war. Was sie getan hatte, widerte ihn an. Was sie nicht getan hatte, genauer gesagt. Und egal wie viele Entschuldigungen sie vorbringen mochte, sie wusste genau, dass seine Gefühle berechtigt waren. Was wiederum noch mehr wehtat.

Obwohl sie weiterhin im Schutz ihrer Kabine verborgen lag, beschloss Alice, den Abend abzuwarten, bevor sie ihn wieder ansprach. Eine Zurückweisung am helllichten Tag fühlte sich besonders verletzend an, auch wenn man versuchte, sich unsichtbar zu machen.

*

»Alfie?« Ihre Stimme klang zögerlich, aber zweifellos laut genug, dass er sie hören musste.

Schweigen.

»Alfie, bitte.«

Nichts.

»Wenn du nicht mit mir reden willst, verstehe ich das. Aber bitte hör mir wenigstens zu.«

Sie nahm sein Schweigen als Einverständnis.

»Was ich gemacht habe, na ja, was ich nicht gemacht habe ... war unverzeihlich. Ich bin nicht aufgestanden, weil ich in diesem lächerlichen Minenfeld meiner Ängste festhänge. Ich wollte aufstehen, ich wollte wirklich für dich da sein, dir helfen, etwas tun, aber ... ich konnte einfach nicht. Kannst du dir vorstellen, wie schlecht ich mich deswegen fühle? Wie ich mich schäme? Ich möchte nicht mehr wie ein

Feigling leben, Alfie, ich *weigere* mich, so weiterzuleben. Deswegen habe ich einer Operation zugestimmt. Einem zweiten chirurgischen Eingriff, damit mein Gesicht wiederhergestellt wird. Ich weiß, dass sich dadurch nichts an dem ändert, was ich getan habe, und sicher bringt es Mr Peterson nicht zurück, aber ... du sollst wissen, dass ich mich ändern werde.«

Sie lauschte angestrengt auf irgendeine Reaktion, die ihr zeigte, dass er sie verstanden hatte.

»Alfie, ich werde es besser machen, das verspreche ich.«

Sie hörte ihn tief einatmen.

Hoffnung keimte in ihr auf.

Sie wusste, dass er immer noch da sein würde, so wie er es immer versprochen hatte.

»Na, wie schön für dich.« Der Sarkasmus troff aus jedem einzelnen Wort.

Alice spürte, wie jeglicher Mut sie verließ.

Es tut mir leid, Alfie. Es tut mir so, so leid.

*

Schnell zeigte sich, dass ein Leben im Schweigen ihr keine Freude mehr machte. Seit Mr Petersons Tod hatte Alfie kein einziges Wort mit ihr gesprochen, und über das ganze Zimmer schien sich eine unheimliche Stille gelegt zu haben. Nur leises Füßescharren und vereinzelte Geräusche deuteten darauf hin, dass jenseits ihres Vorhangs menschliches Leben existierte. Überall schien sich eine tiefe Trauer eingenistet zu haben, die offenbar so schnell nicht wieder verschwinden wollte. Selbst Schwester Angles schien das Lächeln schwerzufallen.

»Morgen, Alice. Ich habe gute Neuigkeiten«, sagte sie ohne jeden Anflug von Freude. »Dr. Warring hat Ihren Operationstermin festgelegt. In acht Tagen ist es so weit.«

Wow. So schnell?

»Wunderbar, vielen Dank.« Alice lächelte derart gekünstelt, dass ihr die Wangen wehtaten. »Und ich wollte Ihnen noch sagen, dass es mir sehr leid tut für Sie. Mr Peterson war ein guter Mann. Ich weiß, wie viel er Ihnen bedeutet hat.«

Gott, du legst dich wirklich ins Zeug, Alice, stimmt's?

Die einzige Reaktion, die sie erhielt, war ein unmerkliches Nicken. Dann war Schwester Angles verschwunden.

Jeden Tag nahm Alice sich vor, einen weiteren Gesprächsversuch mit Alfie zu unternehmen. Doch sobald sie den Mund öffnete, hielt der Schmerz, den seine Zurückweisung ausgelöst hatte, sie wieder zurück. Immer wieder hätte sie am liebsten geweint oder losgeschrien, nur um irgendeine Reaktion zu bekommen. Ohne Alfie wirkte alles wie tot. Sie vermisste seine nervigen Marotten, seine Witze, sein Lachen und seine unbeirrbare Entschlossenheit. Ohne ihn waren die Tage schmerzlich still, und so ironisch es war: Ausgerechnet das konnte Alice kaum noch ertragen.

Es musste einen Weg geben, ihm zu zeigen, wie leid es ihr tat. Es musste einen Weg geben, zu ihm durchzudringen.

Dann blitzte plötzlich eine Idee in ihr auf.

Es war Zeit, Alfie Mack mit seinen eigenen Mitteln aus der Reserve zu locken.

50
Alfie

Ihm war klar, dass sie den ganzen Tag mit sich gerungen hatte, ob sie ihn ansprechen sollte oder nicht. Das Interessante, wenn man jemanden nicht sehen konnte, war, dass man ein unglaubliches Gespür für die Geräusche desjenigen entwickelte. Jedes Mal, wenn sie den Mund zum Sprechen öffnete, unterbrach er sich bei dem, was er gerade machte, und hörte genau hin. Denn obwohl er einräumen musste, sich hin und wieder an ihrer Angst zu erfreuen, war letztlich der Wunsch stärker, wieder zu ihrem alten Umgang zurückzufinden, zu dem Verhältnis, das sie vor Mr Petersons Tod aufgebaut hatten. Binnen weniger Stunden hatte er die beiden Menschen verloren, die in seinem Leben auf der Station die wichtigste Rolle gespielt hatten. Einsamkeit war Alfie alles andere als vertraut, und langsam begann er zu verstehen, dass sie so schmerzhaft sein konnte, dass Menschen an ihr zugrunde gingen.

Unter normalen Umständen hätte Alfie die Stille schlichtweg unerträglich gefunden. Früher wäre er derjenige gewesen, der versuchte, die anderen aufzumuntern und zum Lachen zu bringen. Doch das war Vergangenheit. Stattdessen brachte er den Tag damit zu, auf die Seiten in seinem Rätselheft zu starren und zu versuchen, sämtliche Gedanken an Mr Peterson zu verdrängen. Und der einzige Mensch, mit dem er über das, was passiert war, hätte sprechen wollen, war genau der Mensch, der ihn so schrecklich im Stich gelassen hatte. Es war unerträglich.

Er konnte kaum glauben, wie erleichtert er über seinen Physio-Termin war. Endlich! Eine Möglichkeit, das Zimmer zu verlassen und auf andere Gedanken zu kommen. Als Alfie in dem kleinen Aufenthaltsraum eintraf, war er derart benommen, dass er einen Moment brauchte, um die Szene vor seinen Augen zu erfassen.

Hatte er etwas nicht mitbekommen? Was war hier los?

In der Mitte des Raumes stand Darren, von einem Ohr bis zum anderen grinsend, und hielt einen riesigen Ballon mit der Aufschrift »Herzlichen Glückwunsch« in der Hand. Sicherheitshalber schaute Alfie sich um.

»Alfie! Kumpel!« Darren trat auf ihn zu und schien seine Verwirrung zu spüren. »Raten Sie mal!«

Alfie ließ den Blick durchs Zimmer schweifen und versuchte, das Ganze zu einem sinnvollen Bild zusammenzufügen. »Was ist los?«, murmelte er.

»Wir entlassen Sie, Mann! Wir lassen Sie wieder auf die Welt da draußen los!« Darren nahm ihn in den Arm und drückte ihn fest an sich. Alfie stand einfach reglos da.

Darren spürte sein Unbehagen und trat einen Schritt zurück. »Okay, der Ballon war vielleicht ein bisschen übertrieben.«

»Hey, Quatsch, überhaupt nicht! Es ist toll, wirklich toll ... danke!« Alfie rang sich ein Lächeln ab und nahm Darren nun seinerseits zögernd in den Arm.

Offenbar gelang es ihm, Darren ein wenig zu beruhigen, denn der zuckte verlegen die Schultern. »Na ja, das war wohl das Mindeste. Ich weiß, dass es nicht leicht für Sie war, und bei allem, was in den letzten Tagen passiert ist ...« Alfie wich seinem Blick aus. »Da wollte ich Ihnen gern eine gute Neuigkeit überbringen.«

»Moment mal, soll das heißen, es ist Schluss mit der Physiotherapie?« Alfie gab sich heiter und hoffte, nicht gleich wieder aufs Zimmer zurückgeschickt zu werden.

»Nein, das heißt es nicht. Wir haben noch eine reguläre Einheit, und dann spricht der Arzt mit Ihnen und gibt seine abschließende Einschätzung. Und solange ich Sie hierhabe, werde ich Sie jede einzelne Sekunde quälen. Also los jetzt, ehe wir unsere Meinung ändern!«

Wie sich herausstellte, hatte Darren es ernst gemeint. Die nachmittägliche Einheit entpuppte sich als eine der mörderischsten, die Alfie je mitgemacht hatte, wozu sicher auch Darrens ständige Kommentare ihren Teil beitrugen: »Das Leben draußen wird kein Zuckerschlecken, Alfie.«

Obwohl die letzten Tage auf der Station ziemlich beschissen gewesen waren, fand Alfie den Gedanken, nach draußen zu kommen und sich dem wahren Leben zu stellen, noch viel erschreckender. Plötzlich schien alles auf einmal zu passieren. Eine derart rasche Folge von Ereignissen, dass, während er sich noch mit dem ersten abmühte, bereits das zweite und dritte seine volle Aufmerksamkeit beanspruchten.

Die Entlassung stand bevor.

Sein Aufenthalt neigte sich dem Ende zu.

Er konnte es nicht glauben.

Bald würde er nach Hause kommen.

Willst du die Dinge zwischen euch wirklich so stehen lassen?

Darüber konnte er sich im Moment keine Gedanken machen. Zu viele Faktoren spielten hinein. Zuallererst war er immer noch so verdammt *wütend* auf sie. Zweitens konnte er sich kaum konzentrieren, solange Darren ihn hier durch einen militärischen Drill hetzte. Und trotzdem: Ganz egal wie oft Darren ihn anbrüllte und wie sehr Alfie versuchte, ihn zu ignorieren, er musste immer wieder an Alice denken.

Als er aufs Zimmer zurückkehrte, war er fix und fertig. Er brauchte sein Bett nur anzuschauen, um die Erleichterung zu spüren. Endlich! Ruhe! Doch gerade als er sich hinlegen wollte, entdeckte er auf seinem Nachttisch ein Stück Papier, das vor seinem Aufbruch zur Physiotherapie definitiv noch nicht dort gelegen hatte. Neugierig warf er einen näheren Blick darauf.

Es war ein in der Mitte gefaltetes DIN-A4-Blatt. Auf der äußeren Seite stand sein Name. Als er das Blatt aufklappte, sah er ein handgemaltes Kreuzworträtsel.

Er gestattete sich einen Moment freudiger Erregung, ehe er die Aufgabenstellung unter die Lupe nahm.

Waagerecht
1. Roman von Stephen King (2)
2. Geräusch des Nebelhorns (4)
3. Persönliches Fürwort (3)
4. Sowjetische Raumstation (3)

Senkrecht
1. Engl. für Krieg (3)
2. Kummer, Schmerz (4)
3. Gebräuchliche Bezeichnung für den Homo sapiens (6)
4. Unbestimmter Artikel (3)
5. Schlimmer, grausamer (13)

Je mehr Lösungen er fand, umso heftiger schlug sein Herz. Als er fertig war, schaute er auf das Blatt und lachte unwillkürlich auf. Wenn er die Wörter ein wenig umstellte, ergab sich ein zusammenhängender Satz.

Es tuut mir Leid, ich war ein schrecklicher Mensch.

51
Alice

In dem Augenblick, als sie sein Lachen hörte, wusste sie, dass es funktioniert hatte. Unwillkürlich breitete sich ein erleichtertes Lächeln auf ihrem Gesicht aus.

»Es tut mir wirklich leid.«

»Schon gut.«

Sie atmete tief durch. Jetzt war der richtige Moment, um es ihm zu erzählen. Sie musste es jetzt tun. »Als ich gesagt hab, ich will ein besserer Mensch werden, habe ich es so gemeint. Meine Operation ist für Ende nächster Woche angesetzt. Es passiert tatsächlich, Alfie.«

Schweigen.

Nicht ganz die Reaktion, mit der sie gerechnet hatte.

»Alfie? Ich dachte, du freust dich für mich.«

»Tut mir leid, ich bin ... Es war ein langer Tag. Mehrere lange Tage, um genau zu sein. Ich glaube, ich bin einfach müde.«

»Du klingst nicht gerade begeistert von meiner Idee.«

»Na ja, ich denke, du mutest dir eine Menge zu. Ich will dir nicht den Wind aus den Segeln nehmen, aber ich finde, du solltest dir klarmachen, worauf du dich einlässt.«

»Ich weiß durchaus, worauf ich mich einlasse«, gab sie gereizt zurück.

»Wirklich? Du scheinst die Entscheidung ziemlich schnell

getroffen zu haben. Ich glaube ... Ich glaube, ich verstehe einfach nicht, warum du dich freiwillig noch einmal solchen Risiken aussetzt.«

»Alfie, du scheinst etwas ganz anderes nicht zu verstehen. Und weißt du was? Du kannst es auch nicht verstehen, solange du nicht weißt, wie schlimm es mich erwischt hat.« Ihre Stimme klang scharf wie ein Rasiermesser. Warum *kapierte* er es nicht?

»Okay.«

»*Okay?* Mehr hast du dazu nicht zu sagen?« Sie merkte, dass sie laut geworden war, doch das war ihr egal. Bei diesem Thema benahm er sich wie ein Arschloch, und sie wollte, dass er sein unfaires Verhalten einsah.

»Ich weiß nicht, was du von mir erwartest, Alice. Ich will dich nicht anlügen.«

»Ach? Nach allem, was du mir die ganze Zeit gepredigt hast, willst du jetzt sagen, ich soll mich für den Rest meines Lebens verstecken? Den Menschen aus dem Weg gehen, neue Orte meiden, keine neuen Erfahrungen mehr machen? Nicht mehr hinter diesen beschissenen Vorhängen herauskommen? Ich will mehr, Alfie. Ich hätte nie gedacht, dass ich das sagen würde, aber es ist so.«

Wie waren sie vom Schweigen übers Versöhnen zum Streiten gekommen? Alice wusste nur, dass sie so wütend war, dass alles andere dahinter zurückstehen musste.

Seine Stimme war so sanft, dass sie ihn fast nicht verstanden hätte. »Ich wünschte, du könntest sehen, was ich sehe.«

»Aber du hast mich nicht gesehen, stimmt's?« Die Wut brach auf wie ein unkontrollierbares Feuer. »Du liegst da Tag für Tag herum und bastelst dir dieses Fantasiebild von mir hinter diesem verdammten Vorhang. Dabei hast du keine Ahnung. Du hast nicht die *leiseste Vorstellung* davon, wie entstellt ich bin, Alfie. Also tu nicht so, als würdest du mich kennen!«

52
Alfie

Vor lauter Nachdenken war er kaum zum Schlafen gekommen. Irgendwann in den frühen Morgenstunden musste er eingedöst sein, denn beim Aufwachen brauchte er eine Weile, um zu begreifen, dass er das alles nicht geträumt hatte. Im Verhältnis zwischen Alice und ihm hatte sich etwas verschoben, und er wusste nicht, wer jetzt den ersten Schritt machen würde.

»Guten Morgen, wie geht es uns heute?« Schwester Angles' Brust schob sich durch den Vorhang. Er war dankbar, dass sie heute ein wenig fröhlicher klang. Der Verlust von Mr Peterson hatte sie alle härter getroffen als erwartet, doch er hatte das Gefühl, er würde jedes kleinste bisschen ihres Strahlens und ihrer positiven Einstellung brauchen, wenn er die nächsten Stunden durchstehen wollte.

»Ganz gut. Etwas müde, würde ich sagen.«

»Hmm.« Sie musterte ihn gründlich. »Seid ihr beide wieder Freunde, oder tun wir immer noch so, als könnten wir uns nicht leiden?« Mit dem Kopf deutete sie hinüber zu Alice' Bett. So, wie sie es ausdrückte, klang es fast so, wie Lehrer mit ihren Schülern reden. *Kommt schon, stellt euch nicht so an. Seid nett zueinander und vertragt euch.*

»Das ist eine lange Geschichte, aber so richtig Freunde sind wir nicht.« Alfie wollte das Thema nicht vertiefen. Er achtete auch darauf, so leise zu sprechen, dass Alice ihn nicht hörte.

»Ich weiß nicht, was ich mit euch beiden anstellen soll.« Ungläubig schüttelte sie den Kopf. »Immerhin haben Sie Ihrer Mutter und Robert heute gute Neuigkeiten zu berichten! Die beiden werden begeistert sein.«

»Hmm?«

»Alfie, was ist denn heute Morgen los mit Ihnen? Sie kommen mir verwirrter vor als Sharon ohne Weinglas.« Sie lachte über ihren eigenen Witz. Offenbar hatte sie sich tatsächlich gefangen. »Die Physiotherapeuten haben Ihre Entlassung befürwortet!«

Alfie zwang sich zu einem Lächeln. »Ach das! Tut mir leid, offenbar bin ich zu müde, um klar zu denken. Ja, meine Mutter wird sicher begeistert sein. Oder in Panik. Oder beides.«

»Sie wird einfach erleichtert sein, ihr Baby zurückzubekommen. Schade für uns, schön für sie.« Sie schenkte ihm ein letztes liebevolles Lächeln, ehe sie sich umdrehte und ihn seinen Gedanken überließ. Überraschenderweise kreisten diese Gedanken nicht um die gute Nachricht, auf die seine Mutter jetzt seit Monaten wartete. Oder die herrlichen gebackenen Kartoffeln, die sie in Kürze hier auffahren würde. Nein, all seine Gedanken galten der Frau im Bett neben ihm. Der Frau, die er noch kein einziges Mal gesehen hatte.

Alice Gunnersley, was hast du mit mir gemacht?

*

»Oh, tut mir leid, wir sind etwas spät dran, Alf. Der Verkehr war schrecklich, und ich musste so dringend zur Toilette, dass wir an einem Café angehalten haben, wo Robert eine

Tasse Kaffee getrunken hat. Ich hab gesagt, er soll sich gedulden, bis wir hier sind. Aber du weißt ja, wie er ist, wenn es um Kaffee geht.« Seine Mutter redete wie ein Wasserfall. Dabei küsste sie ihn auf die Wange und tätschelte ihn am ganzen Körper, als wollte sie sichergehen, dass er keine weiteren Gliedmaßen verloren hatte. Schließlich setzte sie sich auf den Stuhl neben seinem Bett.

»Du weißt doch, dass der Kaffee hier so schmeckt, als käme er direkt aus der Bettpfanne. Es ist ja wohl nichts Schlimmes dabei, wenn ein Mann einen ordentlichen Kaffee möchte, oder, mein Sohn?«

»Oh, zieh Alfie da nicht mit rein. Der arme Junge muss Tag für Tag mit dem Essen hier zurechtkommen! Egal jetzt, wie geht's meinem Baby?«

»Nun ja, das Essen muss ich jedenfalls nicht mehr lange ertragen.« Lächelnd servierte er ihnen die Neuigkeiten in kleinen Häppchen, um zu sehen, wann der Groschen fiel.

»Nein, nein, natürlich nicht. Das ist die richtige Einstellung. Es ist ja nicht für immer, genau.« Seine Mutter war immer noch in Hektik. Gerade packte sie das mitgebrachte Essen aus und versuchte, es auf die Pappteller zu verteilen.

Robert warf Alfie einen fragenden Blick zu. »Moment mal. Versuchst du gerade, uns irgendetwas mitzuteilen?«

»Hmm?« Sie füllte gerade einen Teller mit Yorkshire-Pudding und hielt mitten in der Bewegung inne. »Wie meinst du das? Alfie, sag schon! Haben sie dir einen Termin genannt?«

»Immer mit der Ruhe, Mum. Ich hab es gestern erst erfahren.« Er hatte für einen Moment vergessen, wie schnell Jane Mack sich in eine Sache hineinsteigern konnte. »Und ich wollte es euch persönlich sagen: Die Physiotherapeuten haben meine Entlassung befürwortet. Jetzt muss noch ein Arzt grünes Licht geben, und dann … Ja, wenn alles gut läuft, komme ich dann nach Hause.«

Bevor er auch nur Luft holen konnte, drückte seine Mutter ihn fest an sich. Ihre Nähe, ihr Geruch und ihre Wärme ließen ihm erstmals zu Bewusstsein kommen, was die Nachricht für ihn bedeutete.

Er kehrte nach Hause zurück.

Er kehrte tatsächlich *nach Hause* zurück.

»Komm schon, Mum. Ich bin ja schon ganz nass!« Sanft schob er sie ein Stück von sich weg und küsste sie auf die Wange. Ihre Augen waren so voller Liebe, dass das Gefühl in jede Faser seines Körpers drang.

»Darf eine Mutter nicht glücklich sein, wenn ihr Junge nach Hause kommt?«

»Nicht wenn du dabei ein perfektes Stück Yorkshire-Pudding auf den Boden wirfst.« Robert zwinkerte Alfie zu und hob das Essen auf, das in der Aufregung heruntergefallen war.

»Eins sag ich dir: Der Yorkshire-Pudding ist wahrscheinlich einfühlsamer als du. Oh, Robert, gib es mir, um Himmels willen … Du wirst es doch wohl niemandem mehr auf den Teller legen wollen.«

Die beiden Männer grinsten sich an. Immerhin war seine Mutter jetzt abgelenkt.

»Willst du das Stück deiner Freundin Alice weiterreichen?« Alfie sah zögerlich auf den Teller, den seine Mutter ihm entgegenstreckte.

»Nein, lass mal. Das nehme ich. Gestern ging es ihr nicht so gut, sodass sie jetzt wahrscheinlich schläft. Wir stören sie besser nicht.« Er hoffte, sie würden nicht mitbekommen, dass er plötzlich flüsterte.

»Oje. Ist es schlimm?«

Würg das Thema ab, Alfie, würg es schnell ab.

»Nein, es geht schon. Sie hat unruhig geschlafen. Gib mir einen Teller, dann bringe ich ihn ihr später, wenn es ihr wieder besser geht.«

»Klar. Nimm diesen hier. Gib ihr das beste Stück, ja?« Seine Mutter wirkte rührend besorgt. Um aus der heiklen Situation herauszukommen, nickte er einfach und hoffte, Alice hatte seine Lüge nicht gehört.

»Wie sollen wir deine Heimkehr denn feiern? Vielleicht machen wir einfach ein Familientreffen bei uns zu Hause. Natürlich kannst du auch deine Freunde einladen. Dann fahren wir am nächsten Tag in deine Wohnung und schauen uns an, was dort verändert werden muss ...«

Alfie lehnte sich mit dem Essen zurück und ließ seine Mutter reden. So war es leichter. *Kämpf nicht gegen die Flut an; wähl einfach den Weg des geringsten Widerstands und lass dich treiben.* Obwohl er sich nicht vorstellen konnte, dass es ohne Alice als Gesprächspartnerin einfach sein würde, egal was sie planten.

53
Alice

Erst war sie von ihm ignoriert worden. Dann hatten sie geredet. Und jetzt herrschte wieder Schweigen. Wobei sie nicht hätte sagen können, wer hier eigentlich wen ignorierte. Das alles ging so schnell, dass Alice kaum noch mitkam.

Das Einzige, was sie wusste, war, dass er *richtig* sauer auf sie war, weil sie sich operieren lassen wollte. Und sie verstand einfach nicht, warum er das Thema nicht loslassen konnte. Warum beschäftigte es ihn immer noch so sehr?

Hatte er sich nicht ursprünglich deshalb von ihr abgewandt, weil sie sich zu sehr von ihrer Angst hatte lähmen lassen, um etwas zu tun?

Jetzt, wo sie das Problem in Angriff nahm, war es offenbar auch nicht richtig.

Sie verstand gar nichts mehr. Anderen Leuten einen Platz in ihrem Leben einzuräumen machte tatsächlich alles nur komplizierter. Genau deshalb hatte sie gelernt, für sich allein zu bleiben.

Niemand anders hat bei deinen Entscheidungen mitzureden oder ungefragt seine Meinung zu sagen. Die Entscheidung triffst du allein.

Nachts hörte sie, wie er sich im Bett hin und her warf. Am Anfang fachte jedes Rascheln seines Bettzeugs ihren Ärger erneut an. Warum musste er *ständig* so laut sein? Dann meldete sich eine perverse leise Stimme in ihr zu Wort und erinnerte sie daran, dass seine Unruhe darauf hindeutete, dass er nicht mit sich im Reinen war. Sie malte sich aus, wie seine Schuldgefühle dafür sorgten, dass er sich mit jedem Hin- und Herwälzen nur umso mehr in den Laken verfing. Schön. Das hatte er verdient.

Leider bedeutete es gleichzeitig, dass auch sie schlecht schlief. Ihre Gedanken kreisten in einer Endlosschleife. Während die Stunden sich hinzogen, gelang es ihr nach und nach, alles auszublenden, bis ein neues Thema sie geradezu ansprang.

Sarah.

Sie hatte sich so tief in ihren Überlegungen verstrickt, dass sie nicht einmal nachgeschaut hatte, ob Sarah heil angekommen war. Alice griff nach ihrem Handy und schaltete es ein.

Nachricht von Sarah BFF, 3. Juli, 16:58 Uhr
Hey meine Liebe. Heil und unversehrt gelandet. Hab mich mit Champagner in den Schlaf getrunken, also kein schlechter Flug. Ich vermisse dich jetzt schon. So sehr. Halt mich über ALLES auf dem Laufenden. Liebe Grüße an Alfie. Hab dich lieb xx

Nachricht von Sarah BFF, 5. Juli, 12:04 Uhr
Okay, ich schon wieder. Will nur mal nachhören und die nervige beste Freundin spielen. Ich weiß ja, dass es auf der Station superspaßig ist und Alfie wahrscheinlich mit dir zum Felsklettern losgezogen ist oder so was. Aber gib bitte Bescheid, ob alles in Ordnung ist, okay? Hab dich lieb xxx

Nachricht von Sarah BFF, 7. Juli, 15:42 Uhr
Was ist jetzt? Soll ich mich wie Schwester Bellingham aufführen? MELD DICH ENDLICH. Hab dich lieb. Allerdings mit jeder Minute weniger, wenn du so weitermachst. Xxx

Alice tippte ihre Antwort, so schnell ihre Verletzungen es zuließen. Sie versuchte, eine halbwegs plausible Erklärung für ihr Schweigen zu geben und trotzdem so locker und unbekümmert zu klingen, dass Sarah sich keine Sorgen machte.

Nachricht an Sarah BFF, 10. Juli, 01:50 Uhr
Hey Sarah. Tut mir leid!! Hier war in den letzten Tagen so viel los, dass ich die Zeit vergessen hab. Tut mir wirklich leid. Ich weiß, dass ich versprochen hab, mich regelmäßiger zu melden. Mr Peterson ist hier im Zimmer gestorben, und meine Operation ist für nächste Woche angesetzt. Ich halte dich auf dem Laufenden. Vermisse dich und hab dich lieb xx

Die Worte schwarz auf weiß vor sich zu sehen setzte innerlich etwas in Bewegung. Sie hatte vor, sich einer schrecklich komplizierten Operation zu unterziehen. Sie war völlig allein. Mal wieder.
Denk nicht dran und bring es hinter dich.

*

Zum ersten Mal seit Monaten wurde Alice unsanft von einem Summen am Ohr geweckt. Hatte sie sich früher wirklich von diesem dämlichen Handy herumkommandieren lassen?

Nachricht von Sarah BFF, 11. Juli, 09:15 Uhr
Gott, das ist eine Menge auf einmal! Kommt Alfie mit Mr Ps Tod klar? Sag ihm liebe Grüße, es muss wirklich schwer für ihn sein. Kannst du bitte, BITTE dafür sorgen, dass mich jemand informiert, wie die Operation läuft? Ich hab dich lieb, aber ich verlasse mich nicht darauf, dass du dich meldest! Hier läuft alles gut. Außer dass ich ein Alice-förmiges Loch im Herzen hab. Hab dich lieb x

Sie las Sarahs Worte wieder und wieder.
Es muss wirklich schwer für ihn sein.
War sie zu hart zu ihm gewesen?
Irgendwie ließ sich kaum leugnen, dass die Wut auf ihn sich nicht mehr so gut anfühlte.
Ohne Alfie als Gesprächspartner und nicht mehr ganz so sicher im Hinblick auf die Operation, fiel es Alice schwer, die Zeit zwischen ihren Physiotherapieeinheiten zu überbrücken. Sie ging in ihrer Kabine auf und ab und hielt sich strikt an die Anweisungen des Arztes und an Darrens Übungspläne – so lange, bis ihr alles wehtat und ihre Haut sich wund anfühlte. Danach blieb ihr nichts anderes übrig, als so zu tun, als würde sie lesen, fernsehen oder schlafen. Gnadenlose Langeweile. Auch wenn ihr Leben vor dem Unglück nicht gerade mit geselligen Anlässen und Aktivitäten gespickt gewesen war, hatte sie nie dermaßen viel Zeit mit Nichtstun verbracht. Die Arbeit hatte ihre Tage ausgefüllt. Die Arbeit war der Vorwand gewesen, sich nicht mit Freunden zu treffen oder Pläne zu schmieden. Natürlich hatte sie über ihren doppelt und dreifach vollen Terminkalender gestöhnt, über die unerbittliche Abfolge von Meetings, über anspruchsvolle To-do-Listen. Was würde sie jetzt dafür

geben, um dieses Leben zurückzubekommen. Das Gefühl, voller Selbstvertrauen einen Konferenzraum zu betreten, so von sich überzeugt, dass nichts, was ein anderer Teilnehmer sagen mochte, sie aus der Ruhe bringen konnte. Der Adrenalinstoß vor einem Abgabetermin und die süße Erschöpfung, wenn man ihn tatsächlich eingehalten hatte. Jetzt, ohne ihre Arbeit, blieben ihr nur die fiktiven Geschichten anderer Menschen in den fürchterlichen Fernsehsendungen, die tagsüber liefen. Immerhin konfrontierten diese Geschichten sie nicht mit ihrem eigenen beschissenen Leben.

Glücklicherweise musste sie im Verlauf des Nachmittags irgendwann eingeschlafen sein, denn das Nächste, was sie hörte, waren die Stimmen von Alfie und seinen Eltern, die voller Freude über die bevorstehende Entlassung ihres Sohnes waren.

Alice fühlte sich hin- und hergerissen. Nie zuvor in ihrem Leben hatte sie sich mit so vielen widersprüchlichen Gefühlen herumgeschlagen. Besser gesagt: Sie hatte nie so viele Gefühle gespürt.

Sie hasste ihn wegen letzter Nacht. Sie hasste ihn, weil er sie dazu gebracht hatte, nach all den Jahren jemanden so nah an sich heranzulassen. Sie war wütend, weil er sie hier im Stich lassen würde.

Ohne nachzudenken, griff sie nach ihrem Handy und schrieb in ihrer Verzweiflung eine Nachricht an Sarah.

Nachricht an Sarah BFF, 11. Juli, 15:25 Uhr
Alfie und ich reden im Moment nicht miteinander, und ich hab gerade erfahren, dass er bald entlassen wird. Ich weiß nicht, was ich tun soll. Ich war SO wütend auf ihn, aber jetzt hab ich einfach Angst. Ich weiß, dass du daran nichts ändern kannst,

und verstehe selbst nicht, warum ich dir das schreibe, wo du doch so weit weg bist. Ich hab dich lieb und vermisse dich xxx

Nachricht von Sarah BFF, 11. Juli, 17:00 Uhr
Alice, was ist passiert? Aber egal, was passiert ist – und ich sage nicht, er ist perfekt oder hat nichts falsch gemacht, aber wenn du dir das große Ganze anschaust, gibt es wichtigere Dinge. Jedenfalls: Lass dich nicht von deiner Sturheit leiten. Er liebt dich. Und das weißt du. Ich übrigens auch. Xxx

Die Tränen machten es ihr schwer, die Nachricht auf dem Display zu entziffern. Die gute Sarah – sie hatte geantwortet, obwohl es bei ihr schon weit nach Mitternacht war.

Was sollte sie bloß tun? Sie atmete tief ein und spannte jeden einzelnen Muskel an, bis sie am ganzen Körper zu zittern begann. Sie hatte die Zähne fest zusammengebissen. Es erforderte ihre ganze Energie, die Wut nicht laut hinauszuschreien. Stattdessen verkrampfte sie sich noch mehr, verzog das Gesicht und grub ihre Fingernägel tief in die Handflächen. Eine Stimme in ihrem Kopf heulte laut auf und durchbrach das Schweigen.

Ich will DAS NICHT MEHR FÜHLEN.

Ganz plötzlich wurde ihr Körper schlaff. Die Erschöpfung setzte ein, und sie konnte den Zorn nicht mehr aufrechterhalten. Sonst hätte er sie von innen heraus verbrannt.

54
Alfie

»Alfie?« Der Klang ihrer Stimme war sanft, und er war nicht ganz sicher, ob er vielleicht geträumt hatte. Bis er sie ein zweites Mal hörte: »Alfie, bist du wach?«

»Hm-hmm. Was ist los? Alles in Ordnung?« Er war ein wenig überrascht, dass sie den ersten Schritt machte.

»Warum hast du mir nichts davon gesagt?«

Jetzt war er komplett verwirrt. »Was meinst du?«

»Warum hast du mir nicht gesagt, dass du so bald entlassen wirst?«

»Oh. Das hab ich selbst erst kürzlich erfahren. Zu der Zeit haben wir nicht miteinander geredet. Danach schon und dann wieder nicht. Ich hatte ... Irgendwie war nie der richtige Moment.«

Ein Teil von ihm fühlte sich durch ihre Traurigkeit geschmeichelt. Ein anderer Teil war verwirrt. Sie war doch wütend auf ihn. Warum sollte sie sich darum scheren, ob er hierblieb oder nach Hause ging?

»Okay, aber es ist trotzdem eine Riesenneuigkeit.«

Er seufzte und rieb sich mit beiden Händen durchs Gesicht. Es gab so vieles, was er gern gesagt hätte, und gleichzeitig machte die Vorstellung, sich ihr gegenüber wieder verletzlich zu zeigen, ihm Angst. Aber er musste ehrlich zu ihr sein. Wenn er sie jetzt abwies, würden die Chancen, sie noch einmal zurückzubekommen, gegen null gehen. Sie hatte die Tür geöffnet, und er konnte sie ihr nicht einfach vor der Nase zuschlagen.

Also atmete er tief durch und sprang ins kalte Wasser. »Es tut mir leid, ich wollte dich neulich nicht verärgern. Es ist nur, dass ich in kurzer Zeit so viele Menschen verloren hab. Wahrscheinlich hab ich eine Heidenangst, noch jemanden zu verlieren. Du wärst schon einmal fast gestorben, und ich kriege einfach nicht in den Kopf, dass du dieses Risiko auf dich nehmen willst, obwohl es nicht nötig ist. Aber das sind meine Gedanken, es ist meine Meinung, und ich hätte sie dir nicht aufdrängen dürfen. Das tut mir leid.« Er atmete noch einmal tief durch. »Es tut mir wirklich leid.«

Er ballte die Fäuste und unterdrückte den Impuls zu weinen.

Dann hörte er, wie sie tiefer und schneller atmete, bis sie sich langsam wieder beruhigte.

»Alfie …« Ihre Stimme brach. »Ich hab riesige Angst vor der Operation. Und ich weiß, dass du der Ansicht bist, ich bräuchte sie nicht, um mich selbst zu akzeptieren. Und das würde ich gern glauben. Aber du bekommst nicht mit, wie die Leute mich ansehen, sogar die Schwestern. Sie versuchen krampfhaft, mich nicht anzustarren, und tun es trotzdem. Das sehe ich. Jeden Tag.« Sie machte eine kurze Pause, um Luft zu holen. »Ich muss es für mich selbst tun. Und ich erwarte nicht, dass du meiner Meinung bist. Ich erwarte nicht, dass du meinen Rollstuhl in den OP schiebst und meine Entscheidung in den höchsten Tönen lobst. Ich bitte dich nur, mich zu unterstützen. Mehr hab ich nie gewollt. Ich wollte dich nur auf meiner Seite haben, in meiner Ecke des Rings. Und als ich dich da nicht gefunden hab, bin ich wahrscheinlich in Panik geraten und hab um mich geschlagen.«

Alfie ließ ihre Worte auf sich wirken.

Sie wollte, dass ich für sie da bin.

»Würdest du mir einen Gefallen tun? Würdest du ganz kurz etwas für mich versuchen?«, sagte er dann.

»Kommt darauf an ... Deine Pläne sind mir immer ein bisschen unheimlich!«

»Ich möchte nur, dass du die Augen schließt.«

»Ernsthaft?«

»Ja.«

»Hmm. Okay. Also schön. Sie sind zu.« Sie klang misstrauisch, aber auch ein wenig neugierig. »Dir ist aber klar, dass ich auch lügen könnte? Du kannst letztlich nicht wissen, ob ich tue, was du sagst.«

»Ich weiß. Aber ich hoffe, ich kann dir vertrauen.« Heute Nacht war er nicht in der Stimmung für Spielchen.

»Also gut, und jetzt?«

»Ich möchte, dass du dir einen Ort vorstellst, wo du immer schon hinwolltest. Ein Land, eine Stadt, ein Gebäude, ganz egal. Es darf nur nichts sein, wo du schon einmal warst.«

Er wartete einen Moment.

»Siehst du es vor dir?«

»Ja, ich sehe es.«

»Jetzt will ich, dass du dir vorstellst, du bist dort. Dass du in diesem Augenblick an diesem Ort bist.«

»Okay ...«

»Wie fühlt es sich an?«

»Was?« Sie klang verwirrt und leicht ungeduldig.

»Wenn du dir wirklich vorstellst, du wärst dort, wie fühlt

es sich dann an? Wie ist die Lufttemperatur? Was hörst du? Wie sieht es aus, wenn die Sonne aufgeht? Und bei Mondlicht? Alice, bist du noch da?«

Er hörte, wie sie Luft holte.

Sein Herz raste.

»Es ist unglaublich. Atemberaubend.«

»Du bist nie in deinem Leben dort gewesen, aber wenn du es dir vorstellst, löst es bestimmte Gefühle aus, oder?«

»Schon.« Sie zögerte, und er wusste, dass er die Sache schnell zu Ende bringen musste.

»Du spürst etwas im Bauch, in der Brust, an der Art, wie dein Atem sich verändert und du dich entspannst. Verstehst du, Alice? Ich muss dich nicht *sehen*, um zu wissen, dass du bestimmte Gefühle in mir auslöst.«

»Moment mal ... Was?«

Jetzt konnte er nicht mehr zurück. »In deiner Nähe zu sein, mit dir zu reden, dich bloß atmen zu hören, löst bei mir Gefühle aus, die ich noch nie gespürt hab. Du sorgst dafür, dass mein Herz eine Million Mal pro Stunde schlägt, du bringst mich ohne ein einziges Wort zum Lächeln, und ich spüre diese Unruhe im Bauch, wenn ich weiß, dass du da drüben wach bist. Ich muss dich nicht sehen, um zu wissen, was ich für dich fühle.«

»Aber diese Gefühle basieren auf einer Fantasie, Alfie. Auf Halbwissen.« Er spürte die Enttäuschung in ihrer Stimme. Es war ein Risiko, es würde ihr nicht gefallen, aber er musste es versuchen.

»Ich weiß, dass es verrückt klingt. Und glaub mir, ich hab immer wieder darüber nachgedacht. Aber lass mich eine Frage stellen: Was fühlst du, wenn du an mich denkst?«

Schweigen.

»Ich will es gar nicht hören. Es geht mir nur darum, dass du es verstehst. Denn ich glaube, wenn du darüber nachdenkst, wirst du auch merken, dass du für Menschen etwas empfinden kannst, ohne dass deine Augen dir zeigen müssen, wer sie sind. Wenn ich die Augen schließe und an dich denke, sehe ich eine Frau vor mir, die unglaublich stark ist und unglaublich tapfer. Eine Frau, die das Leben gezwungen hat, so gnadenlos unabhängig zu sein, dass sie alle, die ihr nahekommen wollen, auf Abstand hält. Ich sehe eine Frau, die hinter all diesen Mauern und Fassaden so voller Güte und Liebe ist, dass es mir den Atem raubt. Ich spüre eine Frau, die eine derart fantastische, geradezu elektrisierende Energie ausstrahlt, dass sie dieses kalte, einsame, leere Zimmer jeden Tag aufs Neue zum Strahlen bringt. Mit anderen Worten: Nein, ich hab dein Gesicht noch nie gesehen. Ich kenne weder deine Haarfarbe, noch weiß ich, wie deine Arme und Beine aussehen. Ich weiß nicht mal, ob du welche hast! Aber es ist mir egal. Hörst du? Es. Ist. Mir. Egal. Ich sehe dich. Ich sehe dich so, wie du bist, Alice, und so etwas Umwerfendes hab ich im Leben noch nicht gesehen.«

Die Stille war schwer zu ertragen.

Alfie konnte kaum an sich halten.

Er riss seinen Blick von der Zimmerdecke los und schaute auf den Vorhang, in der Hoffnung, ein Stück von ihrer Silhouette zu entdecken.

Vergeblich.

Stattdessen sah er ihre sehr blasse, sehr zittrige, sehr einsame Hand, die auf seine wartete.

55
Alice

Als sie aufwachte, hielt sie die Hand immer noch aus dem Bett gestreckt. Ohne Alfies Berührung fühlte sie sich kalt und leer an. Am liebsten hätte sie den Arm durch den Vorhang geschoben und seine Hand wieder genommen, den Mann gespürt, der ihr so viel bedeutete. Den Mann, der ihr die wundervollsten Worte gesagt hatte, die sie je gehört hatte. Den Mann, der sie während ihrer Zeit hier gerettet hatte.

In dem Moment, als sie den Abstand zwischen ihnen überbrücken wollte, begann er sich zu regen.

»Hey. Wie geht's dir?« Seine Stimme klang schläfrig.

»Gut. Ich bin müde, aber ansonsten geht's mir gut.« Sie wollte ihm zeigen, wie viel die letzte Nacht ihr bedeutete. Aber sie konnte sich auch vorstellen, dass er nun, bei Tageslicht, ein wenig verlegen sein mochte. Oder schlimmer: dass er seine Worte vielleicht bedauerte. »Und dir?«

Wollte sie die Antwort wirklich hören?

»Mir auch. Allerdings kann ich es kaum abwarten, im *Stein der Weisen* weiterzulesen, jetzt wo wir wissen, dass wir nur noch begrenzt Zeit haben, um es zu Ende zu bringen!«

»Du bist unglaublich.«

»Dabei hast du höchstens einen Vorgeschmack bekommen.«

»Ach, wirklich?«

Gott, Sarah würde schlecht werden, wenn sie jetzt hier wäre und ihnen beim Flirten zuhören würde. Alice hingegen fühlte sich wunderbar.

»Hmmmm. Ich hab meine Zweifel, ob du damit zurechtkämst.«

»Auf keinen Fall, Schätzchen. Er würde Sie mit Haut und Haaren verschlingen.« Eine neue Stimme mischte sich ein, und Alice fiel vor Schreck beinahe aus dem Bett.

Wie viel hatte Schwester Angles von ihrem Gespräch mitbekommen?

Sie spürte die Demütigung geradezu körperlich. Es kam ihr vor, als hätte ein Fremder sie vollkommen nackt erwischt.

»Schwester A, schnüffeln Sie wieder herum?« Natürlich meisterte Alfie die Situation ohne jedes Anzeichen von Verlegenheit.

Schwester Angles ließ ihr tiefes, beseeltes Lachen hören. »Als ob ich die Wahl gehabt hätte. Ich habe Ohren, Alfie, und Sie reden lauter, als Sie wahrscheinlich glauben. Die meisten Leute turteln im Flüsterton, nicht wie die Marktschreier.«

Aaahh! Alice' ganzer Körper schien zu glühen. Sie spürte, wie ihr Gesicht knallrot anlief.

»Da hat wohl jemand seinen bissigen Tag.«

Und schon hatte er dem Gespräch eine neue Wendung gegeben. Eins musste Alice neidlos anerkennen: Alfie beherrschte das zwanglose Plaudern meisterhaft. Trotzdem änderte sein Themenwechsel nichts an ihrer Verlegenheit. Als Schwester Angles zur morgendlichen Routinevisite durch den Vorhang trat, hatte Alice das Gefühl, dass ihre Wangen puterrot leuchteten.

Was Harry Potter betraf, war es Alfie offenbar ernst gewesen. Das Programm, das er vor Sarahs Heimkehr entworfen hatte, wurde mit neuem Elan wieder aufgenommen. Tagsüber waren nur lockere Unterhaltungen angesagt – keine tiefschürfenden Fragen, nichts, was an die beiden großen Ereignisse erinnern konnte, die ihnen bevorstanden. Was Alice nicht davon abhielt, in Gedanken immer wieder durchzugehen, was er in der Nacht zu ihr gesagt hatte.

Ich sehe dich. Ich sehe dich so, wie du bist, Alice, und so etwas Umwerfendes hab ich im Leben noch nicht gesehen.

Sie bekam die Worte nicht aus dem Kopf. Eine ganze Weile saß sie einfach nur da und lächelte von einem Ohr zum anderen. Sie war so erfüllt von ihm und seinen Worten, dass sie glaubte, ihr Herz würde platzen. Dann aber begann in ihren Gedanken die altvertraute Saat des Zweifels zu sprießen.

Meint er es wirklich so?

Ein Blick in dein Gesicht, und er nimmt wahrscheinlich alles zurück.

Als ihr Pessimismus überhandzunehmen drohte, las sie noch einmal Sarahs Nachricht.

Er liebt dich. Und das weißt du.

Wusste sie es wirklich? Alice wusste eines ganz sicher: dass sie, bevor das Leben ihr dieses wunderbare Geschenk gemacht hatte, nie verliebt gewesen war. Vor dem Unglück hätte man ihre Beziehungen zu Männern kaum als Erfolgsgeschichte bezeichnen können. Sie wagte es also gar nicht, sich auszumalen, wie es nach ihren Verbrennungen aussehen würde. Natürlich hatte sie Sex gehabt und sich für ein paar Wochen mit Männern getroffen. Manchmal auch mit mehreren zur gleichen Zeit. Aber das war alles. Keine festen Beziehungen. Keine Verpflichtungen. Und ganz sicher keine Liebe.

Am nächsten an diese Dinge herangekommen war ein angenehmes Arrangement mit einem Mann, den sie spätabends im Büro kennengelernt hatte. Er arbeitete für eine Investmentbank, die im gleichen Gebäude ihre Räume hatte. Sie waren sich ein paarmal zufällig über den Weg gelaufen. Beide waren Sklaven ihrer Arbeit, doch beide hatten auch ihre Bedürfnisse. Sie trafen sich zweimal pro Woche, verbrachten die Nacht zusammen und kümmerten sich ansonsten um ihr jeweiliges eigenes Leben, ohne Bedürfnis nach weitergehendem Kontakt. Aaron war dreiundvierzig, zweimal geschieden und hatte weder Zeit noch Energie noch den Platz in seinem Herzen, um eine neue Beziehung einzugehen. Er war extrem attraktiv, liebenswürdig und ein guter Liebhaber. Die Sache hielt einige Monate, bis Aaron anscheinend entdeckte, dass er doch Zeit, Energie und Platz in seinem Herzen hatte, um eine neue Beziehung einzugehen. Nur nicht mit Alice. Nach der einvernehmlichen Trennung versuchte sie es nicht mehr ernsthaft mit jemand anderem. Und der Mangel an Männerbekanntschaften machte ihr eigentlich nichts aus. Manchmal verabredete sie sich, weil sie dachte, es müsste so sein. Erst jetzt, wo ihr die Gewissheit, jederzeit jemanden kennenlernen zu können, genommen worden war, wurde ihr klar, wie gedankenlos sie bisher damit umgegangen war. Anscheinend war die Einsamkeit für sie ganz in Ordnung, aber nur so lange, wie sie aus freien Stücken einsam war.

In einem Punkt war sie sich ganz sicher: Von dieser Operation hing unglaublich viel ab. Die Möglichkeit eines neuen Lebens. Vielleicht würde sie nachher sogar den Mut aufbringen und Alfie endlich persönlich kennenlernen?

Was das betraf, hatte sie noch Zweifel. Der Gedanke, dass er das Zimmer bald verlassen und sie nie wieder miteinander sprechen würden, machte sie einerseits geradezu krank. Und trotzdem: Würde sie es wirklich schaffen, diesem Mann von Angesicht zu Angesicht gegenüberzutreten? Was, wenn sie auch nach der Operation noch schrecklich aussäh? Wenn er sich umdrehte und ohne einen weiteren Blick verschwand? Wenn sie einfach ein Projekt zu seinem Vergnügen war, ein Zeitvertreib?

Sie hatte es zugelassen, dass sämtliche Menschen in ihrem Leben sie am Ende verlassen hatten. Selbst Sarah lebte inzwischen am anderen Ende der Welt. Sie würde es nicht ertragen, wenn auch Alfie sie verließe.

*

»Morgen ist der große Tag, Big Al. Wie fühlst du dich?«

»Schrecklich, jedenfalls, wenn du mich so nennst.«

»Tut mir leid! Ich weiß, dass es eine schlechte Angewohnheit ist. Aber hör auf, meiner Frage auszuweichen.«

»Ich fühle mich noch genauso wie gestern, als du zuletzt gefragt hast. Und wie am Tag davor. Ich hab schreckliche Angst und spüre gleichzeitig dieses … aufgeregte Kribbeln.«

»Die Angst verstehe ich, das Kribbeln nicht so ganz. Bist du ganz sicher, dass du es vor der großen Operation nicht doch mal mit meiner Narbencreme versuchen willst?«

Eine kleine weiße Tube tauchte im Spalt des Vorhangs auf.

»Glaubst du, die benutze ich nicht längst? Außerdem würde deine winzige Tube gerade für meinen Arm ausreichen.«

»Ich wollte ja bloß helfen.« Er wackelte noch einmal mit der Tube, ehe sie wieder aus ihrem Blickfeld verschwand. »Und ich soll sicher niemanden anrufen, falls etwas schiefgeht? Nicht mal Sarah?«

»Nein. Wenn etwas richtig Schlimmes passiert, ruft das Krankenhaus sie an. Ich will nicht, dass sie sich unnötige Sorgen macht. Glaub mir, so ist es am besten.«

Alice wollte nicht, dass Sarah unnötig hineingezogen wurde. Wozu auch? Alice würde das, was auf sie zukam, meistern, ohne anderen Menschen unnötige Sorgen zu bereiten. Schließlich hatte sie noch nicht völlig vergessen, wie man für sich selbst sorgte.

»Ich bin überhaupt nicht deiner Meinung, aber ich mache es so, wie du sagst.«

»Gut. Alfie?«

»Ja?«

»Ich muss dich noch um einen Gefallen bitten.«

»Sie haben meine ungeteilte Aufmerksamkeit, Miss Gunnersley.«

Würde er doch nur begreifen, dass jetzt nicht der richtige Zeitpunkt zum Flirten war.

»Du musst mir versprechen, dass du nicht zu mir kommst, egal was während der Operation passiert.«

»Moment mal. Wie bitte?« Er konnte nicht verbergen, wie schockiert er war.

»Ich meine es ernst. Bitte komm nicht, um mich zu sehen. Nicht mal, wenn ...«

»Alice, hör auf! Das kann nicht dein Ernst sein. Ich ...«

»Alfie.« Ihre Stimme ließ ihn verstummen. »Wenn es nicht läuft wie geplant ... Dann will ich, dass du mich so in Erinnerung behältst, wie du mich kennst. Dann sollst du dich so an mich erinnern, wie du es mir neulich nachts in diesen wunderbaren Worten beschrieben hast. Bitte. Versprich es mir.«

Sein Schweigen fühlte sich für sie wie eine Ewigkeit an.
»Alfie, bitte!«
»Na schön. Ich verspreche es, Alice.«
»Egal was passiert?«
»Egal was passiert.«

56
Alfie

Er hielt ihre Hand bis zum allerletzten Moment.

Wie üblich waren alle aufgefordert worden, ihre Vorhänge zu schließen, während sie hinausgeschoben wurde. Wie gern hätte er seinen ein winziges Stückchen offen stehen lassen, um wenigstens einen kurzen Blick auf sie werfen zu können, bevor man sie in den Operationssaal brachte.

Aber ein Versprechen war ein Versprechen. So schmerzhaft es auch war, sich daran zu halten.

Bitte pass auf sie auf.
Bitte pass auf sie auf.
Bitte pass auf sie auf.

Immer wieder flüsterte er diese Worte in sein Kissen. Wenn er sie nur oft genug und mit der nötigen Überzeugung aussprach, würde es vielleicht jemanden geben, der sein Flehen erhörte.

Es musste ungefähr 10 Uhr sein, als Alfie Schritte hörte, die sich seiner Kabine näherten.

»Darf ich reinkommen?« Die kleine Ruby steckte ihr Gesicht durch den Vorhang.

»Hey, Rubes. Alles klar?«

»Ja. Und bei dir?« Sie schaute ihn mit einem wissenden Blick an, für den sie eigentlich noch viel zu jung war. »Darf ich?« Sie deutete mit dem Kopf auf sein Bett.

»Sicher. Es sei denn, du bist schon zu alt und zu cool dafür.«

»Im Moment noch nicht.« Sie eilte an sein Bett, legte sich hin und schmiegte sich an ihn. »Vor allem nicht, wenn du so traurig bist.«

Ihre Worte hauten ihn um. Hier konnte man wirklich nichts für sich behalten. Er drückte ihren warmen kleinen Körper.

Sie blieb den ganzen Morgen bei ihm und bestand darauf, sich mit ihm endlose Episoden von irgendwelchem Mist im Fernsehen anzuschauen, um ihn abzulenken. Doch kaum betrat Schwester Angles das Zimmer, hatte er nur noch eines im Kopf. Er schnappte sich die Krücken und eilte ihr entgegen.

»Alfie, Schätzchen, ich weiß, was Sie mich fragen wollen. Aber ich hab noch nichts gehört.« Sie hatte nicht mal den Blick von ihrem Klemmbrett gehoben. »Sobald ich etwas weiß, sind Sie der Erste, der es erfährt, okay?« Sie richtete sich auf und legte ihm eine Hand an die Wange. »Jetzt gehen Sie wieder ins Bett und ruhen sich aus. So wie Sie aussehen, könnte man denken, Sie haben seit Wochen nicht geschlafen.«

Alfie mühte sich um ein Lächeln und kehrte zu seiner Kabine zurück. Er konnte sich einen Blick auf Mr Petersons altes Bett nicht verkneifen, in dem jetzt ein ziemlich behaarter, ziemlich übellauniger Grieche lag.

Den Rest des Vormittags fühlte Alfie sich schrecklich verloren.

*

»Würden Sie bitte aufhören, im Gang auf und ab zu laufen?« Die Schwestern gaben sich Mühe, nicht allzu entnervt zu klingen, doch Alfie wusste, dass er sie mit seiner Unruhe ansteckte.

»Tut mir leid, ich weiß einfach nicht, was ich sonst tun soll.«

Herumzulaufen half. Herumzulaufen gab Alfie das Gefühl, wenigstens *etwas* zu tun.

»Wir verstehen Sie ja, wirklich. Aber könnten Sie vielleicht irgendwo anders hingehen, statt hier immer auf und ab zu laufen? Vielleicht nach draußen? An die frische Luft? Sie machen hier alle nervös.«

Was kümmerten ihn die anderen, wenn der allerwichtigste Mensch, den es hier gab, auf dem Operationstisch lag?

Er wusste, dass die Schwestern nichts dafür konnten, also verkniff er sich eine Entgegnung und ging hinaus in den Innenhof.

Die Sonne strahlte, und an jedem anderen Tag hätte er die warme Luft und den blauen Himmel genossen. Heute aber wollte er sich in seinem Elend von nichts ablenken lassen.

»Was für ein schöner Tag, nicht wahr?« Eine ältere Dame und ihr Mann spazierten Arm in Arm durch den Garten. Alfie brachte nur ein halbherziges Lächeln zustande.

»Wollen Sie sich setzen, junger Mann?« Ein Mann mittleren Alters hatte Alfies unsicheren Gang registriert.

»Nein, aber vielen Dank.« Wenn er sich jetzt hinsetzte, wäre er zu einem Gespräch gezwungen, und allein der Gedanke war im Moment unerträglich. Sich hinzusetzen wäre schon zu viel Verpflichtung.

Wenn er nun plötzlich zurück ins Zimmer musste? Wenn man ihn bereits suchte?

Panik ergriff ihn.

Alfie verließ den Innenhof mehr oder weniger rennend. Es kümmerte ihn nicht, dass er auf dem Weg zur Station mehrere Leute anrempelte. Die Panik trieb ihn zu immer größerer Eile. Sein wild klopfendes Herz und das schmerzende Bein schrien nach einer Pause. Doch er wagte es nicht, auch nur einen Moment stehen zu bleiben, nicht mal zum Luftholen.

Als er den Eingang zur Station erreichte, lief ihm der Schweiß übers Gesicht.

»Alfie, was zum Teufel ist passiert?«

Er schüttelte den Kopf und kam sich idiotisch vor. Natürlich wussten sie, wo sie ihn finden konnten. Die Schwestern hatten ihn schließlich mehr oder weniger gedrängt, für eine Weile in den Innenhof zu verschwinden.

»Nichts, ich bin nur müde«, murmelte er vor sich hin.

»Hmm, na gut.« Die Schwester bedachte ihn mit einem zweifelnden Blick. »Dann ruhen Sie sich ein bisschen aus, es gibt noch immer nichts Neues. Aber ich frage für Sie noch mal nach, versprochen.«

»Danke.« Zum ersten Mal an diesem Tag konnte er wirklich lächeln.

57
Alice

Atme einfach, Alice.

Mit jeder Tür, an der sie vorbeikamen, und jedem Gang, durch den sie geschoben wurde, nahm ihr Nervenflattern zu.

Konnte man ihr das Betäubungsmittel nicht jetzt schon geben? Sie einfach in eine Bewusstlosigkeit versetzen und erst wieder zu sich kommen lassen, wenn die ganze Tortur hinter ihr lag?

Nein. Offensichtlich sollte sie bis zum letzten Augenblick wach gehalten werden.

Wenigstens dauerte es nicht lange, bis sie aus dem Wartebereich in den Operationssaal geschoben wurde.

Schon merkwürdig, wie sehr sie sich wünschte, statt dieser Fremden hier könnte Schwester Angles sie empfangen. Erst jetzt, wo sie aus der vertrauten Umgebung der Station herausgerissen war, wusste sie zu schätzen, wie tröstlich ihre Tage dort verlaufen waren.

»Okay, Alice. Ich bin Schwester Hoi, und ich werde Sie jetzt für Ihre Operation bereit machen.«

Alice nickte einfach. Sie hatte das Gefühl, sich übergeben zu müssen, falls sie versuchte, etwas zu sagen.

»Ich möchte, dass Sie ein paarmal tief für mich durchatmen. Sie werden einen kleinen Piks spüren und dann ein leichtes Kältegefühl. Das ist ganz normal, wenn das Betäubungsmittel zu wirken beginnt. Okay?«

Diesmal lächelte Alice. Das Nicken verstärkte bloß ihre Übelkeit.

»Wunderbar. Ich zähle jetzt von zehn rückwärts. Sie werden sich gleich ziemlich schläfrig fühlen. Kämpfen Sie nicht dagegen an, sondern lassen Sie sich einfach fallen, okay?«

Plötzlich begann alles zu verblassen. Die Geräusche, die Umrisse, alles verlor die Konturen.

Ihre Augen wurden schwer.

Sie konnte kaum den Kopf gerade halten.

Sekunden später tauchte sie in die Dunkelheit ein.

Eine Stunde später erlitt sie auf dem Operationstisch einen Herzstillstand.

58
Alfie

Alfie wusste, dass alle sich bemühten, ihn mit Informationen zu versorgen. Trotzdem fand er, dass sie sich noch mehr anstrengen sollten. Dieses Nichtwissen machte ihn verrückt.

Warum ging nicht jemand zum Operationssaal und fragte nach?

Einmal war er kurz davor gewesen, sich selbst auf den Weg zu machen, um etwas herauszufinden. Doch zum Glück hatte sein gesunder Menschenverstand ihm klargemacht, wie dumm die Idee war. Und dass man ihm nach einer solchen Aktion erst recht nichts mehr sagen würde. Also blieb ihm nichts anderes übrig, als abzuwarten.

Er wartete, bis die Schwestern der Spätschicht sich in den Feierabend verabschiedeten und die Nachtschicht begann.

Er wartete, bis ihm die Sterne vom Himmel zublinzelten.

Er wartete, bis es schien, dass um ihn herum alles schlief.

Immer wieder drohten ihm die Augen zuzufallen, doch jedes Mal zwang er sich zum Wachbleiben. Sobald er irgendwo Schritte hörte, richtet er sich kerzengerade auf und hoffte, diese Schritte würden sich seinem Bett nähern. Doch immer änderten sie entweder die Richtung oder wurden langsam wieder leiser. Dann lastete das Nichtwissen noch schwerer auf ihm.

Diesmal jedoch kam jemand geradewegs auf sein Bett zu. Er wagte es nicht, einen Laut von sich zu geben, um die Schritte nicht wieder zu verscheuchen.

»Alfie, sind Sie noch wach?«

Warum ist Schwester Angles hier? Hatte sie nicht vor Stunden schon Feierabend?

»Mother A?«

»Hey, mein Lieber.« Sie steckte den Kopf durch den Vorhang. Er wusste auf der Stelle, dass etwas nicht in Ordnung war.

»Lebt sie noch? Bitte sagen Sie mir, dass sie noch lebt.« Er schrie sie mehr oder weniger an.

Plötzlich spürte er ihren warmen Körper an seiner Seite. Sie hielt seine Hand ganz fest. »Sie lebt, Baby, aber gerade so eben.«

Gerade so eben.

Die Worte trafen ihn mit aller Macht. Ihm wurde übel. Er musste sie sehen. Er musste auf der Stelle zu ihr.

»Ich muss Alice sehen. Ich muss zu ihr, sofort.«

»Alfie, Schätzchen, immer mit der Ruhe.«

»Nein. Machen Sie Platz!« Alfie nahm seine ganze Kraft zusammen, um sich von ihr frei zu machen.

»Hören Sie.« Sie hielt ihn auf Armeslänge von sich, bis er nicht mehr um sich schlug. »Ich weiß, dass Sie zu ihr wollen, aber das geht nicht. Sie ist in einem kritischen Zustand. Im Moment darf niemand zu ihr. Nicht mal Sie.« Er spürte, wie ihre Finger Abdrücke auf seiner Haut hinterließen.

Alfie konnte sich nicht mehr zurückhalten und sank weinend in ihre Arme.

»Was ist passiert?« Vor lauter Tränen waren die Worte kaum zu hören.

»Viel sagen die Ärzte noch nicht.« Sie hielt inne und zog ihn wieder fest an sich. »Das Einzige, was ich weiß, ist, dass sie eine Menge Blut verloren hat ... und ...«

Sie konnte nicht weitersprechen, und plötzlich wollte er auch nichts mehr hören.

✿

Nachher konnte er sich nicht erinnern, wann genau er eingeschlafen war. Aber er war sicher, dass Schwester Angles ihn in den Armen gehalten hatte. Fast überraschte es ihn, dass sie nicht auch noch am frühen Morgen bei ihm saß.

Stattdessen hörte er, dass sie schon auf den Beinen war, auf der Station auf und ab ging und ihre morgendliche Runde machte. Wie konnte alles seinen gewohnten Gang gehen, wo ihm der Boden restlos unter den Füßen weggezogen worden war? Zum Glück hatte sie die Vorhänge seiner Kabine geschlossen, als sie in der Nacht gegangen war. So blieb Alfie genügend Privatsphäre, um das Geschehene auf seine Weise zu verdauen. Doch das Einzige, was er wirklich wollte, war, Alice zu sehen.

Warum hatte er ihr dieses verdammte, saudumme Versprechen gegeben, sie nicht zu besuchen?

»Alfie, darf ich reinkommen?« Er war es nicht gewohnt, dass Schwester Angles um Erlaubnis bat. Die Vorsicht in ihrer Stimme rührte ihn an.

»Hmm.« Mehr brachte er nicht heraus, da er immer noch heiser vom Weinen war.

»Wie geht es Ihnen, mein Lieber?«

Alfie zuckte die Schultern. Mehr und mehr begann er zu begreifen, dass Worte in manchen Situationen sinnlos waren. Was sollte er schon sagen? Wo anfangen? Vielleicht war das der Grund, warum Alice so lange geschwiegen hatte.

Die schlimme Nachricht schien auch bei Schwester Angles Spuren hinterlassen zu haben. Als sie sich auf den Stuhl neben dem Bett quetschte, sah er die dunklen Ringe um ihre geröteten Augen. Sie beugte sich näher heran und nahm seine Hand. »Ich war heute Morgen schon oben. Ihr Zustand ist unverändert.«

Eine Mischung aus Schuldgefühlen und Dankbarkeit wallte in ihm auf. »Vielen Dank.«

»Ich tue alles, um auf dem Laufenden zu bleiben, aber Sie dürfen den Mut nicht verlieren. Niemand hat etwas davon, wenn Sie jetzt zusammenbrechen.«

Plötzlich erinnerte Alfie sich an die schwarzen Tage nach seinem Unfall. Die Tage der depressiven Wolken, die ihn daran gehindert hatten, etwas anderes zu tun als zu schlafen. Schon damals war Schwester Angles die ganze Zeit über an seiner Seite gewesen.

»Darf ich Sie etwas fragen?«

»Natürlich.«

»Alice hat mir das Versprechen abgenommen, dass ich nicht versuchen soll, sie zu besuchen und sie zu sehen, egal was passiert. Nicht mal, wenn es zum Aller*aller*schlimmsten kommt.«

Schwester Angles konnte ihre Überraschung nicht verbergen. »Oha! Ich würde sagen, das ist ziemlich viel verlangt.«

»Ich weiß, aber ich hab mich darauf eingelassen. Und jetzt ... Jetzt, wo es so schlecht aussieht, weiß ich nicht, ob ich mein Versprechen halten kann.«

Schwester Angles atmete tief durch und lehnte sich zurück. Er war froh zu sehen, dass sie seine Frage so ernst nahm. Es war wichtig für ihn, dass sie ihm nachfühlen konnte, wie schwerwiegend sein Dilemma war.

»Und jetzt möchten Sie meine Meinung zu der Frage hören, was Sie tun sollen? Ist es das, worauf Sie hinauswollen?«

Er nickte.

»Na ja, Baby.« Er merkte, wie sie um die richtigen Worte rang. »Wenn ich an Ihrer Stelle wäre – und das bin ich nicht, also können Sie natürlich tun, was Sie wollen ... Aber *wenn* ich an Ihrer Stelle wäre und ich jemandem, der mir so wichtig ist, ein Versprechen gegeben hätte, dann würde ich alles dafür tun, es auch zu halten.« Sie drückte seine Hand. Er spürte, dass sie genau wusste, dass eine andere Antwort ihm lieber gewesen wäre.

Er erwiderte den Druck ihrer Hand.

»Ich lasse Sie jetzt in Ruhe, aber wenn Sie mich brauchen, wissen Sie ja, wo Sie mich finden. Ich bin für Sie da. Jederzeit.« Sie hievte sich hoch und wandte sich zum Gehen. »Oh, und vergessen Sie nicht, dass Ihre Mutter heute zu Besuch kommt.«

Wahrscheinlich hatte sie gehofft, ihm damit ein Lächeln zu entlocken. Doch seit der Nachricht von der bevorstehenden Entlassung ihres Sohnes war Jane Mack noch ein Stück aufgedrehter als sonst. Alfie zuckte jedes Mal zusammen, wenn er die Schwestern mit ihr telefonieren hörte: »Ja, wir passen auf, dass er gut versorgt ist.« »Nein, Mrs Mack, es gibt noch kein neues Datum – voraussichtlich bleibt es bei Ende nächster Woche.« »Hi, Jane, noch nichts Neues!« »Jane, wir rufen Sie an, wenn sich etwas ergibt, okay?«

Ihm war klar, dass sie in seiner letzten Woche hier mehr oder weniger einziehen würde. Aus ihrer Sicht gab es noch jede Menge zu organisieren. Realistisch betrachtet, konnte Alfie wahrscheinlich binnen zehn Minuten all seine Habseligkeiten in einen kleinen Karton packen, doch er wusste, dass er ihr damit nicht zu kommen brauchte. Vielmehr würde er sich von ihr haarklein erklären lassen, was zu tun war, wohin er nach seiner Entlassung gebracht würde und wie genau das vonstattengehen würde.

Bei ihrem Eintreffen am späten Vormittag allerdings war selbst er überrascht, als er die Tasche mit Reinigungsmitteln entdeckte, die sie bei sich hatte.

»Guten Morgen, alle zusammen.« Ihre Aufregung war greifbar.

Alfie sah Robert an, der ihr mit einem Stapel Keksdosen folgte.

Ehe er Gelegenheit hatte, den Mund aufzumachen, war sie bereits auf Touren.

»Jetzt ist es nicht mehr lange, Schatz! Gott, es gibt noch so viel zu tun, bevor du entlassen wirst. Ich hab ein paar Sachen mitgebracht, damit wir hier gründlich putzen können – es ist nur höflich, wenn man alles ordentlich hinterlässt, stimmt's?«

»Mum, du weißt aber, dass das Krankenhaus Profis beschäftigt, die sich darum kümmern? Das gehört zu ihrem Job.«

Sie hatte bereits ein antibakterielles Spray aus der Tasche gezogen und angefangen, die Oberflächen abzuwischen.

»*Mum.*« Es kam heftiger heraus als beabsichtigt. »Hör auf!«

Sie warf ihm einen verwirrten Blick zu. »Was ist los mit dir?«

Wenn er ihr die Wahrheit sagte, würde der Schmerz kaum zu ertragen sein. Dazu war er im Moment nicht bereit. Aber das Putzen und die Unruhe mussten aufhören.

»Nichts, ich bin nur müde. Könntest du dich einen Moment hinsetzen?«

»Natürlich.« Sie stellte das Spray weg und setzte sich auf die Bettkante. »Ich hab ein paar Haferriegel für die Schwestern mitgebracht. Als kleines Dankeschön für all ihre harte Arbeit. Möchtest du einen? Sicher merkt niemand, wenn einer fehlt.«

Er schüttelte den Kopf. Seit Alice zur Operation abgeholt worden war, war sein ansonsten unbezähmbarer Appetit so gut wie verschwunden.

»Liebling, bist du sicher, dass alles in Ordnung ist?«

Verdammt. Er hätte wissen müssen, dass sie seinen Verzicht auf ihr Gebäck als Alarmsignal deuten würde.

»Ja, ich bin bloß schrecklich müde.«

»Hmmmm.« Sie merkte unweigerlich, wenn er sie anlog. »Es ist eine riesige Veränderung, Alf. Da ist es in Ordnung, wenn du dir Sorgen machst oder ein bisschen Angst hast.«

Wunderbar. Da wurde ihm die perfekte Ausrede geradezu auf dem Silbertablett serviert.

»Ja, wirklich. Es ist alles ein bisschen viel.«

»Natürlich. Aber mach dir keine Sorgen. Wir haben schon angefangen, uns Gedanken zu machen, damit du es nicht tun musst. Am Morgen deiner Entlassung holen wir dich mit dem Auto ab und nehmen dich mit zu uns nach Hause. Du kannst bleiben, solange du willst. Wir waren auch schon in deiner Wohnung und haben uns vergewissert, dass alles für dich passt. Und in der Schule hab ich Bescheid gegeben, dass du bald rauskommst. Sie haben sich so gefreut! Ich hatte den Eindruck, du wirst dort schrecklich vermisst.«

Alfie konnte nur lächeln, nicken und versuchen, angesichts der Absurdität der Situation nicht loszuschreien.

Das alles ist mir ganz egal. Ich will bloß wissen, ob sie durchkommt.

Zum Glück hatte Robert bessere Antennen für Alfies Stimmung. Immerhin spürte er, dass Alfie ein wenig für sich sein wollte. »Komm, meine Liebe, lass uns die Haferriegel unter die Leute bringen. Wahrscheinlich können sie es kaum erwarten, etwas Süßes zu bekommen!«

»Gute Idee. Alfie, Schätzchen, es dauert nicht lange.« Ehe sie verschwand, legte sie ihm zwei Stücke Gebäck auf den Nachttisch. »Nur für den Fall, dass du doch noch Hunger bekommst, hm?«

Wie unglaublich großzügig diese Frau doch war, und wie unglaublich schuldig er sich fühlte, weil er sie nicht hierhaben wollte. Ein wenig hatte er gehofft, der Besuch der beiden werde ihn vorübergehend von seinen schrecklichen Gedanken ablenken. Stattdessen hatten der Small Talk und das ganze Getue ihn zu ersticken gedroht.

*

Als er wieder allein und langsam zur Ruhe gekommen war, starrte er auf den Vorhang zwischen seinem und Alice' Bett. Plötzlich verspürte er den heftigen Drang, ihn zurückzuziehen und einen kurzen Blick in ihre Kabine zu werfen. Ohne zu zögern, griff er nach dem Stoff. Wie würde es sich anfühlen, endlich zu sehen, wo sie die letzten Wochen verbracht hatte? Wo sie geschlafen, geträumt, geschrien und gelacht hatte? Doch als er den Vorhang gerade öffnen wollte, wurde ihm flau im Magen. Irgendetwas ließ ihn innehalten.

Er hatte ein Versprechen gegeben. Selbst wenn er sich nur diesen kleinen Teil ihrer Privatsphäre ansah, würde es ihm wie ein Verrat vorkommen.

»Oh, ich werde diese Schwestern vermissen, wenn du nach Hause kommst, Alfie. Sie sind wirklich ein Geschenk des Himmels.«

Sofort ließ er den Vorhang fallen. Er hoffte nur, dass ihm das Schuldgefühl wegen seiner Neugier nicht allzu deutlich ins Gesicht geschrieben stand. Jane Mack war ein geselliger Mensch, und es hatte tatsächlich über eine Stunde gedauert, bis die beiden mit leeren Dosen und einer Menge frischem Klatsch von ihrer Runde zurückgekehrt waren. Sofort registrierte seine Mutter die unberührten Haferriegel. »Schatz, du musst wirklich müde sein, du hast ja nicht mal ein Stück abgebissen! Wie wäre es, wenn wir dich einfach ausruhen lassen? Du siehst wirklich erschöpft aus.«

»Ja, vielleicht.« Er würde ihr sicher nicht widersprechen.

»Robert und ich kommen bald wieder, um dich abzuholen. Schwester Angles rechnet damit, dass der Arzt morgen oder übermorgen seine abschließende Einschätzung vornimmt. Mach dir nicht die Mühe, deine Sachen zu packen. Darum kümmern wir uns, wenn wir dich abholen kommen. Ich glaube es immer noch nicht: Mein Baby kommt nach Hause!« Sie gab ihm einen Kuss auf den Kopf.

Alfie hatte Mühe, sich auch nur ein Lächeln abzuringen. Seine Maske zu tragen fiel ihm immer schwerer.

59
Alfie

Abschiede waren Alfie Mack noch nie leichtgefallen. Er mochte das Weggehen nicht, und noch weniger konnte er den Gedanken ertragen, dass andere von ihm weggingen. Jedes Mal, wenn er sich am Ende des Schuljahrs von seinen Klassen verabschiedete, rang er um Worte. Selbst wenn er sonntags nach dem Essen bei seinen Eltern aufbrach, tat er sich schwer. Und jetzt war er gezwungen, dem Krankenhaus und den Menschen, die ihm das Leben gerettet hatten, Auf Wiedersehen zu sagen.

Die Ärztin war morgens zur Visite gekommen und hatte ihm die Nachricht überbracht. Ihr Ton war formell und routiniert gewesen – eine von wahrscheinlich einer Million Entlassungen, die sie während ihrer Laufbahn durchgeführt hatte. Für Alfie dagegen bedeutete sie einen ganz neuen Abschnitt in seinem Leben.

»Aufgrund Ihrer Unterlagen sind wir zu dem Schluss gekommen, dass Sie so weit sind, das Krankenhaus zu verlassen. Sie dürfen gehen, sobald der Entlassungsbericht fertig und unterschrieben ist. Soll ich Ihre Familie anrufen?« Die ganze Zeit über hatte sie ihn keines Blickes gewürdigt.

»Nein, vielen Dank, Frau Doktor. Meine Mutter ist sowieso in Alarmbereitschaft. Sie wird jede Minute anrufen, um zu hören, wie es aussieht.«

Mein Gott, wie alt bist du? Drei?
»Gut.« Ihr Lächeln wirkte mitleidig. »Sollte es irgendwelche Probleme geben, können Sie sich jederzeit melden.«

Das war alles gewesen. Alfie durfte offiziell nach Hause. Und doch hatte er nach drei langen Monaten keinen dringenderen Wunsch, als hierzubleiben.

Den Rest des Vormittags hatte er nur schweigend im Bett liegen können. Keine Spur von seinem üblichen Bedürfnis, den Entertainer zu spielen, aber auch kein Schuldgefühl, weil er es nicht tat. Alfie wollte nur eins: So lange wie möglich die Atmosphäre dieser eigenartigen kleinen Welt in sich aufnehmen. Würde er sich den sterilen Geruch des Zimmers einprägen können? Würde er die pastellfarbenen Wände auf seiner Netzhaut abspeichern können, sodass er in Zukunft nur die Augen zu schließen brauchte, wenn er sich hierhin zurückversetzen wollte? Und wie sollte er die Geräusche des Krankenhauslebens für alle Zeiten im Kopf behalten? All das, was ihm anfangs so fremd und unnormal erschienen war, gehörte inzwischen zu ihm, so wie sein Herzschlag.

»Alfie!« Ruby stürmte ins Zimmer und riss ihn aus seiner Benommenheit.

»Hey, du! Wie war es heute bei Grandma und Grandpa?« Er liebte den Wirbel, den jeder einzelne Besuch dieses kleinen Menschen mit sich brachte. Sie war ein lärmendes Energiebündel, das wie eine Feuerwerksrakete durchs farblose Einerlei der Station rauschte.

»Mum hat gesagt, dass du heute nach Hause gehst.« Breitbeinig, die Hände in den Hüften und finster blickend, stand das Mädchen am Fußende seines Bettes.

»Das stimmt, Kleine. Ich haue ab.« Er streckte ihr die Hand entgegen.

»Nein.« Sie stampfte fest mit dem Fuß auf.

»Oh, komm schon, Rubes, sei nicht so. Du kannst an meinem letzten Tag doch nicht sauer sein.«

Er sah, wie ihre Unterlippe zu zittern begann.

»Aber ich will nicht, dass du gehst.« Sie stürmte auf ihn zu und ließ ihren Tränen freien Lauf.

»Ich weiß.« Er zog sie an sich. »Aber ich kann doch kommen und dich und deine Mutter besuchen. Schließlich sind wir Freunde, oder?« Er schaute in ihr tief enttäuschtes Gesicht.

Sie nickte kaum merklich.

»Also gut. Freunde lassen sich nicht im Stich. *Niemals*. Das darfst du nicht vergessen, klar?«

»Klar.« Sie lächelte vorsichtig.

»Und davon abgesehen«, flüsterte er ihr laut ins Ohr. »Wer sollte sonst auf Sharon aufpassen, wenn ich weg bin?«

»He! Ich brauche keinen, der auf mich aufpasst, herzlichen Dank!«

Lachend lief Ruby quer durchs Zimmer und ließ sich aufs Bett ihrer Mutter fallen.

Alfie schaute zu der Kabine hinüber, in der Mr Peterson gelegen hatte, der Mann, den er so tief ins Herz geschlossen und den er aufrichtig bewundert hatte. Dann wurde ihm das Fehlen von Alice' Stimme im Nachbarbett bewusst. Der Stimme, zu deren Klang er jeden Morgen aufgewacht und jeden Abend eingeschlafen war. Und langsam dämmerte ihm, warum ihm der Abschied so schwerfiel. Diese Fremden waren zu seiner Familie geworden.

Auch Schwester Angles hatte eine frühe Pause eingelegt, um sich verabschieden zu kommen. Ein paar Minuten lang saßen sie einfach schweigend beisammen.

»Mother A, ich wollte nu…«
»Schsch, Baby. Jetzt nicht.«
Er brachte es nicht über sich, sie anzusehen. Vermutlich wich auch sie seinem Blick aus.
»Alfie, Schatz, wir sind bereit. Robert wartet unten im Auto auf uns«, gurrte seine Mutter, die plötzlich am Bett aufgetaucht war.
Nein.
Bitte noch nicht.
Nur noch einen Augenblick.
»Jane, meine Liebe …« Schwester Angles' Stimme brach ganz leicht. »Wenn es für Sie in Ordnung ist, würde ich Alfie gern nach draußen begleiten. Ich war bei ihm, als er hier ankam, und irgendwie kommt es mir nur richtig vor, dass ich ihn auch hinausbringe. Es dauert nicht lange, versprochen.«
»Natürlich. Wir warten draußen.«
Ehe Alfie sich bedanken konnte, schaute Schwester Angles ihn mit grimmiger Miene an. »Alfie Mack, jetzt hören Sie mir gut zu! Ich bin furchtbar, *furchtbar* stolz auf alles, was Sie hier geschafft haben. Nicht nur, dass Sie so hart für Ihre eigene Genesung gekämpft haben. Sie waren auch ein Rettungsanker für viele andere auf dieser Station. Versprechen Sie mir, dass Sie immer so ein Sonnenschein bleiben, egal was passiert. Und was das Wichtigste ist: Versprechen Sie mir hier und jetzt, dass Sie immer ein Kämpfer bleiben, auch wenn es manchmal nicht leichtfällt. Ihr Leben ist es wert, dass Sie darum kämpfen, und ich werde immer da sein, um Sie bei jedem einzelnen Schritt anzufeuern.«
Ihre Augen waren feucht, und ihr Händedruck war immer fester geworden. Er schaute ihr direkt in die dunkel-

braunen Augen und spürte, wie sein Herz vor Zuneigung überquoll.

»Ja, das verspreche ich Ihnen.«

»Und jetzt kommen Sie und nehmen Sie diese alte Frau noch einmal in den Arm!« Mit einem Mal war sie wieder ganz Freundlichkeit und Wärme. Alfie ließ sich von ihrer Umarmung verschlingen. Er schmiegte sich so fest wie möglich an sie und atmete ihren Geruch ein. Ihre Großzügigkeit. Ihr riesengroßes Herz. Ihren Mutterinstinkt. Er wollte so viel von ihr mit nach Hause nehmen wie möglich.

»Vielen Dank, meine einzigartige Mother Angel. Ich werde Sie für immer in meinem Herzen behalten.« Er küsste sie auf die Wange und richtete sich dann auf. »Gut, bringen wir es hinter uns!«

»Bringen wir es hinter uns, Baby.« Sie hakte sich bei ihm unter und ließ ihr wunderbares tiefes Lachen hören.

Arm in Arm, Seite an Seite verließen sie das Zimmer und die Station. Als sie an der Doppeltür ankamen, wurde ringsum applaudiert.

Kurz bevor sie den Ausgang erreichten, blieb Alfie stehen. Er hatte bis zum letzten Moment gewartet, um sie um einen abschließenden Gefallen zu bitten. Denn er wusste, dass damit wirklich das Ende erreicht sein würde.

»Mother A? Ich brauche noch einmal Ihre Hilfe, ein allerletztes Mal ...«

60
Alice

Alice hatte jegliches Gefühl für die Zeit verloren. Sie wusste weder, wo sie sich befand, noch, was passiert war und warum. Sie merkte nur, dass sie langsam, ganz langsam aufwachte.

Es begann mit gelegentlichen Lichtblitzen. Als sie versuchte, die Augen zu öffnen, war das Licht so grell, dass sie gezwungen war, sie gleich wieder zu schließen. Dann kamen die Geräusche. Die Stimmen von Menschen ringsum, die anscheinend über sie sprachen. Dabei warfen sie einander die Worte so schnell zu, dass sie kaum folgen konnte. Zuerst war es ihr egal, Hauptsache, sie war nicht allein. Hauptsache, sie war nicht im Feuer gefangen und nicht mehr allein.

»Alice, Schätzchen, können Sie mich hören?«

Ohne nachzudenken, bewegte sie den Kopf.

»Alice? Falls Sie mich hören, nicken Sie bitte noch einmal.«

Lassen Sie mich, es tut viel zu weh.

»Alice, wenn Sie mich hören, geben Sie mir bitte ein Zeichen.«

Mein Gott, ist diese Frau penetrant.

Unter Aufbietung all ihrer Kraft brachte Alice ein Nicken zustande.

»Fantastisch!« Die aufdringliche Frau jubilierte geradezu. »Gut gemacht, meine Liebe. Ich hole sofort den Arzt. Warten Sie einfach auf mich.«

Gut, dass Sie es sagen, sonst hätte ich erst mal einen Spaziergang gemacht.

Sie war überrascht, ihre Gedanken wieder hören zu können. Wie lange war es her, seit sie das zuletzt getan hatte? Was war mit ihr passiert? Sie versuchte, den Kopf zu heben, doch er war viel zu schwer. Ihr ganzer Körper fühlte sich an, als hätte ihn jemand mit Blei gefüllt.

»Alice, ich bin Dr. Warring. Ihr Chirurg. Können Sie sich an mich erinnern?«

Ich bin müde, lassen Sie mich in Ruhe.

Warum wollten die Ärzte immer ausgerechnet dann mit einem sprechen, wenn man halb am Schlafen war?

»Alice, ich muss Ihnen etwas sehr Wichtiges sagen, und dazu muss ich wissen, dass Sie mich hören und verstehen.«

Sie zwang sich, die Augen zu öffnen. Ein Blick in sein Gesicht, und alles kam auf einen Schlag zurück.

Die Operation.

Ihr Gesicht.

Sarah.

Alfie.

»Was ist passiert?« Ihre Stimme klang so heiser, dass sie fast geglaubt hätte, es wäre nicht ihre.

»Leider hat es bei der Operation größere Komplikationen gegeben.«

O Gott, nein.

»Sie haben sehr viel Blut verloren und hatten einen Herzstillstand. Wir ...«

Er machte eine Pause.

Warum machte er eine Pause?

Alice spürte, wie das Blut durch ihre Adern rauschte. Weshalb sah er sie so an?

»Wir konnten die Operation nicht zu Ende führen.«

Sofort griff sie sich ans Gesicht. Überall waren Verbände.

»Was wollen Sie damit *sagen*?« Eine plötzliche Übelkeit stieg in ihr auf, und sie bekam kaum Luft.

»Leider mussten wir die Operation abbrechen. Wir denken, dass wir einige Verbesserungen erreicht haben. Sicher können wir aber erst sein, wenn alles verheilt ist.«

Er besaß nicht mal den Anstand, ihr ins Gesicht zu sehen. Warum sprach er mit dem gottverdammten Fußboden? Ertrug er es nicht, das Monster anzuschauen, bei dessen Wiederherstellung er versagt hatte?

»Es tut mir schrecklich leid. Ich komme morgen wieder, um nach den Wunden zu sehen. Möchten Sie, dass wir irgendjemanden anrufen?«

Sie schüttelte den Kopf.

Wie konnte sie ihnen sagen, dass es nicht funktioniert hatte? Wie konnte sie zugeben, dass es ein riesiger Fehler gewesen war? Ein Reinfall? Nichts hatte sich geändert. Sie war so kaputt wie zuvor und musste sich an den Gedanken gewöhnen, dass es immer so bleiben würde.

61
Alfie

Das Krankenhaus zu verlassen gehörte zu den unwirklichsten Augenblicken in Alfies bisherigem Leben. Als er auf den Parkplatz trat, rechnete er beinahe damit, dass ihm jemand auf die Schulter tippen und sagen würde, es handle sich um einen Irrtum.

Nicht heute, junger Mann. Gehen Sie wieder rein.

Stattdessen war da nur seine Mutter, die ihn zum Auto zerrte. Sie konnte es kaum erwarten, ihr kostbares Geschenk einzupacken und damit zu verschwinden. Seit sie ihn gesehen hatte, war sie im siebten Himmel, und selbst Robert schien die Tränen nur mühsam zurückzuhalten. Alfie wünschte so sehr, er könnte sich mit ihnen freuen, doch alles, was er spürte, war eine tiefe Beklemmung.

Die Fahrt zu seinem Elternhaus brachte so viele Erinnerungen zurück, dass Alfie sich in einer Wolke der Nostalgie wiederfand. Straßen, auf denen er so oft gefahren war, ohne sie wirklich zu beachten. Gebäude, an denen er vorbeigegangen war, die er aber nie betreten hatte. Restaurants, in denen er gegessen hatte, ohne sie ein zweites Mal zu besuchen. Das alles war ihm so vertraut und gleichzeitig völlig anders als zuvor. Es war dasselbe alte London, dasselbe alte Viertel, und doch hatte sich etwas verändert. *Er* hatte sich verändert. Das Leben hier war ohne ihn weitergegangen, während seine persönliche Welt aus den Fugen geraten war. Er kam sich wie ein Fremder in seiner eigenen Stadt vor, hin- und hergerissen von der Frage, wo nun sein Platz war. Die Angst wurde immer stärker.

Bringt mich zurück auf die Station. Ich muss zurück.

»Alles okay, Alf?«

Seine Mutter musterte ihn im Rückspiegel.

»Ja, alles in Ordnung, Mum.« Er lächelte und legte den Kopf an das Fenster.

Eins nach dem anderen ... lass dir Zeit.

Noch als er vor der Haustür stand, ließ die Unruhe nicht von ihm ab. Alles fühlte sich so unwirklich an, dass er einen Moment lang zu träumen glaubte.

»Komm, lass uns reingehen.«

Er trat über die Schwelle, atmete tief durch und zwang sich zur Ruhe.

»Überraschung!«

Erschreckt zuckte Alfie zusammen. Hätte Robert nicht hinter ihm gestanden, wäre er wahrscheinlich hingefallen.

»Ver-*dammt* noch mal!« Er hatte nicht brüllen wollen. Er hatte nicht fluchen wollen. Aber sein Herz war kurz davor, ihm aus der Brust zu springen.

Er schloss die Augen.

Atme, Alfie. Atme einfach.

Langsam machte er die Augen wieder auf. Und sah sich einem Raum voll besorgt und unbehaglich dreinschauender Menschen gegenüber. Freunde und Angehörige, die er kannte und liebte, sodass er gar nicht anders konnte, als breit zu lächeln.

»Ihr wollt mich wohl gleich wieder ins Krankenhaus bringen, was!«

»Du hast uns allen einen ziemlichen Schreck eingejagt!« Nervös nahm seine Mutter ihn an der Hand und führte ihn weiter ins Zimmer hinein.

Er hatte es geschafft, die Situation zu retten. Gerade so eben.

Als der erste Schock abgeklungen war, musste Alfie das Tempo bewundern, mit dem seine Mutter wieder einmal gearbeitet hatte. In den wenigen Stunden, seit sein Entlassungstermin festgesetzt worden war, hatte Jane Mack eine beachtliche Party auf die Beine gestellt. Zwischen »Willkommen zu Hause«- und »Herzlich willkommen«-Spruchbändern war der Raum über und über mit Luftballons gefüllt. Überall standen Speisen und Getränke, und sogar die Möbel waren aus dem Zimmer geräumt worden, damit sämtliche Gäste hineinpassten. Alfie wusste, wie viel es seiner Mutter bedeutete – wie viel es allen hier bedeutete –, dass er wieder zurück war. Er blieb stehen und nahm seine Mum in den Arm.

»Danke.« Als er sie auf die warme Wange küsste, lief ihr Gesicht rot an.

»Willkommen zu Hause, mein Sohn.«

So ungern er es zugab, die Party machte ihm tatsächlich Spaß. Gute drei Stunden lang dachte Alfie kein einziges Mal an das Krankenhaus. Er war viel zu sehr davon in Anspruch genommen, sich zusammen mit den Kanapees herumreichen zu lassen: von den Freunden zu Familienmitgliedern und weiter zu anderen Freunden. Alle waren glücklich, ihn zu sehen. Vielleicht würde das alles ja doch nicht so schlecht werden. Vielleicht musste er einfach nur noch einmal den »Start«-Knopf drücken, um nach einer langen Pause wieder in sein altes Leben einzusteigen. Die Welt war nicht stehen geblieben, Zeit war vergangen, doch offenbar hatte ihn niemand vergessen, und letztlich hatte sich nichts dramatisch verändert.

Außer ihm.

»Alles in Ordnung mit dir, mein Junge?« Robert tauchte mit einem neuen Tablett voller Essen auf. Wie seine Mutter das alles in so kurzer Zeit bewerkstelligt hatte, würde ihm für immer ein Rätsel bleiben. Dankbar nahm er eine Handvoll Frühlingsrollen und stopfte sie sich nacheinander in den Mund. Je mehr er aß, desto weniger musste er reden. »Schön zu sehen, dass du deinen Appetit nicht verloren hast.«

Alfie nickte mit einem Lächeln.

Ganz plötzlich wurde ihm alles zu viel. Zu viele Menschen und zu wenig Platz zum Atmen. Die Frühlingsrollen blieben ihm im Hals stecken, der feuchte Teig wollte einfach nicht durch die Kehle rutschen.

Nein.

Es würde doch nicht ausgerechnet jetzt wieder losgehen.

So heftig war es seit Wochen nicht gewesen.

Bitte nicht hier. Nicht jetzt.

Er drängte sich durch das Getümmel hinaus in den Flur. Er musste allein sein und den Lärm hinter sich lassen. Die Stimmen in seinem Kopf wurden immer lauter und ließen sich nicht mehr ignorieren. Er trat durch die Haustür und setzte sich auf die Treppe. Hier an der frischen Luft wurde der Flashback heftiger. Unkontrolliert und gegen seinen Willen wurde Alfie in die Nacht des Unfalls katapultiert. Die Schreie, das Weinen, der Brandgeruch des Asphalts und der menschlichen Körper.

Nein.
Aufhören, bitte.

NEIN!
»Alfie?«
Er war wieder hier. Auf den Stufen vor der Tür seines Elternhauses. Frierend. Zitternd. Schweißgebadet.
»Alfie, Junge, kann ich dir helfen?« Robert hockte sich neben ihn, das Tablett mit den Snacks immer noch in der Hand.
»Nein, schon gut. Tut mir leid. Mir war nur ein bisschen schwindlig.« Die Worte schienen sich zu überschlagen, und Alfie war überrascht, dass sie sich dennoch zu einem kompletten Satz verbanden.
»Das verstehe ich. Alles ein bisschen viel da drin, stimmt's?« Robert setzte sich in die schmale Lücke zwischen Alfie und dem Türrahmen. »Soll ich den Leuten langsam klarmachen, dass es für heute reicht? Sobald sie weg sind, bringen wir dich in deine Wohnung.«
»Nein, schon gut. Ich weiß doch, wie viel es Mum bedeutet. Ich komme gleich zurück. Wahrscheinlich hab ich nur ein bisschen frische Luft gebraucht.« Da war sie wieder, seine alte Rolle, in der er es allen recht machen wollte. Eher würde Alfie hier sitzen und noch einmal den Abend durchleben, an dem seine Freunde gestorben waren, als das Risiko einzugehen, den anderen die Party zu verderben.
»Ganz sicher?«, fragte Robert mit argwöhnischem Blick.
»Ganz sicher.«

62
Alice

Offenbar machte sie schneller Fortschritte als beim ersten Mal. Alice' Wunden heilten gut, ihr Blutdruck war stabil, und sie fühlte sich mit jedem Tag kräftiger. Zwar hatte die Operation nicht das gewünschte Resultat gebracht, doch immerhin hatte sie keinen zusätzlichen Schaden angerichtet. Ihre Genesung jedenfalls verlief nach Plan, was alle um sie herum als Wunder zu betrachten schienen. Für Alice selbst wurde die Lage dennoch kaum weniger schmerzlich.

»Sie erholen sich so gut.«

»Wenn man bedenkt, was geschehen ist, sind Sie schon fast wieder die Alte!«

Welche Alte?

Das Wrack, das ich vor dieser sinnlosen Tortur war?

Mit gewohnter Eloquenz meldete sich ihre innere Stimme zu Wort, und diesmal war sie gnadenlos. Zornige Gedanken stürzten sich wie Geier auf sämtliche verbliebenen Reste von positiver Einstellung. Die Verbitterung nahm überhand und zog sie herunter.

Wie war sie ein zweites Mal in diesen Zustand geraten?

Was würde Alfie sagen, wenn er es wüsste?

Sie hatte seine Stimme so deutlich im Ohr, dass sie einen Moment lang vergaß, dass er nicht bei ihr war.

Plötzlich riss sie die Augen auf. *Mein Gott, wie lange liege ich hier schon?*

»Entschuldigung, Schwester!« Hektisch sah sie sich nach jemandem um, der ihr helfen konnte. »Schwester!« Ihre Stimme klang heiser und panisch.

»Ja, Alice, ist etwas passiert?« Jemand stand neben ihrem Bett. Sie registrierte das Gesicht gar nicht, sie wollte nur Antworten.

»Wie lange liege ich jetzt hier?«

»Ähm …«

»Sagen Sie es mir. Wie lange?« Sie schrie fast, doch das war ihr egal. Sie musste einfach Bescheid wissen.

»Etwas über eine Woche, meine Liebe.«

Nein.

Er kann nicht einfach gegangen sein.

Nicht, ohne sich zu verabschieden.

»War … War jemand hier, um mich zu besuchen?« Ihr Herz raste, und sie spürte ein Kribbeln im ganzen Körper.

»Nein. Aber die Schwestern von der Reha-Station haben sich mehrfach nach Ihnen erkundigt. Ehrlich gesagt so oft, dass wir ihnen verbieten mussten, hier raufzukommen. Aber ansonsten war niemand hier.«

Er hatte sein Versprechen gehalten.

Sie konnte die Tränen nicht einmal so lange zurückhalten, bis die Schwester das Zimmer verließ.

»Alice, was ist los?«

Sie vergrub das Gesicht tief im Kissen. »Nichts. Bitte lassen Sie mich einfach allein!« Das war ihr ganz persönlicher Schmerz. Er gehörte nur ihr, und sie wollte ihn mit niemandem teilen.

»Na gut.« Die Schwester zögerte noch einen Moment. »Wenn Sie uns brauchen, wissen Sie ja, wo Sie uns finden.«

*

»Guten Morgen, Alice.«
Nein. Ich will heute nicht existieren, vielen Dank. Lassen Sie mich hier im Dunkeln liegen und einfach meinen Gedanken nachhängen.
»Der Arzt hat gesagt, dass er gleich runterkommt, um nach Ihnen zu sehen.«
Warum klang die Schwester so nervös?
»Es könnte so weit sein, dass wir die Verbände abnehmen ...«
»Okay.« Mehr brachte sie vor lauter Erschöpfung nicht heraus.
»Außerdem ist jemand zu Besuch gekommen.«
Augenblicklich war sie wach. Das Herz schlug ihr bis zum Hals, und der Magen machte Purzelbäume.
»Alice, Baby, ich bin's ...«
Verwirrung und Wiedererkennen kamen praktisch gleichzeitig. Nicht er war zu Besuch gekommen. Aber *sie* war da.
»Schwester Angles?«
»Darf ich reinkommen?« Ihre Scheu rührte Alice an.
»Natürlich.«
Schwester Angles hatte Alice in ihren schlimmsten Momenten gesehen. Sich vor ihr zu verstecken wäre sinnlos.
»Hallo, meine Liebe.« In dem Augenblick, als ihr Gesicht hinter dem Vorhang auftauchte, wurde Alice von Wärme durchflutet. Die liebevollen Gefühle kamen so überraschend, dass ihr der Atem stockte.

»Hi.« Ein leises Flüstern war alles, wozu sie in der Lage war.

»Wir vermissen Sie da unten.« Als Schwester Angles sich in den Stuhl neben dem Bett zwängte, schwand jede Befangenheit. »Sie haben uns einen ganz schönen Schrecken eingejagt. Einfach hinzugehen und beinahe zu sterben!«

Alice lächelte. »Ja, dumm von mir.«

»Na ja, jetzt sind Sie wieder unter uns, und das ist alles, was zählt.« Sie nahm Alice' Hand und drückte sie fest. Alice hätte sich niemals vorstellen können, wie sehr sie diese Berührungen vermisst hatte.

»Und ...« Sie musste sich einen Ruck geben, um die Frage über die Lippen zu bringen. »Und wie ... Wie geht es Alfie?«

Schwester Angles' Lächeln wurde noch breiter. »Na ja, er hat mich *richtig* genervt, weil er mich alle fünf Minuten gebeten hat, nach Ihnen zu sehen. Ich wurde mehr oder weniger von der Etage verbannt, weil ich so oft hier oben war!« Sie ließ ihr tiefes Lachen hören, in das Alice unwillkürlich einfiel. »Außerdem musste ich ihm versprechen, Ihnen das hier zu geben ...« Sie zog einen Brief und ein hübsch verpacktes Geschenk aus ihrer Tasche. »Ich wollte sichergehen, dass Sie wach und ansprechbar sind, bevor ich es hier abliefere. Schließlich kann ich nicht riskieren, dass es in falsche Hände gerät, oder?«

Alice nahm das Geschenk und starrte es an. Es war klein und rechteckig, und sie war überrascht, wie ordentlich es in das braune Papier eingepackt war. Hatte er das wirklich abgegeben? Für sie?

»Also, ich muss dann wieder nach unten. Sie wissen ja, wie es da zugeht – weiß der Himmel, welches Chaos in meiner Abwesenheit ausgebrochen ist.«

Alice starrte immer noch auf das Päckchen und den Brief in ihren Händen.

»Vergessen Sie nicht, noch mal vorbeizukommen und sich zu verabschieden, bevor Sie entlassen werden, okay?« Ein letzter Händedruck, dann wandte sich Schwester Angles zum Gehen.

»Danke.« Alice erwiderte den Händedruck. »Vielen Dank, dass Sie gekommen sind.«

»Jederzeit.« Sie schaute noch einmal zurück. »Und das meine ich auch, okay? Falls Sie irgendetwas brauchen, bitten Sie die Kolleginnen einfach, mich zu rufen.«

Alice rang immer noch um Fassung und brachte nur ein leichtes Nicken zustande.

»Gut, Mary, ich bin weg. Halt mich auf dem Laufenden, ja?« Alice hörte die dröhnende Stimme noch, als Schwester Angles längst auf dem Flur war.

Sie drehte den Brief um und sah Alfies krakelige Handschrift auf der Vorderseite.

Big Al
alias
Die Dame hinter dem Vorhang

Sie spürte den Adrenalinstoß im ganzen Körper und konnte es nicht mehr abwarten. So vorsichtig wie möglich öffnete sie den Umschlag und zog ein einzelnes Blatt Papier heraus. Dann huschte ihr Blick so schnell über den Text, dass er absolut keinen Sinn zu ergeben schien.

Sie schloss die Augen und atmete tief ein.
Langsam, Alice.
Lass dir Zeit.

Vergiss das Atmen nicht.
Sie öffnete die Augen und begann von vorn.

Liebe Alice,
ich hoffe, der hübsche Kosename auf dem Umschlag hat dich nicht davon abgehalten, das hier zu lesen. Es war natürlich ein Risiko, aber ich habe es bereitwillig auf mich genommen (vor allem, weil ich nicht persönlich anwesend bin und deinen Zorn nicht abbekomme!).

Es tut mir leid, dass du auf diesen Brief warten musstest. Der einzige Mensch, dem ich ihn anvertrauen konnte, war Mother A. Ich hasse die Vorstellung, dass du mit dem Gedanken aufgewacht sein könntest, ich hätte mich ohne Abschied davongemacht. Aber ich hoffe, es ist die Warterei wert.

Alice, als Erstes möchte ich sagen ... WAS ZUM TEUFEL HAST DU MIR ANGETAN! Einfach hinzugehen und beinahe zu sterben! Ich will ehrlich sein: Ich hab dich wahrscheinlich genauso oft verflucht, wie ich für dich gebetet hab. Sicher hast du dich da oben auf der Intensivstation nicht besonders amüsiert, aber für mich hier unten war es ohne dich auch nicht gerade lustig. Spaß beiseite: Ich habe das Versprechen gehalten, das ich dir gegeben habe, und bin kein einziges Mal in deinem Zimmer gewesen. Ein paarmal habe ich Mother A zu dir geschickt, aber nur um zu hören, ob es dir gut geht.

Zweitens hoffe ich sehr, dass die Operation dir das gibt, was du brauchst, um dich stark genug zu fühlen und dein Leben wieder in Angriff zu nehmen. Ich hoffe, sie gibt dir das Gefühl, so schön zu sein, wie du für mich immer warst, und es tut mir leid, dass ich dich nicht von

Anfang an entschlossener unterstützt habe. Ich möchte dir so vieles sagen. Aber bevor ich das alles in meiner zugegebenermaßen schrecklichen Handschrift hinkritzle, schreibe ich dir lieber unten meine Adresse auf.

Alice Gunnersley, ich würde mich zutiefst geehrt fühlen, wenn du vorbeikämst und wir uns persönlich kennenlernen könnten – falls und wann immer du dazu bereit bist. Ich schätze, es gibt so einiges, was du nach deiner Entlassung tun möchtest. Deinen leicht nervigen Bettnachbarn zu besuchen steht auf der Liste vielleicht nicht allzu weit oben. Falls aber etwas in dir dazu bereit ist, warte ich gern.

Egal wie du dich entscheidest, Alice: Du sollst wissen, dass ich für immer ein Stück von dir in meinem Herzen tragen werde, egal wohin ich gehe oder was ich tue.

Danke, dass du die beste Zimmergenossin aller Zeiten warst.

Mit all meiner Liebe
Alfie Mack
alias dein neuer allerbester Freund
PS: Viel Spaß beim Rätseln.

Eine Million Gedanken wirbelten ihr durch den Kopf: Doch ihr blieb keine Zeit, sie zu sortieren, da eine Stimme draußen schon den nächsten Besucher ankündigte.

»Alice … Dr. Warring ist hier.«

»Kommen Sie rein.« Sie umklammerte das Päckchen fest und schob das kostbare Geschenk unter die Decke.

»Hi, Alice. Wie geht es uns heute?«

»Ganz gut.« Plötzlich wurde ihr übel. Sie wusste nicht, wie viel sie heute Morgen noch ertragen konnte.

»Darf ich bitte einen schnellen Blick auf Ihre Verbände werfen?«

Dr. Warrings Hände waren so nah an ihrem Gesicht, dass sie nicht zu atmen wagte.

»Ich denke, das sieht gut aus. Ist es in Ordnung, wenn wir sie abnehmen?«

Diesmal war niemand da, der ihre Hand halten konnte. Und niemand, der sagen konnte, dass alles gut würde. Diesmal musste sie es allein durchstehen, und ihr wurde klar, wie wenig ihr das gefiel. Alice nickte, hielt den Brief fest in der Hand und spürte das Geschenk an ihrer Seite. Es war das Einzige, was sie von ihm hatte.

Du wirst noch ein bisschen warten müssen, Alfie.
Erst muss etwas anderes ausgepackt werden.

Der kalte Luftzug auf der Haut war eine Erleichterung. Sie schloss die Augen, während die Schwester die letzten Reste des Verbands ablöste.

»Gut, Alice. Ich säubere kurz diese Stelle, und dann können wir gemeinsam einen Blick darauf werfen, okay?«

Sie nickte und brummte zustimmend. Ihre Nerven waren zum Zerreißen gespannt, und sie bekam kaum Luft.

»So. Wann immer Sie bereit sind, können Sie die Augen öffnen.«

Langsam konnte sie ihre Umrisse im Spiegel ausmachen.

Ihre Haare, länger als beim letzten Mal, aber so leuchtend kastanienbraun wie eh und je.

Ihre rechte Seite, so, wie sie immer ausgesehen hatte. In den Augen mancher Menschen vielleicht durchschnittlich, aber ganz sie selbst.

Dann atmete sie tief durch und riskierte den Blick auf ihre linke Seite.

»O Gott!« Der Aufschrei löste sich von allein.

Sie kniff die Augen fest zusammen.

»Alice, Sie müssen wissen, dass der Heilungsprozess noch nicht abgeschlossen ist. Die Haut ist noch ziemlich wund, aber es sind definitiv Fortschritte zu erkennen. Bitte, lassen Sie es mich Ihnen zeigen.«

Hören Sie damit auf, sich selbst etwas einzureden.
Sie haben nichts erreicht.
Sie haben gelogen.

Die Wut in ihrem Inneren schoss blitzartig hoch.

»Alice.« Die Schwester griff nach ihrer Hand. »Bitte vertrauen Sie mir. Auch wenn es nicht leicht ist und sich im Moment sicher schrecklich anfühlt: Geben Sie ihm eine Chance, okay? Lassen Sie es sich von ihm zeigen. Bitte.«

Noch einmal öffnete sie die Augen.

Diesmal erkannte sie, dass er recht hatte. Es gab Verbesserungen. Wenn man genau genug hinschaute, erkannte man, dass die Haut glatter und stellenweise vielleicht etwas fester war. Aber dass sie schwere Verbrennungen erlitten hatte, war nach wie vor überdeutlich. Ebenso deutlich war, dass eine Menge Zeit und Mühe aufgewendet worden waren, um sie wieder zusammenzuflicken. Am allerdeutlichsten aber war, dass es nicht funktioniert hatte. Sie sah immer noch aus wie eine Patchworkdecke aus Haut und Narben.

»Die Schwellung wird sehr schnell zurückgehen, und wir tragen eine Creme auf, um die Vernarbung zu reduzieren. Mir ist bewusst, dass wir nicht das erreicht haben, was wir uns vorgestellt hatten, trotzdem bin ich mit dem Ergebnis zufrieden. Ernsthaft, Alice – warten Sie ein paar Wochen ab. Ich bin sicher, Sie werden überrascht sein.«

Sie wich seinem Blick aus. Wie konnte er es wagen, sie mit minimal weniger Narben und einer etwas glatteren Haut besänftigen zu wollen?

Plötzlich wurde sie von heftiger Scham gepackt.

Das war's. Besser würde es nicht werden. Die Hoffnung, dass ihr Selbstwertgefühl und ihr Selbstvertrauen auf das gewohnte Level zurückkehren würden, war restlos zunichtegemacht. Sie stopfte den Brief und das ungeöffnete Geschenk in ihren Nachttisch. Sie brachte es nicht über sich, etwas so Hoffnungsvolles und mit Vorfreude Verbundenes zu betrachten, wo ihr doch nur die Enttäuschung blieb. Wie sollte jemand einen Menschen lieben können, der derart zerstört war?

63
Alfie

Alfie hatte darauf bestanden, die erste Nacht nach der Entlassung in seiner eigenen Wohnung zu verbringen. Natürlich hatte seine Mutter alles versucht, um ihm das auszureden. Doch er war entschlossen gewesen, in den sauren Apfel zu beißen, weil er ansonsten riskieren würde, auf längere Sicht wie ein Teenager im Haus seiner Mutter zu leben.

»Da sind wir, Junge«, stellte Robert fest, als sie vor seiner Haustür standen.

»Bist du wirklich sicher, dass du nicht mit uns zurückfahren möchtest? Du bist willkommen, solange du möchtest, Alfie. Es ist überhaupt kein Problem.« Seine Mutter mühte sich um einen unbekümmerten Ton, doch Alfie registrierte ihren verzweifelten Blick.

»Danke, Mum. Ich bin euch wirklich dankbar für das Angebot. Aber wie gesagt, ich möchte mich einfach so schnell wie möglich wieder eingewöhnen.« Er drehte den Schlüssel und hörte das wohlvertraute Klicken der sich öffnenden Tür. Wieder einmal hatte er riesiges Glück gehabt. Er wohnte im Erdgeschoss eines viktorianischen Hauses, sodass für seine Rückkehr nichts hatte verändert werden müssen. Die Wohnung als solche war nichts Besonderes, zwei Zimmer und kaum Platz, um sich umzudrehen – und das zu den üblichen Londoner Wucherpreisen. Aber sie gehörte ihm allein.

Er schaltete das Flurlicht ein und atmete tief durch.

Home sweet home.

»Ich stelle deine Sachen ins Schlafzimmer und räume die Einkäufe in den Kühlschrank. Ich denke, den Rest überlassen wir dir.« Robert spielte seine übliche Rolle als Vermittler und strahlte einen demonstrativen Optimismus aus. Alfie war ihm von ganzem Herzen dankbar.

»Wir haben alles für dich hergerichtet. Überall ist geputzt, und das Bett ist frisch bezogen. Es ist immer schön, frische Bettwäsche zu haben, wenn man nach Hause kommt, stimmt's?« Die Augen seiner Mutter wurden feucht.

»Komm mal her.« Alfie nahm sie in die Arme und drückte sie fest. Er wusste, dass sie ihn am liebsten in ihrer Nähe behalten hätte. Der Gedanke, ihn wieder aus den Augen und hinaus in die große weite Welt zu lassen, musste beängstigend für sie sein. »Ich passe auf mich auf, versprochen«, versicherte er ihr lächelnd.

»Ich weiß, ich weiß. Ich stelle mich so albern an.« Sie schüttelte den Kopf und lachte.

»Dann sind wir bereit zum Abmarsch, Junge«, verkündete Robert und trat hinaus in den Flur. »Ruf uns an, wenn du irgendwas brauchst, ja?« Er tätschelte ihm den Arm.

»Mach ich.« Alfie verspürte einen Anflug von Traurigkeit. »Und ... danke für alles.«

»Klar doch. Komm, Schatz, lass uns gehen.« Robert führte seine Mutter zur Tür hinaus, ehe sie Widerstand leisten konnte.

»Bis dann«, rief Alfie noch, doch die Tür hatte sich bereits geschlossen, sodass ihm, zum ersten Mal seit Langem, niemand mehr zuhörte.

*

Während der folgenden Tage stellte sich heraus, dass die Überraschungsparty am Tag seiner Entlassung nur der Beginn der Feierlichkeiten gewesen war. Er hätte sich keine Sorgen wegen des Alleinseins machen müssen, denn in seiner Wohnung herrschte ein ständiges Kommen und Gehen von Leuten, die Essen im Überfluss, Glückwunschkarten und gute Wünsche mitbrachten. Großtanten, Vettern, Cousinen, Nachbarn und Freunde zogen wie in einem endlosen Aufmarsch an ihm vorbei. Als die erste Woche zu Hause sich dem Ende zuneigte, musste Alfie sich eingestehen, dass er von alldem erschöpft war. Es gab einfach keine Verschnaufpausen. Obwohl er im Krankenhaus beinahe drei Monate ausschließlich in Gesellschaft anderer Menschen verbracht hatte, waren die letzten Tage extrem kräftezehrend gewesen. Hier gab es keine Möglichkeit, die Vorhänge zu schließen und sich seinen Gedanken zu überlassen. Ständig wollte jemand mit ihm reden und ihm erklären, wie froh er oder sie sei, ihn wiederzusehen, und ihn fragen, wie er sich nach seiner Rückkehr fühlte.

»Du bist doch bestimmt erleichtert, endlich aus der grässlichen Station raus zu sein.«

»Egal wie gut man sich um dich gekümmert hat – zu Hause ist es einfach am schönsten.«

»Du musst es doch genießen, endlich wieder für dich zu sein.«

Er nickte, lächelte und murmelte zustimmende Bemerkungen, konnte sich aber immer weniger des Eindrucks erwehren, dass er sich im Krankenhaus mehr zu Hause gefühlt hatte.

Vielleicht, weil sie dort gewesen war.

Jedes Mal, wenn Alice sich in seine Gedanken schlich, konzentrierte er sich auf etwas anderes. Es war einfach sinnlos, sich weiter zu quälen. Es tat schon weh genug, sie jede Nacht in seinen Träumen zu hören, da sollte sie nicht auch noch seine wachen Stunden in Beschlag nehmen. In seine regelmäßigen Flashbacks mischte sich nun immer häufiger Alice' Stimme. Morgens wachte er dann völlig verwirrt auf und hoffte, sich nur umdrehen zu müssen, um ihre wartend ausgestreckte Hand zu sehen. Stattdessen herrschten Stille und Enttäuschung. Dann lag er im Bett und starrte stundenlang an die Decke, bis die Erkenntnis, dass bald der erste Besucher kommen würde, ihn aus dem Bett und unter die Dusche trieb. Mit jedem Tag fiel ihm das Aufstehen schwerer, doch natürlich ging es nicht anders. Alle hatten auf diesen Moment gehofft, da konnte er sie jetzt nicht enttäuschen.

Zwischen den Besuchen und seinen Mahlzeiten versenkte Alfie sich die meiste Zeit in seine Rätselhefte. Er suchte Zuflucht in komplizierten Sudokus und anspruchsvollen Wortsuchrätseln und lenkte sich mit besonders schwierigen Schwedenrätseln und Denksportaufgaben ab. Doch nicht mal dieses Laster schenkte ihm Ruhe und Entspannung. Ohne die anderen war es nicht mehr dasselbe. Das Geplänkel zwischen Alice, Mr Peterson und ihm war einfach Teil des Vergnügens gewesen. *Deswegen* hatte er die Rätsel so geliebt: weil die beiden mitgemacht hatten. Jetzt war er mit seinen Gedanken allein, und das Vergnügen hielt sich in Grenzen.

In der dritten Woche musste er seiner Mutter klare Grenzen setzen, was die Zahl ihrer Besuche betraf. Anfangs hatte sie morgens unangekündigt vor seiner Haustür gestanden und war erst nach dem Abendessen wieder gegangen. Dann waren sie übereingekommen, dass sie ihn nur noch wöchentlich besuchte und sie zwischendurch telefonierten. Doch selbst das fand Alfie inzwischen zu anstrengend. Bei jedem Klingeln des Telefons fühlte er sich beklommen, und er reagierte von Tag zu Tag dünnhäutiger.

»Hi, Alfie, ich bin's.«

Er atmete tief durch und ermahnte sich, diesmal ruhig zu bleiben.

»Hi, Mum.«

»Wie geht es dir?«

»Genau wie gestern.«

»Gut, gut. Hast du eigentlich schon mit deinen Brüdern gesprochen? Ich werde später mit ihnen skypen.«

»Nein. Aber ich melde mich bald bei ihnen.«

Alfie spürte, wie er die Fäuste ballte. Warum fiel ihm das alles so schwer?

»Ja, vergiss es nicht. Sie vermissen dich.«

»Hmm.«

»Hast du nach der Entlassung noch etwas von den Leuten auf der Station gehört?«

Er liebte seine Mum, wirklich, doch manchmal wünschte er, sie würde ihn nicht ständig mit ihren gnadenlosen Fragen bombardieren.

»Nein.«

»Wie schade. Du hattest dich doch mit einigen richtig angefreundet, oder?«

»Ja.« Er hatte sich die schreckliche Angewohnheit zugelegt, beim täglichen Verhör auf möglichst einsilbige Antworten zurückzugreifen. Um es kurz und knapp zu halten und keinen Anknüpfungspunkt für weitere Fragen zu bieten.

»Warum rufst du nicht im Krankenhaus an? Vielleicht können wir hingehen und ihnen einen Besuch abstatten?«

»Vielleicht.«

»Na, sag mir einfach Bescheid. Ich fahre dich gern hin.«
Dann setzten die Schuldgefühle ein.
Sie will doch nur helfen.
Ich brauche keine Hilfe.
Bist du dir da so sicher?
»Danke.«
»Aber klar doch. Ich hab dich lieb, Alfie.«
»Ich dich auch.«

64
Alice

Einen Monat nachdem die Verbände abgenommen worden waren, war Alice aus dem St-Francis-Krankenhaus entlassen worden. Es war ernüchternd gewesen, die Sachen zu packen und ganz allein hinaus in die Welt zu gehen.

»Alice, Baby, warten Sie.«

Instinktiv drehte sie den Kopf. Als sie sah, wie Schwester Angles sich mit ihrer kurvenreichen Statur durch die Menschenmenge am Empfang schob, musste sie lachen.

»Sie können doch nicht einfach gehen, ohne sich endgültig von mir zu verabschieden!«

Wie kam es, dass sie Bescheid wusste?

Alice ließ sich von der Schwester in den Arm nehmen.

»Woher wu…«

»Sie glauben doch nicht, dass ich den Kolleginnen gestatte, Sie zu entlassen, ohne dass ich es erfahre? Für wen halten Sie mich?«

Erneut musste Alice lachen. Wie wunderbar es sich anfühlte, wieder so in den Armen gehalten zu werden. Ganz anders als bei der schmalen Sarah und doch mit derselben, zu Herzen gehenden Wärme und Fürsorglichkeit.

»Danke für alles«, flüsterte sie.

»Wie ich immer sage, Baby: Wenn Sie etwas brauchen, klingeln Sie einfach.«

Alice nickte und erwartete, dass Schwester Angles sich umdrehen und weggehen würde. Dass sie wieder ganz allein sein würde. Doch die Frau rührte sich nicht vom Fleck.

»Müssen Sie nicht zurück auf die Station?«

»Noch nicht. Ich warte, bis Sie durch die Tür sind.«

Alice war klar, dass sich jede Diskussion erübrigte. Kaum hatte sie sich umgedreht, da begannen die Tränen zu fließen. Sie spürte den Blick von Schwester Angles noch auf sich, als sie um die Ecke gebogen und längst aus ihrem Blickfeld verschwunden war.

Vielleicht hatte Alfie recht gehabt. Vielleicht war sie wirklich nicht mehr ganz allein.

»Mummy, was ist mit ihrem Gesicht passiert?«

Alice senkte den Blick und sah den kleinen dicklichen Finger, der direkt in ihre Richtung zeigte. Ihre hoffnungsvolle Stimmung hatte sich nach gerade mal zwei Minuten in nichts aufgelöst.

»Samuel. Wir zeigen nicht mit dem Finger auf andere Leute. Und wir sagen solche Sachen nicht.« Entsetzt ergriff die Mutter des Kleinkinds die Flucht, wobei sie Alice beinahe umrannte.

Ich will nach Hause.

Bitte, ich will sofort nach Hause.

Nach einer kurzen und nicht minder unangenehmen Fahrt mit dem Uber-Taxi war Alice zu Hause. Beim Eintreten senkte sie den Kopf, ignorierte die freundliche Begrüßung des Portiers und sprintete geradewegs in den Aufzug, wo sie so fest wie möglich den Knopf für das oberste Stockwerk drückte. Heute konnte sie keine Fragen mehr ertragen, und ganz sicher keine ausgestreckten Finger. Sie wollte nur noch in ihrer Wohnung sein, ganz für sich allein. Als der Aufzug sie langsam nach oben trug, staunte sie, wie seltsam es sich anfühlte, wieder hier zu sein. Wie konnte an der Oberfläche alles so aussehen wie zuvor, wenn sich innerlich alles verändert anfühlte? Denn Alice war *tatsächlich* eine andere. Sie konnte kaum glauben, dass dies hier ihr Leben sein sollte.

Sie öffnete die Wohnungstür, warf sie aber nach wenigen Sekunden wieder ins Schloss.

Verdammter Mist, hab ich die falsche Wohnung erwischt?
Alice warf einen prüfenden Blick auf die Tür.
Es muss deine Wohnung sein – es ist die Penthouse-Wohnung, hier oben gibt's keine andere!

Zögernd öffnete sie die Tür noch einmal, Millimeter für Millimeter.

Dieselben beigefarbenen Wände, dieselbe kahle Küche, dasselbe sterile Wohnzimmer. Ja, eindeutig ihre Wohnung. Wie aus dem Katalog bestellt. Aber von wem waren all die Karten gekommen? Und die Blumen?

Langsam trat Alice ein. Wer war hier gewesen? Alice gehörte nicht zu denen, die einen Schlüssel bei den Nachbarn hinterließen. Hier hatte kein Mensch Zutritt außer ihr.

In diesem Moment bemerkte sie den Zettel, der an der Blumenvase lehnte.

Liebe Miss Gunnersley,
Sie scheinen länger unterwegs zu sein. Wir hatten am Empfang keinen Platz mehr für Ihre Lieferungen. Die Blumen fingen schon an zu verwelken. Hoffentlich macht es Ihnen nichts aus, dass wir alles in Ihre Wohnung gebracht haben.
Mit freundlichen Grüßen
Jim Broach, Hausverwalter

Damit war immerhin eine Frage beantwortet.

Alice nahm die Karte direkt neben dem Zettel. Die Handschrift kam ihr bekannt vor, doch sie konnte sie nicht gleich zuordnen.

Liebe Alice,
gute Besserung und viel Energie für deine Genesung. Wir vermissen dich alle und denken an dich.
Liebe Grüße
Lyla & Arnold
PS: Ich hoffe, die Topfpflanze gefällt dir. Arnold meinte, du hättest länger was davon als von Schnittblumen (allerdings nur, wenn du sie gießt!).
PPS: Ich habe Henry dazu gebracht, dir jede Woche einen Strauß zu schicken. Geschieht ihm recht, dem alten Geizkragen! X

Alice lachte. Bei diesem Gespräch wäre sie gern dabei gewesen. Sicher hatte der arme Henry nicht gewusst, wie ihm geschah! Sie spürte einen Anflug von Dankbarkeit und Zuneigung.

Dann nahm sie die Karte, die mit dem riesigen Blumenstrauß gekommen war.

Diese Blumen werden Ihnen von nun an regelmäßig im Namen Ihrer Kolleginnen und Kollegen bei Coleman and Chase geliefert.
Gute Besserung.

Lyla hatte nicht übertrieben – Sie hatte Henry tatsächlich dazu gebracht, sich großzügig zu zeigen!

Die letzte Karte haute sie um.

AL!
Willkommen zu Hause, meine Liebe.
Hier ist etwas, das dich zum Lächeln bringen soll. /
Bitte lass die Blumen nicht gleich zugrunde gehen!
Wir vermissen dich.
Sarah und Raph xxx

So energisch sie es zu leugnen versuchte: In diesem Augenblick fühlte Alice sich tatsächlich geliebt.

Sie bedeutete diesen Menschen etwas. Ohne Zweifel. Wie hatte sie das so lange als selbstverständlich betrachten können?

Alice schickte Sarah eine Nachricht, um ihr zu sagen, dass sie heil zu Hause angekommen war. Anschließend packte sie ihre Sachen aus dem Krankenhaus in die Waschmaschine. Dann setzte sie sich mitten im Zimmer auf den Fußboden und weinte sich in den Schlaf.

*

Als sie am nächsten Morgen aufwachte, fühlte sie sich leicht desorientiert. Ihr Rücken tat so weh, dass sie sich kaum bewegen konnte. Auf dem Fußboden zu weinen war das eine, aber dort zu schlafen war eine völlig andere Sache. Trotzdem fragte sie sich in einem Winkel ihrer Seele, ob sie nicht einfach den ganzen Tag hier liegen bleiben sollte. Niemand würde etwas merken. Was sollte sie sonst mit ihrer Zeit anfangen?

Sie entschloss sich, die nächste Stunde in einem Onlineshop totzuschlagen. So ungern sie es zugab: Sie brauchte etwas zu essen. Das Wenige, was in ihrem Kühlschrank überlebt hatte, waren ein ungeöffnetes Glas mit eingelegten Zwiebeln und etwas Konfitüre. Selbst mit ihren beschränkten kulinarischen Kenntnissen war ihr klar, dass das nicht besonders gut zusammenpasste. Als sie vom Sofa aus vierundzwanzig Fertiggerichte und Eiscreme in sämtlichen Geschmacksrichtungen bestellt hatte, war es gerade mal 10 Uhr morgens.

Das wird die Hölle.

Natürlich war das Unterhaltungsangebot im Krankenhaus nicht besonders aufregend gewesen. Aber immerhin hatte es Alfie gegeben, der alles darangesetzt hatte, sie abzulenken.

Alfie.

Sie lehnte sich auf dem Sofa zurück und malte sich aus, was er in der ganzen Zeit bis jetzt angestellt haben mochte. Erinnerungen an seine Mutter kamen hoch, wie sie ihm eine Dose mit Brownies nach der anderen kredenzt hatte, während seine Freunde ums Bett herumsaßen und ihr Bestes gaben, sich gegenseitig zu beleidigen. Dann fiel ihr ein, dass es halb elf an einem Mittwochvormittag war und dass er wahrscheinlich arbeitete.

Arbeit.

Seit Monaten hatte sie keinerlei Kontakt zur Firma gehabt! Auf gar keinen Fall fühlte sie sich in der Lage, dorthin zurückzukehren. Doch als ihr Blick auf die farbenfrohen Rosen auf dem Küchentisch fiel, fühlte sie sich verpflichtet, zumindest Bescheid zu geben, dass sie wieder heil zu Hause war.

Nachricht an Henry, Boss, 29. Juli, 10:34 Uhr
Hi Henry, ich bin's, Alice. Ich wollte nur kurz durchgeben, dass ich offiziell aus dem Krankenhaus entlassen wurde und wieder zu Hause bin. Danke für die Blumen, sie sind wunderschön. Lassen Sie mich wissen, ob wir einen Termin für meine Rückkehr festlegen müssen. Es ist ja eine Weile her. Danke.

Kaum hatte sie die Nachricht abgeschickt, da tat es ihr schon leid. Wenn er nun verlangte, dass sie nächste Woche ins Büro zurückkäme? Aber andererseits: Was wäre, wenn sie gar keinen Job mehr hätte? Womit sollte sie dann ihr Geld verdienen?

Als plötzlich das Gerät in ihrer Hand vibrierte, erschreckte sie sich beinahe zu Tode.
O Gott. O Gott, o Gott, o Gott.

Nachricht von Henry, Boss, 29. Juli, 10:47 Uhr

Was zum Teufel war los mit ihr? Seit wann hatte sie vor jeder Kleinigkeit so viel Angst?
Mit einem schnellen Wischen öffnete sie die Nachricht.
Hi Alice. Toll, von Ihnen zu hören. Und schön, dass Sie zu Hause sind. Kein Grund, sich mit der Rückkehr zu hetzen. Bitte nehmen Sie sich alle Zeit, die Sie brauchen. Henry.

Sie schloss die Augen und stieß einen langen Seufzer aus. Die Erleichterung war unbeschreiblich. Alles war gut! Zumindest die nächsten Wochen noch konnte sie sich verstecken und so tun, als würde das wirkliche Leben für sie nicht existieren. Sie lehnte sich zurück. Wenn Henry sie jetzt sehen könnte! Wie sie sich in der Wohnung verkroch, in der sie früher praktisch nur geschlafen hatte, voller Angst vor ihrem eigenen Spiegelbild. Würde er sie überhaupt wiedererkennen?

Eine einzelne Träne lief ihr über die Wange.

Wie sollte er? Du erkennst dich doch selbst nicht wieder.

65
Alfie

»Also, Großer, was hast du vor?« Matty ließ sich neben Alfie aufs Sofa fallen.

Am Ende des ersten Monats nach der Entlassung war aus dem anfänglichen Strom von Besuchern ein Rinnsal geworden, sodass Alfie immer mehr Zeit mit sich selbst verbrachte. Manches allerdings hatte sich nicht verändert, und dazu gehörte das feste Ritual von Mattys wöchentlichen Besuchen. Jeden Mittwoch verbrachten sie den Nachmittag zu zweit, wobei sich ihre Aktivitäten oftmals auf ein Minimum beschränkten.

»Ich weiß nicht.« Alfie zuckte die Schultern. »Xbox?« Seine einsilbigen Antworten waren inzwischen zur Regel geworden, und nicht nur bei den Anrufen seiner Mutter.

»Ich meine nicht jetzt im Moment, Blödmann. Ich hab von deinem Geburtstag gesprochen.«

Scheiße. War es wirklich schon wieder so weit?

»So was steht im Moment nicht an, Kumpel.« Alfie zupfte an der geröteten Nagelhaut an seinem Daumen. »Dieses Jahr feiere ich nicht.«

»Was?!«

Alfie sah Mattys schockierte Miene.

»*Komm* schon! Vor Kurzem hast du noch im Krankenhaus gelegen, ein Häufchen Elend. Tut mir leid, wenn ich dich daran erinnere, aber so war es. Und jetzt schau dich an! Du bist wieder in deiner eigenen Wohnung und hast dich berappelt ... Das müssen wir feiern!«

Die Zeit war etwas ebenso Seltsames wie Wunderbares. Wie konnten seit dem Unfall schon Monate vergangen sein? Es fühlte sich an, als hätte er das Krankenhaus erst gestern verlassen. Andererseits schien seit dem Aufwachen heute Morgen eine Ewigkeit vergangen zu sein. Jede einzelne Minute kam ihm vor, als würde er durch Sirup waten. Alles, was übers Herumsitzen hinausging, kam ihm unglaublich beschwerlich vor. Fand sein Leben nur noch in Zeitlupe statt?

»Ich weiß nicht, Matty.« Alfie zupfte weiter an seinem Daumen herum.

Der Gedanke, irgendetwas mit mehreren Menschen auf einmal zu unternehmen, machte ihn nervös. Er hatte seit seiner Entlassung mit so vielen Leuten geredet, dass es ihm für die nächsten Jahre reichte. Soziale Aktivitäten erschienen ihm zunehmend unerträglich. Selbst Mattys Gesellschaft empfand er manchmal als Belastung. Er wollte einfach nur in seiner Wohnung bleiben und Ruhe haben. Warum schien niemand das respektieren zu können?

»Sei kein Langweiler, Alf. Es wird dir guttun, alle um dich zu haben!«

Matty würde das Thema nicht auf sich beruhen lassen. Und bekanntlich war nicht jeder Kampf es wert, ihn auszufechten. Dies hier war wahrscheinlich ein typisches Beispiel. Vielleicht war es das Beste, erst gar keinen Widerstand zu leisten, sondern sich einfach mittreiben zu lassen. Im letzten Moment absagen konnte er immer noch.

»Na gut, warum organisierst du nicht etwas? Ich mache bei allem mit.« Innerhalb weniger Tage würde Matty wohl kaum etwas allzu Ausuferndes auf die Beine stellen können, oder?

»Überlass alles mir, Mann. Überlass alles mir!«

Misstrauisch beobachtete Alfie, wie Matty sich vergnügt die Hände rieb.

»Gut, ich muss langsam los. Muss noch die Kinder vom Schwimmen abholen. Wenn ich wieder zu spät komme, kriege ich Stress mit Mel.«

Alfie wusste, dass man besser keinen Ärger mit Mel riskierte. Von daher überraschte ihn Mattys plötzlicher Aufbruch nicht sonderlich.

»Bis später, Kumpel«, rief er noch. Dann fiel die Tür ins Schloss.

Alfie gab ihm nicht mal Antwort. Einmal mehr schaute er einfach auf seinen Fernseher und ließ die Geräusche und Farben über sich hinwegschwappen.

Was ist los mit dir?

Er wusste, dass sein Verhalten Anlass zur Sorge bot. Mit jedem Tag wurde seine Stimmung düsterer. Die altbekannten dunklen Wolken waren zurückgekehrt, nahmen immer mehr Raum ein und drohten ihn zu verschlingen.

Reiß dich zusammen.

Gerade als Alfie sich mit einer weiteren Rätselrunde ablenken wollte, klingelte es an der Tür.

Natürlich hatte Matty irgendetwas vergessen. Manchmal war er zu nichts zu gebrauchen.

»Warte, ich komme.«

Doch als er sich der Tür näherte, bemerkte er sofort, dass nicht Matty dort draußen stand. Schon komisch, wie deutlich das bereits an der Silhouette zu erkennen war.

»Hey, Alfie. Ich bin's, Tom.«

Tom? Wer ist Tom?

Er zerbrach sich den Kopf, kam aber nicht darauf, wem er den Namen und die Stimme zuordnen sollte.

»Von der Heartlands High ...«

Ach, *der* Tom.

Was zum Teufel will der hier?

»Ja, einen Moment. Das Schloss funktioniert manchmal nicht richtig.« Alfie brauchte einen Moment, um sein bestes »Mir geht's gut«-Lächeln aufzusetzen. Dann öffnete er die Tür.

»Tut mir leid, dass ich einfach unangekündigt auftauche. Ich wollte bloß mal sehen, wie es dir geht.«

Alfie musterte den Mann vor der Tür – Hemd, Krawatte, blank polierte Schuhe – und war sich plötzlich allzu bewusst, dass er selbst unterschiedliche Socken, einen schmutzigen Adidas-Trainingsanzug und ein fleckiges T-Shirt trug. Hatte er heute überhaupt schon geduscht?

»Mir geht's so weit ganz gut.« *Kurz und bündig, so soll es sein.*

»Ich hab nicht viel Zeit, eigentlich hab ich gerade Mittagspause. Du hast doch nichts dagegen, wenn ich reinkomme und meine Sandwichs hier esse, oder?«

Alfie lachte. Nach all der Zeit machte Toms Frau ihm immer noch sein tägliches Lunchpaket. Zuerst hatte er diese Angewohnheit ein bisschen übertrieben gefunden, doch mit der Zeit fand er es sogar sympathisch. Abgesehen von seiner Mutter hatte niemand je Sandwichs für ihn gemacht.

»Klar, komm rein.«

Es war das allererste Mal, dass jemand, den er von der Arbeit kannte, Alfies Wohnung betrat. Obwohl er sich mit mehreren Kollegen angefreundet hatte, wäre es ihm immer einen Tick zu privat vorgekommen, sie an den Ort einzuladen, wo er jede Nacht schlief und jeden Morgen nackt herumlief.

Zu sehen, wie Tom zögernd auf dem Sofa Platz nahm, war ein ganz besonderer Anblick. Mit seinen tadellos sitzenden und gepflegten Klamotten war der Mann in Alfies Chaos einfach fehl am Platz. Welten trafen aufeinander.

»Und? Wie ist es dir ergangen?« Tom schaute sich um, als wüsste er bereits die Antwort. Der Stapel dreckiger Hosen in der Ecke sagte wahrscheinlich genug.

»Ja, wie gesagt, ganz gut. Aber ich glaube, ich muss mich noch an alles gewöhnen.«

Alfie hatte sich nicht gesetzt. Er hatte nicht vor, dieser Unterhaltung mehr als fünf Minuten einzuräumen.

»Natürlich. Ich schätze, es fühlt sich ein bisschen merkwürdig an, oder?«

Natürlich ist es merkwürdig, Tom.

»Hmm«, war alles, was er herausbrachte.

Kleinlaut biss Tom in sein Sandwich. Wow, er hatte tatsächlich vor, hier sein Mittagessen zu sich zu nehmen. Alfie hatte es für einen Trick gehalten, damit er Tom in die Wohnung ließ.

»Möchtest du eins?« Tom streckte ihm ein schlaffes Schinkensandwich entgegen.

»Nein, schon gut.«

Wie lange sollte das noch weitergehen? Warum sorgte er aktiv dafür, dass die Befangenheit sich weiter in die Länge zog?

»Mehrere Leute haben mich gefragt, ob ich etwas von dir gehört hätte. In der Schule vermissen wir dich. Alle.«

Alfie fühlte sich plötzlich schuldig. Die Kids. Gott, wie er die Kids vermisste.

»Ich hab gehört, dass das Sekretariat mehrmals erfolglos versucht hat, dich zu erreichen. Wir machen uns Sorgen um dich, Alfie. Seit Wochen hat keiner etwas von dir gehört. Vor deinem Unfall konnten wir dich kaum dazu bringen, nach der Schule nach Hause zu gehen, und jetzt herrscht absolute Funkstille.«

Aha. Sie haben den armen Tom vorgeschickt, um nach dem Invaliden zu sehen. Nett, dachte Alfie, *aber nicht nötig.*

»Mir geht's gut. Im Moment ist nur alles ein bisschen viel. Ich bin ja gerade vor ein paar Wochen erst nach Hause gekommen, weißt du.«

Obwohl er das Gefühl hatte, einigermaßen zuversichtlich zu klingen, deutete Toms Gesichtsausdruck eher auf das Gegenteil hin.

»Weißt du, es ist so«, fuhr sein Besucher fort. »Ich hatte vor ein paar Monaten eine ziemlich beschissene Zeit und hab mich dabei ein bisschen selbst verloren ... Teilweise war es richtig übel, und ich war nicht sicher, ob ich da wieder rauskomme.«

Wow, damit hatte er nicht gerechnet. Der stets aufgeräumte und wie aus dem Ei gepellte Tom hatte selbst eine persönliche Krise durchgemacht.

Urteile nie nach dem Äußeren.

»Ich hab eine Weile gebraucht, um dahinterzukommen, aber als es so weit war und ich« – Tom wirkte plötzlich nervös – »mir Hilfe geholt hab, hat sich alles zum Guten gewendet.«

»Hilfe geholt?«

»Ja ... weißt du.« Nervös biss Tom ein kleines Stück von seinem Sandwich ab. »Professionelle Hilfe.«

Jetzt fiel der Groschen.

»Du versuchst, mir zu sagen, dass ich zu einem Seelenklempner gehen soll?« Dort war Alfie schon einige Male gewesen, und er hatte nicht vor, das zu wiederholen.

»Es ist ja nur ein Vorschlag.« Tom hob abwehrend die Hände. »Ich will gar nicht so tun, als hätte ich eine Ahnung davon, was du durchmachst. Ich wollte bloß sagen, dass du nicht alles allein hinkriegen musst.«

»Danke, Kumpel, aber es geht mir bestens. Leider habe ich in ein paar Minuten eine Verabredung. Wenn es dir nichts ausmacht, würde ich dich also bitten, dein Mittagessen in die Schule zu verlegen.«

Ehe Tom protestieren konnte, stand Alfie bereits an der Tür.

»Natürlich. Kein Problem. Wie gesagt, ich wollte nur mal vorbeischauen.«

»Danke, Mann. Bis bald.«

Alfie warf Tom mitsamt seinem halb gegessenen Sandwich mehr oder weniger hinaus. Dann sah er sich in der Wohnung um. Er hatte eine Weile nicht aufgeräumt, na und? Es war nicht seine Schuld, dass er einen lebensgefährlichen Unfall gehabt und sein Bein verloren hatte. Es dauerte eben, sich wieder in den Alltag einzuleben. Frustriert trat er in den Stapel schmutziger Wäsche.

Du musst nicht alles allein hinkriegen.

Verdammt, für wen hielt er sich eigentlich?

Ich komme prima zurecht.

Vielleicht hatte Alice die ganze Zeit über recht gehabt: Vielleicht war das Alleinleben doch der einfachste Weg.

66
Alice

Es war acht Tage her.

Acht Tage, seit Alice die Wohnung zuletzt verlassen hatte.

Zuerst hatte sie sich eingeredet, eine »Integrationszeit« zu brauchen. Eine Chance, sich daran zu gewöhnen, nicht mehr im Krankenhaus, sondern in ihrer alten Umgebung zu leben. Schließlich ging es um eine gewaltige Umstellung, die sich nicht auf Knopfdruck vollbringen ließ.

Abgesehen davon bestand dank Onlineshops und Deliveroo überhaupt keine Notwendigkeit, vor die Tür zu gehen. Sie genoss die Sicherheit und Vertrautheit ihres Zuhauses. Seit sie die Wohnung gekauft hatte, hatte sie nie so viel Zeit dort verbracht. Endlich begann sich die Investition auszuzahlen.

Am neunten Tag der Isolation wurde sie aus ihrem Selbstmitleid gerissen.

Nachricht von Sarah BFF, 5. August, 07:35 Uhr
Hey Al. Hab einen Abend frei (wurde auch Zeit!) Können wir über FaceTime reden? Hab dich lieb xxx

Alice starrte eine geschlagene Viertelstunde lang auf die Nachricht.

Nachricht an Sarah BFF, 5. August, 07:50 Uhr
Können wir nicht einfach telefonieren? Das WLAN ist nicht so toll xxx

Nachricht von Sarah BFF, 5. August, 07:52 Uhr
Alice, red keinen Unsinn. Ich melde mich um zehn. Halt dich bereit xxx

Tief im Innersten war Alice klar, dass es keine große Sache war. Sarah hatte sie gesehen, als es am schlimmsten gewesen war. Wo also lag das Problem? Schuldgefühle begannen an ihr zu nagen. Es war ja nicht so, dass sie Sarah belogen hätte. Auf ihre Frage nach der Operation hatte sie sich höchstens in den Einzelheiten etwas nebulös ausgedrückt. Eigentlich hatte sie alles erzählen wollen, aber dann war es ihr doch leichter erschienen, einen Bogen um das Thema zu machen. Der Gedanke, alles genau zu berichten und noch einmal die ganze Scham und Enttäuschung zu durchleben, war ihr unerträglich vorgekommen. Und es fühlte sich nicht mal schlecht an, ein kleines Geheimnis zu haben. In Sarahs Augen war alles in Ordnung, und Alice ergriff dankbar die Chance, in ihrem Fahrwasser so zu tun als ob. Zum Glück beschränkten sie sich die meiste Zeit auf Textnachrichten und hin und wieder mal einen Anruf. Aber FaceTime? Das war eine ganz neue Dimension. Sie würde sich buchstäblich nicht mehr verstecken können.

Während Alice nach einer glaubhaften Entschuldigung suchte, sich nicht zu melden, dämmerte ihr langsam, dass sie sich nicht nur damit anfreunden musste, Sarah die Wahrheit zu sagen, sondern dass sie sich auch selbst sehen würde. Am Morgen nach der Entlassung aus dem Krankenhaus hatte

Alice jeden einzelnen Spiegel in ihrer Wohnung abgehängt. Schon der Gedanke, zufällig an einem vorbeizukommen und mit ihrem Spiegelbild konfrontiert zu werden, ängstigte sie. Jetzt aber würde sie unweigerlich ihr eigenes Gesicht auf dem Bildschirm sehen.

Sarah Mansfield – FaceTime-Anruf

Alice umklammerte ihr Handy.
Um Himmels willen, Alice. Reiß dich zusammen.
Sie schloss die Augen und tippte auf »Annehmen«.
»Aha, sie lebt!«
»Gerade so eben ...« Plötzlich wurde ihr bewusst, wie zerzaust sie aussah. Würde Sarah ihr anmerken, dass sie die Wohnung seit über einer Woche nicht mehr verlassen hatte?
»Wie ist es gelaufen? Bitte sag mir, dass du mindestens einmal vor die Tür gegangen bist.«
Scheiße.
»Ähm ...« Alice lächelte verschämt.
»Alice Gunnersley!«
»Tut mir leid, tut mir leid.« Sosehr sie sich auch bemühte, brachte sie es nicht fertig, den Blick von dem kleinen Ausschnitt in der rechten oberen Ecke des Displays abzuwenden, auf dem sie selbst zu sehen war. Im Miniaturformat sah sie nicht so schlimm aus, vor allem, wenn sie das Handy so weit von ihrem Gesicht entfernt hielt wie möglich.
»Na komm schon, zeig mir dein neues, besseres Gesicht. In dem Licht kann ich praktisch nichts erkennen.« Sarah strahlte vor Aufregung.
»Es ist so ...« Es fühlte sich an, als hätte sie Kleister im Mund.

»Schluss mit den Entschuldigungen! Nun zeig schon! Ich kenne dich, Alice, du bist nur wie üblich überkritisch.«
Sag es ihr.
Sag es auf der Stelle.
»Es hat nicht funktioniert!« Sie merkte, dass sie die Worte fast herausschleuderte.

»Was?« Sarahs Miene verriet ihre Verwirrung. »Was hat nicht funktioniert?«

Durch den Schleier ihrer Tränen konnte Alice praktisch nichts sehen. »Die Operation. Sie musste abgebrochen werden. Es hat nicht funktioniert, Sarah. Ich sehe praktisch noch genau so aus, wie du mich im Krankenhaus gesehen hast. Die Narben sind nicht mehr so schlimm, und einige Stellen sind weniger rot, aber ... Ich bin immer noch ein Monster.«

»*Red nicht so,* Alice!« Sarah war wütend. Um das zu spüren, brauchte Alice sie nicht zu sehen. »Du bist kein Monster. Hörst du mich? Du bist mehr als nur dein Aussehen. Das warst du immer, und daran wird sich auch nichts ändern.«

»Du hast leicht reden.«

Alice beendete den Anruf.

Es vergingen kaum zwei Sekunden, da erschien auf dem Display ein Hinweis.

Sarah Mansfield – FaceTime-Anruf

Den Anruf anzunehmen kostete sie unglaubliche Energie.

»Komm schon, Al. Du musst mich auch nicht ansehen – bitte red einfach mit mir.«

»Ich weiß nicht. Ich weiß einfach nicht, was ich tun soll. Es kommt mir vor, als wäre um mich herum alles wie immer, nur dass ich nicht mehr richtig reinpasse. Klingt das halbwegs nachvollziehbar? Ein Teil von mir will wieder arbeiten gehen, damit ich abgelenkt bin, und ein anderer hat eine Heidenangst, dass jemand mein Gesicht sieht. Und dazwischen bin ich gefangen. Ich hatte diese dämliche Vorstellung, dass die Operation mich einfach wiederherstellen würde. Dass ich durch ein beschissenes Wunder wieder die alte Alice werde. Aber nein. Es wird so bleiben, und das macht mich fertig.«

Sobald sie es ausgesprochen hatte, spürte Alice, wie die Last auf ihren Schultern ein wenig leichter wurde.

»Das tut mir leid, Alice. Das tut mir wirklich leid.« Sarahs Stimme brach. »Aber vermutlich gehört das dazu, oder? Du musst dich daran gewöhnen, und das geht nicht von heute auf morgen. Ob du wieder arbeiten gehst oder nicht, ist im Moment nicht relevant. Das Wichtigste ist zu akzeptieren, dass du dich nicht für immer und ewig in deiner Wohnung verkriechen kannst. Selbst wenn du dich nur fünf Minuten am Tag draußen vors Haus stellst, es wäre ein Anfang! Du musst es Schritt für Schritt angehen, Schätzchen.«

Alice spürte, wie sie innerlich aufbegehrte. Was sprach eigentlich dagegen, sich für alle Zeiten zu verkriechen?

Plötzlich kam eine Erinnerung hoch.

Alfie.

Wie hatte sie sich ihm gegenüber ausgedrückt? *Willst du sagen, ich soll mich für den Rest meines Lebens verstecken? Den Menschen aus dem Weg gehen, neue Orte meiden, keine neuen Erfahrungen mehr machen? Nicht mehr hinter diesen beschissenen Vorhängen herauskommen? Ich will mehr, Alfie. Ich hätte nie gedacht, dass ich das sagen würde, aber es ist so.*

»Al, bist du noch da, oder hast du das Gespräch schon wieder beendet?«

»Nein, sorry, ich bin noch hier. Ich hab bloß nachgedacht.«

»Lass mich raten ... über Alfie?«

Alice konnte Sarahs breites Grinsen praktisch vor sich sehen.

»Hast du nach deiner Entlassung noch mal mit ihm gesprochen?«

»Nein.« Alice wollte so schnell wie möglich das Thema wechseln. »Und ich will es auch nicht.«

»Weißt du, was ich an deiner Stelle tun würde?«

»Red schon ...« Alice entging der übermütige Ton in der Stimme ihrer Freundin nicht.

»Ich würde die Hausverwaltung eurer Firma verklagen, eine riesige Schadensersatzsumme kassieren und hierher nach Australien ziehen! Was hält dich im elenden London?«

Alice lachte. »Und dann baust du eine Einliegerwohnung für mich, und ich spiele bei euch das fünfte Rad am Wagen.«

»Ich meine es ernst! Okay, das mit der Einliegerwohnung vielleicht nicht, aber ich hab ernsthaft darüber nachgedacht. Raph und ich haben über das Thema gesprochen, und er meint, bei einem Prozess hättest du gute Chancen.«

Verdammt, sie meinte es wirklich ernst.

»Danke, aber darauf kann ich mich im Moment nicht auch noch konzentrieren. Fangen wir erst mal damit an, dass ich meine Wohnung verlasse, okay? Von wegen kleine Schritte und so.«

»Prima. Aber wenn du einen Rat brauchst, steht Raph jederzeit zur Verfügung.«

Alice war klar, dass Sarah es nicht wirklich prima fand und dass sie bei dem Thema nicht lockerlassen würde.

»Okay, danke. Dann erzähl mal, wie es im Paradies so läuft. Was gibt's Neues?«

Sarah setzte zu einem ausführlichen, tagebuchartigen Bericht über ihr Leben an, und Alice merkte, wie sie immer wieder abschweifte.

Sie konnte sich kaum vorstellen, nahtlos an ihr Leben vor dem Unglück anzuknüpfen – aber vielleicht, nur vielleicht, ging es darum ja auch gar nicht.

Vielleicht musste sie sich ein neues Leben aufbauen.

Ein Leben umgeben von den Menschen, die sie liebten.

Alfie.

Sarahs Worte fielen ihr wieder ein.

Er liebt dich. Und das weißt du.

Alice hasste sich selbst dafür, und doch lief es jedes Mal, wenn sie an ihn dachte, nach demselben Muster: Der Wunsch, ihn zu treffen, ging am Ende in zynischen Gedanken unter. Wie hätte er sich in sie verlieben können, ohne sie je gesehen zu haben? So etwas gab es nur in Filmen und Romanen. Und selbst *wenn* es so gewesen wäre, würden seine Gefühle sich in Luft auflösen, sobald er den ersten Blick auf sie warf. Sie musste ihn vergessen. Und wenn sie nach vorn schauen und ans andere Ende der Welt ziehen wollte, musste sie ihn möglichst schnell vergessen.

67
Alfie

»Mein Liebling, bist du sicher, dass alles in Ordnung ist? Du bist seit Wochen nicht mehr vorbeigekommen, und am Telefon bist du auch kaum zu erreichen.«

Genau deshalb war Alfie ihr aus dem Weg gegangen. Zu hören, wie sehr sich seine Mutter um ihn sorgte, tat ihm weh. Außerdem machte es seine Schuldgefühle hundertmal schlimmer.

»Tut mir leid, ich bin so damit beschäftigt, meine Rückkehr an die Schule zu planen, dass ich jedes Zeitgefühl verliere.«

Nein. Die Lügen waren der Grund, warum er ihr aus dem Weg ging. Er hasste es, sie anzulügen.

Sie hielt einen Moment inne. Er konnte ihr Zaudern geradezu spüren.

»Es ist nur ... Wir haben gerade in der Schule angerufen.« *Scheiße.* »Deine Kollegen haben noch gar nichts von dir gehört ... Alfie?«

Fieberhaft suchte er nach einer Ausrede oder einem Ablenkungsmanöver, doch auf die Schnelle fiel ihm nichts ein.

»Du weißt doch, es ist kein Problem, wenn irgendetwas passiert ist. Du kannst es mir sagen. Du musst nicht so tun, als wäre alles in Ordnung, wenn es dir in Wahrheit nicht gut geht.«

Unwillkürlich musste er an Alice denken. Wie oft hatte er ihr genau dasselbe gesagt? Wie oft hatte er sie davon zu überzeugen versucht, dass man nicht klein oder schwach war, wenn man nicht weiterwusste? Und jetzt verhielt er sich genauso.

»Alfie, bitte sag etwas. Du machst mir Angst.«

Er wusste, dass das Spiel aus war. Zwar wollte er seiner Mutter nicht noch weitere Schmerzen bereiten – davon hatte sie in ihrem Leben weiß Gott genug gehabt –, doch er konnte die Augen nicht mehr verschließen.

»Mum, ich glaube, ich brauche Hilfe.«

Als er sich die Worte laut aussprechen hörte, wäre er am liebsten in einem Mauseloch verschwunden. Doch gleichzeitig fühlte er sich erleichtert.

»Oh, Alfie. Darf ich vorbeikommen?«

»Ja, bitte.« Die Heftigkeit seiner Worte überraschte ihn selbst.

»In zwanzig Minuten bin ich da.«

Und tatsächlich stand sie zwanzig Minuten später mit Schokoladenkeksen und einem heißen Kaffee in der Tür. Man musste es ihr lassen: Diese Frau wusste sich in Krisenzeiten zu helfen.

»Komm rein. Es ist, ähm, ein bisschen unaufgeräumt.« Alfie war klar, dass die Vorwarnung eigentlich überflüssig war. Ein Blick auf seine äußere Erscheinung hätte gereicht. Der Grund, warum er nicht um Hilfe gebeten hatte, war vor allem, dass er es schon so weit hatte kommen lassen. Der Stapel mit ungespültem Geschirr türmte sich hoch, seine Kleidung war schmutzig, seine ganzes Reich ein einziges Chaos. Wie hätte er jemandem diesen Anblick zumuten können?

Das Schamgefühl wuchs mit jedem weiteren Schritt seiner Mutter. Doch sie ließ sich zu keinem Kommentar hinreißen. Nicht als sie ihn ungewaschen und ungekämmt vor sich sah. Nicht mal, als sie sich den Weg durch Stapel leerer Essenskartons und dreckiger Unterwäsche bahnen musste. Jane Mack wirkte ungerührt und lächelte ihn an.

»Gut.« Sie stand mitten im Wohnzimmer, von wo sie das ganze Chaos im Blick hatte. »Offen gesagt, Alfie, du siehst schlimm aus. Was hältst du davon, zu duschen und dich ins Bett zu legen? Inzwischen räume ich hier ein bisschen auf.«

»Red keinen Unsinn, das überlasse ich doch nicht dir.«

»Ich glaube nicht, dass du die Wahl hast. Solange du so riechst, wird dir sicher niemand helfen.« Lächelnd nahm sie ihn in den Arm.

»Danke, Mum.«

»Geh und ruh dich ein bisschen aus. Ich bin da, wenn du so weit bist.«

Alfie schleppte sich ins Bad. Er trug nun schon so lange dieselben Klamotten, dass er sich praktisch herausschälen musste. Als er unter die Dusche steigen wollte, sah er sich selbst im Spiegel. Wie lange war es her, dass er sich gründlicher betrachtet hatte? Der Anblick war, um es freundlich auszudrücken, ernüchternd. Vor ihm stand ein Mann, den er kaum wiedererkannte. Seine Haare waren lang und fettig, seine Haut trocken und beinahe grau. Wo war seine Lebendigkeit geblieben? Das Funkeln? Es war, als schaute er eine Zeichnung von sich an, die vertrauten Züge seltsam farblos und nicht gut getroffen.

Stell dir vor, Alice würde jetzt auftauchen! Was zum Teufel würde sie von dir denken?

Er schüttelte den Gedanken ab und trat unter den warmen Wasserstrahl.

Nach einer ausgedehnten Dusche und einem zweistündigen Nickerchen wirkten sowohl er als auch seine Wohnung wie ausgewechselt.

»Alfie, Schätzchen, wach auf. Ich hab das Essen auf den Tisch gestellt.«

Natürlich, was auch sonst? Seine Mutter hatte nicht nur die ganze Wohnung geputzt und zwei Maschinen Wäsche angestellt, sondern mit den Zutaten aus einem praktisch leeren Kühlschrank nebenbei noch eine Lasagne gezaubert.

»Mum, was hast du gemacht?«

»Ein Danke reicht schon. Und jetzt setz dich hin, halt den Mund und iss zur Abwechslung mal etwas Ordentliches. Wenn ich noch *ein* Mal Chow-mein rieche, muss ich mich wahrscheinlich übergeben.« Sie fuhr ihm durch die gewaschenen Haare und setzte ihm einen Teller mit etwas Dampfendem, Tomatigem vor.

Kaum hatte er den ersten Bissen heruntergeschluckt, breitete sich eine Welle von Wohlbehagen in ihm aus.

»Hättest du damit gerechnet, nach all der Zeit immer noch auf mich aufpassen zu müssen?«

»Ich wusste vom Moment deiner Geburt an, dass ich einen lebenslänglichen Job übernommen hab.«

In ihrem Blick lag kein Ärger, nur reine Liebe. Alfie konnte ihm nicht lange standhalten, jeden Moment würden sich die Schuldgefühle melden.

»Ich danke dir von Herzen.« Er wusste, dass Worte nicht ausreichen, aber mehr hatte er im Moment nicht zu bieten. »Ich werde es wiedergutmachen, das verspreche ich.«

»Es reicht mir schon, wenn du mir erzählst, was los ist. Sobald du mit dem Essen fertig bist, setzen wir uns hin, und du erklärst mir alles. Keine Ausflüchte mehr. Du musst mir helfen, es zu begreifen, klar?«

»Klar.«

Es war Zeit, dass er sich seinen Problemen stellte.

»Gut. Dann nimm noch einen Teller. Du siehst halb verhungert aus.«

68
Alice

Einer der Nachteile, wenn man sich zehn Tage in der Wohnung verkroch, bestand darin, dass der Schlafrhythmus durcheinandergeriet. Ihre innere Uhr war völlig aus dem Takt, und sie hatte sich so an die Inaktivität gewöhnt, dass sie zur üblichen Schlafenszeit hellwach in ihrem Bett lag. Stundenlang zählte sie Schafe und sah auf ihrem Wecker Minute um Minute verstreichen. All ihr Bitten, der Schlaf möge kommen und sie mitnehmen, blieb unerhört.

In ihrem alten Leben war Alice froh gewesen, dass sie nur vier Stunden Schlaf brauchte, um Topleistungen abzurufen. Manchmal, mit ein wenig Unterstützung durch eine zusätzliche Tasse Espresso, reichten auch knapp drei. Andererseits war die alte Alice quicklebendig gewesen. Ständig hatte es so viel zu tun und zu erreichen gegeben, dass sie am Ende des Tages nur den Kopf aufs Kissen legen musste, um im nächsten Augenblick fest zu schlafen. Jetzt war sie nur noch ein Schatten ihrer selbst. Ihre Schlaflosigkeit ließ sie in ständiger Lethargie dahindämmern. Die einzige Aktivität, zu der sie in der Lage war, bestand darin, den durch ihren Kopf wirbelnden Gedanken zu lauschen.

Geh raus.
Nein.
Doch.

Es ist stockdunkel.
Eben! Der perfekte Zeitpunkt.
Ich kann nicht raus.
Warum nicht?
Es ist gefährlich.
Ist es weniger gefährlich, langsam ganz allein in der Wohnung zu verrotten?

Warum konnte man die eigenen Gedanken nicht zum Schweigen bringen? Warum hatte nicht längst irgendein Wissenschaftler einen Schalter fürs Gehirn entwickelt?

Nun mach schon. Nur für fünf Minuten.
Versuch es.
Das hier ist kein Leben, Alice. Es ist ein langsamer Tod.

Vielleicht lag es am Schlafmangel. Oder der Irrsinn hatte sie gepackt. Doch was immer es war: Plötzlich stand sie an der Wohnungstür, den Mantel über den Pyjama geworfen.

Wenn du es tun willst, dann tu es einfach.

Ihre Hand griff nach dem Türknauf. Vor lauter Adrenalin war ihr schwindlig, und ihr Mund war ausgetrocknet.

»Scheiß drauf.«

Und zum ersten Mal nach zehn Tagen verließ Alice tatsächlich ihre Wohnung. Die Flurbeleuchtung schaltete sich ein, und das grelle Licht brannte ihr in den Augen.

Gütiger Himmel, was zum Teufel machte sie da?

Bis hierher bist du immerhin schon gekommen. Also weiter!

Panisch lief sie zum Aufzug und drückte mehrmals hektisch auf den Knopf. Sobald die Türen aufglitten, stürzte sie wie eine Besessene hinein. Als der Aufzug sich mit einem Ruck in Bewegung setzte, kniff sie die Augen fest zusammen.

Atme.
Du musst nur atmen.
War der Aufzug immer schon so langsam gewesen? Sie spürte die ersten Anzeichen von Klaustrophobie. Ihre Fingernägel gruben sich tief in die Handflächen.

Die Türen öffneten sich. Alice eilte hinaus und trat durch die Haustür ins Freie.

Die kalte Nachtluft schlug ihr entgegen und raubte ihr für einen Moment den Atem. Sie keuchte und schnappte nach Luft. Dann starrte sie zum Himmel. Die funkelnden Sterne wirkten wie planlos auf dem samtig dunklen Hintergrund verteilt, der Wind fuhr durch ihre Haare und streifte über ihr Gesicht. Sie schloss die Augen und stand mit ausgebreiteten Armen da, den Kopf in den Nacken gelegt, in der Hoffnung, die Brise werde sie hochheben und mit sich forttragen.

»Alles in Ordnung, Miss?«

Alice zuckte zusammen. Sie riss die Augen auf und versuchte fieberhaft, die Stimme zu orten.

»Tut mir leid, ich wollte Sie nicht erschrecken.«

Als ihre Augen sich an die Dunkelheit gewöhnt hatten, konnte sie die Umrisse einer Person ausmachen, die langsam auf sie zukam.

»Sie brauchen keine Angst zu haben. Ich wollte nur sichergehen, dass alles in Ordnung ist.«

Sie taumelte zurück, tiefer in den Schatten.

»Mir geht's gut«, krächzte sie heiser. »Ich wollte nur ein bisschen frische Luft schnappen.«

»Ich auch. Zum Glück hab ich Bruno als Vorwand, wenn ich mal nach draußen will.«

Die kalte Nase eines Hundes schnüffelte an ihren Füßen.

»Himmel!«, fuhr Alice auf.

»Sie haben hoffentlich keine Angst vor Hunden? Tut mir leid, in der Nacht sehe ich nicht immer, wo er sich gerade rumtreibt. Bruno, komm her, du dämlicher Köter.«

Ohne ihre entsetzliche Angst, gesehen zu werden, hätte sie sich wahrscheinlich über die absurde Situation amüsiert.

Sie spürte, wie ihre von der Zeit im Krankenhaus geschärften Sinne unwillkürlich versuchten, aus der Stimme des Mannes auf seine Erscheinung zu schließen. Auf jeden Fall war er alt. Ein wenig gebrechlich, aber nicht bereit, sich das einzugestehen. In ihm brannte ein Feuer, dessen Glut Alice in der kalten Nacht zu spüren glaubte.

»Ich heiße übrigens Fred. Ich wohne da drüben in dem neuen Gebäude. Bruno ist nicht mehr der Jüngste, aber immer, wenn ich nicht schlafen kann, schnappe ich ihn mir und mache einen kleinen Spaziergang. Das hilft, den Kopf freizukriegen. Was treibt Sie denn so spät nach draußen?«

Wie kam es, dass sie eine derartige Anziehungskraft auf die Redseligen ausübte?

»Konnte nicht schlafen«, murmelte sie.

»Seit meine Frau gestorben ist, finde ich nachts kaum eine Stunde Schlaf am Stück. Über fünfzig Jahre waren wir verheiratet, und dann ist sie auf einmal weg.«

Alice musste an Mr Peterson und Agnes denken. Bei dem Gedanken wurde ihr schwer ums Herz.

»Das tut mir sehr leid für Sie.« Und so meinte sie es auch.

»Danke. Alles in allem geht es ja. Bruno und ich sind ein gutes Team. Aber manchmal bin ich schon ein bisschen einsam, verstehen Sie das?«

Sie verstand ihn. Besser, als sie sich eingestehen wollte.

»Und? Was ist der wirkliche Grund, dass eine junge Dame wie Sie um diese Uhrzeit allein hier in der Kälte steht?«

Alice hätte nicht genau sagen können, warum sie es tat. Konnte frische Luft zum Irrsinn führen? Vielleicht bewirkte der viele Sauerstoff, den ihr Hirn plötzlich bekam, diesen Leichtsinn. Vielleicht hatte die kalte Nacht aber auch einfach ihre Angst betäubt.

»Vor ein paar Monaten bin ich in ein Unglück hineingeraten. Vor knapp zwei Wochen wurde ich aus dem Krankenhaus entlassen, und heute Nacht hab ich zum ersten Mal das Haus verlassen. Sonst hätte ich in meiner Wohnung einen Koller bekommen.«

»Darf ich fragen, was passiert ist?«

Er hatte sich nicht von der Stelle gerührt, und sie war dankbar für den Abstand, den er zu ihr hielt.

»In dem Gebäude, in dem ich arbeite, hat es gebrannt. Das Feuer hat mich erwischt. Ziemlich übel.«

»Ich verstehe.«

»Es tut mir leid. Sie müssen sich das alles nicht anhören, wir kennen uns ja gar nicht!« Verzweifelt schaute sie sich nach dem kürzesten Weg für den Rückzug um.

»Ich hab doch gefragt! Und Sie waren einfach so freundlich, mir Antwort zu geben.«

Alice lächelte.

»Da ist was dran.«

»Darf ich Ihnen noch eine Frage stellen?« Sie spürte eine solche Zerbrechlichkeit in seiner Stimme, dass sie ihn am liebsten untergehakt und zu seiner eigenen Sicherheit nach drinnen gebracht hätte.

»Okay ...«

»Was sehen Sie, wenn Sie zu dem Baum dort drüben schauen?«

Sein Finger deutete in Richtung einer riesigen knorrigen Eiche, die mitten auf dem Rasen vor dem Haus stand.

Vielleicht bin ich hier nicht die einzige Verrückte.

»Ich weiß nicht ... Ich sehe einfach einen Baum.« Alice spürte Panik in sich aufkommen. Vielleicht war er nicht richtig im Kopf. War sie in Gefahr? Sollte sie besser weglaufen?

»Gut. Und wie würden Sie den großen Baum dort *beschreiben*?«

Alice betrachtete die gewundenen Äste, die abblätternde Rinde und die mächtigen Wurzeln genauer.

»Weise. Majestätisch. Mächtig. Wunderschön.« Als sie die Worte aussprach, begann ihr Körper sich zu entspannen. Mutter Natur war eine echte Künstlerin.

»Genau. Sie betrachten diesen angeschlagenen, verwitterten, alten Baum nicht als kaputt, oder? Unsere Narben sind nur die Spuren unserer Geschichte. Sie zeigen, dass wir unser Leben gelebt haben, und vor allem, dass wir *überlebt* haben. Verbergen Sie Ihre eigene Geschichte nicht im Schatten.«

Seine Worte trafen sie wie Schüsse. Die Gefühle stürzten mit der Wucht einer starken Brandung auf sie ein, sodass der Boden unter ihr zu schwanken schien. Die Direktheit und Verletzlichkeit in seinen Worten überwältigten sie. Darauf war sie nicht vorbereitet gewesen.

Ohne nachzudenken, trat Alice aus dem Schatten hinaus in den orangefarbenen Dunst der Straßenlaternen. Sie sah, wie der alte Mann sich ihr zögernd näherte.

»Ah, das habe ich mir gedacht. Sie haben eine wunderbare Geschichte zu erzählen.«

Er verbeugte sich leicht und wandte sich zum Gehen. Alice sah seine kleine Gestalt in der endlosen Dunkelheit verschwinden. Sie blieb stehen, bis ihre Finger taub wurden und die Sonne allmählich aufging.

Es schien, als sei sie einmal mehr durch die Freundlichkeit eines Fremden gerettet worden. Vielleicht war es an der Zeit, das Buch ihres alten Lebens zuzuklappen und etwas ganz Neues zu beginnen.

69
Alfie

»Hi, Alfie. Danke, dass Sie gekommen sind.«

»Kein Problem. Wenn ich schon bezahle, kann ich mich auch blicken lassen, oder?«

Idiot.

Regel Nummer eins: Keine Scherze mit Therapeuten.

Immerhin schenkte sie ihm ein schiefes Lächeln. »Also, in den Unterlagen steht, dass Sie seit Ihrem Unfall an einer Depression leiden. Ist das richtig?«

»Ähm, das haben die Ärzte jedenfalls gesagt.«

Ihr Lächeln war schon jetzt unerträglich.

»Wie würden Sie selbst es sehen?«

»Ich meine, manche Tage sind schwieriger als andere. Zuerst dachte ich, es ginge bloß darum, dass ich mich wieder in der Realität zurechtfinden muss. Ich denke mal, die Menschen im Krankenhaus waren für mich zu einer kleinen Familie geworden. Sie nicht mehr um mich zu haben fällt mir schwerer als erwartet.«

»Sie?«

»Hm?«

»*Sie*, sagten Sie. Meinen Sie damit jemand Speziellen?«

»Oh, ich meinte einfach die anderen Patienten auf der Station. Die Schwestern. Alle eigentlich.«

»Haben Sie seit Ihrer Entlassung mit einem von ihnen gesprochen? Sie können doch sicher Besuche machen und von Zeit zu Zeit vorbeischauen.«

»Nein, eigentlich nicht. Ein paar haben angerufen ... Aber es gibt ein paar Leute, die ich nicht sehen kann.«

»Tatsächlich? Warum?«

Er wünschte, sie würde ihn nicht so ansehen. So unschuldig, obwohl sie offensichtlich genau spürte, dass da noch etwas war, das mit ein wenig Nachhaken ans Tageslicht kommen würde.

»Na ja, einer ist gestorben.«

»Das tut mir sehr leid. Und sonst?«

»Na ja, die Umstände sind ein bisschen sonderbar.«

Würde er das Thema wechseln können, ohne dass sie es merkte?

Sie ist Therapeutin. Wahrscheinlich weiß sie längst, dass du dir gerade diese Frage stellst.

»Erzählen Sie ...«

Alfie atmete tief durch. Vielleicht wurde es tatsächlich Zeit, über sie zu sprechen. Vielleicht war diese Fremde mit ihrem Notizblock und der strengen Brille ja tatsächlich in der Lage, ihm beim Loslassen zu helfen. So lange hatte er versucht, sie zu vergessen, alle Gedanken an Alice in eine kleine Kiste in der hintersten Ecke seines Bewusstseins zu verbannen. Doch egal wie viel Mühe er sich gab, am Ende tauchte sie immer wieder aus dieser Kiste auf. Seit der Entlassung hatte er mit keiner Menschenseele über sie gesprochen. Dazu war er zu ängstlich gewesen und, wenn er ehrlich mit sich war, auch zu verlegen. Wie sollte irgendjemand verstehen, was sie miteinander geteilt hatten? Die gemeinsamen Erfahrungen und die Intensität seiner Gefühle? Der einzige Mensch, dem er sich anvertraut hatte, war Mr Peterson gewesen, und auch da hatte er sich bloßgestellt und unsicher gefühlt.

Er hatte seiner Mutter versprochen, in den Sitzungen hier ganz offen zu sein. Die Zeit zu nutzen und alles herauszulassen, mit dem er sich herumschlug. Dies war seine Chance, einen Schritt weiterzukommen, und im tiefsten Inneren war ihm klar, dass es als Allererstes bedeuten würde, Alice loszulassen.

Er hob den Blick nicht vom Fußboden.

»Ich hab diese junge Frau kennengelernt ... Sie kam auf der Reha-Station ins Nachbarbett ... Sie hieß Alice ... Und ich glaube ... Ich glaube, ich hab mich in sie verliebt ...«

70
Alice

Heute war ein besonderer Tag. Es stand so viel auf dem Programm, dass Alice schon beim Gedanken daran die Erschöpfung spürte.
Fang oben an und arbeite dich nach unten durch.
Ganz einfach.
Die Tagespläne waren eigentlich nur als vorübergehende Hilfestellung gedacht gewesen, doch inzwischen schien sie kaum noch ohne sie leben zu können. Ihr mitternächtliches Gespräch mit dem Hundebesitzer hatte den Stein ins Rollen gebracht. Immer wieder waren ihr seine Worte durch den Kopf gegangen und hatten sie schließlich ermutigt, nach einem Weg zu suchen, wie sie in Zukunft leben wollte. Also hatte sie – inspiriert von Alfies Tagesplan – damit angefangen, kleine To-do-Listen zu erstellen, um wieder in die Gänge zu kommen. In den ersten Tagen hatte das lächerlich ausgesehen.

Erledigen:
– Frühstücken
– Mittagessen
– Zum Empfang runtergehen
– Abendessen
– Jemandem eine Nachricht schicken

War überhaupt noch weniger denkbar? Doch selbst diese winzigen, einfachen Aufgaben fielen ihr unglaublich schwer. Die Angst, die sie überkam, sobald sie auch nur zum Aufzug ging, ließ sich kaum in Worte fassen. An manchen Tagen kamen ihr die drei Meter wie drei Kilometer vor.

Der erste Ausflug bei Tageslicht war ein echter Meilenstein gewesen. Wenn sie daran zurückdachte, glaubte sie, immer noch vor Angst zu zittern.

Du schaffst das, Alice.

Nur durch die Tür, in den Aufzug, an die frische Luft und wieder zurück.

Ganz einfach.

Wenn es so verdammt einfach war, warum fühlte es sich dann an, als ob sie einen Marathon laufen müsste, mit verbundenen Augen und einer Pistole an der Schläfe?

Sie brauchte vier Anläufe, um die Tür zu öffnen; fünf, um hinauszutreten; drei, um mit dem Aufzug nach unten zu fahren. Doch schließlich stand Alice der neuen Empfangsdame, Rita, gegenüber.

»Was kann ich für Sie tun, Miss?«

Die Frau starrte sie an, wirkte aber nicht abgestoßen.

Vielleicht ist sie einfach eine gute Schauspielerin.

»Kann ich Ihnen helfen?«, hakte Rita nach.

Alice wurde bewusst, dass *sie selbst* diejenige war, die nicht aufhören konnte, ihr Gegenüber anzustarren.

»Ist Post für Wohnung 20 gekommen?«

»Lassen Sie mich nachsehen. Einen Moment bitte.«

Kaum hatte sich die Frau umgedreht, wäre Alice am liebsten weggelaufen. Sie könnte einen dringenden Anruf bekommen haben. Vielleicht sollte sie sagen, sie hätte das Gas nicht abgedreht?

Du spinnst, Alice. Warte!

Dann war Rita zurück. Ohne Post, aber nach wie vor auch ohne kritische Blicke.

»Heute ist nichts für Sie gekommen, Miss Gunnersley.«

Alice spürte eine große Erleichterung. Wenn sie nun ein Paket hätte entgegennehmen müssen? Um Himmels willen, nein. Den Gedanken, eine Fremde so nahe an sich heranzulassen, dass ihre Finger sich möglicherweise berührten, konnte sie noch nicht ertragen.

Aber du hast zugelassen, dass Alfie dich berührt.
Das war etwas anderes.
Wirklich?
Ja. Und hör auf, an ihn zu denken.

»Vielen Dank.« Sie verschwand, kaum dass die Worte heraus waren.

Zurück in der Sicherheit ihrer Wohnung konnte sie gar nicht fassen, wie wild ihr Herz schlug. Die Angst wirkte immer noch nach, und ihre Nerven lagen blank. Doch in all dieser Aufgewühltheit spürte Alice auch ein klitzekleines bisschen Stolz. Sie hatte es getan. Der erste Schritt auf dem Weg zurück ins Leben lag hinter ihr, und Alice fühlte sich wie ein kleines Kind, das gerade zum allerersten Mal seinen Namen geschrieben hatte.

Obwohl die Listen inzwischen länger geworden waren und Alice größere Distanzen zurücklegte, meldete die Angst sich hin und wieder zurück. Alice versuchte, sich zu sagen, dass es ihr nicht so viel ausmachte, von jemandem angestarrt zu werden. Umgekehrt würde sie es wahrscheinlich genauso machen. Die Neugier gehörte nun mal zur menschlichen Natur. Was sie dagegen nicht ertragen konnte, waren die ausgestreckten Finger und das Flüstern. Das tat wirklich weh. Anfangs hielt sie ständig danach Ausschau, sah sich nach Leuten um, die verstohlen über ihr Äußeres tuschelten. Doch nach einer Weile sah sie ein, dass es bloß noch mehr schmerzte, wenn sie aktiv nach einem solchen Verhalten suchte. Sollten sie doch auf sie zeigen. Sollten sie doch tuscheln. Es war nicht schön, und wahrscheinlich würde sie sich nie ganz daran gewöhnen. Aber sie wusste, dass sie die Entschlossenheit und Kraft besaß, es zu bemerken, ohne es allzu sehr an sich heranzulassen. Tatsächlich waren genau diese Erfahrungen, vor denen sie sich am meisten gefürchtet hatte, inzwischen zu einem wesentlichen Antrieb geworden, etwas zu unternehmen. Sich selbst zu beweisen, dass sie trotz allem nicht klein beigab und ihr Leben lebte, war ein herrlicher Triumph, den sie beinahe täglich erleben durfte.

Dem nächsten Punkt auf ihrer Liste sah sie bereits seit Tagen voller Vorfreude entgegen. Da eine Menge auf dem Spiel stand und einiges zu organisieren war, musste das Timing stimmen. Und jetzt war der richtige Zeitpunkt gekommen.

Nachricht an Sarah BFF, 24. August, 07:23 Uhr
Hallo! Was hast du am Samstag in zwei Wochen vor? Hab dich lieb xxx

Nachricht von Sarah BFF, 24. August, 08:15 Uhr
Du weißt genau, dass das mein Geburtstag ist! Und peinlicherweise haben wir noch nichts geplant. Wer hätte gedacht, dass die Zahl 33 so deprimierend ist? Warum? Sollen wir uns zum Skypen verabreden? Hab dich lieb xxx

Nachricht an Sarah BFF, 24. August, 09:17 Uhr
Warum holst du mich nicht vom Flughafen ab, und wir treffen uns richtig? Überraschung! Ich hab mein Schmerzensgeld bekommen. Bleibe zwei Wochen! Herzlichen Glückwunsch zum Geburtstag, meine Liebe xxx

Nachricht von Sarah BFF, 24. August, 09:18 Uhr
O mein Gott. Ja, ja, eine Million Mal ja. Wenn das kein Scherz ist! Sonst steige ich ins nächste Flugzeug und bringe dich um. Ich hab dich lieb und kann es nicht ERWARTEN, dich zu sehen xxx

Alice' Selbstzufriedenheit hielt fünf Minuten an, dann dämmerte es ihr: Was sollte sie anziehen? Mehr als ihre Füße und bestenfalls den unteren Teil ihrer Waden hatte sie außerhalb ihres Badezimmers bisher nicht entblößt. Wenn sie Glück hatte, würde sie ganz hinten im Kleiderschrank noch einen Badeanzug finden, eine lächerliche Erinnerung an ihre halbherzige Vorbereitung auf einen Triathlon vor ungefähr drei Jahren.

Alles war so schnell gegangen, dass sie im Moment nicht wusste, wo ihr der Kopf stand. Die Schmerzensgeldforderung gegen die Hausverwaltung war überraschend schnell bearbeitet worden. Ob sie die Angelegenheit einfach möglichst schnell aus der Welt schaffen wollten oder sich bei einem Prozess schlechte Chancen ausrechneten, war Alice letztlich egal. Sie hatte ihr Geld bekommen – und damit die finanzielle Unabhängigkeit zu tun, was sie wollte. Ganz oben auf ihrer Liste stand ein Urlaub in Australien.

Von leichter Panik erfüllt, lief Alice ins Schlafzimmer und riss die Schranktüren auf.

Kostüme, Kostüme und noch mehr Kostüme. Die meisten schwarz, ein paar in Marineblau und eine beige Strickjacke. Verdammt, die Lage war schlimmer als gedacht. Sie wühlte sich durch ihre Kleidung, in der vagen Hoffnung, in irgendeiner Ecke wenigstens ein passendes Teil zu finden. Plötzlich ertasteten ihre Hände etwas Sperriges.

Sie zog einen Stoffbeutel aus dem Schrank.

EIGENTUM DES ST FRANCIS'S HOSPITAL.

Natürlich! Ihr Krankenhausbeutel. Sie musste ihn bei ihrer Ankunft einfach in den Schrank geworfen haben. Er war eine schmerzhafte Erinnerung an das Unglück und daran, dass sie mangels Angehöriger und Freunde, die sie hätten abholen können, ihre Habseligkeiten in einen Wäschebeutel des Krankenhauses hatte packen müssen.

Sie warf einen neugierigen Blick hinein.

Zahncreme.

Zahnbürste.

Entlassungspapiere.

Krankenhauspantoffeln.

Dann entdeckte sie es. Ein kleines, rechteckiges, mit braunem Papier umwickeltes Päckchen. Verwirrt drehte Alice es in den Händen hin und her, auf der Suche nach einem Hinweis, woher es kam. Schließlich setzte sie sich auf den Boden und packte es aus. Als sie die letzte Schicht Papier beiseiteschob, hielt sie die Luft an. Zum Vorschein gekommen war ein Heft. Ein Rätselheft. Auf dem Umschlag stand in einer vertrauten Handschrift:

Alice Gunnersleys ganz spezielles Heft mit besonders schwierigen Rätseln.

Ihr Herz schlug schneller. Sie versuchte, nicht an die Station zu denken, an ihn, an seine Stimme. Sie musste sich konzentrieren.

Was hatte das zu bedeuten?

Dann rastete etwas ein. Eine Erinnerung.

Natürlich!

Alice griff in die Tasche und suchte fieberhaft, bis sie ihn spürte. Seinen Brief. Was hatte er noch ganz am Ende geschrieben …?

Unruhig suchte sie nach einer Zeile, an die sie sich zu erinnern glaubte. JA!

Da.

PS: Viel Spaß beim Rätseln.

Das Geschenk, das sie in den Beutel gestopft und vergessen hatte! Alice atmete mehrmals tief durch, schloss die Augen und hielt das Heft einen Moment lang in der Hand.

Das hat er für mich gemacht.

Ich halte einen Teil von ihm in den Händen, hier und jetzt.

In einer Schublade fand sie einen Stift. Dann schlug sie die erste Seite auf. Eine Verbinde-die-Punkte-Aufgabe … natürlich! Sofort machte sie sich ans Werk. Nach und nach enthüllte der Stift das auf der Seite verborgene Geheimnis.

Die Linie zeigte die Umrisse einer Person mit einem Bein.

Komm schon Alfie, das war ein bisschen einfach.

Sie blätterte um. Schon wieder eine Verbinde-die-Punkte-Aufgabe.

Ein sehr akkurat gemaltes menschliches Herz.

Okay, das war nun ein wenig zusammenhanglos. Aber was hatte sie erwartet? Eine versteckte Botschaft? Sie lachte und blätterte weiter um.

Noch eine Verbinde-die-Punkte-Aufgabe. *Keine Extrapunkte für Einfallsreichtum*, dachte sie.

Ein Vorhang mit Hand.

Gerade als sie das Heft weglegen wollte, sah sie eine kleine Notiz ganz unten auf der Seite.

Was kommt heraus, wenn du alle drei zusammensetzt, Alice?

Plötzlich sah sie es in aller Deutlichkeit vor sich auf dem Papier.

ICH LIEBE DICH.

Es kam ihr vor, als hätte sie seit einer Ewigkeit nicht mehr Luft geholt. Sie blätterte weiter.

ICH. LIEBE. DICH. NOCH. IMMER.

Sie konnte nicht glauben, was sie da sah. Bei jedem Umblättern kam eine weitere Seite nach ähnlichem Muster. Fünfzehn Seiten voller »Ich liebe dich«, bis sie das allerletzte Blatt erreichte.

Ihr Herz setzte für einen Moment aus.

Alice, ich weiß nicht, ob ich mich so weit klar ausgedrückt habe, aber ich habe mich vollkommen und restlos in dich verliebt. Solltest du das klitzekleinste bisschen für mich empfinden, dann besuch mich. Wir können uns treffen, wir können reden, wir können gemeinsam Harry Potter lesen! Ich werde die Hoffnung nie aufgeben. Dein Alfie x

Ohne nachzudenken, sprang sie auf. Der Adrenalinstoß ließ ihren ganzen Körper vibrieren. Sie spürte eine derartige Energie, dass sie kaum denken, geschweige denn still sitzen konnte. Sie musste irgendwo hingehen.

Aber wohin?
Lächelnd las sie die winzige, hingekritzelte Adresse am unteren Rand der Seite.

71
Alfie

Körperliche Anstrengung war Alfie vertraut. Er hatte sein Leben lang Sport getrieben. Himmel, er hatte sogar das Gehen ein zweites Mal lernen müssen. Die Psychotherapie allerdings konfrontierte ihn mit nie gekannten Strapazen.

Nach fünf Sitzungen hatte er noch immer nichts begriffen. Wie war es möglich, dass der anstrengendste Teil seiner Genesung darin bestand, fünfundvierzig Minuten in einem Zimmer zu sitzen und zu reden? Nach jedem einzelnen Termin fühlte er sich völlig ausgelaugt, als hätte jemand den Stöpsel gezogen und sämtliche Kraft aus ihm hinausfließen lassen. Es kostete ihn große Mühe, die Augen offen zu halten, ganz zu schweigen von dem Fußweg zwischen der Haltestelle und seiner Wohnung. Aber er hielt durch. Weil er es versprochen hatte und weil er letztendlich spürte, dass es ihm helfen würde.

Die heutige Sitzung war besonders anstrengend gewesen. Einmal mehr waren sie auf Alfies ständiges Bedürfnis zu sprechen gekommen, es anderen recht zu machen. Den Helden zu spielen und die Leute zum Lachen zu bringen. Tief verwurzelte Muster wurden ans Tageslicht gezerrt und immer aufs Neue angeschaut, geprüft und analysiert. Als er anschließend nach Hause kam, hatte er nichts anderes mehr im Sinn, als in seiner wunderbar aufgeräumten Wohnung zu sitzen und sich, bis Matty kam, von geisttötenden Fernsehsendungen berieseln zu lassen. Wie sich gezeigt hatte, war es ein völlig anderes Gefühl, beim Nachhausekommen keine Stapel schmutziger Wäsche und verschimmelter Kartons vom Lieferservice vorzufinden. Zumindest fühlte er sich in seiner Wohnung wohl und konnte sie wieder sein Zuhause nennen.

Als er sich gerade aufs Sofa setzen wollte, klingelte es an der Tür. Offenbar hatte Matty beschlossen, zum ersten Mal in seinem Leben pünktlich zu sein. Er hatte sich angekündigt, um die Pläne für den Junggesellenabschied eines ihrer Freunde durchzusprechen, der übers Wochenende stattfinden sollte. Alfie grauste davor, und dass Matty ausgerechnet dafür besonders zeitig auftauchte, ließ ihn Schlimmes ahnen.

Während der ganzen Zeit, die sie nun befreundet waren, war ihm diese Seite von Matty nie richtig aufgefallen. Wie konnte der Mann sich mit derartiger Begeisterung ins Organisieren irgendwelcher Events stürzen? Bei Alfies Geburtstag war es genauso gewesen, auch wenn es sich dabei natürlich um einen speziellen Fall gehandelt hatte. Schließlich war es nicht allein um seinen Geburtstag gegangen, sondern um seinen Start in ein neues Leben. Es war eine Feier des Vergangenen und des Zukünftigen gewesen. Alfie hatte sich langsam zurückgekämpft. Das hatte gedauert und war weder leicht noch vergnüglich gewesen, aber es hatte seine Welt komplett verändert.

»Sorry, Matty, ich komme schon!«

So richtig scharf war er eigentlich nicht darauf zu erfahren, welche Pläne Matty aushecke. Doch je eher er Wind davon bekam, desto leichter würde er seinen Freund von der einen oder anderen Idee abbringen können.

»Ich bin zwar ein halber Roboter, aber noch immer nicht der Schnellste!«

Schweigen.

Komisch, dachte Alfie. Normalerweise ließ Matty sich die Gelegenheit zu einem dummen Spruch nicht entgehen.

»Matty, alles klar bei dir?«

Als er sich der Tür näherte, sah er, dass nicht sein Freund da draußen wartete. Dafür war die Silhouette zu schmal – und zu weiblich.

»Tut mir leid, ich habe jemand anders erwartet«, entschuldigte er sich. Dass er diese Fremde so laut und unpassend begrüßt hatte, war ihm ein bisschen peinlich. Er hantierte am Schloss herum und öffnete die Tür.

Das Erste, was er sah, war ihr kastanienbraunes Haar.

Das Zweite war ihre Hand.

72
Alice

Die Tür öffnete sich, ehe sie noch Zeit zum Nachdenken hatte.

Und da stand er vor ihr, einfach so. Dunkle lockige Haare, breite Schultern und gefährlich markante Wangenknochen. Alfie Mack.

In Fleisch und Blut.

Sie hatte sich sein Gesicht tausendmal ausgemalt. Doch ihn plötzlich vor sich zu sehen übertraf sämtliche Vorstellungen. Zuneigung durchflutete sie, und eine ungekannte Energie brachte ihre Haut zum Kribbeln. Ihr ganzer Körper strahlte Hitze aus. Irgendwo tief in ihr wallten heftige Gefühle auf. Sehnsucht und Verlangen und Angst und Unruhe erfüllten ihr Herz. Sie hatte in Büchern darüber gelesen und sie als Erfindung abgetan. Sie hatte es in Filmen gesehen und sich über die Fantasie der Autoren lustig gemacht. Das war es also. So fühlte es sich an. Eine ganze Welt von Gefühlen stürzte in einem einzigen Augenblick auf sie ein.

Alice versuchte zu lächeln, doch ihr Gesicht fühlte sich versteinert an. Sie konnte ihn einfach nur anstarren.

Seine Brauen zogen sich kaum merklich zusammen. Über diesen sonderbaren, verschiedenfarbigen Augen, von denen er mehrfach gesprochen hatte. Den Augen, die sie sich so oft vorgestellt hatte, in immer anderen Gesichtern.

Drückten diese Augen ein Wiedererkennen aus? Verwirrung? Oder schlichtweg Ekel?

Ihre Gedanken wirbelten durcheinander. Kaum dass sie einen zu fassen bekam, drängte sich der nächste in den Vordergrund. Ihr wurde übel. Der Atem schien irgendwo in ihrer Brust festzustecken. Schwindel setzte ein.

Alice trat einen kleinen Schritt zurück.

Warum war sie hergekommen? Ernsthaft, was hatte sie erwartet? Immer wieder hatte sie sich ermahnt, dass es keine gute Idee war. Viermal war sie in den Bus ein- und wieder ausgestiegen, zweimal war sie an der Ecke seiner Straße umgekehrt und hätte sich fast ein Taxi für die Heimfahrt gerufen. Aber jetzt, wo sie hier stand, fühlte sich alles noch viel schlimmer an.

Sie musste weg.

Warum wollten ihre Beine sich nicht in Bewegung setzen?

Alles war zu viel für sie. Das Schweigen drohte sie zu ersticken.

Sie zwang sich zu einem weiteren Schritt zurück, schaffte es aber nicht, den Blick von ihm loszureißen. Sie wollte so viel wie möglich von seinem Anblick in sich aufnehmen. Es war das erste Mal, dass sie ihn sah, und es würde das letzte Mal bleiben. Sie wollte ihn unauslöschlich in ihrer Erinnerung behalten.

Sein Körper bewegte sich ein kleines Stück auf sie zu.

Dreh dich um und geh.

Schau dich nicht mal um, Alice.

Hau einfach ab!

Als sie sich endlich abwandte, spürte sie, wie er nach ihr griff.

Seine Hand fand ihre. Die Hand, die sie so oft gehalten hatte.

Gott, wie sie seine Berührung vermisst hatte.

Unwillkürlich drehte sie sich wieder zu ihm um.

»Warte.«

Gott, wie sie diese Stimme vermisst hatte. Seine Stimme.

Sie versuchte, die Hand wegzuziehen, doch er ließ nicht los und drückte sie fester. So fühlte es sich an, zu Hause zu sein.

»Alice?« Er zog eine Augenbraue hoch und grinste sie an. »Warum zum Teufel hast du so lange gebraucht?«

Danksagungen

Ich fürchte, das hier könnte länger dauern als die meisten Dankesreden in der Oscar-Nacht. Aber was bei diesen Gelegenheiten alle sagen, ist einfach wahr: Es geht nicht um das Werk einer Einzelnen, sondern um etwas, zu dem viele ihren Teil beigetragen haben. Und sie alle haben einen besonderen Dank verdient!

Zuallererst meine drei Felsen in der Brandung: Mum, Dad und Katie. So vieles in mir verdanke ich letztlich euch, und so vieles von mir findet sich auf diesen Seiten wieder, also danke! Danke Rod und Cathy – ihr habt mir gezeigt, was Familie wirklich bedeutet.

Danke dem unglaublichen Team von Menschen, mit denen ich das Glück hatte, arbeiten zu dürfen – nichts von alldem wäre ohne euch möglich gewesen! Das gilt besonders für Claire, Molly, Amelia, Victoria, Viv, Joal, Sara und die Teams bei Transworld und Gallery. Ihr habt mich mit offenen Armen willkommen geheißen, und mit euch zu arbeiten war die Erfüllung eines Traums.

Danke Jenny Bent in den USA und Bastian Schlück und Kathrin Nehm in Deutschland – und allen anderen, die geholfen haben, mein Buch ins Ausland zu verkaufen und die Geschichte von Alice und Alfie in die Welt zu tragen.

Von ganzem Herzen danke ich meiner britischen Lektorin Sally Williamson. Deine Gelassenheit, Geduld und unerschütterliche Unterstützung auf dieser Reise waren unglaublich. Du hast mir das Selbstvertrauen und die Anleitung gegeben, mein Schreiben zu verbessern und diese Geschichte auf ein ganz neues Level zu bringen. Welch eine Ehre. Meinen tief empfundenen Dank für alles!

Danke auch an Kate Dresser. Du hast dich der Geschichte von Alice und Alfie mit solcher Sorgfalt angenommen. Deine Gedanken und Standpunkte haben der Geschichte gutgetan, und die Zusammenarbeit war ein absolutes Vergnügen.

Danke an Sarah Hornsley – Geschenk des Universums und schicksalhafte Begegnung! Du bist die unglaublichste Agentin und der organisierteste Mensch, den ich kenne. Deine Unterstützung und dein Einsatz suchen ihresgleichen. Danke, dass du mich an die Hand genommen hast, als ich mich in dieser völlig neuen Welt zurechtfinden musste. Dich auf meiner Seite zu wissen, ist ein großes Glück.

Danke an Dr. Nagla Elfaki, Dr. Tom Stonier und Dr. Naomi Cairns, die – obwohl sie zwischendurch Leben retten und unglaublich lange Schichten absolvieren mussten – mir immer mit medizinischem Wissen und Rat geholfen haben. Auch wenn ich mir im Buch einige kreative Freiheiten geleistet habe, wären die Authentizität und das Verständnis für die Reisen der Figuren ohne diese Unterstützung nicht möglich gewesen.

Zuletzt möchte ich meiner unglaublichen Familie und meinen Freunden danken. Ihr wisst schon, wer gemeint ist. Eure Liebe und eure Begeisterung für dieses nächste Kapitel meines Lebens waren überwältigend, und ich werde euch immer dankbar sein. In Alfie und Alice spiegelt sich so vieles von mir wider, und ohne euch würden sie niemals existieren. Ich liebe euch mehr, als Worte es ausdrücken können.

Rachel Winters

Wahre Liebe braucht kein Drehbuch

978-3-453-42378-7

Leseprobe unter **www.heyne.de**

HEYNE‹

Josie Silver

Kannst du die große Liebe festhalten, wenn sie dir begegnet?

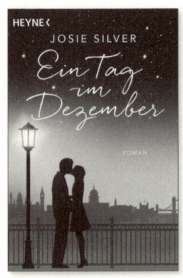 

978-3-453-42292-6   978-3-453-42355-8

»Sie werden sich Hals über Kopf in dieses Buch verlieben!«

Reese Witherspoon

»Dieses Buch ist ein Geschenk – wunderschön und gefühlvoll!«

Jodi Picoult

Leseproben unter **www.heyne.de**

HEYNE